評伝 ワーズワス

出口保夫
Yasuo Deguchi

William Wordsworth
A Life

研究社

William Wordsworth
1770-1850

まえがき

ワーズワスは文学史上で「湖水詩人《レイク・ポエット》」と呼ばれ、その名称は現代でも彼の代名詞として使われている。文人がそのように呼ばれる例は決してないわけではないが、ワーズワスほどその呼称が適切な人はいないと思う。それほどこの詩人は、故里である湖水地方とのつながりが深いということである。

ロマン派詩人の中では最も長寿を保ち、八十年の生涯を全うしたワーズワスは、その青春の一時期を除いて、ほとんどを故里のカンバランドの土地で暮らし、日々の生活や人びととの絆を大切にしながら、そこで詩作に励んだ。自分の故里を愛し、そこで人生を平和のうちに終えられる人こそが最高に幸せだとアレグザンダー・ポープは言ったが、それを文字通り完遂できたのが、彼より一時代も後のワーズワスであった。

ワーズワスのような地方的人間をしばしば特徴づけるのは、継続する歴史の感覚ではないだろうか。この地方的性格ないし特質は、そこに暮らす人びとによって、とくに文化的・歴史的に継承される。周知のように、ワーズワスの生きた一七七〇年代から一八五〇年までの八十年の歴史は、イギリスで産業革命が始まった他、フランス革命やナポレオンによる戦乱が起こるなど、大きな歴史の転換期であり、詩人もその激動の時代の流れの中で、さまざまな苦難を経験した。だが、その間に詩想の断絶はほとんど存在しなかった。

地方的な詩人としてのワーズワスの詩想を育んだのは、言うまでもなく、イギリスの国土そのものであろう。イギリスは、ヨーロッパという広い地理的文脈から見ると、一つの特種な地方性を帯びている。その意味では、ワーズワスの詩的世界はイギリス的な地方性に包含されているのであり、したがって彼は、イギリスを代表する国民詩人だと見做されてきたのである。

おそらく生きる条件が今よりもずっと厳しかった時代に、詩人ワーズワスは、故里の美しい自然と人の世の「涙の谷間」で、地上のものにとどまらず、天上のものに至るまで、美と愛の諸相を一途に忍耐強く探求しつづけた。そして、ワーズワスの詩想は、「人間性にともなう悲しい音楽」を基調として、地域と時代を超え、現代のわれわれのみならず、後世の人たちにも、永遠の音色を奏でてくれるだろう。

目次

1

幼少の日々・家庭の喪失

コッカマスの生家

詩人ウィリアム・ワーズワスは、一七七〇年四月二日、湖水地方でも北端に位置する中世以来の市場町コッカマスに生まれた。詩人の生まれる一七七〇年代頃から、イギリス社会は産業革命による画期的進歩にともなって、大きな発展と変貌を遂げはじめていた。これまでの伝統的な羊毛業は、エジプトやインドからの木綿の輸入によって、近代繊維産業へと転換を迫られ、基幹産業である鉄鋼業は、飛躍的に発展し、また中世以来の牧畜業と農業は、大規模経営に変わりつつあった。さらに目を転じると、ロックやヒュームらによる十八世紀市民社会の啓蒙主義思想は、近代国家成立への軌道を設定し、経済産業の革命とともに、ヨーロッパ諸国に多大な影響を与えていた。

湖水地方の人びとの暮らしやその産業構造は、表面的には、中世以来ほとんど変わらず存続しているかに見えたが、その内実をよく探索すると、羊飼い「マイケル」一家の悲劇的崩壊の例に見えるように、新しい時代の産業経済システムへの急激な変化によって、貧困や不安や対立や混乱が、広く深く浸透しはじめていたことが分かる。

研究者ジョナサン・ワーズワスは、詩人の生まれた一七七〇年前後を、「世界が劇的な、時として暴力的な変化の戸口に立つ[1]」時代と規定した。新大陸アメリカでは本国の植民地政策に対する反発から、武力によって独立を獲得しようとする急進的な動きが見られたし、大陸フランスでは王室を頂点とするアンシャン・レジームが、過激な革命分子たちによって、徐々に危機的情況に追い込まれつつあった。

このような新旧大陸における政治・社会の危機的情勢は、幸いイギリス国内にまでは波及せず、一七六〇年に即位したジョージ三世は、先代・先々代の国王ジョージ一・二世とは異なり、当時「愛国王」の名で国民に親しまれていたし、また体制的には立憲君主の近代国家としての形態をなしていた。だが、その社会の内実は経済格差が拡がり、真に豊かな生活を享受し得る階層はまだ少数に過ぎなかった。ワーズワス家はむろん富裕階層ではなかったが、一家の周辺の人びとも含めて、中層のやっと上位に属していたと見做してよいだろう。

「北の暴君」ラウザー

だが、ジョナサン・ワーズワスが先に指摘した「暴力的変化」との関連で言えば、ワーズワス家そのものが、ある意味すこぶる危険な政治的暴力にさらされていたのである。一家は二代にわたり、地方領主のジェイムズ・ラウザーに、法律顧問として仕える社会的契約を結んできたが、当の人物の政治手腕や行動は、すこぶる悪辣かつ暴力的と見做され、周囲の人びとや住民たちから恐れられてきた。

そのジェイムズ・ラウザーは、北イングランドに広大な土地を領有し、カーライルに豪華な城館を構える、地方きっての有力な貴族だった。一七五八年に二十一歳でウェストミンスター議会に議席を得てから、彼の横暴な振舞いは、「北の暴君」と呼ばれて恐れられてきた。多くの住民が恐れおののいて道端にうずくまった、とトマス・ディ・クインシーは『湖畔詩人の想い出』[2]の中で伝えている。ある時彼は、ロンドンの街頭でも、自分の馬車のまえを横切った近衛士官に無礼だと怒鳴り散らし、後日決闘にまでおよんだという。

ジェイムズ・ラウザー

そのような暴君ラウザーに仕えたのが、詩人の父ジョン・ワーズワスであった。ジョンは、詩人の祖父にあたるリチャードの後を継いで法律を学んだが、祖父はもともとヨークシャーの生まれで、しばらくロンドンで事務弁護士を務めた後、ウェストモアランドに戻り、先代のウィリアム・ラウザーの法律顧問弁護士兼土地管理人の職に就いた。

祖父リチャード・ワーズワスが務めた法律顧問弁護士の仕事は、彼の没後に妻の甥にあたるジョン・ロビンスン、つまり詩人の双従兄弟にあたる人物に引き継がれた。だが、ロビンスンはその後政界に出て、ウェストミンスター議会に議席を得たために、その顧問弁護士の仕事をジョン・ワーズワスにまかせたのである。

一方、詩人の母親アン・クックスンは、湖水地方の東北部にある中世遺跡を多く残す町ペンリスの、富裕な衣類雑貨店の娘だった。彼女の父であり、詩人からすれば祖父にあたるウィリアム・クックスンは、名家の令嬢を嫁に迎え、ひとかどの狡猾な商人と見られていた。そしてこの商家に嫁いできたドロシーは、ニュー・ビギン・ホールと呼ばれる豪邸で育てられた、いわゆる「良家」の娘であった。ロビンスンからジェイムズ・ラウザーの顧問弁護士を引き継いだ詩人の父ジョンが、クックスン家の長女アンと結ばれたのは、一七六六年六月である。時にジョンは二十五歳、アンは十七歳（正確には数日まえまで十六歳）という若さであったが、当時女性の結婚年齢は洋の東西を問わず低かった。

ワーズワス誕生

ジョン・ワーズワスの新婚生活は、コッカマスの本通りに門構えのあるジョージ王朝風の家で営まれた。コッカマスの町はペンリスよりもやや小さいながら、中世後期からの伝統的風習を残してきた市場町で、通りには商人や職人たちの家が建ち並んでいる。ワーズワス一家の住まいはまるで他の家々を圧するような壮麗な構えだが、ジェイムズ・ラウザーの持ち家で、一家は借家として住んでいたのだ。コッカマスの町は湖水地方の北端にあって、スコットランドの国境に近いことから、この地方の特色を「国境的《ボーダー》」と言う人も多い。たしかにスコットランドから国境を越えてこの町にやってくると、その土地の風景がほとんど南スコットランドのローランドと似ていて、同じ地つづきであることが分かるし、詩人がスコットランドの歴史風土に、すこぶる親近感を抱いていたことも納得できる。

ワーズワス一家が居を構えるコッカマスの家は(3)、詩人が生まれる二十二年まえ、一七四八年に建てられたばかりで、高い煙突が何本か聳える、近辺では珍しい彩色タイル張りの二階家である。そして立派な暖炉を備えた居間にはウィルトン製の絨毯が敷かれ、チッペンデールの家具や調度が並び、その雰囲気は十八世紀の富裕階級の、堅実で美しい生活の営みを物語っている。家の裏側にまわると、洗濯室や家事室を備えていて、洗濯が女性たちの力仕事にまかされていた時代に、見事な鉄製の洗濯しぼり機が使用されていたことが分かる。

この家に嫁いできたアンは、二年目の一七六八年に長男リチャード、翌々年の七〇年にウィリアム、さらに七一年に長女ドロシー、七二年に三男ジョン、七四年に四男クリストファと、五人の子を六年間にたてつづけに産んだ。当時ひとりの女性の出産数として、五人の子供は多いとはいえないだろう。五人の幼児がいれば、四人までが早世した時代に、ワーズワス兄弟はジョンの事故死を除けば、両親とは異なり、みんな比較的長命であった。だが次男として生まれたウィリアムは、乳幼児の頃は虚弱体質だったらしく、二十か月遅れて、妹ドロシーと一緒に幼児洗礼を受けたとされる。つぎつぎと妹や弟たちが生まれる家庭において、ウィリアムは若い母の手に負えないような腕白な子供に成長した。その家の広い裏庭は子供たちの格好の遊び場だったが、父親がその裏庭に造らせたという、ダーウェント河の土堤へ出る石の階段をあがると、その上流にコッカマスの古い城跡が見える。情緒ゆたかな三層の天守閣《キープ》はとうの昔に崩れ落ち、そこに恐ろしげな地下牢の遺構が残されていた。ウィリアム少年は、ひとりこの薄暗い地下牢の井戸に、ロープをつたって潜入したことがあった。この恐怖体験が、少年期のワーズワスの心に、トラウマとして深く刻まれることになる。彼はまた、ペンリスの母の実家でも、同じような恐怖を経験している。

　年若くしてコッカマスに嫁いできたアンにとって、この町にはほとんど友人知人もなく、寂しく辛い思いを強いられる日々が多かったに違いない。そのうえ夫のジョンは、暴力的な領主ラウザーの顧問弁護士の他に、カンバランド州一帯の広大な土地管理をまかされ、ミムロ地方の検視官の仕事も与えられていたので、家を留守にすることが多く、また在宅の際には人びとが頻繁に出入りしたため、アンには気苦

コッカマスの古城跡

ダーウェント河

労が絶えなかった。アンにとって五人の子供の育児や家事は、かなり大きな負担であったことは十分に理解できる。そのせいであろうか、彼女は負担を軽減するために、しばしばペンリスの実家をたより、子供たちをあずけることが多かった。詩人は『自伝的覚え書』の中で、幼児期の暮らしについて、

わたしは幼少時をコッカマスと、母方の家ペンリスで半々ぐらいに過ごしていた。

と記しているように、一七七三年の中頃から七四年、七五年から七六年、さらに七六年から七七年まで、ほぼ幼少期の大半をペンリスで過ごしていたことになろう。そのうち一七七六年には、ペンリスにあったアン・バーケットの経営する小さなデイム・スクール（私塾）に、ウィリアムは通うことになったが、そこで出会ったのが、後年、妻となるメアリー・ハッチンスンである。

母の実家ペンリスの祖父母らは、ワーズワス家の子供たちにとって、不幸なことにあまり温情の人とは言えなかった。その人びとの非情さは、ワーズワス家の没落後いっそうひどくなったのである。祖父は「俗物根性で貪欲な人物」と評されていたし、祖母も「似た者夫婦」と呼ばれる有様で、それに加えて叔父にあたる長男のクリストファは、祖父にさらに輪をかけたような薄情な男と見られていた。子供たちの中で、とくに気性の激しかったウィリアムは、日常生活への不満から、少なからず反抗的態度を見せることが多くなった。そのため、母親のアンはその子の将来に危惧を抱いていた。ワーズワスはペンリスの生活を回想して、こう述べている。

（母が危惧した）理由は、わたしが硬直した気分屋で、激しい性格の持ち主だったことである。ある時わたしにお仕置きが加えられ、ペンリスの祖母の家の屋根裏部屋に、放り込まれたのを憶えている。その時そこにあった金属片で、思いつめて死のうとしたことがあった。わたしはその金属片を手にとったが、勇気がくじけてしまった。（『自伝的覚え書』）

この詩人の回想には、子供時代の激しい性格が示されているだけでなく、母の実家での生活への不満が同時にみてとれよう。

母アンの急死

コッカマスのワーズワス家崩壊の序章は、世の常のように突然に訪れた。一七七七年十二月、詩人が七歳半の時、母親アンはロンドンの友人宅を訪れた際にひいた悪性の風邪がもとで寝込んでしまった。『ジェントルマンズ・マガジン』の気象記録[4]によれば、この年の冬は例年になく早く訪れ、すこぶる寒い日々がつづいた。クリスマスの頃、アンはペンリスの実家に戻り、両親の看護を受けることになり、子供たちもみな母親についていった。病状は年を越しても改善せず、翌七八年三月八日、アンは三十歳の若さで夭逝してしまう。実家のベッドに臥して、病み衰えていく母の姿は、七歳の少年ウィリアムの脳裏に深く刻みこまれ、生涯消えることはなかった。

母の早世の原因に関して、医学的根拠となる資料は何も残っていないのだから、推測する以外にはないけれど、確実に言えるのは、ジョン・ワーズワスとの結婚生活において、五人の子供をつぎつぎとあげたことによる肉体的負担、ないしは子育てによる心労と、さらに夫の職業的多忙によってもたらされた心身の疲労などが、蓄積されていたということである。おそらく、十八世紀のイギリス女性が一般家庭で占める地位とくらべれば、アンの置かれていた境遇は、中流でも恵まれた生活であったろうから、彼女が育児や家事に費やした苦労は、決して一般家庭以上に過酷であったとは言いがたい。ただ一般家庭と異なるのは、夫ジョンの仕事の社会的荷重からくる精神的過労であろう。アンのように商家に生まれ育った女性にとっては、「暴力的」ともいえる横暴な貴族に仕える法律顧問の夫を支える家庭内の苦労は、一般家庭の家事の切り盛り以上に大変だったに違いない。結婚後、

ペンリスの母アンの生家

年子《としご》のように五人の子供をあげたアンが、二十代後半には一児ももうけていない事実を考慮すれば、彼女の肉体がその年齢にくらべて、すでに盛りを過ぎていたことを物語っていよう。そんな中で、ロンドンの友人宅を訪問した際にひいた風邪を故郷に帰ってからもこじらせたまま、肺炎を併発して死に追い込まれたのであった。

家庭的な情愛の深かったアンの性格として、ジュリエット・バーカーは、「神に対する敬虔」と「自然を愛する心情」の二点を指摘しているが[5]、そのような資質は詩人ウィリアムと妹のドロシー、さらに後年ケンブリッジの学寮長となった弟のクリストファらに、最もよく受け継がれたものと推察される。

母親アンの遺骸は、死後三日を経て、ペンリスの実家の墓ではなく、当然のことながら、コッカマスの諸聖人《オール・セインツ》教会の墓地に埋葬された。彼女の死後、長男リチャードと次男ウィリアムは、コッカマスの父の家にとどまり、この土地のグラマー・スクールに入学させられたが、三男ジョンと四男クリストファは、ペンリスの母の実家にあずけられ、兄たちがかつて通っていた小さなデイム・スクールに入れられた。五歳になったばかりの、ウィリアムにとって一番親しかった妹ドロシーだけは、母アンの遺言によって、彼女の従姉妹にあたるエリザベス・スレルケルドの養育にまかされた。

アンの死後コッカマスの家に、父は二人の女性使用人を雇い入れたが、母の愛情の支えを失った少年の寂しさは、決してそれによって補われるものではなかった。

わたしはただひとり残され　理由も
分からず　目に見える世界を探し求めた。
愛情の支えが　はずされてしまったのだ。
魂だけで支えられているかのように　その建物だけが立っていた。
（『序曲』第二巻　二九二―二九五行）

母の愛情の支えを失った少年ワーズワスにとって、父の仕事上残されていた生家だけが、どうにか心の支えであったのだ。そんな彼にとって、緑の野原や森の小路をさ迷い歩く日々は以前よりいっそう多くなった。

わたしはしばしば　森や緑の野原に
おまえを求めて　さ迷いあるいた。
その頃おまえは　わたしの希望と愛だった。
姿は見えぬけれど　なお憧れやまぬものだった。　（「かっこう鳥に寄せる」二十一—二十五行）

実際にはこの「かっこう鳥に寄せる」と題する短詩も、多くのワーズワスの秀詩がそうであるように、後年の一七九八年に幼児期を回想して書かれたものだが、幼い子供は緑の野原や森の中に、姿は見えぬ小鳥の美しい啼き声を求めながら、亡き母の面影を思い浮かべ、慰めと癒しを得たのであって、その小鳥がしばしば、母の愛情に代わる心の支えとなったと理解される。

ホークスヘッドのグラマー・スクール

ジョセフ・ギルバンクス師が校長を務めるコッカマスのグラマー・スクールは、子供たちに厳しい訓育がなされず、校長も秀でた人物とはいえなかった。リチャードとウィリアムの兄弟にとって、望ましい成果が得られないとの父親の判断で、二人はコッカマスから南に離れた、ホークスヘッドのグラマー・スクールに転校することとなった。この学校は一五八五年、ヨーク・ミンスター大聖堂のサンズ大主教によって創立された由緒のある名門校で、その名声は近在はもとより、遠く南スコットランドやエディンバラあたりまで、あまねく知れ渡り、その教育水準はイートンやハーロウと変わらなかった。また十七世紀には、ケンブリッジのセント・ジョンズ・コレッジに多額の奨学金を寄附したこともあって、卒業生の多くが容易にその学寮に進学することが許された。
当時この学校の校長は、ケンブリッジのエマニュエル・コレッジでのフェロー（特別研究員）の経歴をもつ、優れた人文学者ウィリアム・テイラーであった。詩人がこの校長をどれほど尊敬していたかは、『序曲』やいくつかの初期の短詩から分かるが、ホークスヘッド・スクールでとくに強化されたのは、古典や数学や幾何学などの学習だった。古典の教育は、ウェルギリウスやオウィディウスをテクストとするラテン詩の暗記と翻訳が中心で、さらにホメロスやアナクレオーンなどのギリシャ古典講読が加わり、その他に数学とユークリッド幾何学が重視された。これらの教育はほとんどテイラー校長から叩き込まれたが、数学や幾何学はケンブリッジの学寮でも同じように主要な課目であり、それが学風でもあった。

さらにテイラーからは、十八世紀の同時代の詩人、トマス・グレー、ウィリアム・コリンズ、オリヴァー・ゴールドスミスらの主要な詩の暗誦を課せられ、イギリス詩歌の悦楽を味わうことを生徒たちは学んだ。こうした教育が、詩人の知識や感性の成長、あるいは人間形成に、どれほど大きな役割を果たしたかは、改めて言うまでもあるまい。ここにウィリアム少年が、「ホークスヘッド・スクール創立二〇〇年を記念して」書いたとされる若書きがある。

大いなる構想によって　心を動かされた　あの高貴なるサンズが、
ホークスヘッドの幸せなる屋根を建ち上げ、それを宝庫と呼んだ。

トマス・グレー

ウィリアム・コリンズ

オリヴァー・ゴールドスミス

そこでわたしは　幼き歳月に
古典の輝かしき教育へと　導かれ、
黄金に縁どられた　永遠なる学問が支配する
桃源郷に　心を遊ばせることを学んだ。

ワーズワス兄弟が学ぶこととなったホークスヘッド・スクールは、教会と隣り合わせに建つ、小さな二階家の校舎に過ぎなかった。生徒数は四十人から六十人ほどの、文字通りこじんまりした学校だが、卒業生の多くはケンブリッジ大学への進学という特典が与えられることで知られていた。そして全校生のうち二十人ほどは、校内宿舎で校長と生活をともにするが、残りの多くの生徒たちは、近くの民家に下宿し、ワーズワス兄弟は後者であった。白い漆喰壁の二階建ての校舎は、現在も当時の姿のまま保存公開されているが、コティジに毛の生えた程度の、そんな小さな校舎で、多い時には一〇〇人近い生徒が学んだこともあった。教室は一階と二階にそれぞれ一部屋ずつあって、質素な木の長椅子と長い机が整然と並んでいた。二階にある図書室の蔵書は、五〇〇冊そこそこに過ぎなかったが、数多くのラテン語とギリシャ語の古典文学、さらにイギリス文学、歴史、哲学、数学、天文学、神学の本や、旅行記、辞典類が収められてあった。十七世紀のアイザック・ニュートンやフランシス・ベーコンの著作が見られるのも、ケンブリッジの学風をそのまま反映していたのであろう。

ホークスヘッドでの学び

当時のグラマー・スクールの授業は、早朝六時に始まるのがふつうで、冬場にはそれが七時にずらされた。それでも七時はまだ暗く、暖気とて十分ではなく、授業は午後五時までつづく詰め込み教育である。昼食には二時間が割かれ、食前と食後にはかならず祈りが課せられた。一日の学習時間は、八、九時間はあったので、低学年の児童にはかなり厳しい課業だったに違いない。ホークスヘッド・スクールで受けた教育の時間は、総計にすれば一万時間はゆうに超えるだろうが、およそ一万時間の基礎的学習は、ひとかどの人間形成に役立つことは議論を待つまでもないだろう。

ホークスヘッド・スクールでのワーズワスの学業は、学内で際立ったもので、早くから秀才の誉れが高く、校長のテイラーからもとくに目をかけられていた。校長は多くの詩歌を暗誦させる、徹底した経験主義的教育をおこなったから、才能のある児童にはそれがすこぶるよい成果をもたらした。

イメージ、情感、言葉、そして詩の、
あの美しい世界で　見出され、探し求められるものを、
ことごとくわたしは味わった。　（『序曲』第五巻　六〇三―六〇五行）

実際にこうした文学的感性ないし素養を、最初にワーズワス少年に植えつけたのは、テイラー校長に他ならなかった。だがこの先生は、ワーズワスが卒業する一年まえの一七八六年六月、三十二歳の若さで急逝してしまう。そして彼は死にのぞんで、日頃目をかけていた数人の生徒を自分の枕元に呼び集め、「わたしの頭はやがて土に帰る」との最後の言葉を伝えてから目を閉じた。ウィリアムは校長の臨終の枕元で、その言葉を聞いたひとりであった。

このテイラー校長の死後、後任の役職に就いたトマス・バウマンは、すでに二年ほどまえから助教としてホークスヘッドの教壇に立っていた、先任者に劣らぬケンブリッジ出の、若い優れた教師であった。彼もまた、すでに高学年に達していたウィリアム少年に、よき文学的感化を与えた。バウマンが得意としたのは、ロバート・バーンズやジェイムズ・ビーティなどスコットランド詩人の他、ウィリアム・クーパー、ウィリアム・コリンズ、さらにトマス・パーシー

ロバート・バーンズ

の『古典詩遺稿』などであったが、それらの書物を少年に貸し与え、いっそう高い段階へと押し上げてくれたのもこの先生であった。バーンズなどスコットランド詩人に対するワーズワスの敬愛は、すでにこの少年時代に植えつけられたと考えられるし、コリンズの憂愁を帯びた静謐な抒情に詩人が共鳴していたことは、一七八九年にリッチモンドを訪れた際に、「コリンズの思い出」と題する短詩を残していることからも分かる。

ワーズワス兄弟がホークスヘッド・スクールに在学中、ずっと下宿していたアン・タイスンの最初の家は、学校から直近の距離にあって、白いモルタル塗りの外観はすこぶる質素に見える。この附近の民家は、ほとんどこのアン・タイスンの家と同じ作りで、建物本体は瀝青岩のスレート岩を積みあげてできていて、それだけではあまり見栄えがしないので、白いモルタルを外壁に塗っている。したがってワーズワス兄弟の下宿だけが、とくに質素だったわけではない。その天井の低い二階の一室に、ベッド二台を並べたのが、兄弟の寝室だった。アンは階下に、ちょっとした食料品をあきなう小さな店舗をもち、夫のヒューは樽職を営んでいた。

この家で囲む食事は、決して贅沢とはいえなかったが、老女が子供たちへそそぐ愛情は物質的な不足を補って十分なものだった。たしかに下宿の食事は概して質素ではあったが、ホークスヘッド近隣の人びとの生活そのものが普段およそ質素なものであって、アン・タイスンがとくに食費を切り詰めていたわけではない。事実、アンが近所の肉屋ジョン・リリーの店で肉を購入していた記録[6]が、T・W・トンプスンによって残されているが、それによると一週間に三シリングを支払い、約三キロないし四キロの羊肉や牛肉を買っている。この肉の購入量は一日にすると五〇〇グラムほどで、子供たちに必要とされる栄養価は、十分に満たしていたと想像できる。さらに、食べ盛りの子供たちを喜ばせたのは、老女が自分の台所のオーブンで焼いてくれる、リンゴのパイや、乾燥果物入りのフルーツ・ケーキだった。

父ジョンの死と生家の喪失

しばしば家庭というものは、予期せぬ不幸に連続的に襲われることがある。ワーズワスがホークスヘッド・スクールに来て、四年目の一七八三年十月下旬のことであった。父ジョンがとある事件の調査のため、コッカマスから西方へ十キロほど離れたヘヴリッグ海岸へ赴いた時に、思わぬ悲劇が起こった。その海岸に打ち上げられた身元不明の死体の処理に立ち会ったのだが、帰途あいにくの悪天候に見舞われて、ジョン・ワーズワスは、ひと晩じゅうずぶ濡れになって雨嵐の中を歩いていたらしい。おそらく妻を失った後も、仕事ひとすじに生きてきた彼にとって、過労が心身をむしばみはじめていたに違いない。その直後床に伏すこととなり、その年の暮れの十二月三十日、四十二歳の働き盛りの父は、そのまま帰らぬ人となってしまう。

父の急死の直前、ホークスヘッド・スクールはクリスマス休暇に入るところだった。休暇になると、ワーズワス家の子供たちは小馬にのって帰宅するのが慣例になっていた。その際に通る峠の道は三叉路で、ひとつはラグデール、もうひとつはアンブルサイドに通じているが、待っている小馬の姿がなかなか見えないので、子供たちは遠くまで見通せるように、小高い丘の頂上にまであがった。その日は嵐が吹きすさぶ悪天、おまけに霧までかかっていて、眺望も思うにまかせず、兄弟は岩かげに身をひそめていなくてはならないほどだった。丘のうえのサンザシの木枝だけが、風にひゅうひゅうと唸っていた。この時の情景は、よほどウィリアムの記憶の奥に残ったとみえ、「エスウェイトの流域」という初期の詩片や、後年の『序曲』にも鮮明に描かれているが、これについては後で述べよう。

父が亡くなったのは、子供たちが帰省して十日も経たない十二月三十日であった。明くる一七八四年一月五日、コッカマスの諸聖人教会《オール・セインツ》で父の葬儀は営まれ、遺骸はその日のうちに、教会墓地の妻アンのそばに埋葬された。それは粉雪の舞い散る寒い一日だった。この父の死については、母の死ほど多くを語らない詩人ではあるけれど、その死が現実の問題としてどれほど大きな衝撃をもたらすことになるかは、幼い子供には即座に理解することは難しかったのかもしれない。父の死は「ひとつの懲らしめ」(『序曲』第十一巻)のように思われたというのは、家まで連れ帰ってくれる小馬を、ひたすら待っていた利己的な想いに対する、子供らしい反応に過ぎないのであって、その時にそれ以上のことを想い描くことができなかったのに違いない。一家を支えてきた父の収入はなくなり、その生活基盤としてのコッカマスの家からも、非情な領主から追い立てられる羽目となった。

詩人が『序曲』でいう「楽しい生家」は、父の死後完全に失われ、子供たちは以来帰るべき家はなく、散りぢりに離れて暮らさねばならず、「家族」というものの拠りどころを失ったのである。実際、父の死は一家にとって、母の死よりもいっそう深刻な不幸を招いたのだった。

ジョン・ワーズワスはジェイムズ・ラウザーに四六〇〇ポンドほどの金を貸していたので、死後その返却を遺族が求めたけれど、その大金は以後二十年間返ってこなかった。だが、父の財産はこの他に現金で二二五ポンド残されていて、さらに家具や貴金属類などがオークションにかけられると三〇〇ポンドほどの金額になり、総計五〇〇ポンドあまりの金が、五人の子供たちの当面の養育費にあてられることとなった。この他にジョンは、彼の父親リチャードが生前ヨークシャーのストックブリッジに入手していた土地の所有権を譲渡されていたため、その土地の賃貸料が毎年一〇〇ポンドほど加算された。子供ひとりが受け取る遺産は、ラウザーからの返却分を合わせると、ほぼ一〇〇〇ポンドになっただろう。また、ジョンは生前において、かなりの読書家であったらしく、イギリス文学に関する著作集をシェイクスピアから十八世紀の小説まで、かなり所蔵していたことに加え、時には詩をたしなむ教養人でもあり、多くの隣人から有徳の人として尊敬を受ける人物でもあった。そのコッカマスの家の二階に収められていた父の蔵書は、長男リチャードと次男ウィリアムとが引き継ぐこととなった。

しかしワーズワスが父親ジョンから受け継いだものは、十二、三歳当時には、母親の愛情による支えほど、直接的には認識できなかったのではないかと思われる。しばしば子供が父と母から受け継ぐものは、前者は後者ほど日常の経験的部分と密接に結びつくことが少ないのだが、やがて長ずるにおよんで、ことに男子は父からも、母に劣らず多大な影響を受けていたことに気づくのだ。ワーズワス家に残された子供たちを待ち受けていた、家族的、社会的環境は厳しいものであったと言わなくてはならない。そのことを痛切に伝えているのが、ウィリアム同様に感受性の強かった妹ドロシーであった。

ウィリアムとジョンとクリストファ、それにわたしとは、これまで幾度となく一緒に涙を流してきました。このうえなく悲痛な涙をです。両親を失った時、くる日もくる日も、わたしたちは身に振りかかった喪失を、これまでになくひどく感じ、毎日あらたな屈辱を受けています。（『ドロシー・ワーズワス日記』）

このドロシーの言葉は、具体的には何ひとつ伝えてはいないが、実際には母方クックスン家の人たちから受けた非情な態度を指しているのかもしれない。両親も家もすべて失った子供たちは、最も優しい庇護を受けてよいはずの肉親の人びとからさえ、愛情のひとかけらも与えられなかったのだが、それは人の世には間々起こり得ることなのかもしれない。子供たちは邪魔者扱いの屈辱を受けたり、また嘘つきだと罵られたというのだが、ドロシーの言葉に偽りや誇張があったとは思えない。まだ成年にも達していなかったワーズワスにとって、このような現実の不条理や肉親の非情が、精神的トラウマになったと、ダンカン・ウーは『ワーズワス・内なる生活』で指摘する。(7) 幼少期の詩人の恐怖体験がトラウマとなった事実は、先に述べた通りであるが、それにさらに逆境の中での新しい精神的痛苦が加わったのである。

「時の場」の経験

父親ジョンが亡くなる一年ほどまえに、アン・タイスンの家はホークスヘッドから東へ半マイルほど離れたコルトハウスという集落のコテイジに移った。この家での下宿児童は兄リチャードの他、ウィリアムと弟のジョンとクリストファ、さらに従兄弟のジョン・マイヤーズら合計で五人だった。ふつうこのあたりの下宿では、三、四人というのが平均であったから、アン・タイスンの家では、子供たちの世話はかなり大変だったと思われる。それに翌一七八四年三月、アンの夫ヒューは二、三日寝込んだだけで、ぽっくり死んでしまった。兄弟にとって、この老人の死は父親の急死の三か月後であっただけに、衝撃だったに違いない。

コルトハウスの家は、以前の下宿と同じように白亜のモルタル塗りの二階家だが、家屋そのものはやや立派で、

スタイバロウ・クラッグ

部屋数も多く、庭も広く取ってあった。そして家からは、エスウェイト湖まで十分足らずで行けたし、北の丘を越えれば、半時間ほどでウィンダミア湖の湖畔にも出られた。そこからの湖の眺望は絶景で、詩人の初期の習作「美と月光」にも唱われている。

黒い弧線をえがく　雲間からのぞく月光が
優しく輝きわたる線を　わたしは見た、
だがその光の裾は　黄色には染まっていなかった。　（「美と月光」）

これは若書きであるから、単に夜明けまえの湖畔の情景を描いているに過ぎないのだが、その頃、少年は早朝の散歩を日課にしていた。ホークスヘッド・スクールの始業は六時からであるから、五時頃に早起きして、この湖岸の散歩に出かけたのであろう。いずれにしても、コルトハウス周辺の自然は、ホークスヘッドよりも豊かであって、少年の詩心は徐々に芽生えはじめた。そこで彼の詩心は、後年の自身の言葉によると、特別の時間と空間に支配される「時の場《スポッツ・オブ・タイム》」(8)の経験と結びついて、精神的に深まっていったという。この時の経験は、フランスの作家マルセル・プルースト風の回想をともなって、後年の自伝詩『序曲』に表象されることとなる。

これは近くのパタデール湖畔に、少年ウィリアムが遊びにいった夏休みのことである。少年は湖岸に一隻のボートを見つけると、たったひとりで夕暮れの湖に漕ぎ出した。折から月がのぼり、湖の岸辺にはスタイバロウ・クラッグと呼ばれる巨大な岩の絶壁が、そそり立っていた。

その巨大な絶壁が、
まるで生き物のように　ゆっくりと

頭をもたげ、立ち現われてきた。
……
あの光景を見てから
幾日ものあいだ　未知なるものの存在について、
漠然としてではあるが　わたしの頭は
こだわりをもち、心の中に
孤独というか　空虚なむなしさという
ひとつの暗室が　できてしまった。　（『序曲』第一巻　四〇五―四二二行）

この場の情景は、その背後にグレリディング・トット、さらにその奥にブラック・クラッグなどが控えているのであって、月光の中ではそれらの峰々はまるで「生き物」のようであり、ボートを盗み出したという少年の罪の意識が、その恐怖心をいっそうかき立てた。彼は恐怖心に襲われ、あわててボートで元の湖岸まで戻った。この体験は表面的には少年らしい、たわいのないものに過ぎないが、詩人にとっては「時の場」と呼ぶに値する特別の象徴的時間と空間を意味する神秘的体験となった。そしてさらに言うなれば、その体験は精神的トラウマとも重なるのであって、少年の心の奥底に潜在する、あの「喪失感」とも触れ合うのである。こうした体験を通じて、ウィリアムは「未知なるものの存在」に対する恐れを感得するが、「自然の観照によってやがて神に導かれていく」(9)と指摘するグレアム・ハフの言葉を、過剰に受け取る必要はないのであって、むしろ詩人の「時の場」には、そのような形而上学的意味を見落としてはならないのだ。

個の自覚の芽生え

「木の実採り」と題する詩は、一七九八年に書かれた短詩だが、この詩には先の詩句と同様、ウィリアム少年にとっての精神的トラウマと、「時の場」の象徴的意味が暗示されている。彼は釣棒をもち、ずだ袋を肩にかけて、ハシバミの木の実を採りに、近くの森に出かけていった。

わたしは立ち上がって、樹木の枝を地面に　引きおろし
容赦なく力まかせに　木枝をへし折った。
するとハシバミの奥処《おくが》と　緑と苔むす　木陰とは荒らされ、
傷つけられながら　黙って身をまかせていた。
わたしは　今の気持ちを混じえ
過ちを　振り返るつもりはないが、
王の富にも優る宝に　心が昂ぶり
あの木陰から　立ち去ろうとした時、そこの
静かな木立や　そこに割り込んできた
青空を見あげて　わたしの心は痛んだ。　（「木の実採り」四十三―五十二行）

この詩に描かれている詩人の内的風景もまた、トラウマ的象徴性を暗示する。人跡も稀な森の奥処に、ひとり侵入したワーズワス少年は、そこにたわわに実るハシバミの木の実を見つけ、しばらく自然の中で法悦にひたった。やや大袈裟にいうと、あの『失楽園』で、木の実を食べたアダムとイヴが経験したような、快楽の後の悔恨と苦悩というアンビヴァレンスを彼は感受している。ただし、ジョナサン・ワーズワスが、その少年の心の痛みを「あまり道徳的に読むべきではない」(10)と指摘するように、道徳的深読みを避けるのは当然だろう。

だがこの詩をよく読んでみると、「心の痛み」の部分に、少年の喪失体験、すなわち父母と故里の家を失ったことに対する「トラウマ」が内在することは明らかである。そしてここでさらに見過ごしてならないのは、ジョ

ナサン・ワーズワスの言葉にあるように、自然に対する「境界領域」の体験を通じて、ひとりの人間としての自覚と自立心とが確実に芽生えている事実である。すなわちこのような自然との対話によって、少年は心身ともに日々成長を遂げたのである。

さらに、少年の「花たちとのたわむれ」に、性の目覚めが読みとれる。人間としての個の自覚は、性的感覚を抜きにしてはあり得ないことだった。とはいっても、ワーズワスの幼少期の性の目覚めが、現実的にどのような内実をともなっていたかを知ることは難しい。一七七六年ペンリスのデイム・スクールで、たまたま一緒だったメアリー・ハッチンスンとは、ほぼ同い年でもあり、気心が合ったらしく、仄かな情愛を抱いていたと思われる。それが詩人の初恋だったのかもしれない。その後長い間少年は、少女と会う機会はほとんどなく、その感情がどのように変化したかは不明ではあるけれど、彼女が彼にとって重要な存在であったとは考えられない。

アダムとイヴ

だが少年ウィリアムにとって、一歳年下の妹ドロシーの存在は大きかった。妹には他の兄弟とは違った、異性に対する微妙な情愛を抱いていたことは明らかであり、それは後年の「ルーシー詩」の解釈の際に、詳しく述べる必要があろう。幼少期の兄妹はコッカマスの生家の庭で、楽しい思い出を分かち合っていた。その細やかな情愛あふれる場面は、一七九〇年代に書かれる「雀の巣」や「蝶に寄せる」などの短詩で新鮮に描き出される。少年にとって心優しい妹ドロシーは、「甘美な涙の源としての心と、愛と、思考と喜悦」とを与えてくれる女性であった。父母の死後九年間、兄妹はほとんど再会することなく過ごしたが、ワーズワスがホークスヘッド・スクールを卒業する頃に、一か月ほど二人だけで暮らす機会が訪れた。その頃から、兄の妹に対する情愛がいっそう深まったことは事実だろう。

幼少期のワーズワスの性的覚醒は、先の「木の実採り」に見られるように、個の自覚だけでなく、詩的情感ないし詩想の発達と成熟に、極めて大きな影響を与えたことは言うまでもない。その際ウィリアム少年の自然の中での成長とともに、ドロシーという幼い異性に対して潜在する感情、すなわち、フロイト的に言えば性感覚を、見過ごすことはできないのである。

「エスウェイトの流域」

一七八七年の初夏にホークスヘッド・スクールを卒業し、秋にケンブリッジ大学へ進学するまでの前後数か月の間に、ワーズワスはソネットやバラッドを含む初期詩篇を七、八篇書き残している。この期間が詩人の詩的萌芽の発育に、最も重要だったと見做すことができる。それら初期詩篇のうち、最も評価の高い作品が「エスウェイトの流域」と呼ばれる五〇〇行ほどの中篇詩である。ワーズワスはこの時期、まだ主としてコルトハウスのアン・タイスンの下宿にいたので、近くのエスウェイト湖畔の散策を日課としていた。周囲が六キロほどある湖は、散歩者の詩的気分を満たしてくれる場所であり、スクール時代の日々を回想するのにも格好の環境であった。

エスウェイト湖畔を　ひとりさ迷いながら
わたしの魂は　不思議な幻を感じた、
暗がりに包まれ　黄昏が
雲間より　ゆるやかに迫ってくる。（「エスウェイトの流域」七十五―七十八行）

こうした湖の附近の、季節が織りなす神秘的とさえ感じられる情景を描きながら、詩は回想部へと転回する。この詩の情景描写には、ジェイムズ・トムスンの『四季』の投影が感じられるが、その核心部はあの「時の場」と呼ぶべき場面であり、ボーウィックの丘で帰省の小馬が迎えにくるのを待っていた時の、冬の突風が吹く夕暮れの情景である。

サンザシの茂みに　冬の突風が激しく吹きつけ、
あわれな羊の群れは　縮みあがって
冷たく頭《こうべ》を垂れ　羊の囲いをさがしていた。
その夕暮れ　長い長いあいだ　わたしはひとり
険しい崖の上で　厳しく吹きすさぶ風にさらされ、
長い長いあいだ　家まで連れていってくれる
小馬を　目に涙をためながら　眺めていた、
父の棺《ひつぎ》のうえに　悲しみの涙を
流すことになる　小馬が来るのを。　（「エスウェイトの流域」二七五—二八三行）

この詩片は「スクール時代で最大の野心作(11)」であると、ダンカン・ウーが『ワーズワス・内なる生活』で評し、その「内的意味」に着目した。事実詩人にとって、この「時の場」の情景が、とくに印象深いものであったことは、後年の『序曲』にも、ほとんど同じような場面が再現されていることからも分かる。

この「時の場」の情景は、回想としてしばしば繰り返される「喪失感」を包摂しながら、倫理観をも表徴している。少年に「悲しみの涙」を誘うのは、父の死の喪失に対する「悲しみ」と同時に、悔恨の情をともなう罪の意識という倫理性である。詩人が『抒情歌謡集』の「ティンターン修道院」で、表徴的に帰納した「人間性にともなう悲しい音楽」（sad music of humanity）の基調は、すでに「エスウェイトの流域」での「悲しみの涙」のうちにみてとれるといっても誤りではないだろう。ワーズワスの習作時代の若書きであったこの詩は、完成原稿とは見做しがたいが、

ジェイムズ・トムスン

すでに「詩的鉱脈」に深く到達している事実を、ここで確認しておきたいと思う。
こうした詩的覚醒が、ホークスヘッド・スクール時代に不確定的ながらも見られるが、それは言うまでもなく少年期の終わりを意味した。不確定的というのは、彼個人はまだ詩人への路を自覚していたわけではなかったからである。

愛しき故里よ、今日　この別れに際して
わたしは心より　言おう、
わたしの足が　どこへ向かおうと
また　行く末が　いつ終わろうと、
その時　一本の絆が
故里の想いと　結ばれているなら、
わたしの魂は　おまえに　過去の風景と
思い焦がれる視線とを　向けることになろう。

こうして　遠い西空に
太陽が　沈みゆくとき、
この谷間に　暮れゆく光も
思い出の　閃きもないけれど、
朝陽がのぼる　穏やかな丘のうえには
優しくも　ふたたび光が射し拡がるのだ。

（「学校を離れるに際して」一―十四行）

湖水地方の湖岸の風景

この短詩には、バウマン校長から教わったコリンズの「夕べに寄せるオード」の風景が、影を色濃く落としているのは明らかだ。その詩想は幼く未熟ではあるが、ホークスヘッドを去るにあたっての、来たるべき将来に向けての万感の想いは、十分に伝えているだろう。詩人がすでに、自分を育んでくれた故里と「過去の風景」への回想を重視していることは見過ごせない。彼の故里へのこだわりと回想とは、詩人の詩想の原点とも見做される、大切な視点であった事実を強調しておきたい。

故里を離れケンブリッジへ

詩人が九歳の時、一七七九年五月に入学したホークスヘッド・スクールの学業は、八年の在学後、一七八七年の六月に終了した。その間に彼が受けた教育の時間は、先述したように約一万時間に相当すると考えられる。そして卒業後の七月初旬、ケンブリッジのセント・ジョンズ・コレッジから、ワーズワスは特別給費生《サイザー》として正式に入学を許され、指導のチューターがエドワード・フリーウェンに決定したとの通知を受けた。詩人は後年『序曲』第一巻に、ホークスヘッド・スクール時代の八年間を懐古して、次のような詩句を残している。

わたしの魂は　美しい種蒔きの時期を得た。
わたしは　自然の美と恐怖に等しく養われて成長した。
生まれた場所は　自然に恵まれてはいたが、やがてそこから
移り住んだあの愛しい谷間も、それに劣らず恵まれていた。
（『序曲』第一巻　三〇五―三〇八行）

ここで詩人が総括しているのは、先の詩の繰り返しでもあるが、八年間の学校生活が、人生の種蒔きの準備期間として十分であったことと、そのうえ、ホークスヘッド周辺の自然環境がすこぶる美しく恵まれていたことである。ワーズワスはたしかに両親と家の喪失という「恐怖」に等しい最大の不幸を幼少期に背負わされたけれど、

その喪失体験を含めて、恵まれた学業の準備期間と、湖水地方の美しい豊かな自然空間とが存在しなかったならば、彼の詩人としての成功はあり得なかったに違いない。これら二者のうちそのいずれを欠いても、詩人ワーズワスの誕生は、想像できないと断言できる。特別給費生という身分ながら、兄リチャードの後を追い、ケンブリッジへの進学が決まり、新しいガウンも手元に届けられた。十七歳の詩人の胸は夢で膨らんだだろうが、将来の進路はぼんやりと濃い霧に包まれて、十分に見えていなかった。

注

(1) Jonathan Wordsworth, *William Wordsworth and the Age of English Romanticism* (New Brunswick: Rutgers University Press, 1987), 1.
(2) Thomas De Quincey, *Autobiographical Sketches* (Boston: Ticknor, Reed, and Fields, 1853). ディ・クインシーはこのエッセイを『ロンドン・マガジン』に一八三四年から一八五三年にかけて連載した。
(3) コッカマスにある詩人の生家は、一階に五室、二階に六室あり、裏庭は殺風景だが広い。
(4) 『ジェントルマンズ・マガジン』の気象記録——一七三一年創刊のエドワード・ケイヴによるこの月刊総合雑誌には、毎号巻末に日々の天候、温度、湿度などを記録している。後発の『アニュアル・レジスター』にも同様の記録がある。観測地点はロンドンのストランドである。
(5) Juliet Barker, *Wordsworth: A Life* (New York: Ecco, 2005), 15.
(6) T. W. Thompson, *Wordsworth's Hawkshead* (London: Oxford University Press, 1970), 165.
(7) Duncan Wu, *Wordsworth: An Inner Life* (Oxford: Blackwell, 2002), 76.
(8) 「時の場」—— 'spots of time' は従来「時の点」ないし「時点」と解釈されてきたが 'spot' の一義的意味は「場」であるから、本書では「時の場」という訳語を採用している。
(9) Graham Hough, *The Romantic Poets* (London: Hutchinson, 1953), 'Wordsworth and Coleridge'.
(10) Jonathan Wordsworth, *Ibid*., 43.
(11) 初期詩片中で「エスウェイトの流域」の短詩を最も重視しているのは、ダンカン・ウーであるが、この詩は従来のセリンコート版の全集には見られず、一九九七年のコーネル版に初めて初期詩片として発表された。

2 ケンブリッジと大陸旅行

セント・ジョンズ・コレッジ

キングズ・コレッジ・チャペル

ホークスヘッド・スクールでの八年間におよぶ学業を、近年にない優秀な成績で終えたワーズワスは、一七八七年十月、二頭立ての四輪馬車に乗って、ケンブリッジに向けて故里を離れた。詩人は十七歳なかばであったが、この年になるまで故里の湖水地方から遠出をしたことはなかった。馬車にはセント・ジョンズ・コレッジでフェローを務める母方の叔父ウィリアム・クックスンと、ホークスヘッドの同窓で三歳年上の従兄弟ジョン・マイヤーズとが乗り合わせていた。

湖水地方からケンブリッジまでは六〇〇キロをゆうに超えるが、これはちょうど江戸から京へ行くほどの距離である。当時の馬車の速度は平均時速六キロと推定されるから、一日六十キロとすれば十日ほどの大旅行だが、十八世紀当時、江戸から京に上るには、二十日から一か月近くもかかっていたことと比較すれば、当時の馬車による旅行ははるかに恵まれ便利であった。

湖水地方からケンブリッジに行くには、イングランドの背骨にあたるペナン山脈を越えなくてはならない。このウェスト・ヨークシャー地方のストックブリッジはワーズワス家ゆかりの土地で、一家はそこにまだかなりの地所を所有していた。このヨークシャーを過ぎると、馬車は単調な田園と丘陵のなだらかな起伏の多い街道を進んだ。十月三十日、ケンブリッジの象徴ともいえる壮麗な尖塔の聳えるコレッジのチャペルが、街道のはるか彼方に、その姿を現わした。そのまま詩人たちを乗せた馬車は、中世の名残りをとどめる城の土盛りの脇を通り、霧のかかったケム河の石橋を渡ると、旅の終点となっていたフープ館という旅亭のまえでとまった。入学先のセント・ジョンズ・コレッジの学寮は、その目と鼻の先にあった。

学内の階級的格差

ワーズワスは叔父クックスンにともなわれ、ポーターズ・ロッジと呼ばれる学寮事務所に立ち寄り、部屋の割り当てを受けた。割り当てられたのは、食堂のちょうど真上にある、二階二十三番の薄暗い部屋で、厨房の話し声や食器洗いの音が響いてきて、決して上等の部屋とは言えなかった。しかしマイヤーズ同様、ワーズワスは特別給費生《サイザー》であったから、分の悪い部屋を当てられても仕方ない。当時ケンブリッジ大学の学生は、貴族や上流子弟の「フェロー・コモナー」、次に大部分の学生が属する「ペンショナー」、それに少数の特別給費生「サイザー」の三階級に分かれていた。

　これはれっきとした階級的格差というものであって、たとえば特別給費生の場合、他の学生と異なるガウンを着用し、食事でも差別待遇を受け、上流のフェロー・コモナーの食事の給仕を務めることさえ強いられた。こうした屈辱的義務は、幸いなことにワーズワスが入学する八年ほどまえに廃止されていたといわれるが、特別給費生の食事にフェロー・コモナーの食事のあまりものが用いられる慣習は残っていた。ワーズワスが身分と階級による格差を、全然意識していなかったかといえば疑問が残る。彼が学生時代を回想する場合、学生たちの身分の格差に関して、否定的な見解を示すことはほとんどないといってよいのだが、後年のフランス革命時代における彼の社会・政治意識には、イギリスの階級社会に対する鋭い批判がみられるのも事実である。

　詩人の個人的疎外感や、差別感の有無にかかわらず、その時代にオックスブリッジのいずれかで学寮生活を送ることができる学生は、社会階級的に見ればある種のエリートであったことは間違いない。現実問題として、これらの大学の卒業生の進路を見れば、法曹家ないしは政治家、教会司祭、あるいは大学フェローとか地方のグラマー・スクールの教師などであって、それらはいずれも恵まれた社会的地位を保障される職業であった。

　ワーズワスの身内の人びとを見ても、法曹家、牧師、政治家などが多く、実兄リチャードはすでに同じ学寮に在学し、父親と同じ法務家への進路を決めていたし、ウィリアム自身も入学当初は叔父にならい、司祭職で身を立てることを漠然と意識していたのである。したがって周囲の人びとも、彼が将来そのような道に進んでくれることを望んでいた。実際、妹のドロシーも、ウィリアムとクリストファ（四男）の二人は、兄弟中でも最も頭脳明晰で、彼らは当然司祭職に就くものと考えていた。

ケンブリッジでの生活

ワーズワスが入学を許可された学寮は、一五一一年に聖ヨハネ修道会によって創建されたセント・ジョンズ・コレッジであるが、当時、学寮の母体は、イングランド国教会であった。この学寮は、隣にあるトリニティ・コレッジに次ぐ伝統を誇る名門であって、卒業生にはトマス・ワイアット、ロバート・ヘリックら詩人の他に、科学者として著名なアイザック・ニュートンもいた。ワーズワスにとってのケンブリッジでの大学生活は、『序曲』においてそのすべてが、初々しく簡潔に描かれている。[1]

すべてのものが夢のようだった。
わたしはさまざまな光景の中を　楽しくさ迷い歩いた。
重々しく壮麗なガウン、博士たち、学生たちと町並み、
学寮の庭、回廊、教会の信徒たち、門と尖塔、
北の国から出てきた若者にとっては、目新しいものばかり。
（『序曲』第三巻　二十八—三十二行）

これらの詩句を注意深く読むと、ケンブリッジの全体的雰囲気が、学問的であると同時に宗教的であることが分かる。「学寮の庭、回廊、教会の信徒たち、門と尖塔」というイメージは、キリスト教会の伝統そのものであって、近代へと進みつつある大学が、依然としてキリスト教的伝統主義を色濃く備えていたといえよう。事実、学寮における朝夕二回の礼拝堂《チャペル》での祈りは司祭長《ディーン》によっておこなわれ、それへの出席は義務付けられていたのであり、こうした伝統は多少の変貌は遂げつつも、今日でもなお維持されている。

セント・ジョンズ・コレッジの中庭

セント・ジョンズ・コレッジでは、十八世紀においてはとくに、幾何学や数学が重視されたが、ホークスヘッド・スクールで、ケンブリッジの学風を受け継ぐ教育を受けていたので、すでにワーズワスにはそれらの学問の下地ができあがっていた。したがって、入学の二か月後におこなわれた学科試験では、ワーズワスはマイヤーズと首席を争うほどの好成績を修めたのである。そして翌年には、学寮フェローの叔父クックスンの助言もあって、詩人は奨学金を付与されることになった。

しかし、ケンブリッジでの学生生活における「夢のような」季節は、そんなに長くはつづかなかった。

わたしの生活は　呪文にかかったように堕落し、
浮き沈みする小島、捉えどころのないものとなった。　（『序曲』第三巻　三三九—三四〇行）

比較的自由の多い大学の学生生活では、「堕落」や「浮き沈み」は避けがたいものかもしれない。実際ワーズワスの学業も、すこぶる好成績を修めたのは最初のうちだけで、やがて下降線をたどる。しかしこれは、詩人が無闇に怠けていたせいではなく、大学当局によって課せられているスコラ的学問研究や教育の方向性に、適応しなかったということだ。もしくは好き嫌い、というより志向性の問題であって、彼としてはもっと幅広い、自由な学問の有りようを求めていたからに他ならない。さらにまた試験制度そのものにも馴染めず、他の学生たちがしているような、ある意味、卑劣とも思える要領のよい学習方法にまったく気乗りがしなかったのである。

ケネス・ジョンストンの『隠されたワーズワス』(2)は、数々の論争を巻き起こした書物だが、ワーズワスが在学した当時のケンブリッジの学生風俗の実像をかなり具体的に描き出している。詩人も『序曲』の中で、当時の学生たちの不品行について詳細に物語っているように、ケンブリッジの学内や路地では、暴力沙汰とか酔っ払いによる喧嘩口論がしばしば見られたとジョンストンは指摘する。立派な紳士が白昼堂々とピストルによる血闘をすることが、社会的に認められ、絞首刑の執行が昼間に多数の群衆の面前でおこなわれるような、かなり乱暴な風習が残っていた時代であるから、オックスブリッジのエリート学生たちの乱暴狼藉も、かなり世間的に黙認されていたのであろう。

後年ワーズワスは、オックスフォード大学で学生生活を送っているディ・クインシーに宛て、オックスフォードはケンブリッジよりも、いっそう学生の性道徳が乱れているから心配だとしながら、自分の学生時代にも放蕩学生が多かったと嘆いている。ジョンストンもまた先の著書で、夕闇にまぎれて街角で学生を誘う売春婦や、あるいは「ルーカリー」と称する売春宿で淫らな行為に耽る学生たちを描く、トマス・ローランドスンの風俗画を紹介している。

しかし特別給費生という身分で、あまり経済的余裕があったとも思えない若きワーズワスが、いわゆる悪所にしばしば出入りしていたとは考えられないし、ジョンストンにしても、彼の性的行動を具体的に記述しているわけではない。ワーズワスの性的覚醒については、前章においてもホークスヘッド・スクール時代の「木の実採り」の詩ですでに触れているが、ジョンストンは抽象的に、詩人がケンブリッジ時代に性的体験をしたと推定するのみで、「彼の想像力の覚醒が性の自覚と結びついていた」と指摘しているに過ぎない。

トマス・ローランドスンの絵

「彼が通過儀礼ではなく放恣から身を引き、自分の性的エネルギーを……詩や詩の観念、あるいは詩人としての観念に置き換えた可能性が高い」とする見解は、すこぶる妥当な結論であろう。したがって先に引用した『序曲』の「わたしの生活は呪文にかかったように堕落し」とある部分を、われわれはあまり過剰に解釈すべきではないだろうし、彼が特定の女性と恋愛関係にあったとは考えられないのだから、具体的にこの問題をとりあげてこれ以上論じることは意味がない。

自然愛と宗教的情感

すでに述べたように、当時のケンブリッジの学寮は、すこぶる宗教的雰囲気に包まれていて、朝夕二度の礼拝堂での祈りも義務とされ、欠席するとチューターから注意を受けたが、それにすら詩人は若者らしい反発を感じた。彼に信仰心がなかったわけではなく、ホークスヘッド時代には、課されるままに聖堂でひざまずいていたけれど、大学では自由意思が尊重されなければならない、というのが反発の根拠であった。詩人は『序曲』の中でそれを、「心にわだかまった疎外感」(3)と表現している。しかし、将来に対する自分の生き方や家族との関係を考えた場合、ワーズワスは比較的自由な立場・環境に置かれていたと見做すことができる。とはいえ、ドロシーも兄は司祭職に進むと長い間考えていたように、家族や親族周辺からの本人に対する期待は存在していたに違いなく、自身の身の振り方については、詩人とてむろん無関心でいられなかったことは言うまでもなかろう。

しかしながら、学寮でも重視されている司祭職に向かうような学業には、進んで取り組む気にならず、兄リチャードのような法曹界に進む気もなかったため、不安や動揺は避けられず、学寮の仲間からも外れ、疎外感に陥ってしまった。だがやがて彼自身に内在する自己本位の精神に基づいて、目的意識に目覚める。

わたしはまるで目が覚め、召し出され、呼び起こされ、圧倒されて、
普遍的事物の探究に　向かいはじめた。　（『序曲』第三巻　一〇九—一一〇行）

この「普遍的事物の探究」の精神の基底部に、ワーズワスに生得的に内在した自然崇拝の心情と、宗教的想念があったことはまぎれもない事実であった。ケンブリッジ入学後の二年目の夏期休暇に、詩人はホークスヘッドのアン・タイスンを訪ね、そこにしばらく滞在した。彼はその折に『夕べの散策』という詩を書く。

いまや宗教的畏れを抱きつつ　夕暮れの光は

夜の厳かなる色合いと　混ざり合っている。
山のうえにかかる　まだらなる雲の間、
西方の立派な小屋のあたり、その影は拡がり
仄暗き方角を照らす　女神ウーナのように
黄昏時の定かならざる　姿がさ迷っている。
（『夕べの散策』二二二―二二七行）

このコリンズ風の夕べの風景に、ワーズワスの詩想の特質である、自然美への畏敬と宗教的情感とを見出すことは容易であろう。

すでに前章でも述べたように、ワーズワスはホークスヘッド・スクールで、ラテン語をはじめ古典文学の基礎をしっかりと叩き込まれていたが、さらにケンブリッジで亡命中のイタリア人学者アウグスチノ・イソラから、イタリア語とルネサンス文学の個人指導を受けたことは、幾人かの批評家が指摘するように、見過ごしてはならない事実であろう。[4] イタリア・ルネサンス期の詩人ダンテ・アリギエリの『神曲』、劇作家で詩人のルドヴィコ・アリオストの『狂乱のオルランド』、同じく詩人トルクァート・タッソーの『エルサレム回復』などの長詩の他、ミケランジェロの『ソネット集』にいたるまで、相当に高度なイタリア語とルネサンス文学の、厳しい個人指導を受けたのであった。後年ワーズワスは、ダンテと並ぶアリオストの『狂乱のオルランド』の翻訳を手がけてい

ダンテ・アリギエリ

ルドヴィコ・アリオスト

『狂乱のオルランド』扉

るし、また彼の代表作とも言うべき『序曲』や『逍遥』に、ダンテやアリオストの思想や手法の影響が多分にみられると思う。

われわれがワーズワスの詩想を考える時、自然愛にまず目が行くのは当然のこととしても、彼自身が「普遍的事物の探究」(『序曲』第三巻)を志向したというように、その基底部にイタリア・ルネサンス詩人たちに通底する人間中心の普遍的精神としてのヒューマニズムが存在することもまた自明の事実である。そしてそこに、イギリス・ルネサンス期のシェイクスピアや、後期ルネサンスに属するミルトンらの詩想が介在することは言うを待たない。

ケンブリッジ入学の三年目、すなわち一七八九年、夏期休暇の最後九月中頃から、ワーズワスは前年に引きつづき、ホークスヘッドの老女アン・タイスンを訪ね、そこに一か月ほど滞在した。故里コッカマスの生家をすでに失った詩人にとって、少年時代の大半を過ごしたアンの下宿は「懐かしいわが家」に等しい家だった。だが、彼の里帰りもこれが最後の機会となってしまう。すでに七十六歳を超えた老女の口から、この年限りで下宿を閉じる、という悲しい話を聞かされたのだ。亡き母親アンの愛情と変わらない、細やかな情愛をそそいでくれた彼女の下宿が、この地上から消えてなくなることに、彼はかつての生家の場合と同じような喪失感を、ふたたび味わうこととなったのである。

最初の大陸旅行

夏期休暇に入って間もなく、七月十四日、パリのバスティーユ監獄から、のちに革命へと進展する暴動が発生した。しかし詩人は当時この歴史的事件について、どこにもその記述を残していないのである。ロンドンの新聞や雑誌のような定期刊行物(5)も、当時この事件を正確に伝えるものは七、八月にはまだほとんどなかったのだから、ワーズワスがそのことの重大性を知ったのは、よほど後のことであったと推定される。日刊紙『タイムズ』でさえ、フランス革命の前年一七八八年に創刊されてはいたが、その第一報には、バスティーユ牢獄での暴動とそれに発する革命にはいっさいの記述はなく、ただ意外にも破壊された牢獄の建物の跡かたづけが始まったとの、断片的な事実を伝えているに過ぎなかった。当時の情報の伝達は、今日とはくらべることができないほど遅かったということである。

大学生活もあますところ後一年となり、アン・タイスンが下宿を畳んだことによって、学生としての自由を満喫できる最後の夏期休暇を、これまでのようにホークスヘッドで過ごすわけにもいかなくなったワーズワスは、かねてより希望していた大陸アルプスへの旅行を、同じ学寮で最も気心の合う友人、ロバート・ジョーンズと計画した。湖水地方で少年期を過ごした詩人は、ホークスヘッド・スクール時代に、ウィリアム・コックスの『スイス旅行記』や、ジョン・ムアの『フランス・スイス・ドイツ旅行』などの書物と親しんできた。あるいはまたトマス・グレーの『グラン・シャルトルーズ修道院』の紀行文にも、かねてより魅せられていただろう。

十八世紀において、良家の子弟が「大陸旅行《グランド・ツアー》」によってひとりの人間としての箔をつけることは、一種の流行ないしは慣行と見做されてきた。この「大陸旅行」の最終目的地は、ヨーロッパにおけるキリスト教会の聖地ローマ、より具体的に言えば、サン・ピエトロ大聖堂であることが一般的であったが、ワーズワスのそれはローマではなく、「はるかなるアルプス」(『序曲』第六巻)だった。大陸フランスは革命の騒乱で、社会的混乱に陥っていたから、それを避けようという意向はあったと思われる。だがそもそも詩人に、聖地ローマ訪問の意志は微塵もなかった。その意味ではワーズワスの「大陸旅行」は、世間一般の常識や慣行からは、かなり外れていたのである。そこに彼の自然崇拝の志向性を優先した「大陸旅行」のもつ意義を認めなくてはなるまい。

今回の旅行に同行を求められたロバート・ジョーンズは、北ウェールズの山間で育ち、教会牧師を父にもつ、詩人と同じような社会階級の出身で、学寮では誰よりも親密な関係を築いてきた仲間である。ふつう「大陸旅行」は、貴族や上流階級の子弟ともなれば、馬車旅行で従者や医者まで同行するものだが、経済的に恵まれていない若者にとってそんな贅沢三昧が望めるはずもない。ワーズワスたちが計画したのは、費用をできるだけ切り詰めた徒歩旅行だった。しかしこの旅行計画について、兄妹はじめ近親者の誰ひとりとして事前に知らされてはいなかった。

　彼らがロンドンを出発したのは、一七九〇年七月十一日である。ふつう七月はパラダイス的な快い日が多いのだが、この年はあいにく雨や曇り日が多く、この日も朝から小雨が降っていた。ドーヴァーから対岸のカレーに着いたのは、七月十四日の夕刻だった。その日はちょうど革命の一周年にあたり、フランスの各地でバスティーユ陥落を記念する革命記念祭が賑やかに催され、カレーでも夜更けまで人びとの歓声が絶えなかった。

それはヨーロッパが　歓声に沸きかえる時だった。
フランスは黄金時代の頂点に立ち、人間性が
ふたたび生まれ変わるかに　思える時だった。　（『序曲』第六巻　三五三―三五五行）

　市内のあちこちの教会は、やかましく鐘を鳴り響かせ、祝砲の音は空をつんざかんばかりだった。だが詩人がここで言う、「フランスは黄金時代の頂点に」立ったとの政治的歴史認識は、後年のものに違いなく、一七九〇年の時点で、彼が革命をそのように見ていたかどうかについては、決定的なことは言えないであろう。

　革命は一年を経過して、封建的旧体制に打撃を与え、プチ・ブルジョワジーや商工業者の階級まで、全国に広範な支援層を獲得していた。また政治的には自由と民主主義の体制の実現を、経済的には資本主義社会の確立をめざす国民運動へと発展していた。だがその時点で、ルイ十六世は王妃や王子たちとともに、ヴェルサイユ宮殿からパリに呼び戻されていたものの、彼らは依然として国王や王妃、王子の地位にとどまっていた。とはいえ、市民たちによって樹立された国民公会議は、政治権力を実質的にすべて掌中におさめ、自由と平等の国民主権を確立し、革命そのものも第二段階まで進捗していた。

　先にも述べたように、詩人がフランス革命の進捗過程を逐一正確に把握していたとは思われないが、その後の革命の大局的な流れや革命の普遍的理念について、大きな関心を寄せていたことは間違いない。それはフランス

国内だけの問題ではなく、ヨーロッパ全体の政治社会に関わる重要な問題であって、物の分かった人なら、十分に認識しておかなくてはならない課題であった。

ワーズワスとジョーンズ、この旅する二人の若者は、カレーを出立してから、アラース、ソワソン、セザン、トロワなどの町を通過したが、どこへ行っても民衆たちは新生フランスへの歓喜に沸きかえっていた。旅の最初の目的地は、スイスとの国境に近いシャルトルーズであった。カレーからシャルトルーズまでの行程を見ると、彼らが革命の動乱に荒れるパリを避けていることは注目に価しよう。その事実は一七九一年の二回目のフランス行とはまったく異なるのであり、意識的に革命の混乱に巻き込まれるのを避けていたことが分かる。彼らはフランスの北の外周部を、巧妙にたどる行程を選んでいた。八月二日、ワーズワスはスイスの国境に近いリヨンを経て、さらに徒歩で東に進み、四日にはグラン・シャルトルーズ修道院に入った。修道院は海抜四〇〇メートルの山頂に聳え立っていた。附近の風景は、故里の湖水地方を思い出させたが、険しい峰を誇る山々、陰深い森林、森厳とした深い峡谷は、故里の景観とは比較にならないほど壮大に思えた。

中世に創建されたそのカルトジオ会の修道院には、ケンブリッジの学匠詩人トマス・グレーが友人のホレス・ウォルポールとともに、半世紀ほど以前、一七三九年に訪れたことがあった。当時修道院には、一〇〇人ほどの

グラン・シャルトルーズ修道院

ホレス・ウォルポール

修道士たちが生活し、三〇〇人の召使をかかえる大きなコミュニティで、いっさいの生活は自給自足でまかなわれていた。

そこではすべて、まったく秩序正しくかつ簡素であり、華美なるものはいっさいありません。あるのは高貴な品位と、不可思議な情景……神が身近にいます感慨を覚えます。(6)

とかつてグレーは、母親に宛てた手紙にこのように書き送った。それから半世紀後に訪れたワーズワスは、「思わず襟を正したくなるような静謐」を感じたが、同時に革命の動乱の危機が、この修道院にもおよぶ情況をすでに予感していたに違いない。

そして今　森の茂みの中から
聳え立つシャルトルーズを　わたしは見た
そなたの悲運を嘆きつつ。　（『叙景詩集』五十二―五十四行）

このように詩人が『叙景詩集』と題する詩集の冒頭で書き残した事実からも、明らかにグレーが感じた「静謐」と異なる情況であったことが分かる。山頂の修道院に若者はどうにか一夜の宿を求め、パンに卵とバターと果物などがついた食事の接待を受けた。ワーズワスにとって、グラン・シャルトルーズ修道院は、もはやグレーの時代のような聖域ではなくなり、革命政府はカトリック修道院の解体を準備していたのであって、詩人はそこに「悲運を嘆く」姿を見たのである。しかし詩人が一夜を求めた時には、まだ革命軍の侵入はなく、かろうじて「静謐」が保たれていたのであろう。

「シンプロン峠を越えて」

八月八日、スイスのレマン湖の北岸にある美しい町ジュネーヴに着き、翌日にローザンヌを経て、ワーズワスは十一日にシャモニー峡谷に到着し、氷河の連なるモンブランの山頂を仰ぎ見た。歴史的に見れば、モンブランへの登山が始まったのは一七八六年八月のことであり、それまでヨーロッパ人にとってアルプスの山々は魔の山に過ぎなかった。したがってワーズワスのアルプス行が、まだその登山史の発端から四年しか経っていなかったことは注目に値する。だが意外にも詩人は、モンブランの嶺に「魂のない形象」を感じ、すこぶる失望感に襲われた。ただシャモニー峡谷の壮大な景観美には心を打たれ、その絶対的な崇高性に圧倒されたと、後年のワーズワスは『湖水地方案内』で告白している。

詩人たちは十三日にシャモニーを出発した後、十六日はシンプロン峠へ向かった。そしてこの大陸旅行の最終目的であるアルプス峠越えを試みることにした。八月十七日、その山間の宿で、彼らは旅行者たちの一団に出会った。翌朝、その一行が先に峠に向けて出立したので、後を追うようにして、ワーズワスらも宿を出た。峠の上り坂を懸命に歩いたが、先行の一団に追いつけないことを知り、不安にかられて、坂道で出会ったひとりの農夫に

モンブラン

シャモニー峡谷

ゴンドー峡谷

道を訊ねると、すでにアルプスの峠は越えてしまったことが分かった。このアルプスの峠越えが、今回の旅行の最終目的だった詩人にとって、農夫の一言は衝撃だった。

峠の道は下り坂になった。だが峠を下ったワーズワスは、ゴンドー峡谷を目にして、その思いもかけぬ幻想的風景に心が大いに揺《ふる》えた。彼はこの大陸旅行の九年後、ドイツのゴスラー滞在の折、「シンプロン峠を越えて」を書くことになるが、それはこのゴンドー峡谷を見た際の、記憶の風景であった。

荒れ狂う流れの　目も眩むほどの眺望、
思いのまま駆ける流れ雲　広大なる空、
騒乱と平和　暗闇と光、
すべては　ひとつの心が支配するように、
同じ顔の造作　一本の木に咲く花々、
偉大な黙示の徴、
永遠の様式と　象徴、
はじめにして終わりの　中程にありて終わりなきもの。

（「シンプロン峠を越えて」十三―二十行）

この詩はゴンドー峡谷の風景を、九年まえの旅の記憶をたどりながら描いているが、そこで詩人が感じたのは、まさに象徴的ヴィジョンであった。むろん実際に見た情景そのものも、前半においてすこぶる丁寧に描写していて、詩人の写実的技法の巧みさを見落としてはなるまい。しかし最も重視すべきことは、その峡谷の風景が「偉大な黙示の徴」「永遠の様式と象徴」として捉えられ、「はじめにして終わりの　中程にありて終わりなきもの」という黙示的ヴィジョンへと収斂される掉尾の部分であろう。

その後、二人の若者はスイスのロカルノ湖を経て、北イタリアの景勝地として名高いコモ湖に出た。その湖の周囲の景観は、アルプスの情景とは異なり、故里の湖水地方のような、何処か日常的で親しみやすく、すこぶる甘美で優しい表情をたたえていた。それは今日でも変わらぬ情景で、ワーズワスはいつまでも見飽きることなく、いつまでもそこにいたくなるような気分であった。そこで詩人の心を捉えたのは、湖の附近の景観だけでなく、土地の人びとの日常生活である。

主婦はそこで　蜜蜂がいそがしく羽根を
振り動かしている　日あたりのよい庭を見ていた。
幼な児の頬は　赤い薔薇いろに染まり、
白髪の老人たちは　生き生きとした顔で
食べ物と休息を求める　旅人を出迎える。　（『叙景詩集』六〇六―六一〇行）

コモ湖

あるいはまた黒い瞳の少女たちが、トウモロコシの実を庭先にひろげる風景があり、それは後年、詩人がスコットランドを旅した折に見たような、ハイランドの娘たちの日常生活を彷彿させる。たしかにこれらの情景そのものは、ほとんど卑少な日常に過ぎないが、詩人の日常への目線は、彼の詩想の文脈にある、もうひとつの本質的部分であって、この大陸旅行の印象をまとめた『叙景詩集』の掉尾にそれがみてとれる。

イタリアとスイスの国境近くにあるコモ湖のあたりは、周遊の地としてすこぶるふさわしく、二人の若者はそこで数日を気ままに過ごして旅の疲れを癒した。その際ワーズワスは道に迷い、一時的にジョーンズと離れ離れになったが、ふたたび再会できた八月二十八日、ルツェルンに宿泊し、翌日チューリッヒを通り、九月にはグラルス峡谷にいたり、その後ライン河ぞいの街道を北上して、九月二十八日には、壮麗な中世ゴシックの大聖堂が河畔に聳え立つ、古都ケルンに入った。そこから国境の中世城郭都市アーヘンに出て、西方にあるオランダのマース河流域の美しい町マーストリヒトを経て、さらに街道を西に進み、ベルギーを横断してフランスのカレーに戻り、ドーヴァーに到着したのは十月九日だった。三か月におよんだ大陸旅行は、数多くの困難や多少の失望感はあったものの、それらはすべての旅人が経験することであって、二人の若者たちは現実には大した災難にも見舞われず、アルプス地方の訪問を最終目的とした所期の望みをほぼ達成したと見做してよいだろう。

コレッジを卒業

一七九〇年十月、ケンブリッジの学寮に戻った詩人には、その課業として三か月ほどの最終学期と卒業試験とが残されていた。そして暮れのクリスマスに、クックスン叔父が司祭を務めるフォーンセット教会の牧師館に、最愛の妹ドロシーと再会するために赴き、十二月上旬から一月までつづくクリスマス・シーズンをともに過ごした。大学の最終試験がおこなわれる一月十日には、学寮にふたたび戻った。「文学の世界の人間になることを望んでいた」(『序曲』第九巻)詩人は、これまでの三年間、大学によって課せられた学問にほとんど身を入れることがなかったのだから、卒業試験の結果にあまり芳しい評価が与えられなかったのは当然のことであった。それでも試験には及第し、翌一月二十一日、「文学士《バチェラー・オブ・アーツ》」の学位を、友人ジョーンズ、従兄弟マイヤーズらとともに、無事取得できたことには、さしあたり満足しなければならない心境であっただろう。

司祭志望のジョーンズと、法曹家志望のマイヤーズは、学寮にフェローとしてしばらくとどまり、研鑽をつづけることとなったが、ワーズワスにはそうした選択の道はなかった。今風に言えば、身分的にはフリーターと同じである。しかし文学への志は、内心熱く燃えていた。

わたしのより深い情熱は　すべて他のところにあった。

内なる学習によって　精神を高め、
静かに想いを巡らして　探究して已まぬものを
育てる方が　はるかにふさわしかった。　（『序曲』第三巻　三七二―三七五行）

詩人はここでも、自分が大学で課せられる学問教育に適応できなかったことを告白しているのだが、この詩句をよく吟味してみると、自分が基本的に「内なる学習」と「より深い情熱」に取り憑かれた人間であることを表明しているのであって、その部分をさらにパラフレーズすれば、文学の世界の人間として「文学の鬼《デーモン》」から逃れられなかったということであろう。

先にも述べたように、ワーズワスは人として、あるいは現実生活において、比較的によくバランスがとれていた人物であった。そういう若者が、現実的に実務に就くことが困難であったはずはないのであって、彼が大学を出て、社会人となるための何らかの選択をしなかったことを、社会的不適格性の問題としてはならない。だが彼はどこにも内的充足ないしは安住を得られぬ、帰るべき故里のない「喪失者」であり「異邦人」であって、もっと正確に彼の時代に即して言えば、漂泊の旅人ないしは隠修士にも似た人であった。その人間としての調和ないしは円を欠く一点にこそ、彼の詩人たらんとする「鬼《デーモン》」が存在していたのである。したがって、学業をいちおう終えたワーズワスにとって、ケンブリッジという狭い世界は、「精神を高める」場所とはなり得なかった。大学を無事卒業できたこと自体は、むしろ彼のバランス感覚に起因するのだろう。

「空虚な都市」ロンドン

二十二歳の若者は卒業後間もなく、一七九一年一月下旬、ホワイトヘイヴンの伯父リチャード・ワーズワスから送られてきた六十ポンドを手にして、ロンドンに出てきた。当面の仮の宿は、兄が在籍する法学院予備院のステイプル・イン[7]の一室であった。当時十八世紀末のロンドンは、人口が九十万人にならんとするイギリス王国の首都であるばかりでなく、政治・経済の両面において、世界でも有数の巨大都市となっていた。

ああ　空々しい混乱よ！　そこかしこを
うろつき歩く男女なら　いざ知らず、
そこの市民たちの　多数者にとって、
それが巨大都市そのもの　偽りなき象徴なのだ。
つまらぬ仕事に　絶えず働かされている　奴隷同然の人びと、
下賤な事物の　途切れることのない流れの中で暮らしを営み、
何ひとつ法則も　意味も　目的もない
多岐亡羊とした事物によって　ひとつの同一性に
融解され　還元されていくような人びとにとって、
この都市こそ　まったく見境のつかない世界。　（『序曲』第七巻　六九五—七〇四行）

詩人ワーズワスにとって、これまで大陸諸国で見てきた都市にくらべても、このロンドンという巨大都市の本質は、「まったく見境のつかない世界」であり、表層的には十八世紀ジョージ王朝風建築によって見事な都市景観を誇る「美しい街」であったが、その実、詩人の目には、「空々しい混乱」に過ぎなかった。また他方でそこは、かつてウィリアム・ホガースやローランドスンら画家たちが描いたような猥雑な場所であり、ウィリアム・ブレイクや女性詩人メアリー・ロビンスンらが表象した不条理極まりない都市空間でもあった。

街頭は悪臭を放ち、馬車や荷車が騒然と行き交い、煙突掃除夫や子供の職人がぼろ服をまとって金切り声を張りあげる。牛乳桶のころがる街角で女子供があげる泣き声が、その混乱に輪をかけた。かと思えば、午前中から有産階級らしい紳士たちが、ぶらぶらとコーヒー・ハウスやクラブに出かけ、ヴォクスホールやラネラなどの偕楽庭園(8)では、夜になると何千もの灯りが煌々と輝き、その一方で暗がりの樹木の下では、享楽的な男女の群れが夜遊びに耽っている。この都市にはすでに、世紀末的退廃が拡がり、閉塞感が内在していた。だがそんな空虚な閉塞的都市の一隅で、詩人は「心を打たれる」風景を目にしたのである。

たまたま　ひとりの盲目の老人を見て、
ひどく心が　打たれたことがあった。
その男は　まっすぐに立ちながら、
壁に寄りかかり、胸には何やら書いた
紙切れを　ぶら下げていた。それには
彼の来歴やら　素性やらが記してあった。
わたしはこの情景を見て　力強い滝に
打たれたように　一瞬くらくらとした。

ステイプル・イン

ヴォクスホールの偕楽庭園

ラネラの偕楽庭園

その紙切れには　われわれが
自分自身と　宇宙について知り得る
最高のものの表徴が　記されていたかに見えた。　（『序曲』第七巻　六一〇―六二〇行）

この時詩人がロンドンの街角で見た盲目の老人の姿は、大陸のどんな町でも目にしたことのないものだった。その老人の姿は、彼の詩想をはぐくみ育ててきた湖水地方や、あるいは大陸旅行の際に接した自然美とは、およそ対極に位置する哀れなものだったと言ってよい。単なる老衰や貧困、あるいは社会的不条理の象徴というだけでなく、人生についての深い啓示であり、自らの生き方に精神的覚醒を迫るものだった。

その老人の啓示的姿勢、すなわち「最高のものの表徴」ともいうべき詩想の目覚めは、やがて詩人を「隠修士《リクルース》」たるべき心境へと導くことになるのだが、今そのことを論じるのは、少し尚早であろう。しかしワーズワスの倫理的覚醒の一端が、このロンドンという「見境のつかない」大都市の、不条理的空間において得られた経験に基づくところに、彼の近代詩人としての独自性があると言っておこう。

したがってこの「空虚な都市」の一隅で、ほとんどこれと言って為すこともなく日々を過ごしているかに見えるワーズワスは、学寮生活では決して感じることのなかった現実に目を向け、詩想を深め得たのである。当時友人ウィリアム・マシュウズに宛てた手紙で、詩人は次のように言う。

小生は奇妙な態度で過ごしています。ある時は「無感覚状態《ストレヌア・イネルチア》」の渦中に巻き込まれ、またある時には、逆流によって流れの片隅に押し上げられています。そこでほとんど何も身動きできない無為の状態にいるのです。(9)

詩人のこの手紙が、率直に自分の置かれている精神情況を伝えていることに間違いはないだろう。これは一七九一年春の「奇妙な時期」と見做してよいのであって、たとえばジョン・キーツが一八一九年春に同じような経験をし、その後に「偉大なオード」の季節を迎えたように、ワーズワスの場合には、この時期が「政治的急進派への移行期」(10)であったと言うことができよう。

ただこの度のロンドン滞在は四か月にもおよんだが、兄リチャードの仮宿ばかりに身を寄せていたのではなく、ひとり安宿を転々としていた。そして時どき、ウェストミンスター議会へも足を運び、フランス革命の論客と目されていたチャールズ・フォックスやエドマンド・バーク、あるいは奴隷解放運動に熱心だったウィリアム・ウィルバーフォースらの政治討議に耳を傾ける機会をもった。詩人のこれらの行動からしても、明らかに政治的志向がみられるのである。

ウェールズへの旅行とスノードン登頂

わずかばかりの所持金が底をつきかけてきた五月の中頃、かつて大陸旅行をともにした学友のロバート・ジョーンズから、その故里ウェールズの名山スノードンへの登頂と、ウェールズ北部の山岳地への旅行の誘いを受けた。ジョーンズは父が司祭を務めるプランジスラン教会の牧師館で、夏期を過ごすことになっていた。セント・ジョンズ・コレッジでフェローの経験をつんだ彼は、父の後を継いでやがて教会助祭になる予定だった。ワーズワスがプランジスランを訪れたのは、六月中旬であったと思われる。

この北ウェールズの自然は、トマス・ペナントの『ウェールズ紀行』でも景勝地として紹介されており、ジョーンズが住むプランジスランの周辺は、クルイド河の流域にあたり、四方を山々で囲まれた美しい谷間に位置し、近くには歴史のある城塞の町デンビやリシンがあった。さらに少し離れた小さな町スランゴスレンには、一七八〇年以降、アイルランドの貴婦人(11)レイディ・エリナ・バトラーと、セアラ・ポンスンビーが、「プラース・ネウィッド」の館で、ひっそりと暮らしていた。ワーズワスは後年、その館を訪れることになるのだが、要するにこの北ウェールズ地方もまた、詩人好みの隠棲の土地であった。友人の牧師館に滞在中の詩人の日々が、いかに快適なものであったかは、妹のドロシーの友人宛の手紙からも推察することができる。

兄はたいそう幸せそうに思えます。たぶんこの夏ずっとウェールズに滞在することになるでしょう。クルイド峡谷で、誰ひとり争う人もなく、三人も若い女性に囲まれ、幸せでない殿方がいらっしゃるでしょうか。友だちのジョーンズは魅力的な青年で、彼の五人の姉妹のうち、三人が今現在牧師館に残っています。そのあたりは山河や森や岩壁に囲まれ、押しつけがましいところがまったくない景観の魅力は、兄をいつまでもそこに足留めすることになるでしょう。（J・ポード宛手紙、六月二十六日付）

ウェールズの北部地方を巡る旅の行程について、詩人は一七九三年に上梓する『叙景詩集』の序章でも触れており、クルイド流域からスノードン、さらに詩情豊かなベズゲラート、中世城郭都市として名高いコンウィなどが挙げられているが、この旅のハイライトは、スノードン山の登頂であった。

スノードン山の登頂は、ふつうは北西部のスランベリスを起点とするが、彼らは南西北部のベズゲラートからリーズーに出て、山頂にいたるコースをたどった。その理由は、山頂で早朝の御来光を見るためである。二人の登山者は、土地の山男を雇い、ひたすら月光の照らす山道を登った。夏の夜はウェールズの山地でも息苦しく感じられ、山の峰には霧が垂れこめていた。霧はこの山岳地帯ではごくあたりまえで、ルイ・カザミアンも丸一週間くらい、あたりの見分けがつかないほど、山頂が深い霧に閉ざされることは珍しくないと記している。[12] 千メートルあまりのスノードン山は、その名が示すように「雪をかぶっている」が、夏場には雪は消えて、ごつごつとした岩はだが露出する。緑草で蔽われている山頂に立つと、すこぶる雄大な眺望を、霧の晴れ間から得ることができた。

スノードン山

プラース・ネウィッド

じじつ大自然は
魂のすべてを見通す　あの想像力を包摂していた。（『序曲』第十三巻　二八四―二八五行）

スノードン山の頂上で、早朝に詩人が見た風景は、かつて大陸旅行の際にアルプスで目にした「啓示的風景」そのものであった。

九月初旬、ワーズワスはふたたび「空しい混乱」をかかえる巨大都市ロンドンに舞い戻った。が、そのロンドン滞在は短く切り上げて、九月中旬から十月下旬にかけて、卒業生の特権としてケンブリッジの学寮に宿泊し、秋の新学期が始まるまで滞在した。この間、弟のクリストファが、セント・ジョンズ・コレッジに隣接するトリニティ・コレッジに特別給費生として入学することが決まった。もうひとりの弟のジョンはホークスヘッド・スクールを出ると、従兄弟の政治家ロビンスンの紹介で東インド会社に船員として就職し、大学には進まなかった。

注

（1）ワーズワスの幼少期から成年期までの回想は、自伝的叙事詩『序曲』に詳しく、とくに第三巻と第四巻には、ケンブリッジの学生時代の生活が具体的に物語られている。

（2）Kenneth R. Johnston, *The Hidden Wordsworth: Poet, Lover, Rebel, Spy* (NY: W. W. Norton, 1998). 'Young Love-Liking' の章には、従来の評伝では触れられることの少なかった詩人の性体験や、当時の学生の性風俗にも言及されている。

（3）*The Prelude.* Book III, l. 79.

（4）ルドヴィコ・アリオスト――イタリア・ルネサンス期の詩人。『狂乱のオルランド』（一五一六年）は、十字軍の戦いを背景にした華やかな騎士道文学の粋と評される。ワーズワスは後年この詩の翻訳を少し試みている。

（5）当時の代表的な定期刊行物、『タイムズ』はじめ『ジェントルマンズ・マガジン』や『アニュアル・レジスター』などはいずれも、一七八九年七・八月の時点では、七月十四日に始まったフランス革命を、当然のことながら「革命」の発端として報じてはいなかった。

（6）*Thomas Gray's Letter to Mrs Gray*, Oct. 13, 1739.

（7）ステイプル・イン――ロンドン市内には中世十四世紀以降、法学院（Inns of Court）と称する法曹センターが存在したが、現在もグレイ法学院、リンカン法学院、ミドル・テンプル、インナー・テンプルの四か所が残っている。ステイプル・インは、その法学院への入学希望者のための予備院で、詩人の兄リチャードはこのインに身を置いて、法学の実務研修を受けていた。しかし、第二次大戦でこの建物は壊滅的損傷を被ったため、戦後修復されたが、法曹センターとしては現在は機能していない。

（8）偕楽庭園――一六六〇年代以降、ロンドンでは紅茶文化が花開き、いくつかティーガーデンが開設された。中でもヴォクスホールやラネラの庭園は代表的なもので、園内には音楽堂や中国風のパビリオンがあり、上流階級の人びとで賑わった。だがワーズワスが訪れた頃には、すでに最盛期は終わっていた。

（9）*William Wordsworth's Letter to William Mathews*, Jun. 27, 1791.

（10）Juliet Barker, *Wordsworth: A Life* (New York: Ecco, 2005), 87.

（11）アイルランドの貴婦人――ウェールズ北部の山間にあるスランゴスレン（Llangollen）の町外れの館に、レイディ・エリナ・バトラーとミス・ポンスンビーの二人の女性が住んでいた。彼女たちはアイルランドの上流家庭の出で、一七七九年から一八三一年までの間、故里を捨ててこの土地に住み、生涯を終えた。その土地には、今日も彼女たちの立派な館が現存し、訪れる人も少なくない。

（12）Louis Cazamian, *La Grande Bretagne* (Paris: Henri Didier, 1934), Chap. 12.（手塚リリ子・石川京子訳『大英国　歴史と風景』、白水社、一九八五年）

3　フランス革命とヴァロンとの恋

バスティーユ襲撃

人の世に不条理はつきものである。幼くして両親と家とを失ったワーズワスは、自分の青春期もまた「嵐のような時」(『序曲』第一巻)と回想したが、その嵐とはフランス革命であり、アンネット・ヴァロンとの恋であった。狂乱の革命はやがて幻滅に、甘美な恋は悔恨に終わった。彼より一世代まえの詩人ゲーテが、自分の青春を懐古して「シュトゥルム・ウント・ドラング」と呼んだように、ヨーロッパ大陸には激動の嵐が吹き荒れた。前章で述べたように、一七八九年七月に勃発したバスティーユでの暴動から、フランス全土にまで拡大することになった革命の、嵐の中心はパリであった。一七九一年の秋、ふたたびフランス旅行を企てるワーズワスは、その歴史的な革命の渦中に、否応なく巻き込まれていくことになる。

その九月初旬、ワーズワスはかつて「空虚の町」と呼んだロンドン市内の安宿を、転々としなければならなかった。兄リチャードはロンドンのステイプル・イン法学院に在籍し、弁護士資格を取るための実務研修に就いていた。兄からすれば、弟は大学を出たけれど、将来の進路が定まらず、ぶらぶらと放恣な生活を送っている「無為の人間」としか見えなかった。この兄弟には生来、性格的な齟齬が存在したのであろう。したがってウィリアムも、そんな兄とはそりが合わず、気安く法学院の居室に身を寄せる気にはなれなかった。

もうひとりの肉親で政治家でもあった双従兄弟ジョン・ロビンスンも、ワーズワスの将来を少なからず気にかけ、これまで牧師職に就くように尽力してくれてはいたが、本人にはその職に進んで就く意思はなかった。フランス旅行をまえにして、ワーズワスはロビンスン邸を訪れた。十年ほど以前、ロンドンの郊外に取得した邸宅は、近在でも稀に見る豪壮なマナー・ハウス風であった。若者は言葉の学習を目的にフランス遊学に出かけること、当面牧師の職に就く意思のないことを報告すると、相手は不機嫌になったが、それでもブライトンで義理の妹に当たる女性詩人、シャーロット・スミスに会っておくよう勧めてくれた。

シャーロット・スミス

ブライトンでディエップ行の船を待つ間にスミス邸を訪れると、ワーズワスは温

ヘレン・マライア・ウィリアムズ

エドマンド・バーク

かく迎え入れられた。オルレアンまで行くと言うと、彼地に住んでいるヘレン・マライア・ウィリアムズ宛の紹介状を書いてくれた。ウィリアムズもまたスミスと並んで、『平和に寄せるオード』や『奴隷貿易法案に関する詩』などで、反体制詩人としてよく知られていた。この女性詩人たちがすでにフランス革命を支持する立場を表明していたことが、ワーズワスのフランス行を勇気づけたに違いない。

二度目の大陸旅行

浩瀚な評伝『ウィリアム・ワーズワスの生涯』を書いたスティーヴン・ギルは、ワーズワスの二度目のフランス行には、重要な「内的動因」が存在したと指摘している。(1) 彼が当時イギリスの論壇で盛んになりつつあったフランス革命に対する論説によって、いくばくかの影響を受けていたことは明らかだった。だがギルは、詩人の革命に対する政治意識や哲学的認識が、いかように今回の旅行の動機になり得たかを具体的には論じていない。このフランス革命に関するイギリス論壇上の主要な論説については、後述することにするが、ワーズワスが一七九一年の秋に手にし得た論考は、エドマンド・バークの『フランス革命への省察』と、それへの反論として書かれたメアリー・ウルストンクラフトの『女性権利の擁護』、さらにトマス・ペインの『人間の権利』などであった。詩人が一七九一年の時点で、これらの著作からどれだけ思想的影響を受けていたかを、具体的に論じ得る資料は乏しいのだが、すでにある程度の知識を得、当然進歩派に与する政治認識をもつにいたったであろう、という推論は十分成り立つ。

ブライトンで船を待つ間に、ワーズワスが何度かスミス邸を訪問しているのは、彼女からマライア・ウィリアムズの消息や、フランスの実情をより詳しく聞きたかったからであろう。そして十一月二十六日の夜、やっとディエップ行の連絡船に乗船し、その翌朝早々にフランスのディエップに到着した。二度目のフランス旅行は、前回と異なり単身であった。ディエップの町から長距離馬車を使って、詩人は北部フランスの町ルーアンに赴き、そこに二日ほど滞在してから、パリに向かった。パリに着いたのは、十一月三十日の夜であった。革命勃発から二年四か月を経て、国民議会ではジロンド党とジャコバン党とが激しく対立していたし、その中間に平原党などの少数党が加わり、混迷の様相は一段と深まり危機的情況にあった。

ワーズワスは先年の大陸旅行の際には、パリを巧みに避けたが、今回は革命の発端となったバスティーユの牢獄跡をはじめ、その東のサン・アントワーヌ街、西のマルス広場、北のモンマルトル、南のサン・ジュヌヴィエーヴ街まで、さらに国民議事堂やジャコバン党の集会堂を訪れ、革命の混乱にさらされる情景を目にした。

居酒屋、売春宿、ゲーム小屋、商店などの
方々を並ぶ町通り、最低から最高のものまで
大混乱のうちに寄り集まり、目的のあるもの、
何の目的もないものの、所在のなく集まる
場所を、わたしはあてもなく放浪していた。
（『序曲』第九巻　五十一―五十五行）

バスティーユの残骸の中で、詩人は小石を一個拾いあげ、まるで「狂信者のように」（『序曲』第九巻）それをポケットに仕舞い込んだ。そして両替屋で所持金二十ポンドを、六〇〇ルーブルと交換した。ポンドは三十倍でルーブルと交換できたが、フランスの物価が恒常的に安定していたわけではなかった。事実、革命の進行は経済的混乱をともなって、物価はインフレに見舞われ、旅行者にとっては不都合が多かった。ことにパリは物価高で宿料も

高く、早々に滞在を切り上げねばならなかった。そんな中、詩人はパリ脱出の直前、当時旅行者たちの多くが訪れていたサン・ジャック街にあるカルメル会修道院で、一枚の絵を見て深い感銘を受けた。

その時の心境は、のちに『序曲』第九巻で詳しく描写されることになるのだが、詩人を感動させた一枚の絵とは、十七世紀の宮廷画家シャルル・ル・ブランの『懺悔するマグダラのマリア』である。現在この絵はルーヴル美術館の壁面に飾られているが、今日それほど見学者の目を惹く作品だとは思えない。

『懺悔するマグダラのマリア』

しかし、詩人はそこに描かれているマグダラのマリアの「悲しくも美しい顔に流れる涙」(『序曲』第九巻)を見て、魂を揺さぶられるほどの感銘を受けたと言うのであった。それは彼が革命下のパリで、最初に味わった素朴な感動として従来解釈されてきたのだが、アラン・リューは先年『ワーズワス・歴史の感覚』において、詩人の「涙」の解釈は、誤った歴史認識に基づくものだと指摘した。[2] すなわちマリアの涙は、「悲しみ」のあまり流れ落ちたのではなく、彼女が過去の罪を懺悔したことを神が祝福し、その結果、ひとつの法悦として、彼女の眼からおのずと流れ出したものなのだと、リューは主張するのである。果たしてル・ブランがこの絵で「法悦の涙」を表象し得ているのかという、画家の表現力にも関わる問題を孕んでいるとはいえ、このリューの指摘を否定するのは難しかろう。

実際、この絵の解釈に限らず、ワーズワスによるフランス革命の受容に誤謬が含まれていたことはまぎれもない事実であって、評者はそれを「歪められた歴史感覚」[3]と言う。だが、当時の詩人の歴史認識が根本的に歪んでいたというのは言い過ぎではないだろうか。そうではなくて、この歴史感覚のずれは、革命の狂乱の中で詩人がその絵に過度に情緒的な反応をしてしまったことに由来するのだと解釈するのが妥当なところだろう。

いずれにせよ、そのル・ブランの絵は、パリで見たどんな風景よりも、情緒的感動を詩人に与えたのは事実であった。このことは、当時のワーズワスが、涙もろくナイーヴな性格であったことの証拠に他ならない。ついでながら、この絵を収めるカルメル会の修道院も、前回の大陸旅行の際に訪れたグラン・シャルトルーズ修道院と同様、革命政府によって間もなく閉鎖に追い込まれることとなる。

パリには物価高のために、わずか一週間足らず滞在しただけであったが、その間にブライトンでシャーロット・スミスから紹介してもらったもうひとりの人物、ジャック・ピエール・ブリソなる政治家を訪ねている。ブリソはジロンド党の著名な論客で、党の有力な指導者でもあったが、かつてイギリスに滞在したことがあり、その際ヘレン・マライア・ウィリアムズ、シャーロット・スミス、ウィリアム・ウィルバーフォースら、進歩派の人びととの交流があった。この人は二年後には、過激派のジャコバン党によって処刑される悲運に見舞われるのだが、ワーズワスを議会に案内したり、ジロンド党の集会に連れていったりした。もしかりにワーズワスが、政治社会にまったく無関心の、ノンポリ的文学青年に過ぎなかったならば、このような政治家と接触する機会などもたなかったに違いない。

ウィリアム・ウィルバーフォース

アンネット・ヴァロンとの出会い

その後十二月に、ワーズワスはパリを発ち、ロワール河ぞいにあるオルレアンの町にやってきた。中世の殉教者ジャンヌ・ダルクによって知られるこの城郭都市は、当時パリに次ぐ第二の都市で、歴史的には反英的な風潮が存在するにもかかわらず、イギリスの若者たちから、フランス語を学ぶのに最適の土地として見られていた。ちなみに革命まえには、フランス全土に四万からのイギリス人が在住していたと記録されている。

ワーズワスの今回のフランス行は、このオルレアンの町でフランス語を自由に操れるようになるまで学習する機会を得たい、というのがそもそもの動機であった。フランス語を習得することにより、当時上流階級の子弟に流行していた「大陸旅行《グランド・ツアー》」に同行する個人教師の職を得ることをワーズワスは目論んでいた。それは司祭職や法曹界への道を避けて生きていくための現実的選択であったと思われるが、結果からみればある種の現実逃避のようにも見える。実際、社会の厳しい現実から逃れて、安直にフランス遊学を選んだと解することもできよう。

この二度目のフランス行は、前回の大陸旅行の時よりも、いっそう厳しい政治情勢に取り囲まれていたため、フランス革命への積極的コミットメントまではなかったにしても、多少なりともそれへの共感を、詩人が内心どこかに抱いていたこともまた確かであろう。

オルレアンにはパリのような物価高はなく、ロワイヤル通りに新築されたばかりの、こぎれいな絹織物商店の二階を一か月三十八ルーブルで借りることができた。しかしこの町で会おうとしていた女性詩人ヘレン・マライア・ウィリアムズは、詩人が到着する寸前にパリに出立し、運悪く面会できなかった。その頃、これまでオルレアンに滞在していた進歩派のイギリス人の多くが、周囲に保守的風潮がはびこりはじめたのを察知して、町からつぎつぎに脱出しはじめていた。革命の余波はこの地方都市にもおよび、大修道院や女子修道院はことごとく閉鎖に追い込まれ、宮殿や貴族の館は荒廃し、またパリから移送されてきた王党派に属する政治犯が、市内の牢獄にとどめられ、裁判や処刑を待っていた。そしてこの下宿の主人にも、翌年の夏、反革命分子の烙印を押され処刑される悲運が待っていたのである。

オルレアンでのワーズワスは意外なほど楽観的で、日常生活を楽しんでいるかに見える。このフランス行に旅費のいくらかを出してくれた兄のリチャードに、このように近況を知らせている。

> 小生はこの町がすこぶる気に入り、大いに期待を抱いております。この土地は平坦ですが楽しく感じられ、ことにロワール河の河岸を散歩できるのが快適です。(4)

こうした文面からは、ホークスヘッドにいた頃から散歩を好んだワーズワスの、日常生活の一端が見えてくる。だが肝心のフランス語の学習については、教師について習うほどの経済的余裕はなく、下宿の主人との日常会話がせいぜいのところだった。そんな中、近所の法律事務所に勤める法曹家ポール・ヴァロンの妹のアンネットと、親しく言葉を交わすうちに、この男女は言葉の学習を介してたちまち狂おしい甘美な恋に落ちてしまった。多くの評伝や伝記は、男女どちらが積極的であったかを論じているが、それは無用の詮索であろう。彼らは陥るべくして、たちまち恋のとりことなってしまったのである。女性は相手に無償でフランス語を教える役割を、進んで引き受けたのだったが、会話練習を通じて、すぐに二人は愛の快楽に夢中になった。

アンネット・ヴァロンはすこぶるつきの美女というわけではないが、詩人は彼女に、イギリスの同じような階級の若い女性には見られない「自由な振舞いと率直さ」を認めている。この「自由な振舞い」に性的な自由が含まれていたことは否めないだろう。だが彼に自分の置かれている情況とか、恋の結末についての現実的判断があったとは思えない。そこで深い思慮分別が働いていたら、とてもこの若い男女の甘美な愛の進展は望み得なかったであろう。若者の恋とはそういうものだ。

ここで少し女性の家庭的な背景について触れておこう。アンネット・ヴァロンの生家は、オルレアンの南西に位置する古都ブロワにあった。ブロワもオルレアンに劣らぬ由緒ある中世城郭都市で、ヴァロンはそこの女子修道院の付属学校でカトリック教育を受け、陽気で利発な少女として育てられた。父親ジャン・レナードはスコットランド系の人で、女子修道会の慈善病院の外科医を務めた人物である。詩人がヴァロンに惹かれた要因に、彼女がスコットランド人の血を引いていることもあったかもしれないが、不思議な奇縁と言うべきか、彼女も父親を亡くし、母親は再婚するという、なかば彼女と同じような喪失を背負っている人で、そんな個人的背景への強い共感があったに違いない。

アンネット・ヴァロン

しかし性的にナイーヴであったと推定される二十一歳のワーズワスに対して、四歳

ロワール河

年上の二十五歳のヴァロンは、ずっと大人であっただろうし、その事実から忖度すれば、ジョンストンが指摘するように、女性の側がより積極的であったというのは、決して不自然な推定とは思えない。実際彼女には熱い直情的性向があって、それは一七九三年以降、王党派のヴァロン家の人びとが反革命分子と過激派から見做され、兄弟たちの身に危険がおよんだ際に、反革命のレジスタンス運動に積極的に関わった事実からも推定できる。

ヴァロンがワーズワスと出会った頃から、すでに反動的な政治信条の持ち主だったとは考えにくい。もしそうであれば、二人の甘美な情愛がそれほど無闇に深まる余地はなかったであろう。むろん直情的といえば、詩人の側にも幼少の頃から激しい気性は見られたのだから、彼らが見境もなく、狂おしいまでの恋の陶酔に陥ることは、十分あり得たのである。ただ年上の女性は、性的に成熟し、男は未成熟であっただろう。恋に溺れる男女は、一七九二年の二月、ブロワに移った。すでにヴァロンは、妊娠の徴候を感じていたのであろう。彼女の生まれ故郷へ同道したワーズワスは、内心で結婚を考えはじめていた。

ボーピュイからの政治的な感化

ロワール河の美しい流域にあるブロワの町は小さいけれど、かつてフィレンツェのメディチ家から嫁いできた悲劇の王妃カトリーヌの宮殿や、壮麗な城館や、ゴシック大聖堂などが立ち並ぶ、中世の面影を残す歴史都市である。この町は伝統的に王室との結びつきが深く、したがってオルレアンよりも、反革命分子や王党派の人びとが多かった。恋人にしたがってブロワにやってきたワーズワスも、この町に旧体制を支持する人びとが多数存在する事実を、友人マシュウズに手紙（一七九三年五月十九日付）で知らせている。だが一方でこの国の政治情勢に関して、左翼勢力の拡大により、アンシャン・レジーム全体が、しだいに窮地に追い込まれつつあることについても、同時に触れている。

ブロワでのワーズワスは、ヴァロンとの日ごと熱くなる甘美な情交とは別に、思想的進展を遂げることになるのだが、この二つは密接に結びついていたと思われる。後者の変化は社会思想的であるが、前者の個人的感情を切り離しては成り立たなかったのである。その場合大きな思想的影響をおよぼしたのは、ブロワの町で出会った人物ミッシェル・ボーピュイであった。彼は下級貴族の出身ながら、共和主義者であり、かのモンテーニュの血を引く家系の「博愛の人」で、ワーズワスはこの人物と二人だけで熱っぽく人間社会のあるべき姿を語り合うほどの間柄になった。

王党派が多数を占める軍隊の中で、その階級は大尉でありながら、仲間から除け者のようにされても、寛大な態度を示すボーピュイに、詩人はいっそうの人間的魅力を感じた。ボーピュイはまた詩人を、ブロワの破壊された王室や、すでに領主の逃げ去った荒廃した貴族の屋敷跡などへ案内してくれたが、そのような場所に佇むと、詩人の胸には虐げられた人びとへの想いがこみあげてきた。そしてワーズワスは彼との会合を重ねるたびに、革命の現実への理解が増し、共感をいっそう深めていった。

ボーピュイの方でも、孤立しがちな軍隊の中にあって、自分の政治思想に共鳴してくれる異国の詩人を友人に得たことに喜びを感じていた。彼らがその際にともに理想と考えたのは、「確然たる社会的自由」に基づく社会の確立であった。それを過去から現在にいたるまで阻んできたのが、アンシャン・レジーム、すなわち旧体制支配層による悪しき暴力的支配ないしは腐敗であり、あるいはキリスト教会の高位聖職者の特権や、教派間の不毛な対立である。これが彼ら二人の歴史・社会認識であった。

そして彼らは
夜明けまえの明星のように　いまや爽やかに
立ち上がったフランス国民に

革命の生きた証拠を見出した。（『序曲』第九巻　三八九―三九二行）

このようなワーズワスの政治認識は、理論的というよりもむしろ心情的であったと見るのが妥当であろう。実際これまでしばしば指摘してきたように、ワーズワス自身と彼の一家は、貴族ラウザー卿による暴力的支配の犠牲者でもあった。だが王党派のシンパであったヴァロンへの情愛や、彼女の兄弟たちへの個人的感情と、革命に対する政治的認識の相克に、詩人は内心で苦悩することもあったに違いない。そうこうするうち、七月末頃に、連隊の移動にともなって、ボーピュイはブロワを去り、詩人はふたたび彼と会う機会を失うこととなった。そして秋が近づくと、恋人のヴァロンもまた、この町にとどまっていられない情況に追い込まれていた。すでに身重になっていた彼女は、周囲の人びとにもそれと気づかれかねない状態になっていたが、その事実を家族の者にさえ知られたくない気持ちだった。

一方、彼女との恋に溺れていたワーズワスの生活意識にも、これまでとはまったく異なった変化が現われてきた。恋人の懐妊という現実に直面した青年は、はじめ驚きと不安を覚えたに違いないが、すぐに現実認識と責任感を取り戻した。ワーズワスはようやく現実に目を向けて、妻子を養っていくための、自立の道を考えることになった。フランス語の学習は、ヴァロンとの情交の深まりによっていくらか怪しくなりはしたが、彼のフランス語の会話能力は、かなり上達していた。しかし当初考えていた、大陸旅行をする上流階級の子弟を対象としたフランス語の家庭教師という職業選択は、もはやほとんど想定外に追いやられた。

それに代わって、詩人が考えたのは、「文筆活動《プレス》」によって生活の糧を得る道であった。ブロワから友人マシュウズに宛てた五月十九日付の書簡からも、それをうかがい知ることができる。

小生も貴君同様に、自立の道をたしかに求めています。……帰国後小生はロンドンに住まなくても、いくらか収入が入りそうな文筆の仕事をあきらめる必要はないと思います。繰り返し申しますが、唯一必要不可欠なのは自信と覚悟でしょう。

詩人の自立への意識はこれまでになく高まり、ひと皮剝けつつあることを示している。この文面は裏を返せば、彼がこれまで何の確信もなく、いかにふらふらと放恣な生活を送ってきたかを物語っているのだが、ここにきてようやく、文筆への道に進むべく覚悟を固めはじめたと見做してよいだろう。その文筆への道のさしあたっての方策とは、以前の大陸旅行の際に書いた『叙景詩集』と『夕べの散策』の二冊分の手持ちの原稿を、ロンドンの出版社から刊行することだった。ワーズワスは今回のフランス遊学に際しても、それらの詩稿を肌身離さず携帯してきたのである。それともう一つ、多くの文筆家がみな手を染めていた、定期刊行物の編集出版にもいずれ関わりたいと考えていた。

オルレアンへ戻る

九月初旬、ヴァロンが先にオルレアンに戻ると、後を追って詩人も、かつての下宿に投泊することとなった。しかしオルレアンの町にも、危険な情況が待ちかまえていた。「九月の大殺戮」と呼ばれる残忍なテロ行為が首都パリでおこなわれた際に、五十三人の政治犯が、オルレアンの刑務所からパリのヴェルサイユ通りに連行されていったし、九月中頃には十四人の市民が殺害された。イギリス人のスパイ、ジョージ・モンローの報告では、オルレアンはまさに「内乱状態」に追い込まれていたという。

九月の大殺戮

そのような革命の危機的様相が日々深刻化するオルレアンにあって、ブロワから移ってきた若い男女もまた、心身両面において、すこぶる不安定な情況にあったと想像される。ジュリエット・バーカーは、すでに男女は性交渉さえ思うにまかせない状態だったと指摘している。[5] 出産二、三か月まえともなれば、母胎の安全を期さねばならないから、それは当然のことだっただろう。しかしもっと深刻な問題は、生まれてくる子供の出産とさらにその後の養育であり、不安と憂慮をともなわないものはなかった。そこでワーズワスにできるさしあたっての義務と責任は、生まれてくる子供の認知である。彼はひとりの男性としての責任を果たすために、自分が子供の父親であることを認める書状をヴァロンに手渡した。それがまた彼の愛の証しでもあった。彼女はそれを手にした時、単に相手の愛情をつなぎとめただけでなく、「ワーズワス夫人」としての地位を、社会契約上獲得することができたのである。十八世紀のヨーロッパはすでに契約社会であった。

とは言っても、王党派でカトリック信徒であったヴァロンの兄弟たちにしてみれば、四歳も年下で、異国イングランド国教会のプロテスタント信徒であり、なおかつ共和主義者とも目される、一介の放浪者に過ぎないワーズワスに、妹を嫁がせることなど到底容認できない話であった。

ワーズワスは後年、フランス遊学の詳細を『序曲』第九・十巻において記述したが、そこではヴァロンとの情交の顚末については、直接触れることはなかった。だがその第九巻の後半部で、「書き留めておく価値がある」と称し、「ヴォードラクールとジュリア」という若い男女の恋愛物語を書き残している。物語の主人公ヴォードラクールは、フランスのとある小さな町で、身分の高い家柄に生まれ、幼馴染みのジュリアと恋に陥る。だが保守的で頑固一徹な父親は、息子と少女の結婚を許さない。それでも父の目を盗んで、若い男女の恋愛は深まるばかり、やがてジュリアは懐妊する。庶民階級出の小娘と息子の結婚に承服できない父親は、あらゆる策を用いて妨害を企てる。そこで娘の両親は世間体をはばかり、ジュリアを女子修道院に入れてしまう。その後、幼児は乳母の手で育てられていたが、ヴォードラクールがその子を連れ出し、父の居館の片隅で隠れて育てはじめる。だが不幸にも、彼の不注意から子供を死なせてしまう。そして絶望のあまり、彼は魂が抜けたようになってひとり森の中に籠り、世捨て人として生きていく。

これが大凡の荒筋であるが、第三者的に見れば、マシュウ・アーノルドが評したように陳腐極まりない「駄作」に違いない。だがその中にも、詩人の肉声とおぼしき部分が各所に散見される。

まだ妻の名もないのに、
ひとりの母としての約束を　人には言えない
悲しみとして　背負ってしまったのだ。　（『序曲』第九巻　六〇九―六一一行）

このジュリアの女として悲しみは、恋人のヴァロンの身に置き換えて読むことができるだろう。さらに「魂の成長の記録」をとどめる『序曲』の中での、「ヴォードラクールとジュリア」の挿話の意味を再考すると、そこにワーズワスのフランスにおけるヴァロンとの情交に関わる、象徴的意味が隠されていると思われる。薄幸の運命のうちで苦しむジュリアという女性は、同じような境遇に生きる女性を主題とするその後の作品に、しばしば繰り返し再現されるヒロインの原型である。そのことはジュリア（＝ヴァロン）という女性が、詩人の内部にその後も絶えず存在しつづけた証拠であって、同時にそこにワーズワスの良心の痛み、より正確にいえば罪の意識の深さを読みとることができる。そしてもうひとつ、ヴォードラクールはジュリアと別れた後、森に身を隠し、孤独者として生きるが、そこにもワーズワスの生涯における最大のテーマであった『隠修士』(6)の「孤独者《ソリタリー・マン》」につながるような思想的な暗示が見られると言ってよいだろう。

ヴァロンとの別れと詩集の刊行

オルレアンに来たワーズワスは一か月ほどで滞在を切り上げ、兄リチャードからふたたび二十ポンドの送金を得ると、当面する生活上の問題を肉親と相談するために、一時イギリスに帰ることとなった。帰国の途上、詩人はパリに立ち寄り、あの「九月の大殺戮」の後の生々しい惨状を市内の各所に見て、驚愕と悲嘆を覚えながら、その滞在は意外なことに二か月近くにもおよんだ。詩人はオルレアンからパリに赴くのに、馬車代を節約するため歩いていったと推定されるから、その行程に日数がかかったことを差し引いても、やや不可解である。

ルイ十六世はすでに廃位に追い込まれて、タンプル塔に幽閉され、国民公会は共和政の樹立を宣言し、フランスは以来王権を廃止し共和国となった。そして大衆の支持は穏健なジロンド党よりも、過激派のロベスピエールの率いるジャコバン党に移り、世相はいっそう破壊と混乱の度を深めつつあった。これまでパリに駐在していたイギリス大使らは、かの流血事件後公館を引き上げていたし、革命の支持者であったウィリアム・コベットですら、身の危険を感じて母国に戻っていた。パリの社会的情勢は、一年まえにくらべて激変し、市内にはまだ悪臭を放つ死骸が、るいるいと積み重ねられている有様であった。

この間の二か月、詩人がどのようにパリで過ごしていたかはいっさい不明だが、不安と恐怖におびえながら、パリの屋根の下で暮らしていたのだろうか。あるいは心優しい詩人が、さほど遠くは離れていないオルレアンに、ヴァロンをふたたび訪ねて行った可能性はあるだろう。そしておそらく十一月末から十二月初旬にかけてのいずれかの日に、ウィリアムはロンドンに戻り、兄リチャードの客舎に入ったと推定される。

ウィリアムの帰国の直後と思われる十二月十五日、ただひとり残されたアンネット・ヴァロンは、月満ちて女児を出産した。洗礼名は「アン・カロライン」、さらに家族名「ワーズワス」を付して、後日オルレアンのサン・クロワ大聖堂の洗礼台で、そこの司祭の手によって、その初子は洗礼を授けられた。アンネットの兄ポールと、代母を務めた友人のマダム・デンフォら数名が、その洗礼式に立ち会っただけであった。このカロライン誕生の知らせは、ほどなくロンドンの詩人のもとに届けられた。

ワーズワスが帰国して、まず手はじめにした仕事は、『夕べの散策』と『叙景詩集』の二冊の刊行である。運よくセント・ポール大聖堂の南側チャーチヤードにあるジョゼフ・ジョンスン社がその出版を引き受けてくれた。同社は社主ジョンスンが左翼のシンパで、これまでトマス・ペインやウィリアム・ゴドウィンらの著作、ウィリアム・クーパーの詩集などを手がけた中堅の出版社であった。

これらの詩集は、『夕べの散策』が二シリング、『叙景詩集』が三シリングの値段で、その表紙に「ケンブリッジ、セント・ジョンズ・コレッジB・A、W・ワーズワス」といささか仰々しい肩書を付けて一月二十九日に刊行された。

フランス革命を巡る論争

その頃、革命下のフランスからは、悲惨なニュースがロンドンの新聞雑誌や週刊誌などへ続々と伝えられてきた。『ジェントルマンズ・マガジン』は、その「歴史記録欄」に「ルイ十六世処刑の詳報」を掲載している。

一月二十日の夜、パリは明るく照らし出され、いかなる市民も街頭を出歩くことが禁じられた。多数の軍隊が巨大な都市の各所をパトロールし、馬車の音は途絶え、街頭に人影は見あたらない。市内は深く静まり返り、表現しがたいほど恐ろしい感じだ。二十一日月曜早朝二時、暗闇をついて悲鳴があちこちで聞こえた。……パリの時計が八時を告げると、殉教者・国王が処刑台に召喚された。王は一瞬あたりの人びとを見渡したが、目には寛容と愛の光が輝いていた。国王は群集たちに挨拶を読もうとしたが、その時言いがたいほどの怒号で、ひとりの役人が叫んだ。「挨拶はいらん！ さあ来い、挨拶はいらん」。すると突然ドラムとトランペットが鳴り響いた。国王は言葉を発したが、はっきりと聞こえたのは次のような言葉であった。
「余は敵を愛する。神よ彼らを祝福し給え。余の罪なき血を国家に託する。神よわが国民を祝福し給え！」
処刑は月曜日の十一時から十二時の間におこなわれた。不運なる国王は処刑に先立ち、国民議会に対して、自分の遺骸をサンズ大聖堂の亡き父のそばに葬るように頼んだ。(7)

このように伝えられる、革命の恐ろしい推移を知って、詩人はフランスに残るヴァロン母子の身のうえに想いをはせ、暗澹たる気持ちに陥ったことであろう。言うまでもなく、こうした記事を読んだイギリスの人びとの反応は、大多数がフランス国王に同情的であった。この国王処刑に引きつづき、フランス革命政府は二月一日、イギリスとオランダに宣戦を布告したので、イギリスは対抗上フランスに対し、二月十一日、同じように宣戦布告をおこなった。そしてその月末の二十四日に、ロンドンのグラブ街で極貧生活を送る三文文士ウィリアム・ゴドウィンが、その畢世の書ともいうべき『政治的正義』を上梓した。

イギリスの論壇では、一七八九年の頃からすでにフランス革命に関する論争が盛り上がっていた。その先陣をきったのが、ユニタリアン教会牧師リチャード・プライスである。彼はかつてアメリカ独立戦争にも熱烈な支持を与えたが、フランス革命をそれとの歴史的継続性で捉え、『祖国愛についての論考』を、一七八九年いち早くロンドンのジョゼフ・ジョンスン社より上梓した。その中でプライスがフランス革命の支持を表明すると、反体制派から多数の同調者を集めたが、歴史的潮流に敏感に反応した詩人のウィリアム・ブレイクもそのひとりだった。

　これに対して、アメリカ独立革命に対するイギリスの武力政策を強く非難したことで知られる国会議員エドマンド・バークは、『フランス革命への省察』を、翌一七九〇年に上梓し、プライスへの反論を試みた。彼の『省察』は、フランス革命の要因をアンシャン・レジームの悪業と罪科にあると見做してはいたが、国家を転覆させるような過激な手段ではなく、あくまで社会悪をただす改革的方策を選ぶべきだとする、現実的立論であり、それはいかにも穏健なイギリス的中庸主義であった。この「騎士道的伝統」に固執するバークの保守主義に、真っ向から反論を試みたのが、メアリー・ウルストンクラフトであり、彼女は『女性権利の擁護』を、バークの前書の一か月後に上梓すると、それはたちまち版を重ねて大きな反響を巻き起こした。同書において彼女は、神聖な人間の権利と自由を掲げるフランスを称揚し、さらに階級制度を悪として糾弾した。

　だがバークへの反論として歴史的評価が高いのは、一七九一年二月ジョゼフ・ジョンスン社から刊行された、

ウィリアム・ゴドウィン

メアリー・ウルストンクラフト

トマス・ペイン

トマス・ペインの『人間の権利』であった。彼はこの著作において、英仏の政治形態のみならず、宗教と国家の関係を論じ、さらにフランスにおいて制定された新憲法の理念が、人間性を基本としている点に触れて、真に人間が解放されるには、革命によるべきであるとし、さらにイギリスの貴族制度と王政まで批判した。そのためにこの書物は、出版禁止の処分を受けたので、彼は身の危険を感じて母国を脱出し、フランスに逃れた。そこでペインはフランスの市民権を与えられただけでなく、国民公会の議員にも選出され、フランス国民から温かく迎えられたのである。

このペインの思想と行動は際立って分かりやすく、青年たちにはとくに説得力に富むものと評価された。先のプライス師と同じユニタリアン教会牧師で、神学者でもあったバーミンガムのジョゼフ・プリーストリーも、政治パンフレット『エドマンド・バーク議員への手紙――フランス革命への省察を読んで』を、ペインの先の書物と同じ一七九一年に刊行した。彼はのちに暴徒によって、バーミンガムを追われることになるのだが、フランス革命をキリスト教的至福のミレニアム思想の文脈で捉え、それを人類再生の夢を実現する機会であると結論づけた。

これらが一七九〇年前後のイギリス論壇の情況だったが、ワーズワスがフランス革命を支持する立場にあったのは事実だとしても、こうした政治論争をどこまで正確に把握していたかは不明なのである。したがって二度目のフランス遊学に際しても、その思想的動機は明らかではなかった。

先のペインの『人間の権利』第二版に刺激されて書かれた『政治的正義』で、ゴドウィンはフランス革命を当初から全面的に肯定する立場には立たなかった。彼はそこで、アナキズム的政治理念を世に問うたのである。とはいえ、最初から無政府主義的社会の実現は不可能と見做し、暴力による革命にはむしろ反対の立場を表明しながら、結論的には政治は悪以外の何物でもないのだから、人間個人の権利や才能を生かすために、徐々に政府を解体するべきであると主張した。さらにこの著者は、その書物の反響に気をよくして、書き落とした思想を補う目的で、『世の現状、あるいはケイレブ・ウィリアムズの冒険』と題する、なかば私小説風の作品を、翌年五月

メアリー・ロビンスン

に刊行した。このように、ゴドウィンの政治的要素が、より文学的スタンスを重視する方向へと傾斜していくのは、ロマン派の時代的側面を表徴するとの見方が今日では有力である。

先のフランス国王処刑後と同じ年の三月、ゴドウィンの妻メアリー・ウルストンクラフトやサミュエル・テイラー・コウルリッジらと親交をもち、浮気な皇太子に捨てられた女性詩人メアリー・ロビンスンは、国王の処刑後牢獄にとらわれて人民による処刑を待つ、かつての王妃マリー・アントワネットの悲運に同情し、「獄中での悲しみ」と題する一片の詩を書いている。

ああ恐ろしき想い　悲しいかな、ああ、言語に絶する苦しみ——
この血なまぐさい情景が　終わるのはいつのことか。
（「獄中での悲しみ」七三—七四行）

このような同情は、政治的立場を超えて、多くの良識あるイギリスの市民たちが共有する反応だったと言ってよいだろう。

イングランド国教会のランダフ管区の主教リチャード・ワトスンは、フランス国王処刑後の過激派の行動に危機感を抱き、これまで革命に同情的立場をとってきたが、ホイッグ党の議員として、『貧民と富民とを造り給うた神の知恵と恩寵、その付説《アペンデクス》』と題する小冊子を刊行した。その要旨は、フランスのような共和制にくらべてイギリスの君主制は無駄が多い、というのは誤りで、イギリスは近世以来、王制のもとで自由、平等、繁栄を享受してきたのであって、フランスのような革命は、この国の社会には馴染まないと論じたのである。

ゴドウィン主義への共感

先に刊行されたゴドウィンの著作『政治的正義』に共感していたワーズワスは、個人的には内なる暗闇をかかえながら、ワトスンの『付説』を読んで、六月に「ランダフ主教への手紙」をその反論として書き、フランス革命を支持する立場を表明した。以下はその一部。

フランス人は君主制の権力をどのように変えても、自分たちの自由が保障されないと感じたのです。その結果人びとは全会一致で、共和制を選んだのです。主教が自由の基本的原理として述べておられる権利を、フランスの人たちは行使したに過ぎないと、認識せざるを得ません。

この「手紙」を書いたワーズワスの筆致は、確信にみなぎり、説得力に富み、バーカーが指摘する通り、「彼の心は詩ではなく、政治に向けられていた(8)」ことは否めず、とても『夕べの散策』や『叙景詩集』を上梓したばかりの詩人の文章とは思えないほどである。個人的感情としては、同じ湖水地方の出身で、ホイッグ党に属するランダフ主教に親しみを示してはいながらも、ワーズワスの立論はいっさいのぶれがなく、共和制の擁護、人間の自由の本質に反する王制の否定は明快そのものだった。詩人はその手紙の中で、ルイ十六世の処刑はやむにやまれぬものであり、暴力的革命についても、不可避的として肯定した。そのような急進的左翼思想は、ブロワでのミッシェル・ボーピュイの革命思想からの影響が大きかったと考えられる。

そして詩人は、世襲による王制の存続は、人間性の本質に反するといい、共和制はフランス人民の総意に基づくもので、そこに本質的誤謬などは存在しないと指摘した。さらにまた筆を進めて、権力による富の不平等な分配まで論じ、貧困にあえぐ下層労働者の生活に同情を示す。最後にはその社会的不平等への批判から、叙位叙勲制度の否定にまでおよび、貴族院の廃止や、議会制度の改革にまで言及している。

しかし現存するワーズワスの「手紙」の内容は未完であり、詩人以外の人物の加筆が見られ、それをさらに本人が修正加筆した事実があると考えられる。この「手紙」はその後、出版直前まで改稿がおこなわれたのだが、実際には十九世紀末まで印刷されることはなかった。ワーズワスのこうした政治的スタンスは、少なくとも一七九五年の秋、妹ドロシーとともに南英のレースダウンに落ち着く頃まで、紆余曲折を経ながら、継続されたと考えてよい。そして、その後の彼の詩想の展開をたどれば、「狂った母親」「サンザシ」「放浪する女」から「廃屋」など、虐げられた女性たちを主人公とする、人道主義的な主題の作品群に、その詩的成果を見てとることができよう。

結婚への家族の反応

ワーズワスの一時的帰国の目的は、ヴァロン母子との新しい家庭の基礎を築くため、自分の肉親たちに結婚を認めてもらい、さらに可能な限り生活資金を獲得することであった。その資金稼ぎの一部として、先の二冊の詩集の刊行があったが、その結果は芳しいものではなかった。そして肝心の結婚問題については、兄リチャードをはじめ、フォーンセットの教会牧師となったばかりの叔父ウィリアム・クックスンも、生活援助はおろか、その結婚にさえ憤怒を示したのであった。すでに法曹の実務に就いていた兄は、言うなれば体制側の人物だったし、ウィリアムが二十三歳の誕生日（一七九三年四月）を迎えたら、司祭職に就かせたいとの強い願望を抱いてきた叔父にしてみれば、まったく裏切られたという思いだったに違いない。まして甥の結婚相手は、イングランド国教会牧師としては到底容認できないカトリック信徒のフランス女性である。詩人は彼らから同情を得るような立場ではなかった。

肉親の中で、ウィリアムの置かれている情況に、深い同情と理解を寄せてくれたのは、幼い頃から最も気心の合った妹ドロシーただひとりだった。当時、彼女は叔父の家である牧師館に同居し、さまざまな面で世話になっていた。その叔父が、自分の最愛の兄ウィリアムに対し、同情するどころか、すこぶる怒りを感じていることは、ドロシーに辛い想いを抱かせたに違いない。叔父は彼女に、ウィリアムと会うことにさえ同意しなかったという。

そんな相反する肉親の情にはさまれながら、心優しいドロシーの、兄ウィリアムに対する理解と同情とはいっそう深まった。そうした感情を、その際にいっそう後押ししたのが、フランスにいるアンネット・ヴァロンの存在だった。五月二十日、そのヴァロンから、ドロシーに宛てた手紙が届けられた。

わたしは彼なしでは幸せになれません。わたしは毎日彼を求めています。……彼のイメージは、いたるところに存在します。彼からいただいた手紙のある部屋で、ひとりいるようなとき、しばしば彼が入ってくるような気がします。ああ、親愛なるドロシー、これがわたしの日常の状態です。

ヴァロンはこの手紙の中で、「毎日彼を求めています」と書いているが、その単語 'desire' は一義的には「肉体的欲望」を指している。だが、実際未婚で男性経験のないドロシーに、どれだけ現実感をともなって理解されたかは疑わしい。ヴァロンが、彼に単なる精神的愛情だけでなく、激しく自分の欲望を満たしてくれる「男」を求めていたのは事実であった。

しかしドロシーに対して、ヴァロンがこれほど率直に「女」としての心情を吐き出すことができたのは、彼女にそれだけ深い信頼を置いていたからに他なるまい。事実ドロシーはヴァロン母子をイギリスに呼び寄せ、兄ウィリアムと四人で楽しい家庭をもちたいとさえ願っていたのである。

ドロシー・ワーズワス

ヴァロンとワーズワスとの間で交わされた手紙は、戦時下のせいもあって、しばしばとどこおることが多かった。官憲による検問によって、配達されないこともあったからである。以下はヴァロンがウィリアムに宛てた手紙の一部。

わたしの愛するお方、わたしの夫、どうぞあなたの妻と娘の優しい抱擁をお受けください。哀れな娘はたいへん可愛くて、わたしは絶えず腕に抱いていないと、愛のために気が狂ってしまいそうになります。娘は日ごとあなたに似てきました。わたしは腕の中で、あなたを抱いているような気持ちです。

この手紙の重要なポイントは、先のドロシー宛と違って、ヴァロン自身、自分が「妻」であることと、幼子が「娘」であることを、相手のウィリアムに向かい、すこぶる強調している箇所である。ここには、自分が法的にもワーズワス夫人であり、生まれてきた子供は夫の娘である、という意志が表われている。さらに、その文面からは、彼女の気も狂わんばかりの感情の表出を読みとることができる。ヴァロンは、イギリス女性よりも、もっと直情的で、激しい愛情をうちに秘めた女性だったに違いない。

そしてヴァロンに劣らず、愛する相手に激しい愛情で応えようとしていたワーズワスが、このような手紙を受け取って、どれほど心を痛め、悩み抜いたかを、われわれは忖度することができる。しかも英仏両国の戦闘が激化するにつれ、ワーズワスが渡仏してヴァロン母子に会うことさえ不可能となってしまった。そうした情況下で、イギリス軍がダンケルクの戦場で勝利をおさめた時、彼は祖国の敗戦を神に祈ったのであった。

信徒たちの中にあって、みな偉大な神に
ひざまずき、祈りをあげて
わが国の勝利を賛美する、
素朴な信徒たちの　真んまん中で
おそらくわたしだけが、黙って座っていられない、
招かれざる客のように　さらに言えば
来たるべき復讐の日を　待ち望みながら　心を慰めた。　（『序曲』第十巻　二六九―二七五行）

このような詩人の反愛国的な態度は、単に政治理念のレヴェルだけの問題ではなく、むしろヴァロン母子に対する個人的感情に基づく部分が、すこぶる大であったと考えるべきであろう。これが後年に、国家的栄誉として桂冠詩人の地位を与えられたワーズワスの、一七九三年の国家への態度であったが、そこに反逆的精神が存在していた事実もまた否定できない。

処女詩集への評価

ところで先に上梓されたワーズワスの二巻の処女詩集に対して、妹ドロシーはあまり芳しい評価をしていなかったが、ケンブリッジ在学中のS・T・コウルリッジは、詩人の弟で当時セント・ジョンズ・コレッジに在学したクリストファを通じて、それらを通読し、

文学的地平に彼の独創的な詩的才能のひらめきが認められる。

と評したことは、この両詩人の後の精神的結びつきを射程に入れる時、決して過小評価を下すべきではないだろう。そして四月以降『アナリティカル・レヴュー』や『マンスリー・レヴュー』などに、ぼつぼつとその反響としての批評・紹介などの記事が掲載された。以下は好意的とも辛辣ともとれる『マンスリー・レヴュー』の紹介記事である。

これまでスイスの荒々しいロマン的風景が、イギリス詩人によって賛美されたことはなかった。人の手のおよばぬ美しさはそれ自身すこぶる崇高かつ詩的想念を刺激するものだが、……ワーズワス氏はこれらの素晴らしい情景から、少なからず霊感を得ている。だが彼の詩句はしばしば耳障りで散文的であり、そのイメージは不適切かつ描写も弱々しく生気がとぼしい。(9)

先の詩集の刊行は、ワーズワスに金銭的にほとんど利益をもたらさなかったばかりか、いくつかの評論誌で紹介はされたものの、正直にいって、詩壇において彼の名が「詩人」として認知されるまでにはいたらなかった。ワーズワスの当初の目的であった「文筆活動」によって自活をするという企ては、ほとんど具体的な実を結ばなかったのである。彼の落胆は大きかったのに違いない。

この頃ワーズワスは生活資金にも事欠き、ふたたび兄から五ギニーを得て、どうにかその日暮らしをつづける有様だった。本人にその意志さえあれば、叔父たちの援助で、どこか小教区の教会で牧師補や助祭くらいには成り得たであろうが、もはやその気持ちは皆無だった。あるいはまた、英仏が戦争状態となった今では、良家の子弟の大陸旅行に同伴する教師の職も夢と消え果てた。その頃彼には友人の縁故で、アイルランド貴族ロード・ベルモアの家庭教師をする話もあったが、それも行き違いが生じ、実を結ばなかった。

友人カルバートとの旅

そんな時、ホークスヘッド・スクールの友人ウィリアム・カルバートより、南イングランドからウェールズにかけての旅行の誘いを受けた。友人の父はさる貴族の管財人を務めた人で、資産家でもあった。彼は先年その父親を亡くした際に、遺産としてかなりの土地や財産を受け継いだので、旅行費用はいっさい負担してくれるという。

二人の若者の気ままな旅は、南英のワイト島から始まった。七月中旬から八月上旬にかけて、「楽園」のような島の美しい海浜や、緑陰の楽しい散歩に時を費やした。

わたしは旅人として　鏡のように
穏やかな日々のつづいたひと月の間　あの楽しい島で
艦隊の船が碇泊しているのを　眺めていた。　（『序曲』第十巻　二九九―三〇一行）

ワイト島のいずれの場所に彼らが滞在したかは不明だが、この描写から推定すれば、島の北部にある町カウズとか、ライドあたりではないだろうか。そこからイギリスの海軍基地ポーツマスはほんの目と鼻の先である。

後年キーツも二、三度、ワイト島を訪れているが、比較的便利な土地にある島の、青い海と緑の丘からなる牧歌的風景は、まるで浮世離れした秘境とも感じられた。革命の嵐に吹き荒れた地獄や、恋人との別離という悲運を経験してきた詩人にとって、そこでの一か月の生活は、よほど傷心を癒してくれたに違いないが、それは詩人の内的生活からすれば、単に表層の慰安にしか過ぎなかったであろう。

おそらく八月上旬には、若者たちはこの島を離れ、対岸のポーツマスから、四十キロほど北部にあるソールズベリー平原にやってきたのだろう。そこには紀元前二二〇〇年頃の新石器時代の巨大石環群からなる歴史的遺跡が、大平原の真只中に横たわっている。詩人はその『自伝的覚え書』に、「ソールズベリー平原の周遊は、わたしの心に想像的印象を残しました。そしてその力を今日にいたるまで感じています」と、五十年後に書き残したが、その「想像的印象」について、『序曲』では次のように唱っている。

その基盤に
われわれの威厳が　そこに発し、
それを生み出し、均衡を確固と保ち、
内と外との両面で　人間を高貴たらしめる
相互作用を備えていた。　（『序曲』第十二巻　三七三―三七七行）

ワイト島

ストーンヘンジ

巨大なストーンヘンジの石環群の、その「神秘の形象」（『序曲』第十二巻）は、近くにあるソールズベリー大聖堂に劣らず、宗教的畏敬すら感じさせるものであった。画家ジョン・コンスタブルが、その晩年に同じ「神秘の形象」を、一枚の絵に残したが、それが詩人の見たヴィジョンと同じ主題であったことはすこぶる興味深い。

この巨大石環群に圧倒された詩人は、その日の暑さと疲労から、巨石の間に腰をおろし休息をとっている間に眠りこけてしまった。その午睡は詩神の来訪によってもたらされた、と詩人は回想する。たしかにその直後、詩の女神の力に呼び醒まされたかのように、彼は「放浪する女」と題する二七〇行ほどの物語詩を一気に書きあげた。実際にはその詩は一七九一年に起筆されていたのだが、ワイト島からソールズベリー平原に来て、その大部分が詩的感興の赴くままに書きあげられたのであった。

物語詩のヒロインである放浪する女性は、湖水地方北部の生まれで、湖で漁業を営む信心深い父親に男手ひとつで育てられ、手に職をもつ男と結ばれる。やがて三人の子に恵まれるが、戦争に巻き込まれ、夫も子もすべて失ってしまう。女はただひとり、諸国の荒れ野をさ迷う不運に身を落とす。

人の助けもなく　神の祝福も受けられぬ身に　何ができよう。
ああ父よ！　あなたの友人はみな死にました。
亡夫の肉親たちは　ろくに助けもしてくれない。
わたしの結婚後　ほとんど
親切にしてくれた人はいない。
労働や　人仕えも　わたしには向いていない。
流れ落ちる涙を　止めることもできなくて
悲しみにくれ　両腕を組んだまま、
いつまでも街道に　茫然と佇んでいた。　（「放浪する女」二四四―二五二行）

この道端に佇む「放浪する女」の姿や、彼女の置かれている現実の情況は、ほとんど一七九三年夏のワーズワスの現実のそれと、本質的に変わらなかった。詩の主題は、社会や運命に翻弄されて生きる女性の不幸であるが、それには無神論に近いゴドウィン主義的社会批判が見られよう。「放浪する女」同様に、ワーズワスは現実の不条理性に翻弄され、未来の方向も見えぬままに、ウェールズへの旅行をする。この物語の掉尾にある「放浪する女」の嘆息は、その時の詩人の心境を表わしている。

この荒れ野を超えて　わたしは何処へ
ああ　何処へ向かうのだろう！　（「放浪する女」二六五―二六六行）

現実には、人はいつどんな事故や災難に出会うかしれない。友人のカルバートの馬車が街道の溝に落ちてしまい、身動きが取れなくなってしまった。そこでワーズワスだけが、カルバートと別れ、ソールズベリーから温泉町バースに出て、そこからチェプストゥを経て、ワイ河を北上し、ウェールズの旧友ロバート・ジョーンズの牧師館を再訪することにした。

ティンターン修道院を訪ねる

ウェールズの国境の中世都市チェプストゥを通り過ぎ、グッドリッチ城の近くまでくると、詩人は年の頃七、八才の可憐な少女に出会った。墓地の近くで遊んでいたその子は、七人の兄妹のうち二人が死んで墓地に眠っているが、それでも「わたしたちは七人」だと無邪気に言い張る。ワーズワスは、死者と生者とを区別しない、少女の死生観に感動を覚え、その経験を踏まえて後年、短詩「わたしたちは七人」を書くことになった。

その後、セヴァーン河の支流ワイ河の流域をしばらく歩き、ティンターン修道院跡を訪ねた。当時、ウィリアム・ギルピンの旅行案内記によって、その土地の周遊は「ピクチャレスク的景観」としてあまねく知れ渡り、かつて隠棲修道士たち、すなわち隠修士の多かったシトー派の修道院や、その附近の土地の風景に、詩人はかねてから憧憬の気持ちを抱いていた。その際の旅の感想は、五年後に書かれる「ワイ河を再訪してティンターン修道院の数マイル上流にて書ける詩」で、次のように描かれている。

あの時は
まるで鹿のように、自然が導くままに
山々や　深い川の堤や　寂しい
流れのほとりを　跳びまわっていた。
わたしは　まるで愛するものを
求めるというよりも　怖いものから　逃げ出すかのようだった。　（「ティンターン修道院」六十八―七十三行）

詩人が述べているように、その時点では、五年後に到達する宗教的瞑想とはまったく無縁の心境であった。実際当時の彼の思想は、ゴドウィン主義の影響下にあり、無神論に近かったのである。だがこの修道院附近からワイ河上流域の自然の景観が、詩人の美意識と宗教的想念に強烈な印象を刻みこんだ事実は否めない。

ティンターン修道院
（ウィリアム・ターナーの絵）

その後、徒歩によるひとり旅をつづける詩人は、ウェールズの国境ぞいに北上し、今日では多くの古書マニアに知られるヘイ・オン・ワイの集落を経て、八月二十日頃、北ウェールズの峻厳な山なみがつづく、クルイド峡谷に到着した。友人ロバート・ジョーンズの家は、美しい谷間にかくれる小さな集落プランジスランにあった。かつて九一年の夏の大陸旅行の際、一度訪ねたことのある友人の家は牧師館で、そこで詩人は三か月もの間、居候をきめる身となったのだが、この間の彼の行動については、伝記的に不確かな箇所が多く、異論が生じても不思議ではない。
妹のドロシーが、兄の動向について記した手紙（八月三十日）には、

兄は今、大陸旅行をともにした友人ジョーンズの家に滞在し、望み得る幸せな日々を過ごしています。

とあって、八月末に詩人がウェールズに滞在したのは事実なのだが、ジョンストンは『隠されたワーズワス』で、九月から十月にかけて、詩人は再度フランスに渡り、ジロンド党の誰彼に会い、アンネット・ヴァロンとも再会したと論じている。(10)
この論者が依拠した根拠というのは、トマス・カーライルの回想文であった。

彼（ワーズワス）はフランス革命の初期と、その第三期にフランスに滞在し、ジロンド党と山岳党との争闘、なかんずくゴルサの処刑の場には立ち会っていた。（『回想録』）

文章中にあるジロンド党のジャーナリスト、アントワーヌ・ゴルサが、パリでの断頭台の露に消えたのは、一七九三年十月七日のことである。だとすれば、ワーズワスは十月にはイギリスではなく、パリにいたことになる。このジョンストン説に対して、すぐに試みられたジュリエット・バーカーの反論には、より妥当性があるように思える。すなわちワーズワスは、この年の夏、懐中に五ポンドの所持金しかなったので、渡仏費用の捻出は不可能であったろうし、そもそも戦時下にあって敵国フランスに渡る旅券が発行されるはずはない。さらにフランス政府は敵国の居住者をすべて殺害する悪辣な政策を打ち出していたのであって、そのような情況下でさまざまな困難や危険を冒してまで、無謀な渡仏を敢行したとは、とても考えられないと結論づけた。しかもワーズワスにとって、最も切実な懸案でもあったヴァロン母子との再会を果たした事実については、ジョンストンは具体

的に論ずることはなかったのである。

要するにジョンストンが論拠に用いたカーライルの『回想録』の記述は、詩人から二十五年も昔に聞いた話であるから、彼にしてみれば四半世紀近くもまえの遠い過去のことで、齟齬とか記憶の誤りが生じたとしても、決して不思議ではない。そしてカーライルの回想文にも、ワーズワスの渡仏が都合三回だったとあるのは、とくに重要な見逃せない記述であろう。

たしかに伝記的には、ワーズワスの一七九三年八月末から三か月間は、「空白の期間」であって、ジョンストンのような推論の入り込む余地はあるけれど、常識的に考えれば、バーカーが言うように、ウェールズの山峡にある友人の牧師館に滞在しつづけ、そこで以前に起稿していた「ソールズベリー平原」の長詩を書きあげたと推定される。

ウェールズ北部クルイド峡谷もまた、ワーズワス好みの隠棲の土地であったが、秋から初冬までの季節は、谷川の水は澄み、あたりの紅葉も美事で、詩人は散策をも存分に楽しんだに違いない。そこで三か月を過ごした後、クリスマスの頃には湖水地方に足をのばし、ソールズベリーで先に別れたウィリアム・カルバートをケジックに訪ねた。その後、その土地の親戚すじにあたる叔父や叔母の幾たりかを訪ね、近況を報告したが、ワーズワスはヴァロンとの情交の顚末を話題にすることはなかった。そのことを知らせたのは、自分の兄弟と妹、それにフォーンセットの叔父など、ごく少数の肉親に限られていた。

妹ドロシーと再会

そして一七九四年二月、これまで再会を待ち焦がれていた妹ドロシーは、ヨークシャーのハリファックスにたまたま滞在する兄を訪ねてきた。ハリファックスの叔父ウィリアム・ローソンの家では、かつてドロシーを実母のように優しく育ててくれた叔母エリザベス・ローソン（旧姓スレルケルド）が、二人を温かく家庭的にもてなしてくれた。ドロシーにとって、ハリファックス訪問は七年ぶりのことであるが、そこはいつも「永遠のわが家」

を感じさせてくれた。詩人がハリファックスに来たのは、クリスマス・シーズン後の頃であったから、三か月近く滞在したことになろうが、その間にドロシーは、自分がかつて九年間を過ごした土地のあちこちに兄を案内して、少女時代の懐かしい思い出を語った。

ちょうどその頃、『ジェントルマンズ・マガジン』三月号の「新刊批評欄」に、ワーズワスの『夕べの散策』の書評が出た。彼の二冊の詩集の雑誌批評が掲載されたのは、これが初めてではないが、以前のものと異なり、かなり好意的で本格的な紹介であった。

> 評者は一再ならず丹念に同詩集を読んだ。純粋に詩としてだけでなく、自然の純正なる美を感得し、味わうことのできる旅人の、とくに友人として同書の刊行を心より欣快とするものである。……しかし、読者は知るだろう。ここには湖水地方の普遍的なイメージが列挙され、描出されるが、それは作者の精神と優雅な感性が織り成すものである。こうした特性によって、彼が真の詩人の豊かな愛情を通じて自然を観察していることが証明される。[11]

この「評者」はワーズワスの友人ウィリアム・マシュウズか、ロバート・ジョーンズのいずれかであろう。後者はジャーナリストとして、雑誌にコネがあった可能性が高い。

The Gentleman's Magazine;
For MARCH, 1794.
CONTAINING
By SYLVANUS URBAN, Gent.
Printed by JOHN NICHOLS, at Cicero's Head, Red-Lion Passage, Fleet-Street; where all Letters to the Editor are desired to be addressed, POST-PAID. 1794.

『ジェントルマンズ・マガジン』
1794年3月号

『ジェントルマンズ・マガジン』の他の書評のほとんどが半頁以下であるのにくらべ、『夕べの散策』のそれは、二頁におよぶ扱いを受けている。これは異例中の異例であって、評者はよほど、編集陣に特別懇意な友人・知人がいたのではないかと推察される。そしてこの書評の掉尾にはもう一冊の詩集『叙景詩集』への言及までなされている。ワーズワスの詩集が、雑誌書評欄でこれほどの扱いを受けたことは初めてであり、しかもその雑誌そのものが当時、ジャーナリズム界において一流の総合文化雑誌であったことを考えると、詩人も気をよくしたに違いない。

このハリファックス滞在中に、ワーズワスは先のウィリアム・マシュウズと書簡のやり取りをした。それは主として、自分の将来の身の振り方についてであった。その後、四月のはじめ、しばらく滞在したローソン家に別れを告げ、兄妹は馬車で湖水地方に戻り、たぶん月の中頃、ふたたびケジックのカルバート宅にやってきた。彼の家はケジックの町外れの、小高い丘の上ウィンディブラウに建っていた。その高台にある家からの眺望は、南にダーウェント湖、北にバッセンスウェイト湖を見渡し、遠くには壮大な山なみが重なり、しかもその真下をグレタ川が穏やかに流れる、「いつまでも見飽きることのない[12]」素晴らしい景観であった。しかも主人のカルバートは留守とて、ワーズワス兄妹は二人だけで、長年「夢に描いてきた」家族生活を楽しむことができた。

ケジック

その家は農家風のコティジではあったが、兄妹が借りた部屋はカルバートが最近こぎれいに改装したばかりで、最初は数日のつもりが、一か月半も滞在することとなった。金銭的余裕のない二人の自炊生活は、パンとミルクとポテトだけの、すこぶる貧しいものであったが、散策と詩作と読書に費やす日々は、幸福感に満ちあふれていた。
この頃妹のドロシーは、ウィリアムを巡ってクックスン叔父と対立し、彼女なりに自活の道を求めようとしていた。彼女の学習活動も活発で、フランス語はヴァロンと手紙のやり取りができるほど上達していたし、アリオストなどの作品を通じて、イタリア語にも挑戦していた。兄の先の詩集二巻に対しても率直な批評を下し、彼女自身も詩作を試みている。こうした学習活動を通じて、ワーズワス兄妹の精神的知的結びつきは、この頃からいっそう深まったと見做してよいだろう。
他方で、ワーズワスはカルバートに再会してから、ふたたび経済的支援を得る幸運に恵まれる。カルバートにはレズリーという弟がいたが、彼はケンブリッジに進学したものの、その学業に馴染めず、アマチュアの彫刻家をめざしていた。レズリーは心優しく、生来蒲柳の人で、やがて肺患をわずらい病床に伏してしまう。だが彼は、兄を通じて知遇を得たワーズワスの才能の偉大さを知り、自分が亡き後、詩人が後顧の憂いなく詩作ができるように、自分の財産のうち六〇〇ポンドを提供したいと申し出たのであった。

レズリーは寒い北国で冬を越すのは不可能と考え、秋には暖かなポルトガルのリスボンに渡り、療養生活に入る計画を立てていたので、ワーズワスは彼に同行するつもりでいた。しかしレズリーの病気は急速に悪化し、その計画は実行不可能となった。そして翌一七九五年一月九日、厳寒の冬をしのぐことができず、彼は逝ってしまう。実際その年の冬は、十八世紀のカンバランド州においては記録的な寒さだった。ワーズワスはレズリーの枕辺で二か月ほど看病にあたった。死者を身近に見送ることになったが、詩人にとって、それは辛く悲しい務めだっただろう。

注

（1）Stephen Gill, *William Wordsworth: A Life* (Oxford: Clarendon Press, 1989), 6.
（2）Alan Liu, *Wordsworth: The Sense of History* (Stanford, California: Stanford University Press, 1989), 369.
（3）*Ibid.*
（4）*William Wordsworth's Letter to Richard Wordsworth*, Dec. 19, 1791.
（5）Juliet Barker, *Wordsworth: A Life* (New York: Ecco, 2005), 114.
（6）『隠修士』の着想については諸説あるが、アンネット・ヴァロンとの情交が関わっているという考えをワーズワスの詩想の展開から排除するのは難しいだろう。
（7）*The Gentleman's Magazine*, Jan. 1793.
（8）Juliet Barker, *Ibid.*, 123.
（9）*The Monthly Review*, Nov. 1793.
（10）Kenneth R. Johnston, *The Hidden Wordsworth: Poet, Lover, Rebel, Spy* (NY: W. W. Norton, 1998), Chap. 16.
（11）*The Gentleman's Magazine*, 'Review of New Publications', Mar. 1794.
（12）*Keats' Letter to Tom Keats*, Jun. 29, 1818.

4

レースダウンと雑誌『フィランソロピスト』

サミュエル・テイラー・コウルリッジ

レズリー・カルバートの死を看取った後、ワーズワスは一七九五年二月の初旬、ひとりロンドンに出てきた。その用向きとは、ケンブリッジ時代の学友で、前年の十二月『テレグラフ』という新聞を発刊しはじめたウィリアム・マシュウズを、ミドル・テンプルに訪ねるためであった。その新聞には、当時ワーズワスと同じような政治的心情をもつ、ロバート・サウジーや、S・T・コウルリッジらが関係していた。だが、詩人にはまだ彼らとの面識はなかったし、会う予定もなかった。その両人との運命的とも言える出会いは、後日のことである。

先にも述べたように、ワーズワスはヨークシャーのハリファックス滞在中に、マシュウズとの間で手紙のやり取りをしていたが、彼からロンドンで定期刊行物を発刊したいという、新しい具体的な提案をもちかけられた。すでに新聞『テレグラフ』を所有していた友人は、さらに事業を拡大するために、新しく月刊誌の刊行を計画していたのだった。当時、文筆によって生業を得ようとする人間にとって、最もモダンで、手短で確実な道は、文芸ジャーナリズムの仕事に関わることだった。この十八世紀末はナポレオン戦争の余波として、定期刊行物である新聞、雑誌、評論誌の数が飛躍的に増大していたから(1)、そうした道を志向する若者も少なくなかった。

定期刊行物の構想

ワーズワスも漠然とではあるが、司祭職や教職に就くよりも、むしろ自分の適性はそちらに向いていると考えていたのではないだろうか。だから、マシュウズから定期刊行物発刊への協力を求められて、心を動かされたことは間違いなかろう。むろん彼とて、確たる自信も目的もあったわけではないが、友人の懇切な提案に対して、さっそく次のような手紙を書き送った。一七九五年五月のワーズワスの率直な心情が、以下の文面に読みとれる。

貴兄の小生へのお心遣い、ことに再会を熱望しておられるとの由、すこぶる嬉しく存じます。貴兄と交誼を深めることは、大きな喜びと申すべきでしょうが、定収入のないままロンドンにあえて赴くことは、小生にはできません。ロンドンでの生活は、どんなに慎ましく暮らしても、費用がかかるに違いありません。食事に関してはそうでもないでしょうが、衣服費、宿泊費などがとてもかさみます。
しかしこの田舎暮らしであれば、自分の生活ぐらいは何とかやっていけるに違いありません。月刊誌の創刊が可能とのこと、それにより幾らかの利潤は得られると存じます。小生もその種の仕事に携わりたく、心底それを望んでおります。(2)

ワーズワスは友人とのジャーナリズムの仕事に意欲を示しながら、同時にすこぶる現実的感覚をもち、さらにまた都会生活の厳しさを見落としてはいない事実から忖度すれば、彼は決して「夢見るような詩人」ではなかった。雑誌に対する基本的な考えを同時に伝えていたのが、五月二十三日の書簡である。すなわち、雑誌は政治の原理や社会の秩序を読者に啓蒙することを目的とし、なおかつ高遠な倫理性を踏まえることを、基本的姿勢として忘れてはならないと強調している。
その手紙の内容を諒とする返事が、友人マシュウズから伝えられると、六月八日詩人はふたたび、雑誌のいっそう踏み込んだ具体的内容について、自分の考えを率直に書き送った。

物の道理をわきまえたすべての人類の友が、果たすべき大切な義務とは、どの時代やどの場所でも通用する社会的秩序についての、自由や人格に関する普遍的原理を、あらゆる機会に説明し、主張することです。

と詩人は、明らかにゴドウィン主義に立脚する政治的立場を強調する。そして君主や貴族を頂点とする、今日のイギリスの政治形態を改めるべきだとし、そうした特権階級の存続が、近代社会の進歩をさまたげているとしながら、暴力革命については否定的見解を表明している。
ワーズワスのそのような政治・社会的認識には、当時、言論の自由を封じ込めようとするピット政権の厳しい取り締まり政策に対する強い危機感が、内在していたことは間違いない。だが同時に、ジャーナリズムの仕事は、読者を啓蒙するのみならず、「楽しませること」をも大切だとしているのは、ワーズワスがこの新しい仕事に、本気で取り組もうとしていた何よりの証拠であろう。さらに彼は読者の注意を喚起するためと称して、雑誌のタイトルを『フィランソロピスト』とすべきではと、積極的な提言までおこなっていた。

このような手紙を書いてから、詩人は久しぶりに、ロンドンの友人マシュウズを訪ねたのであった。一年八か月ぶりに見る首都は相変わらず雑踏のカオスである。そのロンドンでの仮寓は、サマーズタウンのチャールトン街十五番に定めたが、近くの二十五番にはウィリアム・ゴドウィンが住んでいた。

そのゴドウィンと詩人は、二月二十七日、ユニタリアン教会牧師ウィリアム・フレンドの家で催された茶会で、初めて顔を合わせた。茶会の主人フレンドは一七九三年に、ケンブリッジのジーザス・コレッジでのフェロー職を、その急進的政治主張である『共和派と反共和派の結合体に託された平和と統一』を出版した廉により解かれた人物で、かつて学寮でコウルリッジの個人指導にあたり、強い影響を与えていた。この茶会に集まった面々は、ジョージ・ダイア、ジェイムズ・ロッシュ、ジョン・トウィデル、それに作家のトマス・ホールクロフトらであったが、奇遇にも、ダイアはホークスヘッドの校長テイラーの友人、ロッシュはアン・タイスンの下宿時代の友人の兄、トウィデルはケンブリッジの古典学者ですでに面識があるといった風に、ワーズワスと個人的に何らかのつながりがある人物ばかりだった。その茶会にマシュウズの姿は見えなかったが、ワーズワスはゴドウィンに、近々刊行する雑誌の内容について、意見を求めたに違いない。

ウィリアム・ゴドウィン

週刊誌『フィランソロピスト』創刊

新しい定期刊行物『フィランソロピスト』の刊行準備は、マシュウズの手によって、その頃すでに着々と進んでいたと見られる。それから間もなく、当の雑誌は週刊誌として、一七九五年三月十六日に創刊号が上梓された。その版元は、ロンドンのニューギット街に仰々しく「雄鶏と豚」の絵看板を掲げるダニエル・イートン社で、社主ダニエルも急進派のジャーナリストだった。

この雑誌は当初、月刊誌を予定していたと思われるが、実際には総頁がわずか八頁の小さな週刊誌に過ぎなかった。(3) おそらくそういう形式に落ち着いたのは、資金不足のせいだったのではないだろうか。マシュウズはすでに『テレグラフ』紙を発刊しており、それほど資金的余裕があったとも思えないし、版元のイートン社も弱小出版社に過ぎなかったからである。

この種の週刊誌タイプの定期刊行物は、値段も一ペニーと安価だったので、「ペニー・マガ」と呼ばれ、ロンドンのジャーナリズム界では泡沫的存在と見做されていた。その週刊誌の発行部数は、おそらく一〇〇〇部から出発して最終的には五〇〇部どまりであっただろう。巻頭エッセイ、諷刺詩、議会記事、海外通信などがその主要な内容であるが、この雑誌の形式は、一七〇四年に創刊されたデフォーの『レヴュー』や、あるいはまた一七三一年エドワード・ケイヴによって確立された、いわゆる「マガジン」の先例に多少ともならったものである。だが、この週刊誌の基本的理念は、先にワーズワスが提言したようなゴドウィン主義に立脚した「高遠な倫理性」を掲げ、形こそ小さいけれど、志は高邁だった。したがって読者層は最初から限定的で、大学生、反体制主義者、アイルランド独立派の人びとが対象だった。

当時ワーズワスが生活の自立を求めて、ジャーナリズムの仕事に携わることに踏み切ろうとした思想的原点は、すでに明白なようにゴドウィン主義であったが、歴史的に彼の立場を見るならば、十八世紀の啓蒙主義思想の文脈に位置づけられる。だが彼のジャーナリズムへの参画は、その資質と経済的基盤からして、成功をもたらしてくれる現実的な見込みからは、はるかに遠いものだった。

編集主幹にはマシュウズがあたり、ワーズワスの役割は補助的なもので、議会記事や海外事情などは主として前者、エッセイや諷刺詩は後者が担当したものと推定される。その総頁数や資金内容から忖度すれば、外部に執筆者を依頼するような余裕はなかったであろう。この週刊誌を、多くの研究者や評家が月刊誌としているのは誤りで、誤解はワーズワスが最初に、「月刊誌」を提案したことに基づくように思われるが、その編集内容は明らかに週刊の「マガジン」であり、三月から十一月まで、九か月の間に通巻三十九号を上梓している。したがって、最初の数か月は週刊誌であるが、それ以降はしばしば不定期になり、欠号がつづき、八月以降は発行部数も存続不能なまでに下落したものと推定される。

この雑誌の政治主張は巻頭エッセイに見られるが、その具体的内容は、対フランス戦争への反対論をはじめ、ピット政権の強権的な人権弾圧政策への批判や、言論の自由、下層労働者階級の貧困問題の提起、支配階級の浪費に対する批判、それに解放後のフランス政治情勢などが主であったが、その執筆にはマシュウズとワーズワスとがあたったに違いない。当時の定期刊行物に掲載されるエッセイは、ほとんどすべて無署名かペン・ネームだったから、その筆者の特定は推定の域を出ないのである。

ワーズワスが『フィランソロピスト』で執筆した可能性が高いとジョンストンが指摘するのは、「シルバヌス・アミカ」の筆名で書かれた諷刺詩である。

人類　同胞を敵にまわすような
頭脳、心情、手練、手管に対して、
自然の誠実、広大普遍の原理に立てば、
激しい憤怒を　感じないものがいるだろうか。

決して褒められるような内容の詩ではないが、「広大普遍の原理」と「人類　同胞を敵にまわすような」社会悪との二項対立は、ワーズワスが最も影響を受けたゴドウィン思想に照らし合わせるまでもないだろう。そして「シルバヌス・アミカ」なる筆名も、『ジェントルマンズ・マガジン』が用いる、伝統的名称「シルバヌス・ウルバン」を連想させるのであって[(4)]、当時ワーズワスらが同誌を意識していた事実を彷彿させる。つまり『フィランソロピスト』の紙面構成は、ほとんど小型の『ジェントルマンズ・マガジン』といっても過言ではない。

友人で主幹のマシュウズも、ワーズワス同様、熱烈なゴドウィン主義の信奉者だったが、彼は同時に現実的な政治感覚をもち合わせていた。雑誌巻頭の論説は、ほとんど彼の筆であると推定されるが、王室に関しては擁護の立場をとっている。もし国王廃位を迫るようなことを書けば、反逆罪に問われることは明らかだったからであろう。

ゴドウィン主義との決別

一七九五年のイギリス社会では、日々不安がつのり、言論の自由や生活の安定を求めるロンドンの下層労働者は暴徒化し、この春、社会的混乱を巻き起こしていた。また、ロンドン・シティの市議会《コモン・ホール》は庶民院《ハウス・オブ・コモンズ》にフランスとの講和を求める請願書を提出しているが、これは一般市民の間に嫌戦気分が拡がっていた証拠だろう。

世の中は　あらゆる事態が悪化をたどり、
人類の希望を　その感情の領域から追い出し、
より純な要素の中に
永遠に固定することを主張するような
哲学が歓迎される　そんな時代であった。
（『序曲』第十巻　八〇六―八一〇行）

ワーズワスが、当時を回想して書いたこの詩句こそ、一七九五年の『フィランソロピスト』に携わっていた時の、彼の思想・信条そのものであり、それはまたゴドウィン主義に他ならなかった。そしてイギリスの社会情勢は、大陸ほどではなかったにしても、混迷を深めるばかりであった。またこの時期に、『ジェントルマンズ・マガジン』が掲載するソネット欄には、「シェイクスピア風のパロディ」と題する、次のような落首が見える。

銀行破産者、悪党、ごろつきが野にあふれ、
危険きわまりなき　反乱を起こしている。
彼らは庶民の政治を口にするが、
王制を語るときは　毒づき呪う。

十八世紀末のロンドンのジャーナリズム界にあって、『フィランソロピスト』のような弱小の定期刊行物は、発行部数や社会的影響力という点では、ほとんど取るに足らない存在に近かったであろう。したがって体制側の代表的総合雑誌『ジェントルマンズ・マガジン』からすれば、『フィランソロピスト』は、野にあふれる「ごろつき」と変わりない、危険分子の一端と目されたに違いない。

ロンドンの仮寓に独居するワーズワスは、マシュウズとともに定期刊行物の編集発行に携わる一方で、ゴドウィン・サークルの幾たりかと親しく交わっていた。その中に先のフレンド牧師の家で知り合ったバジル・モンタギューと、ジョンとアザリアのピニー兄弟らがいた。彼らはみなケンブリッジ大学の同窓で、年齢もほとんど同じである。モンタギューはリンカン法学院で法曹の仕事に就いていた。彼はサンドウィッチ伯の庶子で、父の意にそむいて、さる女性との間に一子をもうけたが、不幸にもすぐに新妻に先立たれ、男やもめの身で幼児をかかえ生活は乱れていた。ワーズワスは、折から住まいをサマーズタウンから、法学院の仮寓に移すと、毎日酒に溺れる友人の生活を目のあたりにして、その幼児の養育に大きな不安を覚えた。そこで彼に息子の養育を引き受ける意志のあることを伝えた。この時、詩人はすでに妹ドロシーとの協同生活を想定していたのであろう。

そのモンタギューは先のピニー兄弟に、司法の実務に関しての個人指導をおこなっていた関係から、ワーズワスもまた、彼ら兄弟と交流をもつことになった。兄弟も、ゴドウィンの信奉者であったが、彼らの父はブリストルで貿易会社を経営する富豪である。バジル・モンタギューの幼児の養育と、さらにピニーの父がレースダウンに所有する宏壮なマナー・ハウスを無料で提供してもよいという話は、ワーズワスにほとんど同時にもたらされ

た。そしてさらに、モンタギューは子供の養育費として、年額五十ポンドを提供するという。

ワーズワスは『フィランソロピスト』の仕事によって自立をはかるため、ロンドンに出てきたが、刊行早々から、この週刊誌は当事者たちが期待していたような経済的利潤をほとんどもたらさなかった。したがって、すでに適確な現実的判断を下すことができるほど成長していた詩人は、その仕事の将来性に限界を感じ、いずれ方向転換が必要と考えはじめていた。それにロンドンの土地は、ワーズワスには馴染みがたく、自分には地方の生活がふさわしいというのは、彼の終始一貫した思いであった。そこへレースダウンの話が、ふって湧いたようにもたらされたのだった。

それともうひとつ、この春以来、ワーズワスはたびたびゴドウィンと個人的に接触し、彼の思想をいっそう深く理解するにつれて、これまで理想的に解釈してきた部分に、疑念を抱くようになっていた。そして夏以降、ゴドウィンとまったく接点が切れた事実を、ニコラス・ロウが、詩人のゴドウィンに対する「情熱が冷却したことに起因する」(5)と指摘しているのは、おそらく真実だろう。ワーズワスはロマン派詩人でありながら、現実認識ではすこぶるバランス感覚に長じた人であった。このような彼の安定性は、すぐ後に親交を結ぶことになる、S・T・コウルリッジの性格と比較すると、対照的であるとさえいってよいだろうし、一世代遅いジョージ・ゴードン・バイロンやパーシー・ビッシュ・シェリーとくらべても、同じことがいえよう。先のゴドウィンとの冷却化は、『フィランソロピスト』との関係(6)とも関連づけられようが、この両者のどちらが先行したかというのは、あまり意味のある議論ではない。すなわち、両者の関係の悪化は、同時並行的に起こったと見るのが妥当なのではないか。

週刊誌発行の半年後、詩人はこの雑誌の続行を困難と考え、同時にゴドウィンにも見切りをつけ、モンタギューとピニー兄弟の提案を受け入れて、妹を誘ってレースダウンへの移住を決めたのであった。ワーズワスが『フィランソロピスト』に直接的に関わったのは、一七九五年の二月から、ロンドンを離れる八月までの、せいぜい半年間であって、雑誌そのものは十一月までつづくものの、九月に辺境の地レースダウンに隠棲してからは、執筆や編集の仕事をつづけることは、事実上不可能だったに違いない。

この春からのロンドン滞在中、ワーズワスはゴドウィンを五、六回も訪ねているが、八月十五日にゴドウィン宅を訪問した時は、あいにく不在のために会えなかった。その三日後の十八日に、詩人はロンドンを離れたが、その日の午後、ゴドウィンが訪ねてきたらしい。両者はろくに挨拶を交わすこともなく別れねばならなかったが、それはいかにも象徴的な別離であった。

コウルリッジとの出会い

ワーズワスはレースダウンに赴く途中、ピニー兄弟の父親が住むブリストルに立ち寄った。そこでフォーンセットから来る妹ドロシーと落ち合うためだった。ジョン・ピニーの邸宅はブリストルのグレート・ジョージ街に、ひときわ宏壮な構えで建っていた。十八世紀のブリストルは奴隷貿易で繁栄した都市で、ピニーは西インド諸島に三つの砂糖農場を所有し、二〇〇人の奴隷を雇い巨万の富を築いた。だが、彼には奴隷を酷使する悪業はなかったといわれる。ブリストルに今日も残るピニーの館は、十八世紀のジョージ王朝様式を代表する建築物として公開されているが、内部の装飾や家具調度は、当時の繁栄ぶりを偲ばせるに十分である。このピニーの館で詩人は「偉大な哲学者」として手厚い歓待を受け、妹のドロシーが到着するまで、しばらくの間滞在することとなった。

レースダウンの館は改装されたばかりで、ピニーはそれを他人に貸そうと思い、地方の新聞に広告まで出したが、借り手が付かなかった。新しい住人となるワーズワスは、実業家ピニーから見ても、相当な資産家の御曹司に見えた。だが、自分の別荘がその男に無償で提供されるとの話は、息子からも知らされていなかった。二人の息子には、勝手に館を使ってよいとは伝えてはいたが、実業家の父親はそこに他人を勝手に住まわせる意志など毛頭なかった。むろんワーズワスにも、ブリストルに滞在している間にそのような事情はいっさい知らされなかった。しかし、ピニーの父親が、進歩的政治信条をもつ二人の息子とはまったくの別人種であることは、その会話や、気短で我がままそうな態度か

ジョン・ピニー

S・T・コウルリッジ

ロバート・サウジー

らも察することはできた。それに引きかえ、息子たちはケンブリッジ出のインテリであり、そのうえゴドウィン思想に共鳴する進歩派の若手法曹家である。この親子の考え方の違いがもとで、詩人は後日、思わぬ問題に遭遇することになる。

　ブリストル滞在の一か月ほどの間に、ワーズワスは詩人S・T・コウルリッジとロバート・サウジー、さらに彼らの出版人だったジョゼフ・コトルの知遇を得た。コウルリッジは市内のコレッジ街に滞在していたが、ワーズワスとはその後ピニーの館でも会っていた。コウルリッジとサウジーは、アメリカ新大陸ペンシルヴェニアのサスケハナ河畔にある風光明媚な土地に、壮大な夢物語にも等しい理想郷、「パンティソクラシー」(7)を建設する計画を立てたが、両者の考えは対立し、ものの見事に挫折して、失敗に終わった。急進的左翼であったコウルリッジが、私有財産をもたない共産主義を主張していたのに対し、やや穏健なサウジーは、私有財産を悪とは見做さなかったため、その基本的理念において距たりがあった。計画の頓挫によって二人の仲は気まずくなりかけていたが、コウルリッジはサウジーの義妹セアラ・フリッカーとの結婚によって、新しい転機と妥協を見出そうとしていた。そのような時期に、たまたまコウルリッジと出会ったワーズワスは、これまで書いた詩篇のうち、最も自信作であった「放浪する女」を彼に朗読して聞かせた。

　それを聞いたコウルリッジは、「生涯忘れられなくなるほどの感銘」を受けたと後に記した。そして一方のワーズワスは、その出会いについて、友人マシュウズへの手紙にこう書いている。

　わたしがブリストルに滞在した頃、コウルリッジがいました。彼とは少ししか会わなかったのですが、もっと会っておけばよかったと思っています。彼の才能はとてつもなく大きく見えます。またサウジーとも出会いました。彼

の態度はすこぶる好ましく、その精神の高潔さには、大いに感心させられます。(8)

ワーズワスとコウルリッジの友情は、さまざまな紆余曲折を経て、その後三十年以上もつづくことになるのだが、この二人は性格的には、前者が現実への対応に堅実健全なのに対し、後者は不安定不健全な傾向があり、ほとんど対照的であるとさえ見られた。にもかかわらず、両者が強い絆で精神的に結ばれたのは、たがいの「とてつもなく大きい」才能に触発され、共感したからに他ならない。さらに彼らの精神の有りようをみると、程度の差は存在するものの、両者ともに政治から宗教・信仰への展開がうかがえよう。そしてその宗教性は、彼らのもって生まれた稟質であろうが、それらも興味深いことに、現実との関わり方の違いによって、微妙な対立、齟齬を生じることになるのである。こうした問題は、いずれ時間の経由とともに鮮明になるだろうから、ここでは触れないでおく。

レースダウンでの暮らし

九月二十日、ワーズワスはブリストルでフォーンセットから来た妹ドロシーと再会し、モンタギューの幼い息子をともなって、二十六日レースダウンに向けて出発した。レースダウンは辺境というより孤絶の地というのがふさわしく、近隣の町ライム・リージィスからも十キロあまり離れていた。トマス・グレーの詩句を借りるならば、文字通り「遠く俗塵を離れて」というのが、最も形容のふさわしい場所だった。小高い丘のうえに建つ赤いレンガ造りの館が、予想していたよりも醜い建物に見えたのは、夜の暗がりのせいだろう。だがジョン・ピニーが、以前広告に出した「貸家案内」によると、館の内部の間取りはすこぶる贅沢で、食器室・食料貯蔵室付き居間二部屋、さらに召使用室と執事用室、二階には小部屋つきの素晴らしい寝室四部屋、三階にも寝室として使用可能な部屋が四室。これに葡萄酒貯蔵室、ミルク加工室、石炭貯蔵室、洗濯室が加わり、四台分の馬車置場と木材小屋まであるというから、この構えは中世の貴族のマナー・ハウスなみである。そして詩人の書斎として使われる居間の書棚には、四〇〇冊ほどの書籍が収められていた。

ドロシーは友人にさっそくこう伝えている。

レースダウンはこの島じゅうで、わたしがどこよりも心惹かれる土地です。そこはわたしにとって、初めての家庭というものでした。[9]

この妹と同じ気持ちを兄の詩人も抱いたに違いない。彼らが「家庭」を喪失して、すでに十年以上もの歳月が流れている。ほとんど生活上の自由というものがなかった若い女性の身にとって、どれほど心待ちにしていた場所であっただろうか。第三者的に見れば、その宏壮な屋敷に住まう二十四、五歳の男女と、ひとりの幼児という家族構成は、一見恵まれた新婚家庭とも見えたに違いない。

そこで営まれている家庭は、正確にいえばある種の「疑似的家庭」であった。しかし、長い間、自分の家庭らしい家庭を喪失していた若者にとって、たとえそれが疑似的家庭であれ、かつ借家住まいではあったにせよ、宏壮な館で日々の穏やかな生活を三人で得られたことが、どれほどの至福をもたらしてくれたかは多言を要すまい。

だが彼らはレースダウンの地では、地域社会とほとんど関係をもたず、経済的接点もなきに等しかった。これは見方を変えれば、十八世紀の富裕階級の一部が好んだ、隠修士《リクルース》的生活と呼べるかもしれない。隠修士とは孤絶の場所で、社会的、経済的関係性をこばみ、崇高な精神のみを探究する、キリスト教会の修道士だが、詩人がそのような精神の志向性を内在させていたことは間違いないであろう。実際ワーズワスが「激しい人嫌いの感情をもち、嫌悪感を抱いて世を棄てた」とのハーバート・リードの指摘は、混沌の街ロンドンを離れ、孤絶の土地レースダウンに都落ちした際の、詩人のほぼ偽りなき心情であったと思われる。

レースダウンのピニー家の館

ワーズワスにレースダウン移住を決意させたものは、これまで述べたようにいくつか考えられるが、中でも経

済生活の見通しが明るくなったことが、大きかったに違いない。詩人が手にする父祖の土地の地代、年間約五十ポンドの収入は、妹の分を合わせると一〇〇ポンド近くになった。バジル・モンタギューの幼児の養育費五十ポンドと、先に贈与されたレズリー・カルバートの遺産約五〇〇ポンドは、銀行にあずける予定で、それによる十ポンドあまりの利子も見込める。しかも住居費は、地代以外いっさい支払う必要がないのだから、予想される一〇〇ポンドあまりの年収は、田舎暮らしには十分であった。こうした経済的基盤が整ったことで、詩人は手堅く移住を選択したものと見做されよう。したがって彼らは、生活基盤にほとんど不安を抱くことなく、悠々と日々の散策を楽しむことができた。故里湖水地方に似た風や雲や光を感じながら、なだらかなレースダウンの丘の小路を歩き、小高い丘の頂上に立つと、イギリス海峡の青い海の眺望が得られた。

　レースダウンの土地に来て、フランスから帰国以来すでに丸三年が過ぎたことになるが、アンネット・ヴァロンとの交信は、この間も途切れ途切れにつづいていた。ワーズワスは心中ではまだヴァロン母娘を、いつかイギリスに迎え、妹ともども家庭をもつ希望を失ってはいなかった。そしてそのための生活設計を、彼なりに慎重に考えてきたはずである。だが、海峡をはさんでの英仏戦争は、いつ終わるとも知れず、母娘との再会は当面見通しが立たない不安な日々がつづいた。かつてブロワで、詩人と厚い親交を結んだミッシェル・ボーピュイが、ジャコバン党過激派の手によって処刑されたとの悲惨な知らせも、レースダウンにもたらされた。そして王党派を支持していたヴァロンの一族のうち、近親者がジャコバン党の犠牲となり、アンネットはそのために地下のレジスタンス運動に加わったという情報も届いた。

英仏戦争

　後年一八〇四年の春に執筆したとされる『序曲』第九巻の「フランスでの生活」の一節に、革命に関する否定的な総括が、次のように表現されている。

過去と、来たるべき時を思えば、
あれは何という　愚かな歴史の無駄骨だったことか――
今わたしは気づいたが　すべての人びとが騙されていたのだ。

（『序曲』第九巻　一七〇―一七二行）

ワーズワスのフランス滞在が、もう少し長びいていたら、ジロンド党の人びととともに、「ジャコバン党の手によって、生命を落としていただろう」(10)という、詩人の弟クリストファ・ワーズワスの回想は、かならずしも誇張ではなかったのである。

他方、イギリス国内では、フランスの政治情勢がますます左翼化するのとは対照的に、保守党のピット政権は社会の安定化を確保するために、言論取締法政策を進め、俗に「口封じ法」と呼ばれる、言論と集会の自由を制限する悪法を制定した。これに対してロンドンをはじめ、地方でも民衆による反発と抗議行動がつづいた。

詩人がレースダウンに来た一七九五年の晩秋、正確には十月二十九日、ロンドンのセント・ジェイムズ宮殿を出発しようとしていた国王ジョージ三世の馬車が、近くの公園で集会を開いていた市民たちによって取り囲まれ、窓ガラスを破られる事件が発生した。『ジェントルマンズ・マガジン』（十一月号）は、「国内記事欄」に次のように報じた。

陛下が公園を通り抜けようとされた際に、近衛兵は馬車の通行を確保するのに困難を極めた。近衛騎兵隊本部と宮殿の間で、空気銃から発せられた一発の弾丸が、馬車のガラスを貫いた。

そして同誌は「ロンドン消息欄」で、シティの特別市長《ロード・メイヤー》がこの暴徒の行動に、深甚なる遺憾の意を表明したとも伝えている。こうした情況下で、春以来細々と不定期的に刊行してきた、『フィランソロピスト』誌は、十一月をもってとうとう廃刊に追い込まれた。

孤絶の地にありながら、生活の安定は隠修士とはくらべものにならないくらい恵まれてはいたが、詩人の内なる生活はまだ静修にはほど遠く、不安や動揺を抱きかかえていた。ワーズワスが九六年の秋にかけて、もっぱら精力を傾注したのは、『国境の人びと』と題する戯曲の創作であった。週刊誌の執筆と編集の仕事を投げ出した後、経済的に自立するには、ロンドンの劇場向きの芝居を書いて収入を得るのが最も近道と考えたのであろう。これはサウジーが、すでに先鞭をつけていた。

戯曲『国境の人びと』の創作

かつて九五年のロンドン滞在中に、ワーズワスはコヴェント・ガーデン劇場、ドルリー・レーン劇場、ヘイ・マーケット劇場などに足繁くかよい、その際にシェイクスピアの『マクベス』や『リア王』、リチャード・ブリンズリー・シェリダンの『悪口学校』、ジョン・ゲイの『乞食オペラ』など、評判をとっている芝居を見て歩いた。その頃にワーズワスは、折をみて戯曲を作る構想をすでに抱いていたのであろう。ロンドンの大劇場で自作の芝居が採りあげられれば、まとまった報酬を得ることができるのであって、文筆によって生計を立てようとする野心のある青年なら、演劇界での成功をもくろむのは当然のことであった。『国境の人びと』は、「ワーズワスの詩的創作力が閉ざされていた間に、急に解き放たれたかのように(11)」完成を見たと評したのは、ジュリエット・バーカーである。

一七九七年二月に脱稿した『国境の人びと』を携え、十月ワーズワスはドロシーとともにコヴェント・ガーデン劇場を訪れ、支配人に会ってその草稿を手渡した。その際に劇場側の要望にそって改筆する意志のあることまで伝え、一部手直しもしたが、劇場支配人から年末の上演は困難との返事が来た。この劇場では年末から年始にかけては、ハーレクインによる通俗的パントマイムで大勢の観客を呼び込むのが通例であって、無名の新人の作品を舞台化する余裕はなかった。

コヴェント・ガーデン劇場

『国境の人びと』の創作の主題は、イングランドとスコットランドの国境地方《ボーダー》で、十三世紀中頃に実際に起こった歴史的事件に基づいている。だが部分的には、ワーズワスがある雑誌で読んだ、一七八九年に発生したバウンティ号の反乱の記事にも負うているところがあった。主人公マーマデュークは国境地帯に出没する無法者たちの集団の頭領で、仲間たちみんなから慕われる、正義感に燃えるロビン・フッドのような若者である。その集団の中に、イアゴー的性格のオズウォルドという老人がいた。彼は若い頃、船乗りをしていたが、その時に船長を死に追いやったことがある前科者である。この老人は、自分の不遇の青春時代とマーマデュークをくらべて、彼に邪念を抱いていた。若者は盲目の老人ハーバート卿の、美しく清純なひとり娘アイドニアに熱い想いを寄せ、二人は傍目も羨むような睦まじい相思相愛の仲である。だがマーマデュークは、オズウォルドのよこしまな奸計の罠にひっかかり、罪のない恋人の父ハーバートを、死に追いやってしまう。
『国境の人びと』の物語は、救いようのない結末を迎える。最終部、輩下の者にオズウォルドを殺害させたマーマデュークは、自分の犯した二重の罪によって、地獄の淵を歩まねばならない。以下はマーマデュークが、悔恨にかられて告白する最終場面である。

　しかし、罪の償い以外には
この世が与えてくれる　何物も求めることなく、
荒れ果てた荒野を　俺は放浪するばかり――
苦悩に呻吟しながら　この忌まわしい人生を
生きる人間として――　怒りが神によって
静められ　恵みを与えられて、生命を終える日がくるまで。
（『国境の人びと』第五幕）

この主人公が、自らの犯した罪を背負いながら、ひとり荒野をさ迷う姿は、ワーズワスの現実の苦悩と痛苦がもたらした表徴に他ならない。そこには革命フランスで過ごした暗い過去の投影が見出されるのだが、その痛恨の想いは、もはやゴドウィン風の政治的メッセージを含んではいない。そこにはむしろ、ゴドウィン主義からの乖離が見てとれると言えよう。

多くの評家が指摘するように、この『国境の人びと』は、ゴドウィン主義によって作者が触発された結果の産物であるという事実に間違いはなかろうが、その底流にはヴァロン母子に対する悔恨の想いや、革命のテロリズムに対する嫌悪感があった。スティーヴン・ギルが言うように、この作品に「哲学や形而上学をひとつも見出すことができない(12)」のも確かだ。ワーズワスは当初、問題意識として政治的メッセージを織りこもうとしたのであろうが、その目論みは外れてしまった。詩人の思想的スタンスは、ゴドウィン主義に対するジレンマを抱え、その思想性は曖昧に矮小化されている。最終部の荒野でのマーマデュークの科白は、シェイクスピアの『リア王』や『マクベス』などの悲劇を連想させるが、それはもはや政治的メッセージとしてではなく、宗教的想念として止揚される。この思想・想念の変質は、見逃せない事実である。

『国境の人びと』のコヴェント・ガーデン劇場での上演が実現しなかったのは、おそらくその劇的構成に難点があったからで、これはロマン派詩人に共通する根本的欠陥であった。マイケル・R・ブースの、「彼ら（詩人たち）は性格探究のドラマに主たる関心があり、筋や行動を無視し、可能な限り、シェイクスピア的な詩を書こうとした(13)」との指摘は、ワーズワスにも当てはまるであろう。

この作品の執筆中の一七九六年六月に、一か月ばかりワーズワスはロンドンに滞在した。モンタギューやピニー兄弟と会うと同時に、まだゴドウィンとも数回食事をともにしているが、詩人の意識はすでに彼の政治主義から離れ、人間の内なる魂、政治よりは宗教的想念へと傾斜変容していた。

その頃詩人は、コウルリッジを通じて紹介されたチャールズ・ラムと初めて出会った。コウルリッジとラムは、クライスツ慈善学校の同窓生で、ラムはワーズワスの「ソールズベリー平原」の詩を友人から見せてもらい、深い感動を覚えていた。ラムもまた、自分の姉が実母を刺し殺すという、暗い家庭的悲劇をかかえながら、文学的才能を十分に開花できず、東インド会社の会計事務員として働いている。ワーズワスとラムの交友は、その後一八三四年にラムが死ぬまでつづいた。そしてラムの没後に書いた追悼詩の数行が、彼の墓碑に記されることになる。

チャールズ・ラム

メアリー・ハッチンスンと再会

レースダウンで隠修士的生活を営むワーズワスにとって、現実はかならずしも、夢のようなものではなかった。ピニーの豪邸そのものは、家庭菜園の地代十四ポンドだけで、ただも同然に提供されていたが、訪れて来たアザリア・ピニーから、面白くない話が伝えられた。彼の父は、レースダウンの屋敷を夏の別荘として使用するので、近々もっと快適に過ごせるように改築したいと言っている。これはそう遠くない時期に、館を立ち退いてほしいという意味であった。実業家であるピニーが、「偉大な哲学者」という触れ込みのワーズワスに自分の屋敷を使わせていることに、不機嫌を表わしていることは言外に察せられた。

先の『国境の人びと』にもすでに見られるように、ワーズワスの宗教的想念への移行に関して、コウルリッジの当時の手紙は、友人の思想的立場を、間接的ながら伝えている。その手紙は一七九六年五月十三日に書かれたものである。

> わたしの親友は、当代最高の詩人と思われる。「宗教的瞑想」の……詩行は、わたしの『詩集』の最高傑作であり、他のすべての作品に匹敵すると、彼は評価してくれている。この人物は共和主義者で、少なくともなかば無神論者である。

コウルリッジのワーズワス観は、正確に言うと友人の思想的変質を完全には見抜いていないのだが、自分の「千年王国《ミレニアム》」思想における救世主再来のヴィジョンを、その友人が高く評価してくれたことに、満腔の意を表している。実はこの点の解釈がすこぶる難しく、かつ重要なのである。ワーズワスはすでに、コウルリッジが指摘しているような単なる無神論者ではなかった。

友人コウルリッジがこの時見た「無神論」は表層の被膜に過ぎず、ワーズワスは青年期特有の社会的関心によって、表面的に蔽われていただけであった。彼には、宗教的稟質が生得的なものとして、幼少年期を経てさらにこの青年期にいたるまで、その内奥においてひそかに養われ、深く沈潜していたのである。でなければ彼が友人の「宗教的瞑想」のような詩を読んで、感動するはずはない。すでに内部に深く潜在する彼の宗教的想念が、その時共鳴・震動しはじめたに違いない。だが、友人は漠然とワーズワスの精神の転向を予感していたに違いなく、自分もすでに「ゴドウィン主義を唾棄した」とも述べている。二人の思想的触れ合いは、この頃から本格的に始まると考えてよいだろう。

辺境の土地にあるレースダウン・ロッジを、わざわざ訪れる人は稀であったが、移住後一年を経て、ペンリス時代からの幼馴染み、メアリー・ハッチンスンが、兄で船乗りのヘンリーにともなわれて、晩秋の十一月二十八日にやってきた。ヘンリーは仕事の関係で、翌日には出ていったが、メアリーは翌年の六月四日まで、ほぼ半年間も、ワーズワス兄妹と一緒に暮らすこととなった。ドロシーは友人ジェーン・マーシャルに宛てて、このように近況を伝えている。

メアリー・ハッチンスンがわが家に滞在しています。彼女はこの世で最高の女性のひとりで、ウィリアムが家にいる時、わたしたちは人間として得られる幸福に包まれています。（一七九七年三月十九日付）

メアリーは詩人にとって懐かしい幼馴染みであったが、ドロシーにとっては、両親の死後ペンリスの祖父母の家で、惨めな想いをさせられていた時に、喜びや悲しみをともに分かち合った心の友でもあった。彼女はウィリアムとは同い年で、ペンリスで煙草商を営む生家は裕福であったが、十二歳で母を、十四歳で父を失くしており、ワーズワス兄妹と似たような家庭的不幸を背負う、二十六歳の若い女性である。彼女は六年後、グラスミアのダヴ・コティジで、ウィリアムと結ばれることになるのだが、この時点ではまだ三人とも、そんな日の来るのを予感してはいなかった。先のドロシーの手紙でも分かることだが、詩人は彼女の来訪を心から喜んだものの、二人はさほど情を交わすことはなかった。

「彼女の物静かで幸せそうな存在は、ある意味では詩人の平静を乱すこともあったが、この春（一七九七年）の彼の精神的再生にすこぶる寄与したに違いない」[14]とのF・E・ハリデーの指摘は、正鵠を射たものと見做してよい。だがその指摘にある詩人の「平静を乱す」部分を、論者は具体的に述べているのではない。そこでこの問題を、当時の情況から忖度するならば、ワーズワスには、心中にわだかまるヴァロン母子に対する個人的感情が、レースダウンでの生活において、依然としてのしかかっていたはずであり、初恋の人とも言われるメアリー・ハッチンスンとの幸せな生活を、ただ無心に喜ぶことはできなかったに違いない。したがってこの時、たとえ詩人のヴァロンに対する情愛が冷却化し、それが悔恨へと変化していたのが事実であったにしても、ワーズワスとハッチンスンとの間に、恋の炎が燃えあがらなかったのは当然であった。したがって詩人の「平静を乱す」要因は、率直に言えば、二人の女性に対する感情の不可避的な相克によるものと解するのが、妥当なところであろう。だがハッチンスンの来訪が、詩人の精神的再生のきっかけとなった事実は否めないだろう。

メアリーの来訪した年の暮れから年初にかけて、例年にないほど酷寒の日がつづいたうえ、戦時下による物価高も加わって、物質的には苦労をともなったが、レースダウン・ロッジでの妹ドロシーとバジル、それにメアリーとの生活は、精神的には「このうえなく幸せ」だった。そしてメアリーが翌年の六月に旅立つと、それと入れ替わりに、翌日、新婚間もないコウルリッジ夫妻が来訪した。六月五日のことだった。ワーズワスは後年、その日のことを『自伝的覚え書』に残している。

彼は道路を通らず、石垣を飛び越え、道のない牧草地を横切り、近道をやってきた。ドロシーとわたしは、あの時のコウルリッジの様子をまざまざと憶えている。

ワーズワスは九五年八月にブリストルのピニー邸でコウルリッジと初めて出会い、その後手紙による交信を経て、一七九六年十二月、ネザー・ストーウィに新婚生活をはじめたばかりの友人夫妻を訪ねていた。両者はこれまで詩作品や手紙を通じて、たがいに相手の並々ならぬ才能の大きさを認め合ってきた。そしてこの際の滞在が三週間という長逗留となったことは、たがいの友情の深まりを意味するのであって、コウルリッジの手紙にある、「ふたつの頭ながら心はひとつ」（六月九日付ジョン・エリスン宛手紙）の状態となったというのはおそらく誇張でないだろう。

詩想の深まり

レースダウンの近隣での日々の散策で、詩人がしばしば目にした風景とは、困窮する農民、病弱な老人、哀れな寡婦とその乳飲み児、あるいは社会道徳すらわきまえない人びとの暮らしであった。その情景は、丘の周辺の美しい自然の風景とはまるで対照的であって、内心少なからず、複雑な想いにかられた。

これは六月に書かれた、「旅する老人」と題する小品である。

　その手足
眼差し　曲がった腰　そのすべては
老人が苦痛を引きずるのではなく、
深い想いを抱いている人であることを
物語っている。老人は　無意識のうちに
自己を抑え　静けさを身につけた人だ。

彼はいっさいの骨折りや　労苦を忘れ、
今では　その必要もない長い歳月の忍耐から
穏やかな表情を得た　人のように見える。
老人は　自然のうちに　完全な平穏に到達して、
若者からすれば　何も自分で感じていない
その老人の姿が　羨ましく思える。　　　（「旅する老人」四—十五行）

この詩は、路上で出会ったひとりの老人に、詩人がどこへ行くのか訊ねると、さる海戦で負傷して死にかけている息子を見舞いに、海軍病院へ出かけると返答されるだけの話である。詩人は老人の悲惨に同情し、戦争に嫌悪を感じているのだろうが、主題は人間や社会の表層にあるのではなく、むしろ内なる心に向けられる。その老人が人生や世の悲惨を背負っていることは、彼との会話の部分を読むまでもなく、折れ曲がった腰や顔のしわ、重い足取りを見れば分かる。それでも彼は最愛の息子を失おうとしている現実の悲惨に直面しながら、いっさい世の煩いを忘れたかのように、「穏やかな表情」でそれを受けとめようとしている。若者である詩人から見れば、老人の心境は「自然のうちに　完全な平穏」を得る悟りの心境にあるのであって、それに詩人は羨望を超えて畏敬の念さえ感じている。「この老いた老人」をして、そのような悟りの境地にいたらしめたものは、「自然の力」だとワーズワスは考える。詩人はその部分を'by nature'とし、わたしは「自然のうちに」と訳したが、「自然のままに」としても構わない。要は老人の心、いや老人の存在そのものが、田園自然の中で養われてきたのであり、自然と一体化することによって、彼が平穏な生活を維持していることに、詩人は感動しているのだ。

このレースダウンで書かれたもうひとつの詩、「水松の木の下で」は、友人のコウルリッジとラムが絶讃を惜しまなかった作品で、先の詩以上に、ワーズワスの思想上のもうひとつ大切な転換を表徴している。水松の木陰に休らう旅人は、かつて若かりし頃には高邁な精神、志を抱いて世に出たが、世俗の悪に耐えられず、今は世を避け孤独に引き籠る人である。この水松の木陰に来て休らう彼は、目前の自然の雄大な風景を眺めているうちに、これまでの自己本位の考えを捨てて、人間愛の広い心に目覚める。この旅人は、詩人自身の分身に他ならず、この詩でワーズワスは自分の過去と現在を顧みて自戒を迫る。

そこで　その迷える人は、
夢のような世界を　想像しているうちに、
目には　涙があふれ出てきた。（「水松の木の下で」四十―四十二行）

ここで詩人が表象する「夢のような世界」は、コウルリッジの『種々の主題についての詩集』（一七九六年）とその改訂版としての『詩集』（一七九七年）に収められた「宗教的瞑想」における「千年王国《ミレニアム》」の理想世界に、限りなく近いと言えよう。すなわちワーズワスは、この旅人が自らの思想の殻を破ったのと同様に、ゴドウィン的主知主義、ないし政治主義と自己本位とを同時に克服して、限りなく自己滅却の精神に近づくのである。その思想はある面では情緒的に過ぎるとも見られるけれど、そこに自然の本質的な美が表徴されるところが、コウルリッジにはほとんど欠ける詩質であった。

さて、当のコウルリッジの「宗教的瞑想」は、ジョナサン・ワーズワスの指摘を待つまでもなく、「人類に利益をもたらす」ような叙事詩『隠修士《リクルース》』創作の原点と見做してよいのだが、この詩の構想が彼からワーズワスにもちかけられるのは、ほぼ一年後のことであった。そしてワーズワスは、コウルリッジのミレニアム的ヴィジョンに寄り添うように、ふたたび現実世界の悲惨を直視し、「廃屋」と題する物語詩を執筆する。

メアリ・ムアマンは、詩人のレースダウンでのほぼ二年にわたる歳月を総括して、「精神の再生の歴史と才能の発達に決定的な意味[15]」をもったと評したが、ドロシーの存在が詩人に与えた影響は大きかった。ワーズワス兄妹のレースダウンにおける家庭は、厳密にいえばある種の「疑似的家庭」ではあったが、にもかかわらず、それは家族愛と優しさに包まれていたのであって、そのど真ん中にいたのが妹のドロシーという存在であったことは自明の事実である。そして詩人の自然への志向性は、その宗教的稟質とともに、生来的なものでもあったが、このレースダウンにおけるドロシーの「繊細な感性」によって、その傾向はいっそう強められたとロバート・ギティングズは指摘した。[16] さらに言えば、その半年間この「疑似的家庭」にとどまっていたメアリー・ハッチンスンの存在もまた、詩人にとって大きな意味をもつようになるのである。

だが、詩人にこうした精神的再生をもたらす他方において、皮肉なことにこれまでしばしば指摘してきたように、ゴドウィン的政治社会思想からの離別、ないしは乖離による思想的転向は、フランスのヴァロンに対する情愛の変化、もっと正確にいえば、彼女との情交に対する悔恨へとつながっていくのである。それは一時的な若気の過ちとして片付けるにはあまりにも罪深い行為であって、それゆえに詩人は悲運に虐げられる女性たちというテーマから、ある種トラウマのように長い間離れることができなかったのであろう。

注

（1）拙著『イギリス文芸出版史』（研究社、一九八六年）の第四章「ロマン派時代の雑誌」参照。

（2）*William Wordsworth's Letter to William Matheus*. May 23, 1794.

（3）雑誌『フィランソロピスト』を月刊誌とする説は少なくないが、現存する原本を精査する限り、当初は週刊（weekly）として発刊されたと断定してよい。

（4）『ジェントルマンズ・マガジン』の読者と想定できるワーズワスが、同誌の編者シルバヌス・ウルバン（Sylvanus Urban）の名称を借りて、『フィランソロピスト』ではシルバヌス・アミカ（Sylvanus Amica）の筆名を使用したものと推定される。

（5）Nicholas Roe, *Wordsworth and Coleridge: The Radical Years* (Oxford: Clarendon Press, 1988), 197.

（6）ワーズワスと定期刊行物『フィランソロピスト』との具体的な関係は、それを明らかにする証拠がロバート・ジョーンズの手紙以外にほとんど存在しない。したがって、ワーズワス自身のこの時期の行動から推定するほかないのである。

（7）パンティソクラシー――'pantisocracy' という単語自体は、サウジーとコウルリッジの造語である。'pant' は 'all'，'isocracy' は 'equality of society' を意味する（松島正一編『イギリス・ロマン主義事典』〔北星堂書店、一九九五年〕に詳しい）。

（8）*William Wordsworth's Letter to William Mathews*, Jun. 1794.
（9）*Dorothy Wordsworth's Letter to Jane Pollaid*, Mar. 7, 1796.
（10）Christopher Jr. Wordsworth, *Memoirs of William Wordsworth* (London: Moxon, 1851).
（11）Juliet Barker, *Wordsworth: A Life* (New York: Ecco, 2005), 172.
（12）Stephen Gill, *William Wordsworth: A Life* (Oxford: Clarendon Press, 1989), 112.
（13）Michael R. Booth, *English Plays of the Nineteenth Century*, Vol. 1（Oxford: Clarendon Press, 1969）, 8.
（14）F. E. Halliday, *Wordsworth and his World* (London: Thames & Hudson, 1970), 63.
（15）Mary Moorman, *William Wordsworth: A Biography: The Early Years, 1770-1803* (Oxford: Clarendon Press, 1957).
（16）Robert Gittings & Jo Manton, *Dorothy Wordsworth* (Oxford: Clarendon Press, 1985), 57.

5

『抒情歌謡集』とオルフォックスデン

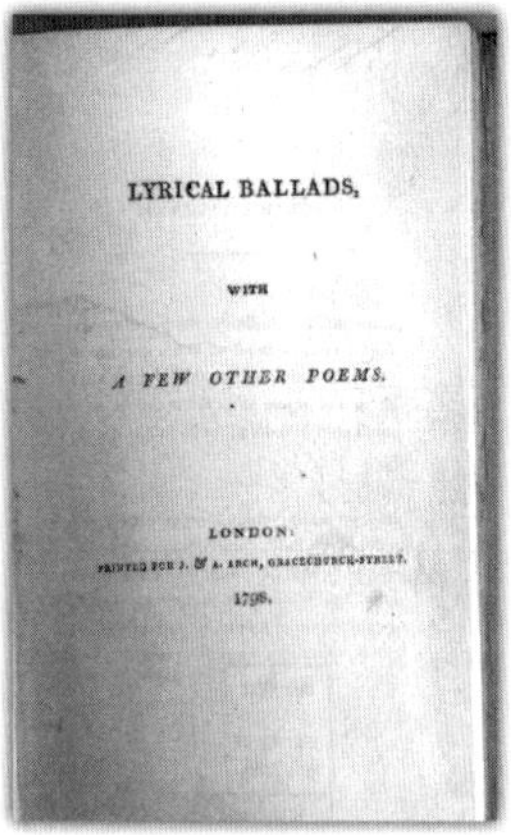

『抒情歌謡集』初版（1798）扉

レースダウンの訪問客コウルリッジ夫妻が、三週間ほどの長逗留を切り上げて、六月二十八日、ネザー・ストーウィの新居に戻っていくと、さっそくワーズワスは妹とバジルをともなって、七月の初旬（二日か三日のいずれか）に、友人宅を訪れることとなった。ワーズワスからレースダウンの屋敷を転居しなければならない事情を聞かされたコウルリッジは、友人がなるべく近隣に移ってきてくれることを期待していた。それはワーズワス兄妹とて同じ思いであったし、今回のネザー・ストーウィ訪問は、間違いなく家探しが主な目的であった。

詩人兄妹はさっそく、コウルリッジの家から四キロほど離れたホルフォードという小さな部落を訪れ、その先の峡谷を越えてコントック・ヒルの麓にあるオルフォックスデンまで足をのばした。彼らはそこに、ぽつんとただ一軒建っている、立派なマナー・ハウス風の館を見つけた。兄妹は、隠棲的雰囲気を備えたその家にすっかり魅せられた。コウルリッジにそのことを話すと、幸運にも邸宅が貸し出されていることが分かった。

七月六日、広くもないネザー・ストーウィの家に、コウルリッジのクライスツ慈善学校以来の親友チャールズ・ラムが、ロンドンから馬車でやってきて、一家はいっそう賑やかになった。が、夫人の家事への不慣れから、コウルリッジが足に火傷を負うハプニングが起こった。ワーズワスがラムと会うのは、昨年のロンドン以来二度目であった。コウルリッジが足の火傷で外出できなくなったので、ワーズワスは妹を連れて、毎日のようにラムと三人で散策を楽しんだ。こうして一週間あまりラムと生活をともにしていると、コウルリッジ同様に、自分たちと同類の人であることが分かり、親しみを覚えた。以来二人の交友は、ラムが病没する一八三四年までつづいた。

オルフォックスデンへ転居

ラムがロンドンに帰ると、その直後の七月十六日、ワーズワス兄妹はレースダウンに戻ることなく、バジルを連れてオルフォックスデンに移った。先に友人トマス・プールの立会いのもとで結んだ契約によると、一年契約ながら家賃は二十三ポンドと意外に安かった。白亜の邸宅は二階家で、大きな切妻の下に屋根裏部屋を備え、簡素な造りだが、どことなく優雅な趣きがあり、レースダウンの家に劣らず宏壮な構えに見える。家は一七一〇年に建てられ、セント・オルビンなる高位聖職者の邸宅であったが、その死後は家人の所有となり、空家となって放置されてきた。現代でもこの館は、簡易ホテルのB&Bとして当時のまま使用されているくらいで、数家族でも暮らせる広さがある。ただし名称は、今ではオルフォックストンと改まっている。

建物の宏壮な構えに似合わず、玄関は意外なほど小さく、質素で見栄えがしないけれど、玄関横にある広いラウンジは、マナー・ハウスらしい豪華かつ上品な趣きを備えていた。館の南前方に拡がるのが、いちめんを緑で蔽われたなだらかな斜面をもつコントック・ヒルで、その小高い丘にのぼると、ブリストル湾と南ウェールズを一望におさめることができた。

ここにドロシーの記述がある。

この丘には美しい樹木が繁茂し、羊歯が丘の頂上から麓まで、かなりびっしりと茂っている。ここには鹿や羊が放し飼いされているために、その眺めが生き生きとしている。(メアリー・ハッチンスン宛手紙、一七九七年八月十四日付)

ジョン・セルウォール

この記述にある、コントック・ヒルを羊歯が全面に蔽っている風景は、兄ウィリアムの好みでもあった。その丘には、鹿が一〇〇頭近くも放し飼いにされていた。周辺には橅の大木が多く、春には林檎や李がピンクの花を咲かせ、そこに小鳥たちの美声が加わると、まこと楽園の趣きを呈した。この館からホルフォードの部落へ行く峡谷の小道では、あちこちの岩間から湧き水がしみ出し、かなり深いその谷底には、清澄な早瀬が流れ、絶えず快い瀬音が聞こえてくる。

広いオルフォックスデンの新居には、引っ越した早々から来客が絶えることがなかった。コウルリッジ夫妻をはじめ、彼の友人でかつてロンドン塔の牢獄にも入れられたことのある急進派のジョン・セルウォール、それに契約の立会人トマス・プール、友人のモンタギューとピニー兄弟、トマス・ウェッジウッド、チャールズ・ロイド、ジェームズ・トビンらが、代わる代わる来訪して、みなゆっくりと数日間、いや数週間も滞在していった。現代から見れば、ロマン派の詩人たちはたいへん深い交友関係をもっていた。

このように若者ばかりが入れ替わり立ち替わり出入りするオルフォックスデンの館は、近隣の人びとからは疑惑の目で見られるようになってきた。近隣の住民たちが、館に出入りする若者たちの動静に不安を抱いたのには、当時の国内の政治・軍事情勢がからんでいたように思われる。ワーズワスがオルフォックスデンに移住する直前の一七九七年二月初旬、ナポレオン指揮下のフリゲート艦三隻が、南英デヴォンシャー北部の町イルフラコムの沿岸に出没し、海岸にあった漁船を破壊したが、武装した地元漁民らの抵抗にあい、逃亡するという事件が発生していたし、さらに『ジェントルマンズ・マガジン』誌の「国内消息欄」[1]は、二月二十二日に、ふたたびウェールズのペンブルックシャーの海岸を、二隻のフランス軍艦が襲い、一四〇〇人の兵士が上陸を試みようとしたが、地元守備隊と漁民たちに捕捉される事件を伝えている。

オルフォックスデンの比較的近隣で、こうした重大事件が重なったために、イギリス政府はフランス人によるスパイ活動に神経をとがらせ、内務省は役人ジェイムズ・ウォルシュなる人物を派遣し、館の住人たちの動静をさぐらせた。だがその後の調査で、オルフォックスデンの住人が、「ワーズワス」であることが特定され、「過激な民主主義者」ではあるが、スパイのような危険分子ではないことが内務省に報告されて、この一件は落着した。

リンマスへ旅行

こうした事件もおさまって秋が深まり、もはやイングランドでは冬の到来を思わ

リンマスの町並み

せる十月上旬、詩人兄妹とコウルリッジの三人は、コントック・ヒルの丘陵を越え、デヴォンシャーの港町リンマスまで、かなりの遠出を試みた。この小旅行でしじゅう主導的役割を演じたのは、このあたりの土地に詳しいコウルリッジだった。樹木の繁茂する山あいを通り抜け、イングランドでも名高い、岩石のむき出した目もくらむような断崖を越えると、二つの川が合流してできた閑寂な窪地に、漁港リンマスの集落があった。小石を敷きつめた坂道の両側に、コティジ風の石造家屋が並んでおり、そこの一軒に宿をとった。

コウルリッジは旅の途中、ずっと「老水夫の歌」の構想を、胸中であたためてきた。彼は友人のジョン・クルィックシャンクから、老水夫の航海話を聞かされ、それをモティーフにした、バラッド（四行詩）の創作を思い立ったのだ。そのコウルリッジのアイディアを聞いて、ワーズワスは二、三日まえに読んだジョージ・シェルヴォークの『航海記』の記述を思い出し、老水夫が南海に入った際に、一羽のあほう鳥を射殺し、海の守護霊が彼に復讐するという物語にしてはどうかとの提案をしたと言われる（クリストファ・ワーズワス『ウィリアム・ワーズワスの回想』）。こうして「老水夫の歌」の最も重要な筋書きが、友人の提案を入れてできあがった。

ワーズワスが後年、イザベラ・フェニックに語ったところによれば、詩人たちはこの小旅行に出る際に、二人の共作による詩を、『マンスリー・マガジン』誌に売り込む計画を立てていた。だが結果的に、当初予定していた稿料五ポンド程度の小品では収まりがつかなくなって、『抒情歌謡集』という、史上でも稀有な二人の詩人による匿名の詩集の上梓へと発展することとなった。

リンマスの小旅行から帰ると、モンタギューが息子の様子を見にオルフォックスデンにやってきた。十一月下旬、ワーズワスはバジルを友人に託して、レースダウンで執筆した戯曲『国境の人びと』の草稿を携え、妹ドロシーをともなってロンドンへ旅立った。その顚末については、すでに先章で触れたので繰り返しを避けるが、要するに頼みの綱であるコヴェント・ガーデン劇場の支配人から、上演には不向きであるとの理由で、門前払いを喰わされた。コウルリッジも、生活の糧を求めて書きあげた『オソリオ』の上演を、ロンドンのもうひとつの大劇場ドルリー・レーン劇場の支配人に断られたのはつい先刻のことだった。これら二人の詩人を含め、ロマン派詩人たちは総じて、ロンドンの大劇場で観客を集められるような内容の芝居を書くことは不得手だった。彼らは、そこで大切な演劇の大衆性をわきまえていなかったのである。[2]

ワーズワス兄妹がオルフォックスデンに戻ってきたのは、翌一七九八年一月三日の夜だった。彼らに正月を祝うような気分は、まったくなかった。それから数日して、モンタギューはふたたびバジルをあずけたまま、入れ替わるようにしてロンドンに帰っていった。他方、二月の上旬、シュルーズベリーにユニタリアン教会の牧師職を求めて出かけていたコウルリッジは、牧師職に採用される見込みを得たが、同じ頃たまたまトマス・ウェッジウッドから生涯一五〇ポンドの年金をもらえる幸運を手にした[3]ので、牧師職を断ってネザー・ストーウィに戻ってきた。

一七五九年、ストーク・オン・トレントの地バーズレムに陶器工場を創設したジョサイア・ウェッジウッドは、六三年にクリーム・ウェアの制作によって、シャーロット王妃から王室御用達の栄誉を与えられ、六九年に「エトルリア」と名付けられた新工場を彼の地に設けた。そこで「ポートランドの壺」のジャスパー・ウェアを完成し、新古典主義調の製品をつぎつぎと世に出して、イギリス陶芸界において歴史的名声と地位を確立するにいたった。その後、一七九五年にジョサイアは病没した。

トマス・ウェッジウッド

志の高いウェッジウッドは奴隷解放運動をはじめ、さまざまな慈善事業を手がけてきたが、ジョサイアの息子トマスは、コウルリッジと出会い、彼の崇高な哲学的思索と宗教的想念に基づく詩的才能を「人類に利益をもたらす」ほどの大器と認め、その生活を保証することを約束してくれた。窯業家のウェッジウッドが求めたのは、すでに退嬰化が顕著に見られるキリスト教会の正統的な思想と信仰の再興であり、詩人・哲学者としてのコウルリッジに、その大義の実現を託したのであった。この時点においてウェッジウッドは、ワーズワスよりもコウルリッジの方に将来性を見出していたことになろう。事実、その才能の開花という点で、後者が前者に一足先んじていたことは間違いない。一七九五年当時、コウルリッジは詩人として世間ですでに認知されていたが、ワーズワスの名はまだほとんど知られていなかった。

『隠修士』の構想

ネザー・ストーウィに帰ったコウルリッジは、これまで以上にしばしばオルフォックスデンを訪れ、その後両詩人の精神的交流はいっそう緊密になり、一七九八年の春以降、彼らはともに「驚異の年《アヌス・ミラビリス》」、すなわち創作的黄金期を迎えることになるのである。コウルリッジは先の「老水夫の歌」を皮切りに、「フランスに寄せるオード」「クリスタベル」など作品を立てつづけに書き、ワーズワスは「廃屋」をはじめ、「早春の歌」「サンザシ」「狂った母親」「妹へ」「諫めと返答」「主客転倒」などを仕上げ、その詩想の展開はめざましいものがあった。

　期せずしてこの時期、ワーズワスとコウルリッジは「人類に利益をもたらす」べき叙事詩という大仕事に着手することになった。ドロシーの『日記』によると、すでにレースダウンで書きはじめていた「廃屋」は、三月六日に脱稿し、分量は一三〇〇行に達した。そして十一日にワーズワスは友人ジェイムズ・ロッシュ宛の手紙で、この詩（「廃屋」）は、「人類社会に役立つ」作品だと考え、その題名を『隠修士《リクルース》――自然と人間と社会についての考察』としようと思うと伝えている。

　この『隠修士《リクルース》』という聞き慣れない叙事詩の主題は、「廃屋」を読んで感動したコウルリッジによって提起された詩想であった。すなわち隠修士は、中世カトリック教会の聖職者であり、彼らは主として修道院に所属する修道士であって、わが国でのワーズワス研究者の多くは、それを『隠者』『隠遁者』『世捨て人』などと訳し、ただ山田豊が『隠士』と解したが、この山田の解釈が ‘Recluse’ の元の意味に近い。ノーマン・タナーによると、隠修士はイングランドの中では、北部のヨークシャー、南部のノリッジに多かったという。[4] この隠修士たちは峻厳な生活を営み、祈りと静修・黙想に明け暮れ、もっぱら聖性を高める修行をつみ、崇高なキリスト教精神を、世俗の人の心と結びつけることに専念したのであった。彼らは現実には、隠棲の土地での庵を生活拠点として活動する場合が多かったが、女性の隠修士も少なくなく、都市に住むことも許された。いずれにせよ、隠修士そのものが存在し、現実に活動したのは、中世から十六世紀にかけてであって、ヘンリー八世による修道院の解体以降には単に言葉のみが残されていた。

したがって十八世紀における‘Recluse’の語義は、かなり世俗化した意味が強くなっていたと思われるから、これまでわれわれ研究者の間でおこなわれてきた解釈も間違いとは言えないだろうが、わたしはワーズワスとコウルリッジが、この単語にこだわりをもっていた点を忖度し、人類再生の崇高なキリスト教ミレニアム思想を表徴する詩の題名として、あえて『隠修士』という、中世の宗教的原義が強く残る言葉を使うことに固執した。

一三〇〇行にもおよぶ「廃屋」は、物語詩の形式で書かれている。詩人とおぼしき語り手が、共有地《コモン》にある一軒の廃屋で、年老いた旅商人に出会い、そこでその老人から、自然との交わりによって得た人間愛の精神を教えられる。それはマーガレットという、哀れな女の身のうえに関する物語で、別名で「マーガレットの物語」とも呼ばれ、さらには「旅商人」の一章として、後年『逍遥』の第一巻に収められる。この「廃屋」の執筆は、『隠修士』の成立過程において、事実上その発端を意味すると考えてよい。

マーガレットは夫との間に一子をもうけ、幸せな生活を営んでいたが、ある時突然、夫は妻子を残したまま家を出て、軍隊に入り、戦場に駆り出されていってしまう。ひとり残された女は、幼い児をかかえて健気に生きたが、やがて子供を病気で失い、ひとり身として残される。それでも、いつか夫の帰ってくる日を夢に見ながら貧苦に耐え、九年の歳月がむなしく過ぎていった。だが、それだけ待っても夫は帰ってこない。

今ではマーガレットの小屋《コテイジ》は崩れかかっているが、それでも彼女はそこを離れようとしなかった。彼女は人生なかばで病いを得て、「廃屋」でただひとり死んでいく。以下はその最終部。

老人の話は終わった。わたしが感動しているのを
老人は察していた。

……
何ひとつできない悲しみの中で　隣人愛をもって
彼女の霊に祈ると、心が慰められるように思えた。
それからふたたび　廃屋の小屋に戻り、
……
より穏やかな関心を　懐きつつ、
自然の静謐による忘却にも似た　時の流れに身をまかせ、
木々や雑草や花々や　静かに生い茂る
繁みの中で　なお生きつづける人間性の
ひそやかな精神を　愛をこめて確かめた。　（「廃屋」四九三―五〇六行）

詩人の目線はマーガレットを取り巻く社会や家族や自然に向けられ、夫との別離、子供との死別、家族の崩壊をもたらした過酷な現実を直視する。先の「水松の木の下で」にくらべ、この詩では現実社会の悲惨な実相がいっそうリアルに表象される。詩人に「廃屋」を書かせた動機とは、まさに故里グラスミアにおける現実社会の悲惨そのものを、直視せざるを得なかったという事実であり、こうした詩的表象は友人コウルリッジには求むべくもなかったのである。実際貧しい弱者に対して社会的救済が何ひとつなかった時代には、マーガレットのような女性は、社会や他者から見離され、苦しい現実をじっと耐え、死を待つ以外に道はなかった。その意味では、「廃屋」もまた、先の「水松の木の下で」と同じ詩想の作品系列に置いてよいが、主人公である女性の悲劇が時間軸にそって描き出されているだけに、いっそう現実感をともなっている。

さらに言うなれば、いつまでも帰ってこない夫を待つ女は、フランスの女性アンネット・ヴァロンであり、父親の愛を知らず女手ひとつで育てられた子供は、明らかにカロラインであって、さらにまた行方の知れぬ夫とは、ヴァロンとの関係で考えるならば詩人自身に他ならないだろう。ただ、この詩に、フランスにおけるヴァロンやカロラインの存在が影を落としていることは明白な事実だとしても、もはやそうした個人的背景は、さほど重要なのではない。

ワーズワスの詩想の最も大切なところは、マーガレットがたったひとり、荒れ果てた廃屋ですべてを自然に託し、死をも運命として受け入れる、詩の最終部における表象であろう。その詩想では人間も社会も、すべて自然の中の静謐な「時の流れ」に支配される存在であり、それらの存在の根底に普遍的人間愛の精神が見出される。そして同時に看過してならないのは、悲惨な人びとの現実についての詩人の認識の確かさであろう。

この詩を読んで感動したコウルリッジは、経済的に支援してくれたウェッジウッドの期待に応えるために、「人類の幸せ」に資するような詩作を試みるべく、ミルトンの『失楽園』にも比するような叙事詩の完成を自らの使命と考えた。『隠修士』というタイトルは、ワーズワスの「廃屋」を読んだ三月十日夜、コウルリッジの口から提案されたものだった。しかし『隠修士』の全体的な詩的構成はまだ星雲状態だった。

そして形而上学的な「知の構築」をいっそう強化するために、コウルリッジはかねてから希望していたドイツ留学を計画し、そのことをワーズワス兄妹に打ちあけた。兄妹にとっては、この夏七月にはオルフォックスデンを立ち去らなければならないが、さしあたってどこに住居を定めるか、まだまったく白紙の状態である。できればコウルリッジ夫妻と離れないでいたいというのが、兄妹の切なる願望であった。ゆえに友人のドイツ行の提案は、新たな希望の光を二人に与えた。そこで四者は、この初秋にドイツ旅行を学習目的で企てることで一致した。

『抒情歌謡集』を上梓

コウルリッジにはウェッジウッドからの年金が約束されているが、ワーズワスは友人ほどには金銭面での余裕はなかった。その事情をもよく承知していたコウルリッジは、さっそくブリストルの出版者で友人のジョゼフ・コトルに手紙をやって、詩集上梓の可否を訊ねた。そして追いかけるように、ワーズワスにもほぼ同じ趣旨の書簡を送らせた。すると、自分でも詩を書く心優しいコトルは、その提案を受け入れ、ドイツ旅行のまえに両者にそれぞれ三十ギニーの契約金を支払うと言ってきた。両詩人から提案された書物は、むろん『隠修士』ではなく、一七九八年十月に刊行されることとなる『抒情歌謡集』であった。五月十六日、二人の詩人とコトルを交えた最初の会合が、オルフォックスデンでおこなわれ、その際に一部の原稿は出版人に渡された。こうして英文学史上他に例を見ない、二人の詩人の共作になる画期的な詩集は、詩人の名を伏せて上梓される運びとなった。

当初コウルリッジがコトルにもちかけた出版計画には、自分たちがかつてロンドンの劇場上演を目標に書いた『オソリオ』と『国境の人びと』の二作も入っていたが、それらには出版者が興味を示してくれなかった。そんな経緯から、彼は新詩集に「老水夫の歌」と「ナイチンゲール」の他には、『オソリオ』からの抜粋として「乳母の話」と「牢獄」の計四篇を入れることにした。

それに対して、新詩集で斬新な詩の原理をうち出そうとの意欲をもっていたワーズワスは、『国境の人びと』の抜粋や「廃屋」「ソールズベリー平原」などの作品はいっさい加えず、主として一七九八年の春に書かれた抒情詩を中心に、「水松の木の下で」「リッチモンドの近くで書ける」「主客転倒」など十八篇の短詩と「ティンターン修道院」を収めることにした。だが詩集の掉尾を飾ることとなる「ティンターン修道院」は、その春の時点では書かれていなかった。当然、五月十六日に、コトルの手元に渡された草稿にこの詩は含まれていなかった。実質的にこの『抒情歌謡集』の実現にイニシアチブを取ったのは、コウルリッジよりもむしろワーズワスだったと見做してよいだろう。詩集の「趣意書」なる序文を、意欲的な調子で書いたのもワーズワスその人であった。

その「趣意書」から分かるのは、ワーズワスが「社会の中流や下層階層」の人びとの日常的言語による、経験的かつ実験的作品を重視している事実である。しかもそれにはほとんど革新的と言ってよいほどの威勢のよさと力強さとがあった。だが詩人たちが日常的で平易な言葉を使う風潮は、すでに十八世紀後半のロマン派前期の詩人たちにも見られたし、とくにエリザベス・ハンズやシャーロット・スミス、ヘレン・マライア・ウィリアムズ、メアリー・ロビンスンら女性詩人たちに、そうした詩風が顕著に見られた。(5)

そういう日常性を重視する傾向には、フランス革命によって、社会の水平化が進んだことや、また女性の社会進出によって、文化が大衆化していたことが背景にあったのであろう。一七七四年にロンドンで出版事業を立ちあげて成功したジェイムズ・ラッキントンが、書物の売り上げ高は一七八〇年代からの二十年間に、約十倍になったと、その『回想録』で述べているのは[6]、何よりも現実に社会の知的水準が向上したことを意味する具体的な例証に他なるまい。また、新聞、雑誌などの定期刊行物も、十八世紀末にはその数が増加していた。

ところで先の『抒情歌謡集』の「趣意書」の主張には、明らかに自己矛盾があった。詩人が読者の対象とする下層の人びとにとって、詩集の言語が読めるはずはなく、またその詩集を買ってくれることなど、まったく夢物語であったのである。事実、小林英美の研究調査によって、この詩集の主な読者は、地主階級とか上層・中層階級の人びとであったことが判明している[7]。しかしワーズワスの詩想の原点が、地方の下層階級の人びとの、貧しく虐げられた現実生活に、深く根ざしていたことは確かである。本詩集のうち「放浪する女」「サンザシ」「最後の羊」「旅する老人」「捨てられたインデアン女性の嘆き」などの主題は、すべて貧しい下層の人びとなのだ。

そして、この序文に示された詩人の視点が、同時代の文学的動向に対して、すこぶる敏感であった事実を見落としてはならない。ワーズワスは、十八世紀オーガスタン時代の詩的表象が一般に装飾的、表層的であると批判し、言語の内面化を強調する一方、「バラッド」という当時の詩壇の流行を取り込み、それを詩集のタイトルにまでした。この事実は、詩人のセンスがバランスよく健全であったことの何よりの証左となろう。

ジェイムズ・ラッキントン

自然との対話

だがこの「趣意書」で触れられていない論点は、詩人の「自然との対話」であり、それは本詩集の最も重要なテーマである。まったく不思議なことだが、その序文に「自然《ネイチャア》」という単語は、一度も用いられていなくて、「人間感情、人間性、人間的出来事に関する自然な叙述」が、本詩集の特質であると言うにとどまっている。

先にワーズワスが同時代の詩の流行に敏感であったと指摘したが、自然をテーマとした詩もまた、グレー、トムスン、クーパー、コリンズなどの他に、メアリー・ロビンスンをはじめとする群小の女性詩人たちにすでに見られたのであって、自然の美、自然の崇高、自然の悲しみについても、多くの十八世紀詩人たちはすでに表象していたのである。しかしこの『抒情歌謡集』におけるワーズワスの「自然との対話」に基づく多くの詩は、明らかにオーガスタン時代の詩歌とは本質的に異なる特色をもっていた。そしてこの詩人の「自然との対話」の特質は、「自然の事物」の描写ではなく、「自然の本質」との一体化による、内的言語を用いた詩的表象に他ならなかった。おそらくこの事実は、イギリスの精神史のみならず、ヨーロッパの精神史においても、革新的意義をもつと言わなくてはならない。

ヨーロッパ大陸に目を向ければ、フランスにおいて、イギリスの啓蒙思想からも少なからず影響を蒙っているジャン＝ジャック・ルソーが、フランス革命以前に『エミール』や『新エロイーズ』などの著作で、すでに近代文明によって害されている人間性の真の回復は、自然への回帰によってのみ可能だとする主張を表明していた。だが正確を期して言えば、その自然回帰はフランス的合理主義の精神に属していたように思える。

ワーズワスの内的言語の構築による「自然との対話」を主題とした詩想は、先述した「水松の木の下で」の他には、「早春の歌」「諫めと返答」「主客転倒」などと、この年九八年の七月にワイ河流域を旅した際に書いた「ティンターン修道院」に表象されている。

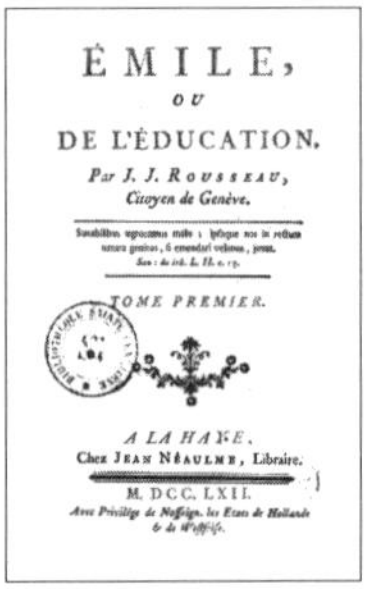
ÉMILE,
OU
DE L'ÉDUCATION.
Par J. J. ROUSSEAU,
Citoyen de Genève.
TOME PREMIER.
A LA HAYE,
Chez JEAN NÉAULME, Libraire.
M. DCC. LXII.

『エミール』扉

ジャン＝ジャック・ルソー

「早春の歌」は一七九八年三月に、オルフォックスデンで春に先がけて書かれた。

森の中に　身をよこたえ、
楽しい想いが　わたしの心に、
悲しい思いをまぜ合わせる　甘い気分に
浸っていた時、あちこちから春の調べが聞こえてくる。

自然は　わたしの心の中に流れる
人の魂を　美しい創造に結びつける。
そして人が人を　どのように変えたのかを思うと、
わたしの心は　はげしく痛んでくる。　（「早春の歌」一―八行）

イギリスの同時代にはおろか、彼以前の詩人の作品で、「自然との対話」による、魂の内なる一体感をこれほど平明に表象した作例はなかったと言ってもよいのではないか。ここにはっきりと表われているのは、詩人ワーズワスの経験主義的、ないしは楽天的とも言える明解な自然観であって、ルソー流の理念的偏重などではない。

われわれ日本人は自然の季節感によって美意識を育てられ、記紀万葉の時代から季節の変わり目をとくに愛し、豊かな詩想を歌い出してきた。イギリスの詩人たちもまた、季節の中ではとくに春に敏感だった。それはイギリスの自然美が、わが国に劣らず恵まれて豊かな証拠でもあろう。とくに北国イングランドの冬は厳しく長いので、その陰鬱な冬が去って春が訪れると、緑の森からはいっせいに春の調べが聞こえてくる。ワーズワスの詩情は、そこから自然に流露したのだ。

ただこの詩の中で詩人が言う「人が人を　どのように変えたのか」の部分を、いかに解釈すべきかは、それほど簡単ではない。おそらく、十八世紀の産業革命によってもたらされた歴史・社会の変化を指すと考えてよいだろうが、そこには彼の個人的な背景、すなわち家庭と故里の喪失や、フランス革命下のヴァロンとの恋、さらにその他の人びととの関係性も、当然含まれているに違いない。
だが、そういう社会的、個人的関係性ではなく、ワーズワスは「自然との対話」を重視する。彼は早春の自然そのものの「森の木陰」「大気」「芽ぶく小枝」「小鳥たち」に、魂を揺さぶられる喜悦と、「神聖なたくらみ」が内在すると感じている。悲しみの入り混じった詩人の心は、その時可視的存在としての自然（natura naturata）ではなく、本質的存在としての自然（natura naturans）との一体化が可能になると考える。だがこう言ってしまうと、ルソーと同じように観念的、抽象的に聞こえてしまう。詩人の自然との一体化は、あくまでも経験的、感覚的であり、同時にすこぶる人間的なのである。このような詩人の自然との対話は、「諌めと返答」や「主客転倒」などの短詩に、いっそう明瞭に見出せよう。

「賢い受身」

「諌めと返答」は、この年の五月下旬から六月上旬にかけて、オルフォックスデンとネザー・ストーウィにやってきた、八歳年下ながらすでに論壇で頭角を現わしていた批評家ウィリアム・ハズリットとの、熱い議論の果てに書かれた詩である。ハズリットはコウルリッジとも親交があり、彼を介してワーズワスを知り、オルフォックスデンを訪ねてきた。個人の多様な自己実現を主張するトマス・ホッブスや、道徳的発展によって幸福の実現をはかるデイヴィッド・ハートリーらの道徳哲学に熱中していたハズリットは、ワーズワスやコウルリッジと形而上学について激しい議論を交わした。ワーズワスの主張は、愚直なまでに「自然との対話」の実現であった。

目は見ようとしなくとも　見えるし、
耳は聞こうとしなくても　聞こえる。
われわれの肉体は　どこにいても
意志と関わりなく　感じるもの。

それでも　わたしはこう信じている、
自然には力があって　われわれの
心におのずから　影響をあたえる、
だから賢い受身の状態で　心が養えると。　（「諫めと返答」十七—二十四行）

この詩においてワーズワスは、ハズリットへの反論として、自然との対話に基づく、彼自身の基本的な経験哲学として、「賢い受身《ワイズ・パッシブネス》」の精神を重視するのである。このワーズワスの詩想は、一世代後のジョン・キーツに受け継がれ、彼はそれを「消極的受容力《ネガティブ・ケイパビリティ》」という人生哲学に発展させるが、後者は前者のように、自然との対話に特化することはなかった。ワーズワスの詩想は、厳密に言えば自然との共生・融合に賢く受動的に心をゆだねることによって、人が現実に背負わされている苦しみや悩みから逃れることができるというものであって、そこにおいて自我は、客体としての自然の本質的原理と一体化し、自他の二項対立は解消される。

次の「主客転倒」と題された詩には、ワーズワスらしい教訓調が見られるものの、いっそう鮮明に彼の対自然観が表明される。

さあ聞きなさい！　つぐみの楽しげな啼き声を！
あれは　つまらぬ教説などはしない。
事物の光の中へ　入り込み、
自然から　学ぶことにしよう。
自然には　おのずと得られる富があり、
われわれの心は　祝福される——

ウィリアム・ハズリット

健康であれば　知恵はおのずと生まれ、
快活であれば　真理は吹き込まれてくる。

緑の森の中での感動は　人間や
道徳的な善悪について、
どんな賢者からよりも
多くのことを教えてくれる。

自然がもたらしてくれる法則は美しく、
われわれの小賢しい　知性は
事物の美しい姿を　歪める。
われわれのは　分析して壊している。　（「主客転倒」十三―二十八行）

ワーズワスがこの詩で表明している「自然から学ぶ」という詩想には、たしかにルソーの自然回帰の思想との類似が見られるが、彼がどれほど直接的に影響を受けたかは判然としていない。十八世紀の新古典主義の詩人アレグザンダー・ポープも「自然は生気あふれる霊をやしない、生命の焔をそだて、生の種子をふくらませる」（『人間論』第三巻）[8]と言い、人間は自然の法則にしたがって生きると表現しているから、彼の詩想のメッセージから、ワーズワスも多分に影響を受けていることは間違いなかろう。

われわれは知識や学習によって、事物の核心や真理に到達し得るのだが、ワーズワスがここで言うように、知識によって自然から遠ざけられ、「事物の美しい姿」を歪め、結果的に「分析して壊す」努力しかしていない場合が多いことも否めない。現代の理性や科学を偏重する知識を詰め込むだけの教育は、ワーズワスが懸念した以上に現代の人間を危機的情況に追い込んでいるに違いない。彼は「事物の光の中へ入り込み、自然から学ぶ」ことを最重視するが、「事物の光」とは自然そのものの本体、本質に他ならないのであって、それと一体化する時に、人には真の知識が与えられ、真理が顕在化すると考えた。そしてその場合、経験主義的なワーズワスは、「快活な心」と「健康な身体」を、自然との一体化の条件とした。ワーズワスに対して、事物をあまりにも楽天的に単純化するとの批判は、真実をまぬがれ得ないであろうが、そこに彼の詩想の斬新さが存在することもまた事実であろう。

日常を見る眼

ワーズワスが本詩集に付した「趣意書」は、第二版の有名な「序文」にくらべるまでもなく、端的にいってあまり意を尽くした文章になっていない。というのは、先に述べた「自然との対話」という点にほとんど触れなかっただけでなく、「日常的主題」に関しても、詩語のみに触れているだけで、日常生活に題材を求めている点に関して、詩人はやはり直接的に言及することはなかったのである。だが、下層の人びとが使う言葉が、果たして詩の喜びを伝え得るのかどうか、という「趣意書」での問題提起は、日常的題材を選択するワーズワスの意図を間接的に伝えていると解すべきであろう。

さらに、ここで一歩進んで考察すれば、本詩集初版の「趣意書」において、ワーズワスの詩人としての自然・社会・人間に対するテーマ性、ないしは思想的スタンスやメッセージ性は、決定的に提起できるほど鮮明ではなかったとも言えるだろう。

アレグザンダー・ポープ

それにもかかわらず、本詩集には社会・人間に関する深い洞察に富んだ優れた詩作品の一群が収められていることもまた事実で、それらは具体的には、「グディ・ブレイクとハリー・ギル」「サイモン・リー」「最後の羊」「旅する老人」と、「サンザシ」「狂った母親」「放浪する女」などであり、前四篇は主として貧しい老人、後三篇は不幸な母親が主題であった。

「旅する老人」は前章で述べたが、「サイモン・リー」も、同じように貧しい無力な老夫婦の話である。かつてサイモン・リーは元気のよい勢子であったが、危険な仕事で片目を失くし、今は病弱の妻をかかえ、小さな畑さえ耕す力も残っていない八十歳の老人である。ある夏の日、彼は朽ちた巨木の根を掘り起こそうとするが、鶴嘴をふるう手はよろめく。そこへ通りかかった詩人は、老人の姿を見て手を貸そうとする。その老若の力の差が、哀感を誘う場面として描かれる。

短詩「グディ・ブレイクとハリー・ギル」もまた、貧しくてろくに食べ物もない老婆グディ・ブレイクと、若くて金持ちの地主ハリー・ギルの、貧富の格差を主題としている。ある寒い冬の晩、老婆は夜の寒さに耐えられず、夜中に起き出して、ハリーの生垣から木枝の束を盗む。それを見とがめた若者は、老婆をとらえる。哀れな老婆は、ひざまずいて男の体が決して暖まることがないよう神に祈ると、若者の体はどんなに厚着をしても寒さにふるえが止まらなくなった。この詩も、先の「サイモン・リー」同様、貧困にあえぐ老人と富める若者とを対比し、富の偏在による矛盾を暴き出している。

「最後の羊」はオルフォックスデン近郊の部落で実際にあった話である。かつて豊かな暮らしを営んでいた羊飼いが、しだいに羊を失くし、最後に子羊一頭をかかえ、路頭に迷う。プチ・ブル階級と見做される男の果てのない物質欲に、詩人は批判的な目を向けている。こうした社会問題は、詩人の身辺で日常的に見られたものであり、およそロマン的主題とは言えない、現実主義的主題と見做してよいが、それらがすでに時代を超えた普遍性を備えているところに、詩人の詩想の今日性が存在すると思われる。

「サンザシ」と「狂った母親」の二篇は、哀れな寡婦の悲劇を主題にした物語詩である。丘のうえのサンザシの木陰にある、小さな土盛りをした塚に、毎日やってきては泣いている女がいる。彼女がどんな日にもそこへやってくるのは、男に捨てられた身の上で、産み落とした嬰児を養えずに殺害して、そのサンザシの樹の下に葬っていたからだ。この物語では、嵐の吹きすさぶ日に詩人がそこへ行くと女に出会うという、現実感をともなう劇的手法が用いられている。物語そのものには曖昧性が残るにもかかわらず、その詩的リアリティは優れた効果を読者に与えずにはおかない。後者の「狂った母親」には、前者ほどの物語性や劇的手法は見られないが、男に捨てられた若い女性が、不安や悲しみをかかえながら、幼児と二人だけで、男の後を追いかけることもなく暮らしていて、子供に乳を与える時だけ正気を取り戻す。

おまえの父さんは　この胸に用はない、
ここで安らえてよいのは　可愛いおまえだけ！
この胸はみんな　おまえだけのものだよ。　（「狂った母親」六十一―六十三行）

と言う若い母親は、決して狂っているのではない。この詩はフェニックの解説によれば、ブリストルでとある女から聞いた実話だというが、これを読んで詩人とアンネット・ヴァロン母子との関係性を想い浮かべない者はいないだろう。事実ムアマンも、そうでなければ詩人は「これほど鋭い現実感をもって、哀れな母子を描くことはできなかったであろう」[9]と指摘する。こうした、現実社会において弱い立場にある老人や寡婦たちの悲劇を主題とする時、詩人の用いる言語は、たしかに平明素朴であることによって、それが同時代にとどまらず、時代を超えて読者に感動を与えずにおかないのである。

「ティンターン修道院」の詩想

本詩集の掉尾を飾ることになる、ワーズワスの思想史を代表する「ティンターン修道院」と呼ばれる作品は、以上の詩の草稿が出そろった一七九八年春の時点では、まだ書かれてはいなかった。正確には「ワイ河を再訪してティンターン修道院の数マイル上流にて書ける詩」と題され、それは七月十三日の作と推定される。この詩の長い題名については、それなりに十分な根拠がある。詩人がここを訪れるのは、一七九三年夏以来二度目のことで、今回は自然を愛してやまぬ妹をともなっての、三泊四日の旅であった。十八世紀の後半、ピクチャレスク的

ティンターン修道院

風景を探訪する時代的風潮は、ワイ河流域にスポットを当てた。画家エドワード・デイズ、トマス・ガーティン、ポール・サンディらが、その先鞭をつけ、ウィリアム・ギルピンによる『主としてピクチャレスク風自然美に関するワイ河観察記』（一七八三年）によって、それは最高潮に達した。詩人がこの地を訪れた際、もちろんギルピンの書物を携行したが、旅に出立する直前、友人でかつての過激派ジョン・セルウォールが、『マンスリー・マガジン』に寄稿したワイ河周遊の記事を読んでいたことも無視できまい。

河口のチェプストウから、ワイ河流域を十マイルほど北上すると、修道院廃墟のあるティンターンで、そこにシトー派修道会が修道院を建てたのは、十二世紀初頭であった。このティンターン修道院を中心として、南ウェールズに同派の修道院が多かったのは、その修道会が重んじる隠棲的修行や布教に、一帯がふさわしい土地柄だったからに違いない。十六世紀にヘンリー八世によって、修道院は解体させられたが、かつて壮大な偉容を誇ったであろうことは十九世紀の画家ウィリアム・ターナー[10]の絵からも想像できるし、その廃墟は今も聖なる雰囲気を残している。だが十八世紀末には、附近に一五〇〇人もの工員が働く鉄工場が建てられ、その騒音が聖域を台無しにしていたと言われる。したがって、ワーズワスが描いた景観美は、このティンターンではなく、さらに上流数マイルの地点であったと考えられるし、詩人が詩のタイトルを、「数マイル上流にて書ける」としていることが、何よりの証拠となろう。

そのワイ河再訪で、詩人の目を捉えた風景は、修道院から数マイル上流にある河の左岸に聳え立つ断崖であり、詩にはそこでワーズワスが味わった深い孤独感が表現されている。おそらくそこは、隠静修道士たちが等しく好んだ場所であったに違いない。この時にその風景から受けた印象は、五年まえに初めて訪れた時のそれとは、まったく異なるものであった。「まるで愛するものを求める　というよりも　怖いものから逃れるかのような」気持ちで、前回はやってきたと、詩の中で述べられている。今は「いっそう清らかな気持ちで」、ワイ河の岸辺に立つと、自然は彼にとって「すべての存在」と化し、内なる魂に映じたのである。

あの祝福された気分、
そこで秘義の重荷や、また不可解で
重く耐えられないようなこの世の重荷が
軽くされる気分。あの澄んだ　祝福された気分は、
そこで穏やかな感情に
優しく導かれ、この肉体の
息吹きと　血の流れまでもが
ほとんど止まり、わたしたちの肉体は
眠り、生きた魂そのものとなる。（「ティンターン修道院」三十九―四十七行）

本詩集に含まれている多くの自然詩とは違い、ここにはこれまでのワーズワスに見られなかった、自然との対話による深遠な形象、ないしは思想的文脈があるのであって、ポープは言うにおよばず、グレーやコリンズとも明らかに異なる、『隠修士』に通じる宗教的想念が表明されている。この「祝福された気分」が、「秘義の重荷」を軽くすると述べている詩人の対自然観は、われわれ日本人にとって、かならずしも馴染みやすいものではない。ふつう、'the burthen of mystery' は「神秘の重荷」と訳されるが、「神秘」より一歩進んで「秘義」、すなわち、神によって隠されている深い奥義と考えるべきであろう。

われわれ人間すべてにまぬがれ得ない生老病死から、日常的に経験する災難や喪失、あるいは日々の些末な出来事においてさえ、そこに神によって隠された「秘義」が内在すること自体を、「重荷」としてわれわれは受け

取らねばならない。その「秘義」について、神は黙して語ろうとはしないが、その「重荷」として受け取るもののうちに、神の限りない愛が存在することを、ワーズワスはこのワイ河の自然美に接した際に感得し、そこで「秘義の重荷」が軽くされ、「祝福された気分」に高められると、言うことができたのである。

ここで詩の中間部、詩人の回想はふたたび、五年まえに訪れた時に引き戻される。当時は、自然に導かれるままに、動物的衝動にかられて、あちこちを跳びまわっていたが、今の詩人はまったく異なる心の目で、ワイ河の自然と対峙している。

しばしば、わたしが
耳にするのは、人間性にともなう悲しい音楽、
耳障りではなく　厳しく心を鍛え　和らげてくれる
力に満ちた　音楽なのだ。　（「ティンターン修道院」九十一―九十四行）

ここは「ティンターン修道院」の核心部分であり、ひとつの境界的ヴィジョンが表象されている。彼の幾多の詩の中で、自然との対話をこれほど見事に表徴し得ている作品はこの詩の他にないだろう。われわれ日本人も、自然との接触のうちで人生の悲哀を感じる伝統をもっていることは、古来の詩歌を見れば明らかである。だが、自然と対話する時に、この詩人のようにはっきりと、「厳しく心を鍛え　和らげてくれる」「人間性にともなう悲しい音楽」を感得することを表現した作例は、ほとんど見られない。これはわれわれの自然観で言うならば、無常観という宗教的想念に近いのだろうが、無常観には詩人が表現しているようなポジティブな感覚はほとんど含まれていない。当時のヨーロッパ人にとって、自我の存在と自然とを融合一体化させることは、すこぶる難しいことであった。おそらく、キリスト教が自我を自然から隔てていたのであり、それゆえに自然との対話は、容易には進まなかったのである。その中で、ワーズワスが表現したような境界的ヴィジョンは、画期的な思想上の到

達点だと言えよう。

そして、この詩人が自然の中に「人間性にともなう悲しい音楽」を聞く時、われわれのように情緒的哀感に陥るのではなく、キリスト教的倫理観へ進んでいることを看過してはならない。彼はこの詩において、「自然の外的形象」ないしは、「自然の内在的本質」を、イエスの思想と結びつけたのであり、もっと比喩的に言えば、かのドイツ人画家アルブレヒト・アルトドルファ(11)のように、ワーズワスもまた自然の中に十字架を立てた人なのである。そこでの自然美は、「宗教的瞑想」として、次のように具体的に表徴される。

高潔な思想の喜びで　わたしを動かした
ひとつの存在を感じた。それはいっそう深く浸透した
何物かが入り混じった　崇高な感じ、
その存在は　沈みゆく陽の光、
円い大洋、清らかな大気、
青い空、人の心の中にある。
それはすべての思考するものと、すべての思考の対象を
動かし、すべての物の中に　流れる
衝動と　聖霊である。だからわたしは
いまも牧場や、森や、山を愛しつづける。
（「ティンターン修道院」九十四―一〇三行）

アルブレヒト・アルトドルファ

詩の引用が少し長くなったが、このワーズワスの「宗教的瞑想」では、コウルリッジのそれと大きく異なり、自他の合一が自然との対話によって実現するとされる。だが厳密に言えば、初期におけるコウルリッジの人間と神との合一は、かならず

しもキリスト教正統思想に立脚するのではなく、ユニタリアニズム思想への逸脱が見られたように、ワーズワスの場合にも、すでに指摘したように、何がしかの異教性が存在するのも事実であって、若き日の詩人のキリスト教思想が、かならずしも正統的信仰に基づくとは断言できない。だがそのことが現代のわれわれから見て、新しい魅力とも解されるのであろう。グレアム・ハフはそれを「現代の宗教的経験の重要な部分[12]」と評したのであるが、このような指摘は今日、曖昧性を避けられないとはいえ、すこぶる重要なことと思われる。

「ピクチャレスク」的景観

この詩の最終部五十行では、このワイ河の旅行に同伴した妹に対しての個人的情感が表現されていて、詩としての統一感に欠ける部分だが、詩人がドロシーにもっていた特別の想いを、ごく自然に書いたと推定される箇所でもある。ムアマンも、したがってこの最終部は、七月十三日セヴァーン河の帰途、フェリーの中で一気に書きあげられたと指摘する。[13] おそらく、この推定に誤りはないだろう。だが詩の前半部は、書かれた時期を特定することは難しい。ワイ河のティンターン修道院から数マイルの上流で書いたという記述に誤りはないだろうから、十日から十二日の間に書かれたことは間違いないだろう。

ワイ河

しかし、ワーズワスは修道院のあるティンターンに二泊していながら、ほとんどそれへ言及していない。これはおそらく、当時の修道院跡は荒廃にさらされ、浮浪者の仮寝の宿と化し、また附近には先にも少し触れたように鉄工場があって、騒音が鳴り響き、とても閑寂な聖地とは言えなかったからだ、とムアマンやマージョリー・レヴィンスンは指摘する。ただそれに加えて、時々セヴァーン河の水があふれてワイ河に逆流してくることがあり、その汚れた水がティンターン修道院附近の河岸の景観をすこぶる害していたという事実を見逃してはなるまい。これはその場を訪れた人にしか分からないと思われる。

かつて筆者はその無残な光景を目のあたりにして、詩人がこの詩をティンターンでなく、そこから上流数マイルの地点で書いた事実に納得した。なるほど数マイル上流まで行くと、ワイ河の流れは澄み、高い断崖が河岸に迫る、「ピクチャレスク」と呼ぶにふさわしい風景が現われたのである。しかしこの詩にティンターン修道院の聖なる面影がないかといえば、そうとも言えまい。

あるいはまた　隠修士《ハーミット》が　ただひとり
火の傍らに座っている　その洞らの穴か。（「ティンターン修道院」二十二―二十三行）

むろんこの描写は、修道院時代を偲ばせる幻想に過ぎないのであって、後年画家ターナーが描いたような、修道院跡のピクチャレスク的光景そのものではない。だがすでにコウルリッジとともに、叙事詩『隠修士』の構想を抱いていたワーズワスは、隠静修道士の多かったこのシトー派の修道院に対して、特別の詩的情感をどこか心の片隅に抱いていたのであろう。ワーズワスはワイ河上流のピクチャレスク風の景観美に、詩的情感を動かされ、同時にティンターン修道院の聖なる歴史的景観に触発されて、この思想的機会詩を書きあげたのである。

このワイ河再訪を終えたワーズワスは、しばらくブリストルと、友人ロッシュが住むシャーハンプトンに滞在したが、八月四日頃、コウルリッジとともに、南ウェールズのスリスウィンにセルウォールを訪ねる、一週間ほどの小旅行に出かけた。彼らがかねてから計画していたドイツ旅行のために、ロンドンを経由して南英の港町グレート・ヤーマスに着いたのは、八月十五日のことだった。

注

（1）*The Gentleman's Magazine*, 'Domestic Occurrences', Mar. 1797.

（2）Michael R. Booth, *English Plays of the Nineteenth Century*, Vol. 1 (Oxford: Clarendon Press, 1969), 8.

（3）Hilary Young, *The Genius of Wedgwood* (London: V & A Publications, 1995), 54.

（4）Norman Tanner, 'The Study of English Medieval Recluse', 西山清他編『美神を追いて』（音羽書房鶴見書店、二〇〇一年）、十五―二十一頁。

（5）十八世紀女性詩人に関しては、わが国でもぼつぼつ研究が見られるが、齊藤貴子編訳『英国ロマン派女性詩選』（国文社、二〇〇二年）は、その時代の十六人の女性詩人の作品を収めている。

（6）James Lackington, *Memoirs of the Forty-five First Years of the Life of James Lackington* (London: Lackington, Allen & Co., 1803).

（7）清水一嘉・小林英美編『読者の台頭と文学者』（世界思想社、二〇〇八年）の第四章で、ジョアンナ・ベイリーの予約出版についての研究調査がある。

（8）Alexander Pope, *An Essay on Man*, Book III (London, 1734).

（9）Mary Moorman, *William Wordsworth: A Biography: The Early Years, 1770-1803* (Oxford: Clarendon Press, 1957).

（10）ウィリアム・ターナー――ティンターン修道院の風景描写としてはウィリアム・ターナー（William Turner）の作品が有名だが、正確を期して言えば、トマス・ハーン（Thomas Hearne）の版画の方が、ワーズワスが訪れた当時の風景をいっそうリアルに描いているだろう。

（11）アルブレヒト・アルトドルファー――ドイツ人画家。バイエルンのアルトドルフに生まれる。この画家の代表的作品として、山上に十字架を立てた宗教的風景画がある。

（12）Graham Hough, *The Romantic Poets* (London: Hutchinson, 1953), Chap. 2.

（13）Mary Moorman, *Ibid*.

6

ゴスラー・冬の旅と、グラスミア・帰郷

ドロシー・ワーズワス

グレート・ヤーマスからハンブルク行きの連絡船が出る前々日の九月十四日に、出版社コトルからワーズワスとコウルリッジに、『抒情歌謡集』の原稿料として、三十ギニーが支払われた。その印刷部数は慣例にしたがい五〇〇部だったが、コトルは「売れないだろう」というサウジーの忠告を受け入れ、二十部だけを手元に残し、残りを全部ロンドンの出版社J・A・アーチ社に譲り渡した。その後、詩集は著者名を付けずに、アーチの社名だけを印刷し直し、十月四日に発売されることとなった。だが肝心のワーズワスらに、その辺の事情はいっさい知らされていなかった。ワーズワスにしてみれば、ロンドンの出版社ならジョンスン社を希望したはずである。何とも呑気な話だが、まだ通信手段が整備されていた当時、それは別段珍しいことではなかったのであろう。

船は十六日の午前十一時にヤーマスの港を離れた。小さな連絡船の乗客は総勢十八人だったが、詩人ら一行はワーズワス兄妹とコウルリッジ、それに彼の同行者でネザー・ストーウィの知人ジョン・チェスターであった。船旅に不慣れなせいか、ワーズワス兄妹は北海での三日間の航海中ずっと船酔いに悩まされたが、とくにドロシーはひどい嘔吐に苦しめられた。狭い船室の中は悪臭に満ち、いっそう不快を増幅した。だが船が波の静かなエルベ河に入ると、船客はようやく元気を取り戻した。河口のクフハーヴェンから、さらに上流八十キロほどのところにあるハンブルク港に着いたのは、九月十八日の夕刻七時だった。

ハンブルクの町並み

ドイツの町々

ハンブルクは港町らしい活気にあふれていたが、お世辞にも美しい町とはいえなかった。この町は英仏戦争に巻き込まれないように、中立的立場を維持していたが、商人たちには狡猾な連中が多く、イギリス人などの外国人旅行者を相手に、あくどい商売をおこなっていた。ドロシーはその不快を『日記』に残している。

フリードリッヒ・ゴットリープ・クロップストック

クリストフ・ヴィーラント

ハンブルク到着早々に、ワーズワス兄妹とコウルリッジは、ウェッジウッドのビジネス・パートナーだという、新聞社主ヴィクトル・クロップストックに面会し、彼の紹介で、ドイツの国民詩人とも呼ばれていた、兄のフリードリッヒ・ゴットリープ・クロップストック[1]を訪ねる機会を得た。

ワーズワスはこの老詩人に会えたことにいたく感動したが、相手がシラーを酷評し、ミルトンにはまったく理解がないことに、驚きを隠すことができなかった。この日、クロップストックとワーズワスとの会話は、フランス語でおこなわれ、二人が最も熱っぽく語りあったのは、クロップストックや劇作家レッシングと並び、時代を代表する詩人であったクリストフ・ヴィーラントの作品だった。中でも、ゲーテによって絶讃され、イギリスでも翻訳・紹介されたばかりの韻文『オーベロン』について二人は言葉を交わした。

この作品をゲーテのように激賞する老詩人に対して、ワーズワスは「感情的に過ぎる」と批判的感想を述べた。ただ老詩人のワーズワスらに対する饗応は、すこぶる心温まるものだった。食後、彼はワイマール公国に住むゲーテに、わざわざ親切な紹介状を書いてくれた。だが若者たちには経済的、時間的余裕はなく、ゲーテ訪問は実現しなかった。コウルリッジはチェスターをともない、九月三十日にハンブルクを出立し、ワーズワス兄妹も十月三日には港町を離れた。

このハンブルクの町にはイギリスの公使館が置かれ、ジェイムズ・クロフォードが代理公使を務めていた。先年、ケネス・R・ジョンストンは、この町で、ワーズワスに九十二ポンド・十二シリングの機密費がひそかに手渡されたという衝撃的な事実を明らかにした。[2] ドイツにおけるフランスのスパイ活動を監視するために、その金銭が詩人に渡されたというのだが、すでに脱政治的心情にあって、それほど金銭的に困っていたわけでもないワーズワスが、そのような政治活動に加担したとは思えない。またゴスラーがそんなに社会的に重要な土地であったとも考えられないのである。
今回のドイツ行について、ワーズワスは友人のジェイムズ・ロッシュ宛の手紙で、次のように伝えていた。

そこでわれわれはドイツ語を習得し、自然博物誌的知識を、可能な限り得るために、二年間ほど滞在するつもりでいます。われわれは、もし可能ならば、大学近くのどこかのヴィレッジか、あるいはできるだけ楽しい土地に住むことを考えています。（ジェイムズ・ロッシュ宛手紙、一七九八年三月十一日付）

この手紙の文面からすると、ワーズワスは当初、二年間ほど滞在する予定だったようだが、実際には八か月ほどで切り上げており、そこには相当に距たりがある。そして博物誌的知識はおろか、ドイツ語の習得すら思い通りにはならず、滞在先も大学近くのヴィレッジではなかった。ワーズワス兄妹が最終的に落ち着いた場所は、ドイツ中部のハルツ台地の森の外れにある中世城郭都市ゴスラーであった。

ゴスラーの町並み

この町はかつて十一、二世紀には皇帝が宮殿を構え、繁栄を極めたこともあったが、ワーズワスが滞在した頃は大学もなく、どこか落ちぶれた感じだった。それでも市の中心部には市庁舎が建ち、美しい噴水のある広場があって、その周辺部は円錐形の塔や、頑丈には見えるが陰気な石組の市壁で囲まれていた。その町で兄妹が滞在した下宿は、市門近くのブライト通りに、中世後期に建てられた木造の二階家で、階下で未亡人がリンネルを扱う雑貨商を営んでいた。栩の木組と白塗喰のコティジ風の建物は、素材は同じでも、イギリス風とはだいぶ異なる様式と趣きを備えていた。
今回、旅行の最大の目的であったドイツ語の学習とは、日常会話の習得だったが、前回のフランス旅行とは異なり、その成果は思わしくなかった。下宿の未亡人はじめ、彼らが接するドイツ人の言葉は、決して学びたくなるような内容ではなかった。しかもワーズワス兄妹は、ゴスラーではまったくの異邦人であり、社会的交流は皆無に近かったのである。そういう情況では、いくら滞在を延ばしても、会話の習得は不可能であった。

詩人の生活は、したがって内部に籠りがちにならざるを得なかった。先にジョンストンが指摘したスパイ行為のような面倒な社会活動は論外であっただろう。今回の旅行は、書物の携行すら冊数が限られていたし、近くに利用できる図書館があるわけでもなく、もっぱら内なる創作に打ち込まざるを得なかった。

他方、ドイツでは別行動をとることになっていたコウルリッジは、クロップストックの弟が勧めたラーツェブルクに、四か月ほど滞在し、上流階級の社交界に出席したりして、ワーズワスとは対照的な充実した日々を過ごすこととなった。

ラーツェブルク

『序曲』の執筆

ワーズワスとコウルリッジのドイツ旅行には、前者は亡きカルバートの遺志、後者はウェッジウッドの厚意に報いる、創作ないしは学問上の大きな志が背景にあったことについてはすでに述べたが、ドイツ到着直後のハンブルクにおいても、二人は叙事詩『隠修士』の構想について、相互に意見を出し合っていた。この計画がコウルリッジから提案されてから、すでに二年ほど経過していたが、その叙事詩はワーズワスの「廃屋」の創作以外に、ほとんど筆が進められた痕跡はなかった。

ゴスラーの仮宿に落ち着いたワーズワスが、まず取り組みはじめた仕事は、『隠修士』の全体の構成上ではその導入部となる『序曲』の執筆であった。それが十月六日から、翌一七九九年二月二十三日の間に書かれた、今日「一七九九年の二部序曲」と呼ばれる、一部四六四行、二部五一四行、合計九七八行の詩片である。それは主として、幼少期における「時の場」としばしば関連する回想が主題とされた。

当時の詩人の日常生活を記録したドロシーの『日記』には、このような記述が認められる。

ウィリアムはとても仕事熱心で、その精神は四六時中活動しています。実際とても活動的です。そのために過労ぎみで、頭痛に苦しんでいます。

ワーズワスの頭痛の症状は今に始まったわけではない。オルフォックスデン滞在中のドロシーの日記にも、同じような記述が見えるし、実際にホークスヘッドの学校時代から、すでにそうした徴候は見られたらしい。異国での生活への不慣れと、オーヴァー・ワークが症状を顕在化させたものと考えられる。そして、『隠修士』の第一部となるべく書きはじめられた「二部序曲」の冒頭は、「楽しい生家」への回想から始まる。

　あらゆる川の中で
最も美しい河の　囁きが、
わたしの子守歌と　混じり合い、
あの榛の木陰や　岩間を流れる滝や、
また浅瀬や　川の州から　わたしの夢に語りかけて、
ともに流れたのは　このためだったのか。
……
わたしの思想を　幼な児よりももっと穏やかにし、
この苛立しい　人間の住み家にあって、
自然があの野原や、森に吹きおくる
静謐の中にある知恵と、誠実とを

温かく教えてくれたのは　このためだったのか。　(「二部序曲」一―十五行)

『隠修士』の導入部として書き進められた「二部序曲」で繰り返される「このためだったのか」という詩句の解釈には二説がある。そのひとつ、ダンカン・ウーの見方は、『隠修士』をなかなか書き進められなかったことに対する焦燥感だとしている。(3) これにはむろん一理はあろうが、ワーズワスが『序曲』の執筆を、そのような消極的気分ではじめたとの解釈は、妥当性があるとは思われない。むしろ詩人たるものは、ひとつの大きな仕事に取り組むにあたって、もっと積極的な態度をもつものと解すべきであろう。

詩人は『隠修士』の詩想の原点を、幼少時の故里の「自然」や、失われた「楽しい生家」や、自然の中での「静謐」な時間に見出して、それらが生きている「現在」を豊かなものにして、再生すると考える。したがって、「このためだったのか」という自問は、喪失感をともなう幼時の体験、なかんずく自然の体験のすべてが、この叙事詩の創作に対する準備であったということではないか。言葉を換えて言えば、詩人は魂の召し出しとして、積極的にその自然との対話のもつ意味を明らかにしようとしたのだと解すべきであろう。

実際には、この一七九八年の時点で、『隠修士』の全体的構想が確然と浮かびあがっていたわけではないが、ミルトンの『失楽園』にも匹敵し得るような壮大な叙事詩を、近・現代という歴史的文脈の中で構築しようとしていたことは明らかである。これまでもしばしば指摘してきたように、ワーズワスの詩想の原点は、自然との対話であり、あるいは「喪失」にともなう「人間の悲しみ」であった。その詩想に基づく秀詩に、さる七月、ワイ河再訪の際に書かれた「ティンターン修道院」があり、またゴスラーで執筆された詩人の「二部序曲」は、その詩想の延長に位置づけられる。この詩人の思想をミルトンと隔てるのは、十八世紀という近・現代に基盤を置く時代感覚と、自然との対話を重視する独自性であった。コウルリッジはすでに自分の詩的才能がワーズワスにはとてもおよばないと認識し、『隠修士』の創作は、もっぱら友人に託そうという気持ちに傾いていた。

ドロシーへの愛情と「ルーシー詩」

ゴスラーでの暮らしは、先にも触れたように、ほとんど土地の人びととの交流らしい交流もなく、ラーツェブルクでコウルリッジが送っていたような社交生活など皆無であった。ただ家に籠って詩作するだけで、ほとんど他に成果もあげられぬまま二か月が過ぎ、十一月になると故里が恋しくなり、兄妹はすでに帰国を考えはじめていた。ところが十二月になると、ヨーロッパは百年来の寒さといわれるような大寒波に見舞われ、二人は室内でも厚手のコートを着込み、ストーヴのそばを片時も離れられず、出国はおろか移動することさえ困難な情況に追い込まれた。詩人はそんな酷寒の一日、次のような短詩を書いていた。

兄弟も　友もそばにいなかったが、
愛する妹からの　温もりが得られる。
この侘しい憂鬱の中で　あたかも夏の緑り草が
部屋じゅうに　敷きつめられているような、
あるいは忍冬が　垂れさがっているような幸せが……
（「ドイツで書ける」二十六―三十行）

この詩を書いた時のワーズワスは、これまで経験したことがないような、まったく特異な気象下で自然からも遠ざけられ、異国の不慣れな狭い客舎で日々を過ごしていたことを、まず留意しておく必要があろう。

ウィリアムとドロシーが、レースダウンで再会し、生活をともにするようになってから、すでに三年の歳月が流れたことになるが、兄妹の精神的絆はこのゴスラーでの閉ざされた日常の中で深まる一方だった。この詩句には、以前にはなかった、肉体的接触をともなうような愛情の表現が見える。それはバイロンとオーガスタ姉弟(4)のような近親相姦とまでは言えないだろうが、その危うい一歩手前のところでとどまっている情況のように思える。むろん、こうした危うい関係をもたらしたのは、異国での閉鎖的空間と、百年来という異常な寒波のせいだったに違いない。

詩人はこのような情況下で、「二部序曲」の他に、五つの「ルーシー詩」を含む二十篇ほどの短詩を書きあげている。その詩群の中に、「ルーシー・グレー」と題する短い物語詩があるが、これは妹から聞いたヨークシャー地方の民話で、ふつう「ルーシー詩」とは見做されていない。この少女はある寒い冬の晩、遠くの町へ使いに出た母親を迎えに、カンテラを片手に出かけたが、激しい雪嵐の中で行方知れずとなって死んでしまう。

ルーシーには　友も仲間もいなかった、
少女は　きびしい荒野に住んでいた。
人の家に　これほど美しい娘が
育ったことはあるまい！　（「ルーシー・グレー」五—八行）

このような詩句を見ると、「兄弟や友も　そばにいなかったが、愛する妹……」の先のフレーズを、誰しも想い浮かべるだろう。異郷の客舎でワーズワスが、孤独なルーシーの死を、喪失と再生のヴィジョンのうちで表象していることは明らかである。少女ルーシー・グレーは、ひとり雪の荒野に消えてしまったが、その喪失は単に死を意味するのでは決してない。土地の人びとが言うように、「今でもルーシーは　生きている」（第十四連）のであって、生命の再生が暗示されているのだ。すなわちルーシーは肉体の喪失とともに、自然にかえり、自然の永遠性と一体化したと考えられる。ここにロマン派独特の死と再生の詩的ヴィジョン、ないしは思想の枠組があるのだが、そこに自然との合一化というテーマをはさみこんでいるところに、ワーズワス特有の詩想があろう。

このゴスラー滞在中に、詩人は「ルーシー詩」を二篇書いたとされるが、それにこの「ルーシー・グレー」は含まれない。だがこの少女の孤独な死と再生の物語には、「ルーシー詩」に通底する詩想がみてとれるのであって、古くはH・W・ギャロッド、近年ではバーカー(5)などが、両方の詩には関連性があると解している。この解釈に間違いはなかろう。

苔むす岩陰に　なかば
人目を避けて咲く　すみれ花！
ただひとつ　夜空に輝く
星のように　麗しく。

ルーシーは　人知れず生きたが
いつ死んだのか　誰ひとり知らない。
だが乙女は　墓に眠る、
ああ　何という隔たりか。（「彼女は人里離れて暮らした」五―十二行）

おそらくゴスラー滞在の六か月で、ワーズワスが紡ぎ出した詩句のうち、この短詩ほど簡潔・素朴ながら、ロマン的抒情が漂う出来栄えの詩はないであろう。この詩の基底部にも、孤独な死の喪失感が漂うが、この最後の連で、とくに注目されるのは「墓」である。ふつうその場所は「死」の意味に限定されるが、ここでは単に死滅を意味しているのではなく、ルーシーは、先の「ルーシー・グレー」同様、自然と一体化して生きつづけていると解するのが妥当であろう。なぜなら、詩人にとって、「墓」とは死からの再生の場であり、その信仰にぶれは存在しないからだ。

死したルーシーが、自然の中で超越的存在として生きつづけることのうちに暗示された「死と再生」のヴィジョンは、「眠りがわたしの魂を閉ざしたので」と題する次の詩でも読みとれよう。

眠りがわたしの魂を閉ざしたので、
わたしには　人なら感じる恐怖がなかった。
少女は　地上の歳月をも
感じない人のように見えた。

今　少女は力もなく　身動きもしない、
聞くこともなく　目も見えない。
地上の日夜のように　巡りながら
岩や石や　木立と交わっている。

（「眠りがわたしの魂を閉ざしたので」一―八行）

この詩を女性作家マーガレット・ドラブルは、その著『ワーズワス』で、「ルーシー詩」中最も美しい作品として、賞賛を惜しまなかった。(6) ここで少女は、もはや「すみれ花」でも「星」でもなく、「地上の歳月をも感じない」存在者として、自然そのものと完全に一体化し、彼女は死んだとさえもされていない。

ワーズワスがゴスラー滞在時に書いたとされる「ルーシー詩」は以上を含めた三篇だが、帰国後にもやや異色な「わたしは見知らぬ人びとの間を旅した」と、「彼女は三年陽と雨を浴びて育った」の二篇を残し、これらを合わせた五篇が「ルーシー詩」とふつう呼ばれている。それらの詩の主題は、多少のニュアンスの差異はあるとしても、「死と再生」にあると言えるのであって、その限りにおいては先にも述べたように、「ルーシー・グレー」を同じ詩群に加えても不自然ではないし、両者には主題の共通性があると思われる。

ここで「ルーシー詩」の主題を離れて、死んだ少女ルーシーとは誰か、という推理的考察が、多くの伝記学者や研究者の間でおこなわれてきた事実を見逃すことはできないだろう。詩人のこれまで周辺に現われた女性たちとして、初恋のメアリー・ハッチンスン、妹ドロシー、メアリーの妹で一七九四年に幼くして死んだマーガレット、それにフランスのアンネット・ヴァロンなどが挙げられる。そのうち、マーガレット・ハッチンスンがただひとり死んだ少女として該当するけれども、詩人と彼女との間には、何ら親密な接点は存在しない。今日、ルーシーは妹ドロシーとする説が最も有力で、F・W・ベイトスン、ギャロッド、C・H・ハーフォード、ハーバート・グリアスンなどによって支持されている。ベイトスンは、少女ルーシーを葬り去ることによって、詩人は妹ドロシーに対する近親相姦的情愛を否定しようとしたのだと主張する。

ワーズワスは妹ドロシーのシンボルとも見做されるルーシーを、死に追いやることによって、恐ろしい妹とのその関係を解決できると思ったに違いない。あれほど愛したドロシーを、死にいたらしめた理由はそこにあったのである。さらにルーシーがドロシーである事実が判明すれば、彼女の無性化、ないしは浄化された空気のような存在の意味も、十分に理解できるであろう。(7)

このベイトスンのドロシー説をいっそう裏づける要因として、先述したように、ゴスラーの仮宿の閉塞的空間を加えてよいだろう。また、ほとんどの「ルーシー詩」が、過去への回想の図式から成り立っている事実を見落としてはなるまい。その失われた過去の情景は、自然と一体化して、再生のヴィジョンに結実される。詩人はルーシーを介して、失われた過去を単に死に封じ込めるだけにとどめず、回想を軸として「死と再生」を表象したのだ。ワーズワスがこうした短詩を書きつつ、他方で「二部序曲」の詩稿をあわせて書きつらねていたことは先述したが、その詩稿を見ると、「ルーシー詩」と同じような「過去への回想」の図式を読みとることができる。

　　これらの過ぎ去った情景は、
それ自身かくも麗しく　威厳あるものだったが、
その日は遠ざかっていても、ついには

不断の愛しい存在となって、すべての
色や形は　目に見えない絆で
わたしの情愛と　しっかり結ばれていた。　（『二部序曲』　四三七―四四二行）

これらの詩想は、「ルーシー詩」の回想に基づく図式を読み解く、確かな手がかりとなろう。すなわちこの時期、ワーズワスの詩想はひとつの転換期を迎えていた。だが取りあえず、「二部序曲」の詩稿は、回想を主題にして、この年の十二月初旬、九七八行を終えた。

ノルトハウゼンを経て、帰国

この頃になると、ワーズワス兄妹はゴスラーの厳寒にも、いくらか肉体的に慣れてきて、毛皮のコートを羽織り、市内の公園などを散策するゆとりが出てきた。おそらく兄が創作に一段落をつけたから、そのような生活のゆとりが生じたのに違いない。そして年明け頃ともなると、ゴスラーをも「快く静かに暮らせる町です(8)」と、ドロシーは弟への手紙に記すまでに変化していた。

しかし、ワーズワスのドイツ遊学の最大の目的であったドイツ語の習得はまったく期待外れだったので、ハンブルクにふたたび戻ってドイツ語をやり直そうとも計画したが、結局それは実行されずに終わった。

これまで、できるだけ早い機会にゴスラーを脱出したいと考えてきたワーズワス兄妹は、ようやく天候の回復しはじめた二月二十三日、荷物をまとめて南のハルツ台地と呼ばれる地方へ向かった。そして五日後に、ゴスラーから五十キロほど南方にある、ノルトハウゼンの町に到着した。他方友人のコウルリッジは、二月十五日に、ラーツェブルクから有名な大学町ゲッチンゲンに移っていた。その知らせをワーズワスは、ノルトハウゼンの宿で受け取った。ゴスラーでのワーズワスのドイツ語習得が、ほとんど何も得られなかったという本人の友人宛の手紙にある言葉は、いささか割引いて考える必要があろうかとも思うが、それにくらべるとコウルリッジの、ドイツの名門ゲッチンゲン大学での勉学は恵まれていた。

　コウルリッジはドイツ語をすでに習得し、レッシングをはじめとしてドイツ文学を読んでいたし、ゲッチンゲンでは高低両ドイツ語をはじめ、古代チュートン語とスワビア語、さらに生理学、解剖学、博物学、そしてレッシング以前のドイツ文学や新約聖書の研究など、すこぶる広い領域の学問を学んだ。そして帰国後は、イマニュエル・カントを中心とするドイツ観念哲学の研究へと、コウルリッジはワーズワスとは別の道を歩み出すことになるのである。したがってコウルリッジが、ドイツ留学を実行し得た時点で、哲学的叙事詩『隠修士』の創作を、友人のワーズワスに託そうとしたことは、ここにいたると十分に納得できる。彼は自分の詩人的才能の限界を、ワーズワスによって思い知らされ、詩から形而上学へと、完全に方向転換を果たしていた。

　このハルツの森と呼ばれるかなり広大な山岳地帯は、ワーズワス好みの自然の景観に恵まれていた。そのせいか、ノルトハウゼンには八週間近くも滞在した。おそらく彼ら自身も、最初の計画ではそれほど長くなるとは考えていなかったに違いない。附近の散策は、ゴスラーでは得られないような景観美の喜びがあった。そして三月二十日の前後の数日、兄妹はゲッチンゲンに滞在するコウルリッジと、久しぶりに再会を果たし、友人の恵まれた大学生活に羨望を禁じ得なかったのである。この際にも帰国後どこに住まうかについて、話し合いがおこなわれたが、ワーズワス兄妹が帰国の途上、ふたたびゲッチンゲンを訪問した時に、より本格的に意見が交わされた。帰郷意識の強かったワーズワスは故里の湖水地方への帰郷を強く希望したのに対し、コウルリッジも自分の故里に近い、友人プールがいるネザー・ストーウィの周辺を主張して、なかなか意見がかみ合わなかった。

　だが最終的に、ワーズワスほど帰郷心の強くなかったコウルリッジが「君が離れていくまで、ぼくは君を離れない」と言って、ワーズワスを感動させた。先に紹介状を取得していた、ワイマールのゲーテ訪問についても、詩人は始終気にかかってはいた

ノルトハウゼンの町並み

が、時間的余裕よりも、むしろ人間的に共鳴できない部分があって、結局実現しないまま、帰国の途につくこととなった。コウルリッジは友人と別れる際に、路銀の足しにと言って、三ギニーほどの金銭を渡した。ワーズワス兄妹に経済的ゆとりのないことを、分かっていたからであろう。

実際、ウェッジウッドから十分な金銭的援助を受けていた友人にくらべ、ワーズワスのドイツ遊学は、乏しい金銭的やりくりの中でおこなわれた。ワーズワスのドイツでの語学習得は、所期の目的がほとんど達成されないまま、また遊学そのものによって得られた知見も乏しく、意の満たされないまま八か月足らずで終わってしまった。

往路とは異なり、詩人兄妹がクフハーヴェンの港から、小船でヤーマスに帰ってきたのは、五月の初日であった。そしてかねてより手筈を整えておいた通りに、幼馴染みハッチンスンが住むヨークシャーの田舎、ソックバーンに赴き、そこで十二月中旬まで過ごすことになった。ソックバーンのハッチンスン家は、かなり広大な農地を有する地主であった。ワーズワス兄妹の来訪を心底喜んだのは、かつてレースダウンで半年間も生活をともにしたことのあるメアリーだった。農場の主はメアリーの弟トマスで、他にセアラとジョアンナの二人の妹がいたが、みな二十歳代の気の置けぬ人たちで、ウィリアムは「偉大な詩人《グレイト・ポエット》」の渾名で呼ばれた。

ハッチンスン家の母屋は、大地主にふさわしい堂々たる構えのあるロッジで、外観はかのレースダウンのピニー家の別邸に似ていた。詩人兄妹は将来の生活に不安をかかえながら、ハッチンスン一家の温情に支えられて、ドイツとは異なるイギリスの田園生活の快適さに、改めて心が慰められた。ヨークシャーの北端を流れるティーズ河にそって拡がる広い農場の眺めは、「とても美しく興味深い景観に富んでいる」とドロシーが『日記』で伝えている。

『抒情歌謡集』改訂版の計画

この時期のワーズワスの不安の根源に経済問題がからんでいた事実は否めない。ドイツ遊学の際に、多少の自己資金はあったが、大半はウェッジウッドから借りた支度金でまかなわれた。これはコウルリッジのように贈与されたものではないから、返済しなければならない。その総額は一一〇ポンドあまりにも達していた。他方で詩人は友人のモンタギューと、チャールズ・ダグラスに、二〇〇ポンドを貸し、カルバートからの贈与金は定期預金にしていたので、手元にはウェッジウッドに支払える金銭はほとんど残っていなかった。モンタギューからの返金はとどこおったまま、いつ返ってくるかも分からない。そこで考えついたのが『抒情歌謡集』の改訂であった。

昨年のドイツ遊学の直前に上梓された『抒情歌謡集』に対する定期刊行物の反応は、決して悪くはなかった。むろんその文学的評価が正当におこなわれたとはとてもいえないが、同時代の定期刊行物の批評には限界があって、作者や作品の価値が正当に評価されるためには、後世の批評を待たねばならないのは当然である。しかし、だからといって、われわれが同時代の定期刊行物そのものを軽視することは誤りである。そこには同時代という社会環境の、何ものにも代えがたいような人間生活の実像がうつし出されているからだ。それが当の批評と同じくらい、歴史的意義をもつことは否めまい。

この詩集の刊行時当初、すなわち刊行早々の一七九八年十月から翌九九年の春にかけて、『クリティカル・レヴュー』をはじめ、『マンスリー・ミラー』『アナリティカル・レヴュー』『マンスリー・マガジン』、『ニュー・アニュアル・レジスター』『ニュー・ロンドン・レヴュー』に、そして翌六月から秋にかけて『マンスリー・レヴュー』『ブリティッシュ・クリティック』『ニュー・クロニクル』、さらに翌々年一八〇〇年に『アンティ・ジャコバン・レヴュー』など十誌で、批評紹介がなされた。当時はまだ『エディンバラ・レヴュー』と『クォータリー・レヴュー』という、ロマン派時代の代表的な評論誌は創刊されていなかったから、同時代のロンドンでの有力誌のほとんどが採りあげたことになろう。

これらの評論誌・雑誌の中で、最も早く批評紹介をおこなった『クリティカル・レヴュー』は、無署名ではあったがロバート・サウジーの執筆によるものだった。サウジーはすでに両詩人とは親しく、そのうえ刊行以前に出版社コトルから、その原稿を借りて読んでいた。評者はワーズワスの作品を基本的に「実験的」だと見做し、その実験は失敗に終わっていると考えられる。その会話体の言葉が「詩的な快感の目的」にほとんど適していないからではなく、「興味の湧かない主題」を扱っているからである。(9)

と否定的な見解を示しながら、ただ「ティンターン修道院」に対しては、作者の「並々ならぬ力量」が見られると賞讃した。

他の主要な評論誌『アナリティカル・レヴュー』『マンスリー・レヴュー』『アンティ・ジャコバン・レヴュー』は概して好意的な批評を掲げながらも、「放浪する女」「最後の羊」「グディ・ブレイクとハリー・ギル」などに見られる、詩人の社会的弱者への同情や関心に、ほとんど共感や理解がなかったのは、この時代の批評水準の有様、ないしはその限界を示している。

詩集の共作者コウルリッジに対しても、野心作であったはずの「老水夫の歌」を、サウジーは「不合理で不可解」と評したことによって、両者間の友情には亀裂が入った。先頃、不幸にも次男の幼児を急な病いで失ったばかりの妻セアラは、「老水夫の歌」に対する悪評を耳にし、夫の詩的才能に不信感まで抱くにいたった。だがかの雑誌批評を担当したサウジーは、心痛で苦しむ義妹セアラを物心両面で支えてくれた。パンティソクラシー計画の挫折以降、サウジーと不仲となっていたコウルリッジは、七月下旬、ドイツ留学から帰国すると、不快な気分を抱きつつも、サウジーとの関係修復に動き、ようやくわだかまりを解くことができた。

「老水夫の歌」
(ギュスターヴ・ドレの絵)

一方コウルリッジほど酷評にさらされなかったワーズワスは、ブリストルのコトルに手紙をやって、『詩集』に害を与えているのは、「老水夫の歌」であるから「この詩集が改訂される機会があれば、この詩に代わり、一般読者の趣味にいっそう合致すると思われる、何篇かの短詩を書きたい」(六月二日付)

と伝えた。そして詩人の手元には、ドイツ滞在時に書き留めた、「ルーシー詩」「ルース」「木の実採り」「詩人の墓碑銘」「少年がいた」など、十篇あまりの短詩が残されていた。ここで蛇足ながら、ワーズワスが友人の「老水夫の歌」をほとんど評価しなかったことは、両者の詩質の違いといえばそれまでだが、ある意味でワーズワスの詩想の盲点とも言えよう。

この時点でワーズワスは、『抒情歌謡集』の増補版としての第二詩集を上梓する、独自の計画を立てていたことに間違いない。むろんその計画に、彼の詩人としての高い志があったことに疑いはないが、生活上の経済問題がからんでいた事実は否めない。というのも、ドイツ遊学の際にウェッジウッドから借りた支度金の返済が残っていたからである。この『抒情歌謡集』増補改訂版の話は、九月中旬には、コウルリッジにも手紙で届いていた。

その手紙にはワーズワスの身体の不具合にも触れていたが、短詩篇による増補版上梓に、コウルリッジは不賛成であった。さっそく彼はその旨を、手紙で友人に伝えた。彼は友人が一年半ほどまえに立ちあげた『隠修士』の計画を、その後もずっと順調に進めているものとばかり思っていたから、今ここで短詩篇をまとめて改訂版を出し、世間の悪評を遠ざけるような真似は許しがたいことだったに違いない。「小生の心境としては、いかなる短詩篇の刊行にも反対です」(九月十日付)と言い、フランス革命以降の人類の希望をかかげる「哲学的叙事詩(『隠修士』)の完成こそ急務だ」と彼は強い調子で友人に忠告した。ワーズワスは目先の生活に追われていたが、コウルリッジはその先を見越していた。

グラスミアのコティジへ転居

友人より遅れて故里に落ち着いたコウルリッジは、ブリストルのコトルを誘い、二人でワーズワス兄妹が暮らすソックバーンを訪れることとなった。十月下旬のことである。先に手にしたワーズワスからの手紙に、健康を害していると記されていたからである。だが実際に再会したワーズワスは、すこぶる元気そうで、病気の主な原因は、おそらく現実や将来への不安からの、青年期にありがちな心身の不具合であったらしい。詩人とコウルリッジとコトルの三人は、十月二十七日、連れ立って湖水地方への旅に出かけた。旅の目的は詩人らの永住地探しだった。足の悪いコトルは途中で、ブリストルに引き返していったが、詩人ら二人はワーズワスが幼少期を楽しく過ごしたホークスヘッド、ウィンダミア湖周辺のアンブルサイド、グラスミア、さらに北のアルズウォーターからケジックまで、各地を一か月かけてまわり歩いた。ホークスヘッドでは、アン・タイスンの元下宿や、グラマー・スクールに立ち寄ったが、生家が残るコッカマスを訪れることはなかった。

ワーズワスにとって、かつての「楽しいわが家」のあるコッカマスは、懐かしい思い出の土地であることに変わりはなかったが、喪失の辛い思い出をともなう、かつての生家を訪れる気にはなれなかったと思う。人には誰にも帰巣本能があるけれども、そこが消極的な感情を想起させるような場所であるなら、意識的にそれを避けたくなるのは当然だろう。

ワーズワスとコウルリッジが、湖水地方でとくに心惹かれた土地は、グラスミアとアンブルサイドであった。以前からワーズワスは、グラスミアに親しみを感じていたが、この旅でいっそうその土地への愛情がつのり、六日ほど滞在してその周辺を歩きまわった結果、一軒のコティジ風の空家を見つけた。その後、北のケジックに向かうと、コウルリッジがその土地の景観に魅せられ、彼も八か月後の翌年の七月末、この地に移り住むこととなるのだった。コウルリッジは、その後ロンドンの『モーニング・ポスト』紙の社主ダニエル・スチュアートの招きで、同紙の記者に就任するため、上京することとなったので、友と別れたワーズワスは、グラスミアのコティジの家主ジョン・ベンスンを訪ね、借家契約を結び、十一月二十六日ソックバーンに戻ってきた。そしてこの年の暮れ、十二月二十日にワーズワス兄妹は、グラスミアのコティジに移った。

この十七世紀初期に建てられたコティジは、かつては「ダヴ・アンド・オリーヴ・ブランチ」の屋号を掲げる居酒屋兼宿屋だった。石垣の塀と簡素な木戸をそなえる白い漆喰壁の石造二階建てのコティジは、隠者好みの詩人にふさわしかった。一、二階とも二、三の部屋があるが、今日われわれの目にも、日あたりは悪そうだし、あまり健康的な住まいとは見えない。家は山麓に建てられているためか、湿気が多く、兄妹が引っ越したての頃、恒常的に健康がすぐれなかったのは、コティジの環境に不慣れなせいであったに違いない。この家のよい所は、家の裏側の山麓の斜面に豊かな自然があることで、そこは風景庭園の趣きがあり、また果樹園ないしは野菜畑としても使うことができた。後年に、ドロシーが友人のキャサリン・クラークスに宛てた回想文に、

わたしたちはやっと故里の山に戻り、そこに住まうこととなったのです。取り除くことがなかなかできない面倒なことがあっても、まったく気になることはありませんでした。（『ドロシー・ワーズワスの回想』）

と記している文章を見ると、コティジの生活はさほど快適だったとは思えない。だが「故里の山」に帰ってきたことが、何物にも勝る喜びであった。それほどこの兄妹は、故里への帰郷心が強かったのである。詩人が十三歳、妹が十二歳の時、父親ジョンの急死によって、突然わが家を喪失して以来、約十六年間も自分たちの本当の家を故里にもつことがなかった二人にとって、グラスミアのタウン・エンド（土地の人はこう呼んでいた）のダヴ・コティジは、精神的にはエデンの楽園の回復を象徴するような家であった。「グラスミアの家」と題する短詩で、詩人はこう唱い上げている。

ダヴ・コティジの裏庭

この恩恵は絶対のものだ。これに勝る
恩寵をわたしは　これまで賜ったことがない。
エデンの至福の樹陰にも　これは与えられたことがなく、
また与えられることは　不可能だった。（「グラスミアの家」一二二―一二五行）

このように楽園の回復を表徴するような「恩寵」が、詩人の意識にどのような変化をもたらしたかを、もう少し正確に考察しておく必要があろう。この後、間もな

く執筆が着手される『序曲』の第一巻に、ワーズワスはその新しい心境を次のように述べている。

わたしは自由な身であることで十分だ。これからの
数か月　自分が選んだ仕事に　没頭できよう。
気の進まぬ海を離れ　岸辺に住みつくことができよう。
土地の定住者とまでいかなくとも、真水を
飲み、緑の野菜を摘み、生い茂る木枝から
新鮮な果実を　もぎとることができるだろうから。　（『序曲』第一巻　三十三—三十八行）

詩人がここで「土地の定住者とまでいかなくとも」と条件法を使っていることは、意味のないことではない。すなわち彼は幼少期以来これまで、故里の大地に根を下ろした生活を営んだことはなかったし、それを自ら望んだことはなかった。人は何処に住もうと自由であり、現代ではとくに都会の人びとは、一定の土地に長く住むことを軽視する。しかしワーズワスには、この土地で「定住者」に近い意識がもてたのであって、その意識の変化がもつ意味は大きい。

これまで根なし草のようにあちこちの土地を放浪していた時には見えなかった、現実の姿なり、現実に生死を繰り返す人びとの真実の有様を、まるで異なった目で見ることができるようになったはずである。しかしワーズワスが、生まれ故郷の湖水地方の「土地」にこだわる想いには、もっと奥深い精神的絆ともいうべき関係性が存在するように思う。人は誰しも故里に特別の愛着を感じるものだが、それがどこよりも美しい土地であり、他所には存在しないような地霊があるならば、そこに帰り住み、そこを死に場所として選びたくなるのは当然であろう。詩人にとって、故里湖水地方の「土地」はそういう特別な関係性をもつ場所であった。

しかし今、詩人が「土地の定住者とまでいかなくとも」という条件法を用いるのは、将来の生活に対する確固

とした自信に、多少とも欠ける部分があるからだろう。さらに忖度すれば、ワーズワスはグラスミアの地は気に入っていたが、ダヴ・コティジの住み心地が現実には想像していたよりも快適でなく、そこが長く定住できる場所ではないとの思いが、すでにあったのではないだろうか。ただ詩人が胸中でメアリー・ハッチンスンとの結婚を射程に入れはじめていたとするならば、この条件法をそれほど消極的に理解する必要はないだろう。それでも、グラスミアという、自然に恵まれた隠者志向の心情にかなう美しい故里の土地に、今やっと腰を落ち着けて、その「定住者」ないしは「生活者」としての立場を獲得できたことは、ワーズワスの精神史に新たな頁が書き加えられたことを意味した。

生活者としての意識の変化

ドイツからの帰国後に書いたと見做される「わたしは見知らぬ人びとの間を旅した」と題する「ルーシー詩」の一篇は、当時の詩人の意識の変化を表象する。

わたしは　海のむこうの国々の
見知らぬ人びとの間を　旅した。
その時まで　わたしは、イングランドよ！
そなたをどれほど　愛しているかを知らなかった。
あの憂鬱な夢！　あれは過ぎ去ったことだ。
二度とふたたび　そなたの岸辺をもう
離れたくはない。そなたを今までになく
ふかくふかく　愛しているからだ。
わたしは　そなたの山あいで

心からなる喜びを　感じる、
そしてわたしの愛した　女《ひと》はイングランドの
暖炉のそばで　あの糸車をまわしていた。　（「わたしは見知らぬ人びとの間を旅した」一―十二行）

あの大切な時期に書かれたこの詩を、例の「ルーシー詩」群のひとつとして、謎解きの題材にしようとは思わない。明らかにこの詩でルーシーの生き死にとか、彼女が誰であるかを詩人は問題にしているのではない。それよりも見逃せない事実は、詩人の先から問題にしている、生活者としての意識の変化なのだ。これまでワーズワスは生家の「喪失」の体験以来、各地を転々とし、四度も訪れた大陸フランスをはじめ、イタリア、スイス、ドイツなどの国々を旅してきた。いわばそれは故里のない、根無し草のような青春の彷徨であった。

詩人はこの短い詩片の中で、二度まで母国「イングランド」を繰り返しているが、その土地とは故里の湖水地方に他ならないのであって、「山あい」と「糸車」と「暖炉」で象徴される。それはすこぶる質素な暮らしだが、詩人にとってその自然の豊かさは他の地方や大陸には見出しがたいものなのだ。そのグラスミアでの暮らしの内実を、妹ドロシーの『日記』が克明に伝えている。

わたしは湖岸の岩の間を歩けるだけ遠くまで歩いた。森の花々は見事に美しい。美しい黄色や、青味を帯びた黄色の花々が、群れをなし幾重にも丸味を帯びて咲き、とてもよい香りを放っている。それはレナンキュラスだと思う。フクロソウ、萌葱色の葉っぱのある鬼の歯形をした白い花、イチゴ、ゼラニウム、香りのないスミレ、二種類のアネモネ、野生のラン、プリムローズなど。それにヘックベリーがとても美しかったし、野生のリンゴが低い灌木に芽を出していた。　（一八〇〇年五月十四日）

ドロシーのこの自然観察の緻密さには驚かされるが、こんな描写は一例に過ぎず、それは兄ウィリアムの『湖水地方案内』[10]にも詳しいが、まさにそこはイングランド随一の景勝地であり、「美しい庭園」[11]そのものであった。故里の湖水地方ははじめにも触れたように、そして妹ドロシーのこの描写にもあるように、詩人にとって「楽園よりも　はるかに美しい地域」だったのである。実際、その土地はキーツも言った通り、「いつまで見ていても見飽きることがない」理想の土地で、そのような場所に、己れの故里があること自体すこぶる僥倖なのであって、詩人としてのワーズワスが、そこにこだわりをもったことは当然であった。それは自ら選べることではないが、そこに生を享けたものが、終生そこにこだわることは、詩人たるものの責務だったに違いない。ワーズワスはそのことを、年を経るとともに強く意識するにいたったのだろう。そして「定住者」となるべく選んだ場所が、兄妹のこよなく愛するグラスミアであったのだ。現実の問題としては、ダヴ・コティジの家の構造的欠陥があるが、それは今詩人の置かれている情況下では致し方のないことで、当面は耐える以外にない。グラスミアの土地は、長い間「家の喪失者」であったワーズワス兄妹にとって、楽園にも勝る土地へと美化されるのだが、そんな彼らを世間知らずの夢想家と評価すべきではないだろう。

注

（1）フリードリッヒ・ゴットリープ・クロップストック――ドイツのクヴェードリンブルクに生まれ、ライプチヒ大学で神学を学ぶ。晩年はハンブルクに居住し、同地で死去。代表作として叙事詩『救世主』がある。

（2）Kenneth R. Johnston, *The Hidden Wordsworth, Poet, Lover, Rebel, Spy* (NY: W. W. Norton, 1998), Chap. 18. この章で著者はワーズワスがドイツのゴスラー滞在中、スパイ活動をしたという衝撃的事実を明かしている。

（3）Duncan Wu, *Wordsworth: An Inner Life* (Oxford: Blackwell, 2002), 93-97.

（4）バイロンとオーガスタ姉弟――バイロンには異母姉オーガスタ夫人との間に近親相姦関係があり、結果的にメドラという女児が生まれたとされる。

（5）Juliet Barker, *Wordsworth: A Life* (New York: Ecco, 2005), 230-231.

（6）Margaret Drabble, *Wordsworth* (London: Evans Bros, 1966), 65-69.

(7) F. W. Bateson, *Wordsworth: A Re-interpretation.* (London: Longman, 1954).

(8) *Dorothy Wordsworth's Letter to Christopher Wordsworth*, 1799.

(9) *Critical Review*, Sep. 1798.

(10) *A Guide through the District of the Lakes in the North of England* (1810).

(11) Louis Cazamian, *La Grande Bretagne* (Paris: Henri Didier, 1934), 47.

7

『抒情歌謡集』改訂版と恋人との再会

ダヴ・コティジ

ワーズワスがグラスミアのダヴ・コティジに居を定めてから、最初にとりかかった仕事は、『抒情歌謡集』の改訂版の刊行であった。この改訂版の版元が先のアーチ社ではなくて、コトルを介してロングマン社になったのには、いろいろな事情があったのかもしれないが、詳しいことは分からない。ワーズワスが、初版の出版社がコトルからアーチ社に移ったことに、腑に落ちぬ思いを抱いていたことはすでに書いた。そのことはコトルも承知していたはずである。

ロングマン社の初代社長トマス・ロングマンは、ブリストル出身の人物であるから、コトルとは旧知の間柄だったに違いない。十九世紀初頭のロンドンの出版界[1]では、ロングマン社はジョン・マレー社と並ぶ大出版社であったから、格から言えばアーチの比ではなかった。もともとロングマン社は、コンスタブル社の『エディンバラ・レヴュー』やジョン・マレー社の『クォータリー・レヴュー』のような有力雑誌をもたず、十八世紀にサミュエル・ジョンスンの『英語辞典』の刊行に一枚加わったことを除けば、文法書や教科書など手堅い出版をおこなってきた比較的地味な会社であった。だがロングマン社は当時、十万ポンドという巨大な資本を所有し、一八〇二年にはすでに歴史記録雑誌として、『ジェントルマンズ・マガジン』と肩を並べる『アニュアル・レジスター』誌の出版権を獲得していた。この出版社が文学部門に意欲的に乗り出したのは、十九世紀の初頭以降のことである。

『抒情歌謡集』改訂版への懸念

一八〇〇年六月に、『モーニング・ポスト』紙でしばらく働いたコウルリッジが、シラーの有名な戯曲『ヴァレンシュタイン』の訳を上梓した。当時、コウルリッジは午前を『モーニング・ポスト』の仕事に当て、午後はロングマン社で編集の仕事に携わった。この翻訳と前後して、女性詩人として名声の高かったメアリー・ロビンスンが、同社から『抒情物語詩集《リリカル・テイルズ》』を出版した。彼女は当時『モーニング・ポスト』の詩歌部門の主任を務め、ゴドウィンを介して、コウルリッ

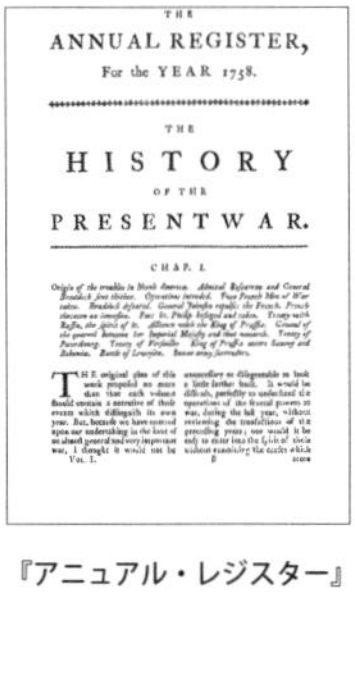
THE
ANNUAL REGISTER,
For the YEAR 1758.

THE
HISTORY
OF THE
PRESENT WAR.

CHAP. I.

『アニュアル・レジスター』

ジとも昵懇の間柄であった。彼女がこのたび刊行した詩集が、ワーズワスの『抒情歌謡集《リリカル・バラッズ》』の影響をかなり受けていることは明白で、題名そのものが何よりそれを物語っている。

しかし詩集の改訂に取り組んでいたワーズワスからすれば、同じ出版社から同じような題名の詩集が、自分よりも高名な女性詩人によって上梓されることは、気になることであって、題名の変更をロングマン社に申し出た。ワーズワスの提案した題案は、『二巻詩集《ポエムズ・イン・ツー・ヴォリューム》』であったが、出版社側はそれを受け入れず、結果的に本の正式名は『抒情歌謡集・二巻』（*The Lyrical Ballads in Two Volumes*）となって一八〇一年一月に印刷出版された。だが本のタイトル・ページには一八〇〇年の発刊となっている。当初ワーズワスは『詩集』の刊行を、一八〇〇年の秋頃に予定していたが、予想以上に手間取り、半年も遅れてしまった。

ワーズワスの懸念は、題名のみならず、詩集の内容そのものにもおよんでいたと思われる。すなわちミセス・ロビンスンの詩集は、物語詩の形式の作品が多いが、ワーズワスが出そうとしている改訂増補版も、初版にくらべると抒情性を主軸にした物語詩にかなり比重を置いていた。実際『抒情歌謡集』改訂版の第二巻の内容を見ると、全三十六詩篇のほとんどが物語詩であって、ワーズワスは新しい改訂版で、抒情的物語性をかなり意識していたのではないかと思われる。

したがって、新詩集のタイトルが前回と変わらなければ、ロビンスンの『抒情物語詩集』と混同されるのではないかという危惧を抱いたとしても当然だし、また名声という点からいえば、彼女の方が比較にならないほど世間にその名が広く知られていたのである。彼女はかつてドルリー・レーン劇場の舞台に立ち、『冬物語』のパディータ役で一躍名花として謳われ、また十七歳の皇太子の愛人となって以来、数々の浮き名を流しており、「パディータ」の名を言えば世に知らぬ人はいなかった。相手がそれほど世に名を知られた詩人であれば、同じような題名の詩集を同じ出版社からほとんど同時期に上梓することに、ワーズワスが懸念をもったことは十分に理解できる。

先の『抒情歌謡集』の初版には、「趣意書」という短い序文が付いていたが、改訂版には歴史上のどんな詩集にも例を見ないほどの、本格的な詩論ともいうべき「序文」が掲載された。その「序文」の分量は四十頁にもおよび、ワーズワスがこの改訂版に対して、詩人としていかに意欲的に取り組んでいたかが分かる。そこでは自分の詩が有する革新性について、十分に筋道を立てて説明しておく必要性を認めながら、それを書き出せば「序文」としては、いささか異例なものになることに危惧を抱いていると述べている。だがそれでも出版社の意向を汲んで、グレーのソネットまで引用しながら、実に綿々と長文の「序文」を書きあげている。その「序文」の要点を以下に記しておく。

「序文」での詩論の表明

グレーの詩の例でも明らかなように、十八世紀には非日常的言語である詩語がふつう用いられたが、それは日常的な詩の言語と、本質的に変わるものでない。ゆえに、特別な詩語を避けて、一般の人びとの日常的言語を意識的に用いることによって、詩の喜びを一般の人びとと共有することができる。

詩の目的は一般の人びとの、ふつうの生活の中で起こるありふれた出来事を読者に伝えることである。そのためには、田舎の素朴な生活の中で話されている言葉を用いるのがふさわしいだろう。

詩作品はまた、「力強い情感から自然に流れ出るもの」であって、詩とは「静寂の中で回想される情緒から生じる」。優れた創作はすべてこうした心的過程で始まり、それに近い心的状態で継続される。

詩人が長い「序文」で語ろうとしていることの要点は以上につきようが、前半の日常的言語の重要性は、初版の「趣意書」にも述べられていた。したがってこの「序文」で重要なのは後半部の、「力強い感情の表出」と、「静寂の状態における回想」こそが詩作の契機だとしている部分である。

詩とは「力強い感情の表出」であるというワーズワスの主張を、T・S・エリオットが「詩は情緒と個性からの逃避である」（『批評論集』）と述べて否定したことは周知の事実であるけれども、エリオットとて詩人の個性や情感を全面的に否定したのではないのと同様、ワーズワスも一方的に「感情の表出」を訴えているのではなく、むしろ経験主義的詩想に基づいた言葉と解すべきであろう。

そしてワーズワスが同時に重視する「静寂の状態における回想」の意味を考えるならば、それがエリオットの主張する情緒からの逃避による詩作の方法に、限りなく近いことが分かる。また詩人の回想的方法は、現代文学においては小説家マルセル・プルーストによって用いられ、『失われた時を求めて』における主人公の回想は、ワーズワスと同じように、日々の暮らしや、存在の根底にある死と再生の円環構造を描き出している。このように現代文学の領域まで射程に入れて考察すれば、ワーズワスの詩の方法、ないしは思想のもつ先駆性と普遍性とが、より明確になると思われる。

マルセル・プルースト

ワーズワスが詩作で重視する回想という手段には、「静寂の状態における」という条件がつけられていたが、それは単なる静的外界を指すのではなく、内面の孤独を意味しているのであって、詩人ないし創作家は、つねに自己を孤独の極限に置かなくてはならない。そうしてはじめて詩人は、十全に想像力を発揮することが可能となるのである。すでに二年まえから執筆しはじめ、今は一時中断している『隠修士』の創作もまた、自己を孤独な情況に追い込むことで可能となるものであった。

『抒情歌謡集』改訂版の構成

一八〇一年の刊行になる『抒情歌謡集』の改訂版の上巻では、初版で評判の悪かったコウルリッジの「老水夫の歌」が、巻頭から掉尾に移され、また彼の「囚人」の代わりに「恋」が入れられた。そして下巻は、ワーズワスの物語詩と短詩のみで構成され、コウルリッジの詩はいっさい収録されなかったが、こうした経過については後者も了承していた。結果的に下巻の売れ行きは比較的順調であったが、初版と内容的にほとんど変わらなかった上巻はそれほど売れなかった。だがそれでもワーズワスは、出版元のロングマン社から、コトル社の三倍以上となる一〇〇ポンドの印税をもらった。

改訂版下巻の内容は「鹿跳びの泉」という物語詩を巻頭に、「少年がいた」「兄弟」「エレン・アーウィン」「ルーシー・グレー」「ルース」「カンバランドの物乞い老人」、そして掉尾に物語詩「マイケル」を配し、他に「ルーシー詩」をはじめ、短詩片でまとめている。頁数で見ると物語詩が半分以上を占めているから、ワーズワスが物語詩をいかに重視していたかが分かる。巻頭の「鹿跳びの泉」は、ワーズワスがダヴ・コティジに来て最初に執筆した詩である。前年十二月、ティーズ河ぞいにあるソックバーンからグラスミアに来る途中、詩人兄妹はアスクリッグの近くに宿をとったが、その際に土地の人から聞いた話をもとに、兄は即興的にこの物語詩を書きあげた。

この物語詩は二部で構成される。第一部では騎士サー・ウォルターが、ある夏の日狩猟に出かけ、そこで一頭の鹿と出会い、猟犬と家来とともに、逃げる鹿を追跡する。鹿は高い崖を跳び越えて、泉の脇に最後の水を求め、そこで息絶えた。サー・ウォルターは鹿の死にざまに感動を覚え、その泉のほとりに一軒のあずまやと、鹿の死を悼む三本の石柱を建てた。その後、泉のほとりは夏になると、行楽の人びとで賑わったが、ほどなくしてサー・ウォルターは死んでしまう。

第二部では、羊飼いから鹿の最後が詳しく物語られ、鹿がこの泉を死に場所として選んだのは、母鹿が初めて水を飲ませてくれたのがそこであったためだという。そしてこの泉のほとりに来た詩人は、その場の光景が今は荒れ果てていることに悲しみを覚えつつ、このような言葉で詩の掉尾を結ぶ。

自然が　これらのものを　ゆっくりと朽ち果てたように残すのは、
われわれに　現在と過去とを　知らしめるためなのだ。

だがいずれ　穏やかな日がやってくると、

これらの遺跡は　草木で蔽われてしまう
羊飼いよ、わたしたちは　ひとつの教訓を学んだ。
自然は荒廃を見せるが　ふたたびそれを覆い隠してくれる。

（「鹿跳びの泉」一七三―一七八行）

この物語詩には二つの詩想が読みとれる。第一に、騎士に追われた鹿は、自らの古巣ともいうべき泉を死に場として選ぶが、そこには詩人の故郷回帰の想いが込められている。第二に、存在するものすべてが地上において死をまぬがれ得ないが、永遠の相のもとでは再生の生命を与えられるのであり、存在するものの死と再生の循環構造が描き出されている。この詩想は、詩人が故里のグラスミアに帰り、自然と対話することによって生まれたものだが、その根底に、宗教的倫理につながるような想念があることを見逃してはならない。先に友人コウルリッジは、自作「宗教的瞑想」をワーズワスに見せた際に、彼を「無神論者」と見做していたが、その言葉が単に表層を捉えたに過ぎないことはもはや明らかだろう。ワーズワスの宗教的想念はこの後、年を経るごとにキリスト教の正統思想に近づいていくことになるのである。

田園詩「兄弟」

詩人がグラスミアに来た翌年の一月に書いた田園詩《パストラル》「兄弟」も、土地の教会牧師と詩人との対話によって、すこぶる地方的に、リアルに物語られる作品である。これは兄弟愛ないしは、生活者と土地との絆を主題とした物語で、その語り口や劇的構成は、詩人がこれまで書いてきた『隠修士』の主題や手法と関連性があるかと思う。

まず物語は故里に二十年ぶりに帰ってきた船乗りレナードと、教区教会の牧師との対話で進められる。レナードの家はこの土地で何百年も羊飼いをしていたが、祖父の死後、その孫にあたるレナードとジェイムズの兄弟は孤児となってしまう。弟思いの兄は、家の再興をはかるため、弟を知人にあずけて村を離れ、船乗りになった。その後、兄レナードは西インド諸島での貿易で、家を再興できるほどの富を得て、故里へ帰ってくる。牧師は彼を墓地へ導き、死者の名前さえ刻まれていない、粗末な墓石のもとへ案内し、その下に眠る死者の生前の姿を語り聞かせる。牧師はその墓石の一つひとつについて、一五〇年も過去にさかのぼって語れると言う。牧師はその若者が誰であるかを知らないが、レナードの祖父ウォルターが、八十歳でも矍鑠《かくしゃく》として、二人の孫息子を連れて、懸命に働いていたのを憶えている。そして兄のレナードが、老人の死後、弟のジェイムズを可愛がっていたことも。兄とも離れ、まったく孤児となってしまったジェイムズは、十二年ほどまえ、友だちと一緒に遠出をした時、その友だちとはぐれ、崖のうえから転落して死んだという。レナードはその墓前で「弟よ」と、涙して小声でつぶやいたが、その声は牧師にはとどかなかった。牧師は食事に誘ったが、青年は丁重にそれを断わって、ふたたび旅の人となって夜路に出ていく。

愛する弟との再会、故里でのつつましい生活を夢見て帰ってきたレナードが、二十年ぶりに目にした光景に、さほど大きな変化はなかったが、この物語詩の最後はこう結ばれている。

間もなくレナードは　道に覆いかぶさる
木立の下にやってきた。しばらくそこに立ち止まり、
牧師の話してくれたことを　すべて
その木の下で回想した。若かりし日々の
思い出が　心に浮かんできた。忘れ得なかった希望や、
先頃まで　ずっと抱いていた様々な想い、
それらすべてが　重々しくのしかかり、
かつてあんなに幸せに　過ごしたこの谷間が、
今はとても住むに耐えられない場所と思えてきた。　（「兄弟」四一八―四二六行）

この青年が誰であるかも分からなかった牧師に、レナードはいっさい子細を告げぬまま、故里を立ち去った。切なる願望であった弟との再会と故里への回帰は果たせなかった。表面的には、故里の山河は二十年昔とほとんど変わらぬ姿に見えたが、この帰郷者にとっては、もはや住むべき場所とは見做し得なかったのである。それはレナードが単なる帰郷者ではなく、家の喪失者であったからに他ならない。

この田園詩「兄弟」は故里ないし家庭の喪失を主題としながら、同時に放浪の物語でもあって、老いた水夫が南海であほう鳥を射殺したことで、苦難と放浪の旅をつづけることになるコウルリッジの「老水夫の歌」の主題と、ある種似かよっている。だが主人公の喪失感の深さは、後者の比ではない。後者が最後には故里の村に落ち着いたのにくらべ、前者は故里への帰郷を果たし得ず、行くあてもなくその後も彷徨をつづけるのであって、この放浪者としての姿は、詩人の個人的体験を象徴するとともに、それはすこぶる現代的でもあるのだ。

「マイケル」

この詩集の第二巻の掉尾を飾る「マイケル」もまた先の「兄弟」同様、家庭が崩壊した老羊飼いを主人公にする田園詩である。この作品は一八〇〇年十月十一日に起筆され、十二月九日、すなわち、この改訂版印刷の間隙に仕上げられたと推定される。

話はさかのぼる。さる七月二十四日、湖水地方に移り住むために、ケジックのグレタ・ホールに家族ともどもやってきたコウルリッジは、『抒情歌謡集』の改訂版に間に合わせようと、中世物語詩「クリスタベル」の創作に、かなり集中的に取り組んでいた。ワーズワスは初版の際に不評をかった「老水夫の歌」と、「クリスタベル」を取り替える案を考えていた。十月初旬「クリスタベル」は未完ながら、四部編成のうち第一・二部が完成したが、ワーズワスはその作品を読んで、詩集の改訂版に加えるのは無理と判断し、その代わり、これまで自分が詩想を温めてきた物語詩「マイケル」で置き換えることにした。

『抒情歌謡集』の改訂の作業は、版元のロングマン社に加えて、実質的な編集印刷の仕事にブリストルのビッグス・アンド・コトル社が携わる形で順調に進められていた。一八〇〇年の刊行は、出版社側の決定事項として進捗していた。あます月日はもう三か月を切っていた。妹ドロシーの『日記』は、詩人が「マイケル」創作に費やした日々のことを伝えている。[2] その執筆の直前十月十一日、兄弟は物語の舞台となるグリーンヘッド・ギルの牧場跡を見に出かけた。そこには崩れかけた羊小屋の石組がまだ残されていたのである。その後二か月ほどで、ワーズワスは四八二行の物語詩を、頭痛に悩まされながら、集中力を切らさずに書きあげた。詩集の刊行が最初の予定よりも半年以上ずれ込み、翌一八〇一年一月十四日になったのは、こうした創作事情によるものであった。

他方で「クリスタベル」執筆を二部で中断せざるを得なかったコウルリッジは、ワーズワスを追って湖水地方ケジックに住むことになったものの、故里に落ち着いた友人とは対照的に、健康状態はすぐれず、リューマチで苦しむことが多かった。そのために阿片を常用する日が増え、さらに妻セアラとの不和も絶えず、やがて創作意欲も低下しはじめる。その頃友人のランガムに宛てた手紙で、コウルリッジは、自己の詩人として立ち位置を、「ワーズワスは真に偉大な詩人ですが、小生は形而上学のただの学徒に過ぎません」[3] と告げている。それは『抒情歌謡集』改訂の仕事を、すべてワーズワスに託したことだけでなく、自らの詩的衰退の予兆を、明らかに感じていた事実を語っているように見える。そしてこうした意識は、何よりも自分が詩的才能において、友人に劣っているという苦衷から生じたのであった。

一方、愛する妹とともに、生まれ故郷で「定住者」となり得たワーズワスは、その土地に根をおろした、粗野な羊飼いの生活を題材に選び、経験主義的立場から、「力強い感情の表出」による物語詩「マイケル」を結実させた。この作品は『抒情歌謡集』の改訂版の掉尾に載せられることになったが、この作品のもつ重みは、『抒情歌謡集』の初版の掉尾を飾る「ティンターン修道院」と拮抗するといってもよいだろう。この物語詩の抒情的語り口と、さらに詩人の経験を踏まえた転結のある劇的構成とは、改訂版の白眉と評してよい。

物語の主人公マイケルは、「兄弟」の祖父ウォルター同様、八十歳を超えた老羊飼いである。彼には二十歳も年下の女房イザベルと、六十歳を過ぎてから生まれたらしい十八歳になる息子ルークがいる。マイケルの家はこのグリーンヘッドの谷間で、先祖代々何百年もの間、羊飼いを生業として営々と生きてきた。決して裕福な暮らしとは言えないが、広々とした土地で羊を飼い、わずかばかりの畑で細々と野菜や小麦を作り、自給自足の生活を営んできたのである。マイケルは妻子を愛し、ことに年をとってから生まれた息子を溺愛しながらも、羊飼いの仕事だけは厳しく躾けた。

だが突然マイケル一家に、予期せぬ不運が訪れる。彼は以前、甥に頼まれ借金の保証人となっていたが、その甥が事業に失敗したため、老人が彼の負債を背負うことになってしまった。物語詩は写実小説ではないから、そのあたりの顚末について詳細には描かれていないが、十八世紀のイギリス社会では、このような経済的失敗は決して珍しい話ではない。産業革命によってもたらされた経済の変動は、このイングランド北辺の農民や羊飼いにも決して無縁ではなかったのである。当時の『ジェントルマンズ・マガジン』の巻末には、毎号「銀行破産者名簿」が記載されていた(4)ことからも、経済社会がいかに不安定であったかが分かる。

マイケル老人は、この経済的苦境を切りぬけるために、一家の全財産ともいえる牧場の半分を手離すことを考えたが、先祖から受け継いできた土地を、人手に渡すことは耐えがたかった。この土地に対する強い執着ないし愛着は、日本の農民が抱く気持ちと同じものかもしれない。そこで彼が考えついたのは、都会に出て成功したひとりの親戚をたよって、息子ルークをそこへやれば、やがて借金は返済できるとの策だった。同じ村の教区には、かつて上京して大金持ちとなり、立派な教会聖堂を建てて故郷に錦をかざった人がいるのも知っている。マイケル老夫婦は息子をロンドンにやることに決めた。そして出立の前日、グリーンヘッドの牧場に、老人は息子を連れ出し、二人で羊小屋を建てるのが夢だったことを明かす。息子は父親に言われるままに、そこに羊小屋の土台石を置いた。

一夜が明けると早々にルークは、両親や隣人たちに見送られて旅立った。その後、親戚の人間からも、彼が順調に仕事に励んでいるとの便りがとどき、老人は安堵しながら、せっせと牧場に行って石を積みあげ、羊小屋を造りつづけた。だが、息子からの便りがやがて途絶える。純朴な田舎出の青年は都会の悪に染まり、放蕩の果てに行方知れずになってしまう。グリーンヘッドの谷間に、親子で羊小屋を建てる願いはおろか、借財返却の夢もついえてしまった。詩人は「マイケル」の物語を、このような詩句で結んでいる。

愛の力には　慰めがある。それがあれば
物には耐えられるし、それがなければ
頭は狂い　胸もつぶれよう。
この老人をよく覚えている　人たちに会って、
あの悲しい知らせが　届いてから、
その後　彼がどのように歳月を送ったかを　訊ねてみた。
……
それから幾日も幾日も
老人はそこへ出かけたが　石ひとつだに
もちあげられなかった　という。（「マイケル」四四八―四六六行）

この「マイケル」の物語は「兄弟」同様、田園詩《パストラル》と名付けられているけれども、フィリップ・シドニーの『アーケイディア』に見られるような、理想的な田園生活の牧歌性を讃美するのではない。だが単にマイケル一家の破滅を描くことに終始するわけでもなく、「愛の力には　慰めがある」というワーズワスの詩想には、彼独自の牧歌的主題が表徴されている。マイケルは長い生涯を耐え抜いた忍耐の人であり、家族に対する愛情の深い人であって、それは「石ひとつだに」もちあげられなくなっても変わらなかった。家族愛とは、人にとってそれほど根深いものであろう。後日、政治家チャールズ・J・フォックスに宛てた手紙に詩人はこう書いている。

「兄弟」と「マイケル」のふたつの詩で、小生は家族愛の像を描こうとしています。今日、ほとんど北イングランドに限られる、ある階級の人びとの間で、家族愛が見られるからです。彼らはそこで貧農と呼ばれる小規模な土地の所有者であり、自分の小さな土地で日々の生計を営む、立派な知恵をもつ人たちなのです。かりに彼らが貧困に置かれると、過疎の土地で暮らす人びとの間では、その家族愛は力強いものになります。(5)

詩人がグラスミアに移り住んだ際に、「土地の定住者」となる意識が芽生えていたことはすでに述べたが、その根底には故里再生の願望があったことを見落としてはならない。だが現実には、故里の土地は美しいものの、そこに住む人びととの暮らしは、決して恵まれたものとは言えず、再生にはほど遠い状態であった。そうした過酷な現実を直視した詩人は、故里再生の想いをよりいっそう強めるのである。そして、故里で生きる人びとがもつ家族愛に、再生の希望を見出し、「マイケル」や「兄弟」に、それを結実させたのであった。

この改訂版には、年老いた貧しい弱者を主人公とする、もうひとつの物語詩「カンバランドの物乞い老人」が収められている。この作品は詩人が、湖水地方カンバランドに来る以前、一七九八年に書いたとされるが、この老人の置かれている現実は、マイケル以上に厳しい。やはり同じ年の作と見られる、家なき孤児「ルース」も、愛する男に捨てられ、一時は気も狂うが、自然を栖処《すみか》として自分の不幸な運命を責めることなく、けなげにも生きる「知恵」をそなえた彷徨する女の物語である。マイケル老人は、階級的に見れば小さな自作農であったが、この「物乞い老人」や「ルース」は、一寸の土地ももたない放浪者に過ぎない。したがってその貧困状態は、マイケルの比ではなかった。ワーズワスが土地の人びとの隣人愛による精神的絆の強さを強調するのは、産業によって失われていく、人間にとって最も大切な人間愛や人と人との絆を、何とか守り抜いてほしいという強い要望をもっていたためである。

十八世紀はたしかに人びとの交友関係や社交というものが、現代と違ってはるかに濃密な時代であった。近くのケジックに住むことになったコウルリッジ夫妻は、相変わらず頻繁に訪ねてきたし、男兄弟の中で一番親しかった次弟のジョンは、ホークスヘッドの学校を卒業した後、東インド会社の商船アバゲイヴニー号の船長になっていたが、春から秋までダヴ・コティジに滞在した。ハッチンスン姉妹、従兄弟のマイヤーズと伯父、友人チャールズ・ロイドやケンブリッジ時代の旧友ジョーンズなども訪れ、さほど大きくもないコティジには、人びとの心と心を結ぶ温かな絆があった。

メアリーへ求婚

自分の詩的才能の衰退を自覚しはじめていたコウルリッジは、彼が「真に偉大な詩人」と見做していたワーズワスよりも、実際には詩人肌の強い人物で、性格は円を欠き奇行もあった。それはドロシーに言わせれば、すこぶる魅力的とも見えるのだが、「クリスタベル」の魔女のように、時として魔物が入り込む余地があった。それがメアリー・ハッチンスンの妹セアラとの恋愛沙汰であるが、この魔物はじつに厄介で、当の二人はもとより、妻のセアラ、さらにはワーズワス兄妹の心をも乱し苦しませた。

だが幸か不幸か、詩人の愛には詩的衝動が絡み合っていた。コウルリッジは実らぬ恋の苦悩を、「クーブラ・カン」や「失意のオード」に昇華させることができたのである。苦悩の果てにコウルリッジは、十一月十日、湖水地方を離れて、ひとりでロンドンに旅立っていった。複雑な想いで友人を見送ったワーズワス兄妹は、ダヴ・コティジにメアリー・ハッチンスンを迎えた。彼女の来訪はさる一八〇〇年三月以来、一年半ぶりのことで、その滞在は歳末まで二か月間にもおよんだ。

十一月十二日のドロシーの『日記』によると、兄妹は石切り場まで散策に出かけたが、兄だけが先に帰宅した。

ウィリアムはわたしよりも先に家に着いた。――家に帰るとウィリアムとメアリーはお茶をしていた。夜空には星がたくさん瞬いていた。

この『日記』の記述は、それ自体何でもないように見えるが、「お茶をしていた」二人は、新しい人生の門出に立っていたのである。すなわち星の降る夜空のしたで、ウィリアムはメアリーに愛を打ちあけ、プロポーズをしたのだ。ジュリエット・バーカーも、詩人の求婚が何時どのようになされたか、特定することは難しいとしながらも、先のドロシーの『日記』の記述を重視している。(6) ドロシーの記述の行間には、彼女の女性としての勘で、兄とメアリーがお茶をする気配のうちに、今まで目にしたことがなかった「特別な」何ものかを感じとったことがほのめかされている。そして翌朝、彼女は体調がすぐれず、終日床に伏していたと記されているが、愛する兄の愛情が、メアリーに傾斜していくことに心が乱れたのに違いない。下女のモリー婆さんは、「陽気な爺さんほど若い奥さんに機嫌よく振舞うものさ」と言ったという。「陽気な爺さん」とは、年寄りじみて見える三十二歳のウィリアムのことで、老女はすでに二人の仲を見抜いていたのである。だが実際は、「若い奥さん」と見られたメアリーもウィリアムと同年であった。その後ウィリアムは、妹ドロシーとではなく、メアリーと一緒に散策に出ることが多くなった。

一八〇二年の正月は暮れからの寒波がつづき、北国の冬はいっそう冷え込んでいた。『抒情歌謡集』の仕事が一段落した詩人は、かねてコウルリッジから勧められていた『隠修士』の創作に、ふたたび取り組みはじめた。以前に書きあげたままの「廃屋」に筆を加え、「行商人」へと題を改めた。この原稿がさらに翌々年に執筆されはじめる『逍遥』の第一巻「さすらう人」へと発展することになるのだが、一、二月はいずれにせよ、「行商人」の執筆推敲にほとんど費やされた。

前年の暮れにメアリーに求婚した詩人は、彼女との結婚をなるべく早い時期、その年の三月頃にしようと考えたが、それに踏み込むにはひとつの精神的障害と大きな社会的壁を乗り越えなくてはならなかった。それはフランスで「ワーズワス夫人」として、女児カロラインを女手ひとつで育ててきたアンネット・ヴァロンとの関係であった。今、メアリーとの結婚に踏み切るに際して、かつてのアンネットとの関係を、愚かな若気の過ちとして、頬かむりをしてすませるような自分勝手な真似は、ワーズワスにとってとてもできないことであった。まず彼女にメアリーとの結婚についての了承を得なければならない。それが前提条件であった。先の手紙に対するアンネットからの返事は、自分がまだ「夫人」であって、その法的権利が犯されないこと、さらに娘カロラインの将来についても、彼が責任を負わなくてはならないことを述べ、したがってメアリーとの結婚を、無条件に認めるわけにはいかないと言ってきた。これは一度婚姻関係を正式に結んだ女性なら、当然主張すべき正当な権利であろう。こうした彼女とのやり取りが、十三回もおこなわれた結果、三月に予定していた結婚式は、とても不可能な事態となった。

だが幸運と言うべきか、三月二十六日に、執政ナポレオンの提案によって英仏間の講和が実現し、つかの間の平和がもたらされた。それによってワーズワス兄妹の渡仏は現実的に可能となったので、フランスのカレーにおいて、ヴァロン母子と再会できる見通しがでてきた。この事情はメアリーにも告げられ、結婚を秋まで延期することの了解を彼女から得た。

自然の至福感

三月に入ると、北国の陽ざしにも早春の兆しが感じられ、自宅の裏側にある庭や果樹園では、小鳥たちの美しい啼き声が聞かれるようになった。月の中旬ともなると、ワーズワスの詩心は、精神的苦悩をかかえながらふたたび盛んに動いた。幼い頃に亡くした母の面影を、森のなかのかっこうの啼き声に求める「かっこう鳥に寄せる」、コッカマスの生家の庭で、妹ドロシーと一緒に蝶を追いかけまわった回想による「蝶に寄せる」などの短詩を、自然に感情の流れ出すまま書きあげた。

ドロシーの『日記』によれば、アミアンで英仏の平和協定が締結された三月二十六日、ワーズワスは「虹」の詩を書き、さらにその翌日に「霊魂不滅のオード」の最初の四節を書いたと記されている。三月は比較的好天に恵まれ、ダヴ・コティジの二階の窓から、朝のグラスミアの湖上に、虹が立ちあがる光景をしばしば目にすることができた。実際イギリスの湖水地方では、春になると湖上に虹がかかる日は決して珍しくない。詩人の詩想は虹を見た体験に基づいて、自然に動き出したのである。

大空に　虹を見る時
わたしの心は　躍る。
生命の始まりも　そうだったし、
大人になった　今でもそうである。
わたしが　年老いた時も　そうであってほしい。
そうでなければ　生きていても仕方がない。
子供は　大人の父である。
これからの日々も　自然を敬う心によって、
毎日がしっかりと　結ばれていてほしい。　（「虹」一—九行）

この詩の最初の二行を見れば、詩人が虹を見て自然に覚えた感動を表象していることは自明であるが、その感動は「かっこう鳥に寄せる」や「蝶に寄せる」の短詩の図式同様に、幼時への回想に転じていく。その回想はさらに、「生命の始まり」の表徴へとつながっていくのだが、そこでは、人間が誕生時からすでに自然の神秘性とともにあることがほのめかされている。

そして、詩想はふたたび「大人となった今」の現在へと転じ、その神秘的体験による感動が不変であると確認される。しかしそうした幼時において、生来的に刻まれた自然の至福感は、しばしば負の陰りももたらす。われわれの日常的暮らしとは、光と影の繰り返しに過ぎない。事実、秋にはメアリーとの婚約によって、希望の光に満たされていたに違いない詩人は、その直後のヴァロンとの交信によって、不安や焦燥の入り混じった否定的感情を抱くようになる。だがたまたま英仏和平協議が成立したことによって、ヴァロン母子と再会を約すとともに、メアリーには婚儀の延期を了承してもらえたので、ふたたび安堵を取り戻したというのが、彼の現実の心境であった。「わたしの心は躍る」という魂の高揚の背後には、詩人の日常的な不安や焦燥、あるいは悔悟の日々が、個人的な文脈として存在することに留意しておく必要があるだろう。そこで詩想の時間軸は、現在から未来へと転じるが、この現在の至福感を継続することは、ワーズワスの当時の状態からすれば困難をともなうこともまた真実である。だが、せめて詩の中では希望を表現しておかないと、人生は生きるに値しなくなるというのが、詩人の真情だったのではないか。

ここで詩人はふたたび、少年の無垢と無心に立ちかえり、自然との合一による至福を強調する。ワーズワスはこれまで、自然との対話による秀詩を、レースダウンやオルフォックスデンやゴスラー、そしてグラスミアでも書きつづけてきた。だがこの「虹」の詩ほど、単刀直入に、自然への畏怖・畏敬を表象した詩はなかった。むしろん彼の自然詩想は、かつて「ティンターン修道院」の詩において、すこぶる経験的かつ哲学的に述べられてはいるが、「虹」はそれよりも生き生きと、詩人の詩想を唱いあげている。

しかしこの「虹」の詩は、先述したように二日後に書かれる「霊魂不滅のオード」の序詩として位置づけられるのであって、自然の神秘性と幼児のもつ純なる感受性ないしは精神性に関わる考察は、後の章にゆずることにしよう。

四月上旬、ワーズワスはふたたびメアリー・ハッチンスンのもとを訪れたが、おそらく今後の生活のことを話し合うためであろう。そして十三日にダヴ・コティジに帰宅すると、十五日は暖かい好日となったので、午後アルズウォーター湖へ、水仙を見に妹と出かけた。ドロシーがその日の模様を、『日記』(四月十五日)に詳しく書き残している。

ガウバラ・パークを通り過ぎ森に差しかかった時に、湖の近くに黄水仙の小さな群生を見つけた。湖の波が岸辺に種子を運んできたので、この花の小さな群れができたと考えられる。アルズウォーターの湖岸にそって進むうちに、水仙の数はしだいに増し、ついに樹木が大枝をのばしている幹の下に来ると、湖岸にそって黄水仙は、長い帯状の群れをなしていた……わたしはこんな美しい黄水仙を見たことがなかった。

この時、妹と一緒に見た黄水仙の光景を描いた詩は、二年後の一八〇四年に完成するのだが、以下はその第一連と第四連。

わたしは谷あいや　小山のうえに高く浮かぶ
白雲のように　ただひとりさ迷い歩いた。
すると　とつぜん　金色に輝く
黄水仙の花の　大きな群れを見た。
湖のそば　木々のした、黄水仙は
そよ風に　ゆらゆらと躍っていた。

……

それからわたしは　しばしば物思いに沈み、
この長椅子に　腰をおろすと、
あの黄水仙が　孤独の至福をもたらす
内なる目に　思い浮かぶ。
そこでわたしの心は　喜びに満たされ
黄水仙とともに　躍りはねる。　（「わたしは雲のようにひとりさ迷い歩いた」一—二十四行）

まずこの詩の第一連で、ドロシーが伝えていたような黄水仙の光景を、詩人はしっかりと描き出している。そして第四連では、これまでの短詩同様に、回想の図式によって、物思いに沈む時の「孤独の至福」がもたらす「内なる風景」が、ひとつの詩的ヴィジョンとして表徴される。もしこの詩が湖岸の黄水仙の風景を美しく描くだけに終わっていたならば、それはいささか陳腐なものに感じられよう。だがこの詩の核心部分が、最後の連の内的風景にあることは言うまでもない。これがあることで詩は、単なる叙景的抒情詩を超えた価値をもち得ているのである。

「蛭取り老人」

『抒情歌謡集』改訂版に、「カンバランドの物乞い老人」の詩が収められていることはすでに述べた通りだが、同じようなテーマの「蛭取り老人」と題する短詩を、詩人は五月四日に書きあげた。ドロシーの『日記』の記述によると、兄妹がこの老人と出会ったのは、一年半ほどまえの一八〇〇年十月三日であった。

冷たい雨が降る日のこと、スコットランドからやってきたという蛭取りの老人は、肩から汚れた外套を引っかけ、ひどく背中が曲がり、歩行も満足にできない。故里の風景は美しいが、貧しい生活にあえぐ人びとが多かった。ダヴ・コティジに住みはじめてから、毎日のように浮浪者や物乞いがやってくる。老人ばかりではなく、子連れの若い母親もいた。そういう人たちが、コティジの玄関で物乞いをすると、ドロシーはうとましく思ったが、兄ウィリアムはそういう妹の態度をいさめた。かつて一時ゴドウィン思想にかぶれ、革命のシンパでもあった詩人は、左翼の政治思想からはすでに離れていたが、土地の社会的弱者に対する友愛的精神は衰えてはいなかった。その蛭取り老人の印象はすこぶる強烈で、詩人はその詩想を一年半も温めてきたのである。彼は六月二日、婚約者の妹セアラ・ハッチンスンに宛てた手紙にこう書いている。

はっきり言って、小生は神様から強い想像力を与えられたと思いますが、この老人ほど深い感動を与えてくれた人を知りません。彼は妻と十人の子供に先立たれ、ひとり山々や寂しい土地を放浪し、われとわが身を励まして、不都合な社会制度によってもたらされた、困難や窮乏に耐えている老人なのです。

ワーズワスはこの時、「蛭取り老人」と題する一四〇行ほどの詩を書いた。以下は後半部の二連。

老人は語った、年をとって貧しくなったので、
蛭を取りに　この沼地にやってきたのだと。
危険で　労苦の多い仕事、
彼は多くの困難を　耐えてきたのだ。
池から池、沼から沼を　はいずり廻《まわ》った。
神の恵みで　たまたま仮寓を得て、
老人はこうして　真面目に生活を営んできた。

……

彼は微笑を浮かべて　言葉を繰り返した。
蛭を取りながら、蛭のいる池の水を
足でさぐりながら、はるか遠くまで
歩きまわったものだ　と語った。
「以前は　蛭はどこにもいたが、
今はだんだん　少なくなってきた。
でも　このわしは　やりますよ、どこへ行ってでも」（「蛭取り老人」九十九―一二六行）

詩人がこの「蛭取り老人」でわれわれに訴えている「深い感動」とは、すこぶる強烈な情感をともなうもので、その身体的困難や経済的貧困にもかかわらず、微笑さえ失わず黙々として、なお力強く生きる老人の姿から生じるのだ。物語性という観点からすれば、この話もいささか退屈な感じは否めまい。だが詩人は、故里に住む人びとの生《なま》の、困苦欠乏に耐える姿を詩の中で描かずにはいられなかった。

老人はかつて十人もの家族をかかえ、スコットランドの片田舎で働いてきた農夫だが、あのマイケル老人と同じように、十八世紀の社会的変革が原因で経済的被害を受け、その挙句に家族の者とも死別して、北イングランドの沼地をさ迷う「蛭取り老人」となったのである。蛭は十八世紀医療では、瀉血の際に使用される貴重な資源であったために、その需用が増加したので、年々蛭の数は減少していたといわれる。

この「蛭取り老人」という詩は、その後一八〇七年に上梓される『二巻詩集』に、題名を「決意と独立」へ変更して収められることになる。この詩にはいかにもワーズワスらしい、詩人としての使命感を読みとることができよう。貧しい一介の蛭取りをする老人から、詩人たることへの天命、天啓を教えられたのである。その老人が、「人間的な力を与えるために、天から送られてきた」（同詩一一二行）役割をもつ人であることを、詩人は思い知らされたのであった。

ヴァロン母子と再会

五月の中頃、ヴァロン母子と再会する計画は、ようやく具体化した。詩人はその準備に時間を割く必要が生じたが、他方で婚約者メアリー・ハッチンスンに対する心遣いをも忘れていなかった。月末に「旅立ち」と題する詩を書き、このフランス旅行は最愛の人メアリーを妻として迎えるためのものだという心情をそこで吐露している。六十四行の短詩は、

われわれはふたたび　あなたの胸にしのび込むであろう。　（「旅立ち」六十四行）

と結んであったが、「われわれ」という複数形はむろんドロシーを指しているのではあるまい。慎重な詩人は、その後も言葉の彫琢に時間を割き、手紙をそえてメアリーに書き送ったのは、六月十四日のことであった。そして「旅立ち」の題名は、「いとまごい」(Farewell)と改題されていた。ワーズワスは心労のせいか、六月は不眠症に悩まされながら、七月九日、旅立ちの日を迎えた。途中、ガロー・ヒルに住むハッチンスン姉妹と十日間ほど一緒に過ごし、馬車でロンドンに到着したのは、七月二十九日の朝だった。

二人がドーヴァー行きの駅馬車に、チャリング・クロス駅から乗り込んだのは、七月三十一日土曜日の早朝である。やがて馬車がウェストミンスター橋にさしかかる頃、太陽がのぼり、その陽光に照らされた市街と北部丘陵の美しい眺望に、詩人は深い感動を覚えた。その朝は快晴で珍しく煙霧もなく、ロンドン市街の聖ポール大聖堂をはじめ、数多くの教会聖堂が作り出す景観は、一枚の絵のように壮麗であった。詩人が馬車の上部席を選んだのは、経済的理由からだったに違いないが、階下にくらべて屋根覆がないだけに、その眺望は素晴らしかった。詩人はウェストミンスター橋を通る馬車から見たこの朝のロンドンの光景を次のように唱った。

大地がこれほど美しく　見えたことがあろうか。
このような壮麗な光景に　感動を覚えずに
通り過ぎる人の魂は　眠っているのと変わらない。
この都市はいま　衣をまとったように
朝の美しさに　輝いている。静かに澄み切って
船も　塔も　ドームも　劇場も　聖堂も

ウェストミンスター橋

聖ポール大聖堂

大地に　広びろと横たわっている。
煙ひとつない朝空に　明るく輝きながら。　（「ウェストミンスター橋のうえ」一―八行）

この詩は九月三日の作詩とされているが、晴れ渡った旅立ちの朝、七月三十一日の作とするのが正しいと思う。「静かな回想」の内に創作するのが、詩人の作詩の方法であるが、九月三日の帰国時に書かれたとするのは妥当ではあるまい。すなわち帰国時の詩人の心境は、このソネットに見られるように晴朗な気分ではなく、むしろ憂鬱に陥っていたからであって、このことについては後述することにする。

七月三十一日の夕刻、駅馬車はドーヴァーに到着すると、港には連絡船が乗客を待っていた。ワーズワスは船上の人となり、その翌八月一日の早朝に対岸のカレーに上陸した。その港町でヴァロン母子と再会したのは、テート・ドール街にあるマダム・アヴリールの宿においてだった。ヴァロンがパリやブロワではなく、カレーの宿を選んだのは、「できるだけ内密に会いたい」という気持ちの他に、身の安全を考慮しての結果だったとムアマンは指摘している(7)。

十年ぶりに再会を果たしたアンネット・ヴァロンは、かつて詩人と別れてから、ひとり娘カロラインをかかえ、故里の町ブロワで暮らしてきた。彼女とその一族が、王党派の人たちであったことは先章でも述べたが、その後彼女は反革命の地下運動に関わったこともあった。ブロワという町がそういう保守的な土地柄でもあったのだが、一家は当然、革命政府から要注意人物と見做され、兄ポールはテロによって生命を落としかかったこともある。

マダム・アヴリールの宿では、一室をヴァロン母子、その向かいの一室にワーズワス兄妹が泊まり、部屋は結構広々してはいたが、イギリスの宿にくらべると、家具や調度がお粗末で、いくらか殺風景な感じだった。客が馬をつないでおく中庭は、「ひどい悪臭を放っていた(8)」とドロシーは『日記』に残している。だが彼女がこれまで日々の出来事を克明に記してきた『日記』は、一か月にもおよぶフランス行に関して、たった数行の記録しかとどめていない。

天気はとても暑かった。ほとんど毎晩、アンネットとカロライン、ウィリアム、そしてわたしの四人だけで、海辺を散歩した。

こういう記事の他には、ヴァロン母子が「仕事をするわけでもなく、本を読むわけでもなく、たいてい窓辺で」所在なげに過ごしていたことに触れているだけで、それ以外には何も書かれてはいないのである。この短くもない期間中に、詩人が何を想い何をしたのか推定の域を出ない。唯一残るのはこのカレーの海岸で、娘カロラインと散策の折に書いたとされる一片のソネット「今宵は麗しく静謐」のみである。

今宵は　麗しく静謐、
聖なる時間《とき》は　呼吸《いき》をひそめ
敬虔に祈る　修道女のように静かだ。
大いなる夕陽が　静寂のうちに沈み、
穏やかな夕空が　海のうえを覆っている。
聴け！　大いなる存在《もの》は　目覚め、
永遠の動きもて　雷鳴のごとく
終わりなく　鳴り響く。
わたしとともに歩む　愛しき　愛しき娘よ。
おまえに荘厳な想いは　無縁にみえようと、
聖なるものが　宿らぬわけがない。
おまえはいつも　アブラハムの胸に抱かれ、
その聖堂《みどう》の祭壇で祈るのだ、われらが

知らぬ時も　神はおまえといますのだから。　（「今宵は麗しく静謐」一―十四行）

「愛しき愛しき娘よ」のフレーズには、ワーズワスの、初めて会った自分の娘に対する、自然にあふれ出た父親としての深い情愛を見出すことができよう。だが全体的に見れば、彼は決してその感情だけに溺れているわけではなく、むしろすこぶる冷静に、「愛しき娘」の未来の幸福を祈る気持ちを表現している。

しかし、このカレーの海岸で、娘とともに過ごす時の「静謐」と「荘厳」は、いささか人間的に冷たい印象を与えるかもしれない。あまりにも「敬虔な」父親の姿は、肉親としては偉大過ぎるのだ。そして、われわれはそこで鳴り響く「雷鳴」の比喩を、見過ごすわけにはいかないのである。その時、夕空が曇り急に雷が鳴りだしたのではなく、詩人は「大いなる存在」に、静かに耳を傾け、「雷鳴」を内なる心で聞くのである。それは明らかに、彼が犯した母子に対する罪の意識の表象と解さねばなるまい。

帰国

ほとんどすべての伝記学者や作家は、ワーズワスのカレー滞在が一か月にもおよんだことに、長過ぎるとして疑念を抱いている。ふつうに考えるなら、一週間もあれば十分に思われる。しかしその場の情に溺れて、ずるずると延期したというのではなくて、滞在期間は渡仏まえの計画で決まっていたことであった。カレーで詩人がおこなった行為として確認できることは、先の「今宵は麗しく静謐」というソネットの作詩と、カロラインの将来に対する経済的約束の二件である。後者はむろん、償いの意味を含むものであろうが、総額四〇〇ポンドの支出が決まった。その額が妥当であったかどうか明言はできないが、当時の薬剤師見習いの給料が五年間で五〇〇ポンドであったことと比較すると、多額であったとは思えない。

ワーズワス自身、メアリーとの結婚生活を控え、さほど経済的余裕があったとは思えないが、カレーに来る直前、ジェイムズ・ラウザーに詩人の父親が貸していた四六〇〇ポンドが、二十年ぶりに返却される司法手続の見込みが立っていた。そうした経済事情を考慮すると、アンネットに慰謝料として一文も支払われなかったのであるから、カロラインの養育費は少ないように見える。

しかし最大の疑問点は、「情愛深い」心をもつ詩人が、ワーズワス「夫人」のアンネットに、どのような態度で応対したかであろう。彼女は法的に依然として「夫人」であるとの認識をもっていただろうが、カロラインの養育の問題が決着した以上、すべてを丸く収めることに同意したのであろう。女としての情熱を激しく秘めたアンネットの、ワーズワスに対する愛情が、十年の歳月を経て冷却していたこともあったに違いない。両者の離間の最大の要因には、個人の愛情を超えた、誰にも抗しがたい国家間の戦争という障害があった。

ワーズワス兄妹とアンネットの三人は、極めて平静を装うのを心がけていただろうが、重苦しい雰囲気になるのを防いでくれたのは、愛らしいカロラインの存在だったに違いない。四週間におよんだカレー滞在を終えて、詩人がふたたびドーヴァーの土を踏んだのは、八月三十日の朝だった。ドロシーはその翌日の『日記』に、

ドーヴァーの崖に腰をおろし、数々の深く物悲しい、そして優しい想いに包まれながら、フランスの方角を見つめた。


と記しているが、この気持ちは詩人も同じであったに違いない。あるいは、二人は一体であったにせよ、当事者であった兄の方が、よほど「物悲しい」気分に襲われていたことは容易に想像できる。したがって先に述べたように、ソネット「ウェストミンスター橋のうえ」が、この帰国の際に書かれたとするのは、蓋然性がすこぶる低いと考えられる。

ワーズワス兄妹は帰国後、九月下旬まで三週間ほどロンドンに滞在した。この期間中に、兄リチャード、ケンブリッジのトリニティ学寮のフェローを務めるクリストファ、あるいはたまたま帰省中のアバゲイヴニー号の船長で弟のジョンたち家族との再会を喜んだ。あるいはまたチャールズ・ラムや彼の姉メアリーと、ロンドンの芝居見物に出かけたりもした。このロンドン滞在中に、詩人は「ロンドン・一八〇二年」と題する注目すべきソネッ

トを書いている。これはその後半部。

　　　われらは　利己的人種だ。
われらを高め、われらをあるべき姿に戻せ。
われらに礼節と　美徳と　自由と　力とを
備えさせよ。そなたの魂は　星のごとく高く輝いていた。
そなたには　海の波音のごとき声があった。
晴朗なる大空のごと、清らにて荘厳自由なる。
そなたは　かく快活に　信仰もて人の
進むべき道を　歩まれた。　（「ロンドン・一八〇二年」六―十三行）

ここで詩人が言う「われらは　利己的人種」の意味は、複数形でイギリス国民を指してはいるが、一義的には彼自らの自己省察と解してよいだろう。自分の青春の「嵐の時代」を省みて、大学生活での放恣、フランスでの思慮を欠いたヴァロンとの恋、そして今回の彼女と娘への対応など、自らの過去の言動を振り返って、自分には他者を批判する資格はないことを悟ったのかもしれない。「礼節と美徳」を欠く行為者は、詩人自身でもあったのだ。

しかし、産業革命がもたらした繁栄は、富や消費を追求するために、他を省みない利己的人種をうみ出した。そしてさらに、アメリカ独立戦争からフランス革命、その後の英仏戦争によって、モラルの荒廃や社会的格差の増大は、いっそう危機的様相を深めている。十九世紀という新しい世紀を迎えても、前世紀からつづいている社会的混乱や不条理は、この首都ロンドンにおいて、いっこうに改まる気配もない。

このように思索と自省を試みる中で、コウルリッジとともに構築しつつある『隠修士』の詩想は、『失楽園』のミルトンが歩んだのと同じく、人間としての道を追求する方向へと進んでいた。そして、危機的時代を生きる人間として、いかに内なる「利己的人種」を克服するかという課題は、ワーズワスの人生の転機でもある一八〇二年の秋、彼の背に重くのしかかっていたと思われる。

九月二十二日、詩人兄妹は、メアリー・ハッチンスンが待ちわびるガロー・ヒルに向かった。

注

（1）十九世紀初頭のロンドンの出版界——拙著『イギリス文芸出版史』（研究社、一九八六年）、一二八—一二九頁参照。
（2）Dorothy Wordsworth, *Journals of Dorothy Wordsworth* Vol. 1 (London: Macmillan & Co. Ltd., 1941), 65-66.
（3）*S. T. Coleridge's Letter to Francis Wrangham*, Dec. 19, 1800.
（4）*The Gentleman's Magazine* の 'List of Bankruptcy' は十八世紀末から多く見られる。
（5）*William Wordsworth's Letter to Charles J. Fox*, Jan. 14, 1801.
（6）Juliet Barker, *Wordsworth: A Life* (New York: Ecco, 2005), 205.
（7）Mary Moorman, *William Wordsworth: The Early Years, 1770-1803* (Oxford : Clarendon Press, 1957).
（8）Dorothy Wordsworth, *Ibid.*, 174-175.

8　結婚と『序曲』の完成

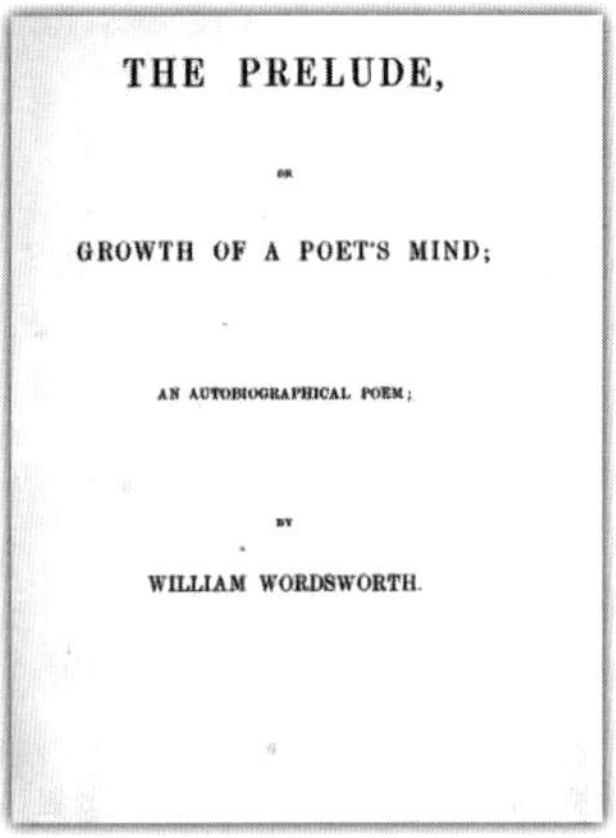
THE PRELUDE,

OR

GROWTH OF A POET'S MIND;

AN AUTOBIOGRAPHICAL POEM;

BY

WILLIAM WORDSWORTH.

『序曲』初版（1850）扉

一八〇二年十月四日、ウィリアム・ワーズワスとメアリー・ハッチンスンの結婚式は、ガロー・ヒルのブロンプトン教会聖堂で、早朝から執りおこなわれた。その婚姻の聖祭に出席したのは、新婚の二人の他には、ハッチンスン家の妹セアラとジョアンナ、弟トマスとジョージの四人だけで、ワーズワス家の人間はひとりもいなかった。

二人にとって最も親しいはずの妹ドロシーは教会に行かなかった。行かなかったというよりも、行けなかったというのが本当だろう。彼女はその日の『日記』にこう告白している。

> わたしはできる限り、冷静になろうとしていた。だが、二人の男性が道を駆けあがって来て、式は終わったと知らせに来るのが見えた時、わたしはもう耐え切れず、ベッドに身を投げ出し、何も聞かず、何も見ず、じっとしていた。やがてセアラがやってきて、「みなさんお帰りです」と言った。この言葉を聞いて、わたしはベッドから起き上がった。どれだけまっすぐに歩けたのか分からないが、自分の力とも思えない早さで、愛しい兄のもとに飛んで行き、その胸にとび込んだ。[1]

ここに記されているドロシーの心理は、これまで自分ひとりで独占してきた兄の愛情を、今朝を限りにメアリーに奪われる妹の立場として、理解できないことではないが、いくらか常軌を逸していると言ってもよいだろう。それにこのめでたい婚儀に、ワーズワスの兄弟や親戚が、ひとりも出席しなかったのも、やむにやまれぬ事情があったにしろ、腑に落ちない感じは残る。ヴァロンとの一件が、暗い影を落としているようにも見える。

さらにもっと奇妙なのは、メアリーに贈られる予定の結婚指輪（かつてフランスのカレーで買い求めたものらしい）が、ドロシーの指に結婚式当日まではめられていたことである。式後、彼女は自分の指からその指輪を抜き取って、兄に手渡し、そののちにメアリーの指におさまったとのことだが、この事実もまたすこぶる非常識と言えるだろう。

幸福な家庭

この結婚式後、みなは遅い朝食をすませたが、それとてわれわれが想像するような祝いの膳ではなかったであろう。それでも、ともかく新婚カップルとドロシーの三人は、一台の馬車でグラスミアに向かった。これは今で言えば、新婚旅行にあたるのかもしれないが、小姑となったドロシーもついてきていた。二泊三日の旅の途中、ワーズワスは新婦の胸ではなく、妹の胸に抱かれていた、とドロシー自身が『日記』に記している。

気の毒なメアリー！　兄はわたしの胸にもたれて眠ってしまった。わたしはメアリーにもたれていた。長い間じっとしていたが、とうとう動かざるを得なかった。若者が馬を連れて来た後、わたしはとても気分が悪くなり、しばらく不快がつづいた。メアリーも少し気分が悪かったようだが、すぐに快方に向かった。(2)

新婚旅行の途中、ワーズワスは妹の胸にもたれて、気持ちよさそうに眠っていたというが、これではメアリーの気分がよいはずはない。だからドロシーは「気の毒なメアリー」と言ったのだろう。この結婚の実態は、「三人による結婚《メナージュ・ア・トロワ》」に近いものだったと言えるのかもしれない。

二人の結婚後、正確には一八〇七年十月、ダヴ・コティジを訪れたトマス・ディ・クインシーは、ワーズワスとメアリーの夫婦生活について、実にうがった見方をしている。

どのような情熱的意味をもってしても、ワーズワスが恋する人間であったはずはない。しかも、求愛者が情熱的な敬愛を寄せてくれなくても、女は暮らしていけたのである。彼女が本質的に、そういう情熱を相手にたきつける必要がなかったという事実は、注目に値する。(3)

新妻メアリーと詩人との関係は、ともに三十歳であるという事実をさし引いても、かなりクールであったとディ・クインシーは観察している。彼はダヴ・コティジに住む詩人夫妻と、たまたま「何か月か家族同然」の生活を経験する機会を得て、それを確かめることができたのである。

たしかに、新しい家庭を築いたワーズワスは、新妻メアリーとの甘美な愛に溺れるようなことはなかった。とはいえ、これもディ・クインシーの言葉だが、「自分が最終的に選んだ女性と、これほど完全な調和と愛情に基づいた関係に恵まれて生きた人もいまい」との指摘は、すこぶる重要であろう。忖度するまでもなく、幼少期より家庭の喪失者であったワーズワスに、家庭を築くことへの強い願望があったのは明らかであった。そしてそのために、まず彼は妻と妹とともに、故里グラスミアへと回帰を果たしたのである。

一般的に言って詩人は、およそ家庭に馴染みがたく、しばしば円を欠く性向をもつことは珍しいことではないし、ワーズワスにも詩人的エゴイズムが指摘されるけれど、それは破壊的ないし破滅的とまではいえない。むしろ、レースダウン以降の詩人の生活に、自然との対話に基づく精神の根幹がみてとれることから、彼は全人的に、比較的調和のとれた性格へと近づきつつあったと言っていい。その性格の源は、湖水地方でも景観美に秀でたグラスミアに、「定住者《セットラー》」としての基盤をもち、自然を愛し、郷土を愛し、隣人を愛する人びとに訪れる、日常的至福と呼び得る日々の生活に見出すことができる。

そして翌一八〇三年六月十八日に、周囲の者を「驚かせるような出来事[4]」が発生した。別段驚くほどのことではないのだが、バーカーはそう記している。その出来事とは、「すこぶる元気な男子」が生まれたことであって、その誕生が予定日より早過ぎたというので、もしかしてその子の父親はワーズワスではないのではないかと疑われたりした。しかしこれくらいの早産児は、さほど珍しいことではなかろう。またメアリーに限って、不倫を疑われるようなおこないがあったはずはない。その子は聖ヨハネにちなみ、ジョンと名付けられた。

だが、これよりも奇妙かつ不可解なのは、ワーズワス兄妹が、八月中旬、コウルリッジを誘って、一か月もの長期にわたり、スコットランド旅行に出かけたことである。

トマス・ディ・クインシー

メアリーの産後の世話については、彼女の妹ジョアンナと老女モリーにまかせきりだった。この旅行は、妻メアリーに対する静かな思いやりというよりも、むしろワーズワスの詩人的エゴによるものと見做すべきだろう。

スコットランド旅行

ワーズワスがスコットランドの土を踏むのは、友人モンタギューの結婚式以来二度目である。サミュエル・ジョンスンがジェイムズ・ボズウェルと旅行を試みた頃から、その地を訪れる旅人はぼつぼつ見られたものの、まだ一般的にはその数は少なかった。ワーズワス兄妹とコウルリッジの旅は、自前の馬車旅行だった。一行は旅行に先立ち、頑丈な馬一頭と軽装二輪車を購入した。この馬車には三人が座れる座席と荷台があるが、覆屋根は付いていなかった。だがコウルリッジは健康上の理由からか、馬車旅行を好まず、ひとりで歩くことが多かった。国境を越えると、小さな村グレトナ・グリーンである。その村の生活には、湖水地方のそれとは異なる趣きがあると、ドロシーは『スコットランド旅行の思い出』に記している。

グレトナ・グリーンにはみすぼらしい石造りの鍛冶屋があり、後年、未成年であった詩人シェリーが、ハリエットという少女と、鍛冶屋の司式で、結婚式を挙げた場所として有名になる。その村落から、スコットランドの農民詩人として知られるロバート・バーンズの終焉の地ダンフリーズはさほど遠くなく、一行がその町に到着したのは、同日の夕刻九時だった。北国の夏は、その時刻でもまだ十分に明るかった。この町には、バーンズが税務官として七年間を過ごした、あまり立派とは言えないレンガ造りの二階家が残っている。そしてこの家の近くに、聖マイケル教会聖堂があり、その教会墓地の片隅に、十年ほどまえに亡くなったバーンズの墓石があった。本屋の主人の案内で翌朝、ワーズワス兄妹はバーンズの墓に詣でたが、なぜかコウルリッジは同行しなかった。

この墓参の際に、ワーズワスは一片の短詩を書き残している。

ロバート・バーンズ

冷たい土牢から　立ちのぼる霧が
喜悦を空しくする時、
悲しみがバーンズの眠る土から
湧きあがって来る。

君の骨のこんな間近に　やってきても
その姿に接することが　禁じられている。（「バーンズの墓に詣でて」三―八行）

スコットランドの貧農の家に生まれながら、素朴で力強く生命感にあふれ、郷土愛と進歩的な社会理念をもっていた、夭折の詩人バーンズに対して、ワーズワスは出自こそ異なれど、同時代人としての親近感や敬愛の念を抱いてきた。詩人の眠る教会墓地は、北国のあまりにも侘しい場所だっただけに、いっそう哀切な気持ちが詩想となってこみあげてきたのに違いない。

バーンズの墓には今日見るようなばかでかい霊廟はまだなく、粗末な墓石が墓地の片隅にあるだけで、そのかたわらに、亡くなったばかりの息子ウォレスの石も並んでいたのである。この墓参の後、バーンズの家に立ち寄ると、夫人は子供たちを連れて外出中で、若い女中がひとり留守をあずかっていた。

壁は青くきれいに塗られ、暖炉の脇にはマホガニーの机と、その向かい側の窓に面して、置時計が置いてあった。そして机上には、バーンズが贈り物としてもらったという、コターの「土曜の夜」の版画が飾ってあった。室内はこぎれいに調えられ、白く磨かれた石の階段があり、中廊下をはさんで右側に台所、左側に居間があった。二階には詩人の亡くなった部屋があり、その同じ部屋で、父の後を追って、息子のウォレスが死んだのだった。

これはドロシーの『スコットランド旅行の思い出』に記されているバーンズの家の内部の描写である。
旅の始まりの頃、ワーズワスの健康はすぐれず、食事も満足にとれない状態で、鬱々とした気分であったが、ハイランドのロウモンド湖まで来ると、その景観の美しさに見惚れてようやく立ち直った。その湖の近くで、詩人は二人のハイランドの娘に出会った。静かな湖畔には、流れ落ちる滝があり、木陰に抱かれているような静かな小径のわきに、娘たちの家はあった。

ああ　美しい娘たちよ！　天上の輝きを
放ちながら　普段の光の中で　そなたたちを
幻として　わたしは祝福する、わたしは
そなたたちを　人間の心で祝福する。　（「ハイランドの娘に」十五―十八行）

詩人がこの数年、詩作の対象とした女性たちは、「狂った母親」「哀れなスーザン」「サンザシ」の主人公、あるいは「廃屋」のマーガレットなどのような、男性の裏切りや世間の不条理によって運命が狂わされ、不幸な悲劇や暗い影を背負い込む人びとだった。そうした女性像は、主として詩人のゴドウィン的社会認識とか、ヴァロンとの離別による不幸と少なからず結びついていたが、このハイランドの娘たちには、そうした暗い影や悲劇性は微塵も感じられなかった。このワーズワスの詩想の変化の底流に、メアリーとの結婚によってもたらされた情緒的、心理的安定が存在する事実を見逃してはならないであろう。

ロウモンド湖

「西方へ行く」

他方で、痛風の病いから心身の変調をきたしていたコウルリッジは、ロウモンド湖の北端で、馬車旅行を続行するワーズワス兄妹と別れて、ローランドの古都スターリングに向かった。他方、ワーズワス兄妹がハイランドを北上し、美しいグレンコーの峠を経て、キリクランキー峡谷に出たのは、九月八日のことであった。その後九月十一日の夕刻、同じハイランドのカトリン湖から、西方に向かう道を行こうとしていた時、ワーズワスはまた二人の女性に出会った。詩人は後日「西方へ行く」と題する短詩を書くことになるのだが、その詩想はこの娘たちによってもたらされた、境界的啓示を表象していて、この詩には次のような「まえがき」が付けられている。

わたしと旅の連れとは、ある晴れた日の陽の沈んだ後、夕暮れのカトリン湖の脇を通り、この旅行中の数週間前に一度親切な歓待を受けたことのある一軒の家への道をたどっていた。その際、もの寂しい場所の中でもいっそう辺鄙なところで、二人の身なりのよい女性に出会った。そのうちのひとりが、挨拶をしながらこう言った。「ええ？あなたがたは西の方へ行かれるのですか」

この「まえがき」につづく、二十六行ほどの詩は、次のように始まる。

「ええ？　西の方へ行かれるのですか」――「そうです」
このように故里を遠く離れて　見知らぬ土地を
ともにさ迷い歩き、この土地でたまたま
不意の客ともなれば、あまりに
行きあたりばったりなこととなろう。
されど　こうした美しい空模様のしたで　先へと促され、

たとえ家も宿も　何一つなくとも、
誰が立ち止まり、先を進むことをためらうことか。

露に濡れた大地は　暗く冷たい。
振り返り見れば　すべてあたりは暗い。
西の方に向かって　行くことは
天の定めた　運命であるかと思う。
わたしは　女性の挨拶が気に入った。それは
場所や境界を超え　しかも意味のある言葉で、
あの輝かしい領界を　通って旅する
霊的な権利を　与えてくれたように思う。　（「西方へ行く」一—十六行）

この詩はスコットランド旅行中に書かれた秀詩であることはもちろん、ワーズワスのすべての詩の中で、詩想的に重要な位置を占めているといってよいだろう。この作品は、旅の途中で出会った女性との会話から、インスピレーションを得て仕上げられた機会的抒情詩である。その詩想からは、ジョナサン・ワーズワスの指摘にあるように、「境界的イメージ」(5)を読みとることができる。だが同時にジョナサンは、「西方」の境界をあまりキリスト教的に考えるのは誤りだとも言うが、そこに宗教的意識ないしは想念を差しはさまない解釈が成立するだろうか。詩人は西に行くことが、「天の定めた運命」あるいは、「霊的権利」とまで言うのだから、そこに限りなく宗教的想念が表徴されていることは否むべくもなかろう。だがこの詩の最大の魅力は、旅先ハイランドの夕闇迫る「時の場」としての現実と、われらの芭蕉風に言うならば、「虚」の非現実との対比である。この対比が、ワーズワス独自の詩想によって見事に表徴されていることを、見逃してはなるまい。

秀作「ひとり麦刈るおとめ」

この日の夕刻、カトリン湖の北岸を西に向かったワーズワス兄妹は、インヴァスネイドに宿をとり、そこからふたたび折り返し、帰り道は湖の南を通り、翌日レニー峠に出た。ドロシーはその模様を、『日記』に詳しく書き残している。

峠を下ると土地の風景はいっそう肥沃に見え、行く道は変化に富んで美しかった。雑木林や、開けた農場や、農家などを通り過ぎると、いたるところに耕されていない土地があった。今は収穫の季節で、畑は少人数の麦刈る人びとで、静かな中にも（むしろ物想いに沈んだ感じとでも言おうか）生気が感じられた。こんなハイランドの寂しい土地では、ただひとりで麦刈る人を、目にすることは稀ではない。(6)

この妹ドロシーの記述から忖度するならば、ワーズワスが「ひとり麦刈るおとめ」の風景に接したのは、このあたりの土地であったと考えられる。これはスコットランド旅行中に書かれた、最も秀でた抒情的叙景詩の一つである。

ごらん、あの麦畑に　ただひとり
麦刈り　歌うたう、彼方なる
寂しいハイランドのおとめを。
立ち止まるか　さなくば　静かに通り過ぎよ、
おとめは　ただひとり　麦を刈り、束ね
悲しげな歌を　うたっている。
ああ聞け、この深い谷間に

あの歌声が　こだましている。（「ひとり麦刈るおとめ」一―八行）

この秀詩は旅行中に書かれたのではない。詩人は後年、トマス・ウィルキンスンの『英国山岳地方の旅』[7]を手にし、その中の「ひとり麦刈る女のそばを通り過ぎる。彼女は鎌に身をかがめ、ゲール語の歌を唄っていた」との文章に触発されて、このスコットランド旅行中に目にした情景をもとに、作詩におよんだのだろうと解されている。

ところで、この詩を秀作たらしめているのは、単純素朴な詩想や、ハイランドの情景描写の巧みさだけではなく、ワーズワス詩のもう一つの特質である、流麗な言葉の音楽性であることを見落としてはなるまい。この詩の中では「エル」（L）の音が多用されるが、それが物悲しい「エス」（S）の音と対応することによって、見事に詩的音楽が奏でられている。それはあのスコットランドの民族音楽がもつ、風や雲のような流動感、あるいは民族楽器ビューグルがもつ、哀切極まりない美しい響きにも通じるものがある。これはこのスコットランド旅行がもたらした、詩的結実の一つと見做してよいだろう。そしてその詩の底流に、ワーズワス独特の「人間性にともなう悲しい音楽」が、こだましていることもまた見落としてはなるまい。

ウォルター・スコットとの親交

ローランドに出たワーズワスは、その後エディンバラを経て、セルカーク州ラスウェードに住むウォルター・スコットを訪ねた。当時、スコットは州知事を務めながら、幼少の頃から頭の中で荒れ狂っていた考えを吐き出したいという想いにかられて書いたとされる長篇物語詩の『最後の吟遊詩人の歌』を執筆していた。ワーズワスは、彼が前年の一八〇二年に『スコットランド国境地方の民謡詩集』を上梓して以来、多くの批評家から高い評価を与えられていたその詩質に親近感を抱いてきた。

スコットは遠来の客を、わざわざジェッドバラのとある民家に案内し、執筆中の『最後の吟遊詩人の歌』の前半の四巻を、朗々と読んで聞かせた。ワーズワス兄妹はスコットの物語詩の語り口に、いたく感動を受けたのであった。『最後の吟遊詩人の歌』の冒頭はこのように始まる。

道は遠く　風は冷たい、
吟遊詩人は　病み衰え　年老いた。
やつれ果てた頰や　灰色の髪は
かつての華やかなりし日々の　名残りをとどめていた。　（『最後の吟遊詩人の歌』一―四行）

そして詩人らは一夜をともにし、翌日には近くの中世修道院跡や、湖水地方にも似た美しい景観に富む、スコットが愛する散策の道へ案内された。このメルローズで、スコットから受けた心温まる歓待に対し、後日ワーズワスは丁重な礼状をしたためた。

妹と小生は貴兄と共有できた至福の日々のことを、しばしば語りあっております。このようなことは、人生でも滅多に起こることではありません。もし小生が生きておれば、再会の機会もあるかと存じます。それを思うと心が慰められます。スコットランドとイングランドとは、ご存知の通り別国のように見えますが、わたくしどもはまこと隣人に過ぎないのです。(8)

この美しい思い出を抱きながら、ワーズワスは妻メアリーをともない、十年後にふたたび、今回の旅行ではまだ建っていなかったアボッツフォードの、スコットの豪壮な館を訪れることになる。

ウォルター・スコット

青春の旅の終わり

この最初のスコットランド旅行は、ワーズワスに「特別のロマン的悦楽に満ちた休日(9)」をもたらしたが、その旅の終わりも秀逸であった。スコットランドで過ごした最後の日である九月十八日、ワーズワス兄妹はツイード河流域づたいに、クローヴンフォーズに来た。そこから景勝地として名高いヤロー河は、至近の距離にあったが、二人は行かなかった。

わたしたちはヤロー河へ行くことを考えないわけではなかったが、いつか将来の楽しみのために取っておこうという結論に達した。

ドロシーは『スコットランド旅行の思い出』にこのように記しているが、彼らはかつてバーンズの「ヤロー河の河畔」を読んで以来、その峡谷を訪ねてみたいという想いを抱いていた。にもかかわらず、ヤロー河探訪を断念したのは、ワーズワスの意志が強く働いていたためである。

ヤロー河は　見ず知らずにおこう!
そうしなければ　後悔するだろう。
わたしたちはすでに　ヴィジョンをもっている、
ああ何故　それを毀さなければならないのか。　(「訪れざりしヤロー河」四十九―五十二行)

「ヴィジョン」を残したまま、ワーズワス兄妹は一か月あまりのスコットランド旅行を終え、九月二十五日の夕刻、ダヴ・コティジに無事帰った。ドロシーは『日記』に次のように書いている。

メアリーはすっかり健康を回復し、義妹ジョアンナもいてくれた。ジョン坊やは暖炉のわきの揺り籠で、すやすやと眠っていた。(10)

ダヴ・コティジにはふたたび活気が満ち、平和な家庭が蘇った。ワーズワスの青春の旅の終わりが、このように温かな家庭的雰囲気に満たされたことが、一度たりともあっただろうか。詩人が『序曲』で言うように、「定住者」として、故里の自然や生活に、いっそう愛着を深めていくのは、彼の背後にこうした「家庭」が存在したからに他ならなかった。

他方ワーズワス兄妹と離れて、徒歩旅行を続行したコウルリッジは、ハイランド地方からネス湖に出て、さらにそこからエディンバラに南下し、九月十五日、すなわちワーズワスより十日早く、ケジックの自宅に戻った。このスコットランド旅行で、コウルリッジの体力はいくらか回復したものの、宿痾《しゅくあ》の痛風は治るどころか、むしろ悪化する一方だった。この病根を断ち切るには、どこか暖かい地方で療養するしかない。彼は地中海のマルタ島行を、ふたたび考えはじめた。だが彼はこの肉体的不調に加えて、妻セアラとの不和、セアラ・ハッチンスンとの不倫という三重苦をかかえていた。

一八〇二年に締結された英仏間の講和条約は、一八〇三年五月にイギリス側から破棄され、両国間にふたたび戦闘の火ぶたが切られた。ナポレオンはイギリス侵攻を計画し、遠征の大部隊をドーヴァー海峡をへだてたブローニュ地方に集結させ、ヨーロッパに覇権を拡大する勢いに乗って、執政から皇帝の座を獲得した。そしてイギリス侵攻にあたり、彼はバルーンによる大砲の運搬、海底トンネルによる兵員の輸送などの大作戦を立案したと、当時の雑誌は伝えている。

かつて、祖国がフランスに敗退することさえ神に祈ったことのあるワーズワスは、今では愛国主義者に徹し、ナポレオンを憎む反戦歌を書くだけでなく、グラスミアで組織された義勇軍にその名を連ね、義勇軍の軍服まで着用して、週二回挙行された軍事訓練にも参加した。それほどに社会的、個人的に危機感が高まっていたのである。

サー・ジョージ・ボーモント

一八〇三年の暮れ、ワーズワスは未知なる人物から、思いがけない贈り物を受けることになった。その人物とは、レスターシャーの炭鉱主で資産家のサー・ジョージ・ボーモントである。贈り物はケジック近くの千坪ほどの土地だった。『抒情歌謡集』のワーズワスの詩に感銘を受けたボーモントは、詩人への支援を思い立ち、すでに親交のあったコウルリッジを介して、その意志を伝えてきた。ワーズワスはこれまでに、カルバート兄弟から経済的支援を受けたことはあるが、彼らは友人であったので、それを好意的に受け取ることができた。それに対して今回は、見ず知らずの人から、唐突に贈与の意志を伝え聞いたわけで、詩人はそれを即座に受けるわけにもいかず、しばらく躊躇していた。

すると、そんな謙虚さを快く感じたボーモントから、譲渡証書がいきなり送られてきた。正式にワーズワスがそれを承諾したのは二か月後のことだった。その物件とは、ケジックのコウルリッジが仮宿するグレタ・ホールから三キロほど離れたアップルスウェイトの土地で、二つの農地と、二、三の古いコティジから成り、百ポンドほどの価値があると見られた。そこに住居を建てようと、あるいは農作物を作ろうと自由だと言われていたが、ただ問題は、無料で土地を譲り受けたことで、近くに住む友人コウルリッジが気分を害しかねないということである。そのことを気遣ってか、ボーモントは詩人にその土地を譲渡したことを他人にはいっさいもらさず、内密にことを進めた。ボーモントはパトロンであると同時に、自らも絵筆を執り、ロイヤル・アカデミーの夏期の展覧会にも出展するほどの美術の愛好家であり、コンスタブルやベンジャミン・ウェスト、ベンジャミン・ロバート・ヘイドンなどの画家に、これまで気前よく経済的支援をおこなってきた。また、彼は湖水地方に別荘をもち、この景勝地をかねてから愛好してきたという地縁もあった。

「霊魂不滅のオード」

ダヴ・コティジでは、結婚生活の二年目となる一八〇四年の春、妻メアリーが第二子を懐妊したことが分かった。友人コウルリッジとは異なり、心身ともに平穏を取り戻したワーズワスは、相変わらず自己本位のペースで、ほとんど毎朝附近の散策に出かけ、懸案だった『隠修士』の第一部である『序曲』（詩の構想は完全にできあがっていたのではないが）の執筆に精力的に取り組みはじめた。そしてこの『序曲』を、翌年の五月に脱稿した。この前後の期間は、いわば詩人の「驚異の年《アヌス・ミラビリス》」の復活と見做すべきであろう。

この長篇詩創作のかたわら、詩人はトマス・グレーの「逆境へのオード」を範として書いたとされる「義務へのオード」と「霊魂不滅のオード」を完成させるが、ベイトスンはこの年の三月、ワーズワスが心理的に「憂鬱症《メランコリア》」に冒されていたと指摘している[11]。このような指摘は詩人の精神史を時間軸でたどる際に、すこぶる重要ではないかと思う。この頃のイギリスの気候はたいへん身体に悪く、詩人の中には憂鬱症を発症する者が多かったようである。十八世紀ロマン派前期の詩人たちは、グレー、コリンズ、クーパーなど、ほとんどがこの病いに冒されている。そしてこの病気は、気象の変化が激しい春先に罹りやすいものであったのかもしれない。そういう定まらない陽気が、憂鬱や不安の原因となったのであって、ワーズワスの憂鬱症も、家庭内の変化や友人コウルリッジとの軋轢などが心理的要因としてあったものの、その主な原因は当時の気象の不安定性であったに違いない。この症状からの回復は、暖かで快適な陽気が必要なのだが、幸いにして、彼の創作意欲は徐々に高まりはじめていた。

二年まえの三月に執筆が始まった「霊魂不滅のオード」は、次のように始まる。

かつて牧場と、森と、小川と、
大地と、すべての周囲の風景が、
　わたしにとって
　天上の光、夢の中の栄光と
清純に　包まれて見えた時があった。

だが今は　昔日の光景は消え去った。
　どこを振り向いても
　昼でも、夜でも、
かつて見たものを　今は目にすることができない。
（「霊魂不滅のオード」Ⅰ　一―九行）

詩人は幼少期の回想から現在の至福の喪失を、このように唱いあげているが、すでに第7章でも触れたように、同じ時期に「大空に虹を見る時　わたしの心は躍る」で始まる短詩「虹」を書きあげ、幼時の無心に帰る時に、人は自然との合一による至福が得られると唱った。そしてこの「霊魂不滅のオード」の冒頭に、ワーズワスは「虹」の最後の三行を引用したのである。

子供は　大人の父である。
これからの日々も　自然を敬う心によって、
毎日がしっかりと　結ばれていてほしい。
（「虹」八―十行）

すなわちこの三行が、「霊魂不滅のオード」の基盤をなしている。この「霊魂不滅のオード」は全体が十一連二〇五行におよび、一―四連五十七行が第一部、次の五―七連四十九行が第二部、そして最後の八―十一連九十九行が第三部として構成されている。三部構成のうち、第二部の最初の連は二年後の一八〇四年の三月に書き継がれたが、その詩は幼児期の回想からはじめられる。

われらの誕生は　眠りと忘却に過ぎぬ。
われらとともに生まれる魂は　生命の星、

一度どこかに　消え
遠くから　流れてきた星。
忘れ去られることなく、
まったく自然のままにとは言えないが、
ただ栄光の雲をなびかせ、われらは神から
生まれ、神こそ　われらの故里、
天は幼き時に　われらとともにある。
（「霊魂不滅のオード」V　五十八―六十六行）

この部分は、「虹」の詩想の繰り返しと言えるだろう。幼児期に自らを包んでいた「栄光」や「清らかさ」が、成長期に失われてしまうことに対する答えを見つけるのに、詩人は二年の歳月を要したのかもしれない。そしてわれわれの魂が、「流れてきた生命の星」だとする彼の解釈に、プラトン的な「前世説」を当てはめようとする学者もいるが、彼がフェニックに語った『自伝的覚え書』によると、「前世説」を積極的に支持することはなかったようである。それでも「霊魂不滅のオード」のこの部分が、すこぶる曖昧性を残すことは、否むことができないのである。

詩人はこの連の最終部で、ふたたび幼時を回想していて、そこでは「神こそ　われらの故里」、「天は幼き時にわれらとともにある」と、第一部の四連までに表徴されることがなかった「神」と「天国」とを、「虹」の詩以上に明確に顕在化させている。この「神」についても、しばしば異教的解釈が試みられるが、詩人は決して護教家ではないのであって、ここに厳密な神学的解釈を差しはさむのは不当であろう。したがって漠然とした言い方になるが、この「霊魂不滅のオード」を最後まで読めば、ワーズワスがここで言う「神」が、限りなく正統的キリスト教思想に近いことは明白である。人は人生の旅の行程で、経験や知識を重ねるにしたがって、魂に「現実の重荷」（第八連）がのしかかっていくと唱った後、第三部の九連は次のように始まる。

ああ　喜ぶべきかな、われらの残り火にも
生きつづけるものが存在し、
自然は　あんなに儚《はかな》きものを
まだ憶えていてくれるとは！
われらが過去を想うことは
わたしの心に　絶えざる祝福をもたらしてくれる。

（「霊魂不滅のオード」Ⅸ　一三三―一三八行）

人は成長する中で「現実の重荷」を背負っていくのだが、その一方でワーズワスは、過去への回想が「絶えざる祝福をもたらしてくれる」と語り、詩想を内面化させていく。人は歳月を重ねるとともに、その生が「儚きもの」であるとの思いを深めていくが、過去の経験を回想することによって、「生きつづけるもの」、すなわち不滅なるものを再生させることができるのだと詩人は述べる。そして次の第十連において、「再生の生命」に関して哲学的な考察を加えていく。

われわれは悲しむまい。残されたものの
中に、むしろ力を見つけるのだ。
これまで存在し、未来もずっと存在するに
違いない、根本の共感の中に。
人びとの苦しみから生まれる
思いやりの心の中に。
死を通して見る信仰の中に、
哲学的な心をもたらす　歳月の中に、見つけるのだ。

（「霊魂不滅のオード」Ⅹ　一八三―一九〇行）

ここで詩人が言う「根本の共感」とは、先の「虹」の序詩において表徴された自然に対する愛ないしは畏敬を意味するのであって、それゆえ、「これまで存在し」、「未来もずっと存在するに違いない」ものとして疑わない。この詩の核心的思想となるのは、「死を通して見る信仰[12]」の表徴であり、幼時には決して知ることのなかった「哲学的な心」である。この部分は、日本の学者の間ではしばしば曖昧にされるが、キリスト教的教義に基づく、死と再生の思想として捉えなくてはならない。こうした思想を、ワーズワスの詩的衰退の始まりと見做す批評家が多いことも事実だが、それはむしろ詩人の思想的成熟と評価されるべきであろう。

しばしば指摘されるように、ワーズワスのキリスト教思想に、自然愛ないし自然への畏敬という、その正統的な思想からの逸脱が見られたことも事実である。だが、その逸脱に過剰に反応することは誤りであろう。「霊魂不滅のオード」の最終連は、これまでのワーズワスの詩と同様に、自然愛の表象によって結ばれる。

泉よ、牧場よ、丘よ、森よ、自然への愛が
引き裂かれるなどと　予知を抱かせないでおくれ。
わたしは心の奥底で　自然の力を感じる。
……
生きるよすがとなる　人の心や、
優しさや、喜びや、怖れのおかげで、
わたしは　つつましい一本の花にさえ、
涙も出ないほどの深い感動を　しばしば覚えるのだ。
（「霊魂不滅のオード」XI　一九一―二〇五行）

この終結部は、不要な部分として軽視される傾向があるのも事実である。たしかに、詩人の正統的なキリスト教思想はふたたび自然愛という曖昧性の霧の中に包み込まれるかに見える。また、この自然愛にアニミズム的ことはあってはならないと願い、「一本の花」に深い感動を寄せるにいたる詩想の終結部が、限りなく普遍性を帯びたキリスト教正統思想に収束するものと考えることに異議をとなえる必要はなかろう。

『序曲』の完成

一八〇四年の春、ワーズワスは憂鬱症になりながらも、「霊魂不滅のオード」を完成させ、さらに『序曲』第五巻を意欲的に書きつづけたのに対し、友人コウルリッジは宿痾の治療のため、四月九日にポーツマスから、地中海のマルタ島へ、スピードウェル号で出港した。

同じ頃ワーズワスは、ケジックに滞在していたサー・ジョージ・ボーモントと、初めて会することとなった。彼は先頃、スキドウ山麓のアップルスウェイトの土地を、ワーズワスに提供することを申し出た人物であった。だが、その土地に家を建てるだけの経済的ゆとりは、結婚したばかりの詩人にはなかった。ちなみにボーモントは、コウルリッジにも転地療養のために一〇〇ポンドを贈っていた。

コウルリッジがケジックにある自宅を留守にする間、心優しい詩人は、二人の子供の世話に明け暮れるコウルリッジ夫人を気遣い、妹ドロシーとともに幾度も彼女を訪ねることを怠らなかった。そして八月十三日、妊娠中であったメアリーが、長女ドロシーを無事出産した。その洗礼名は、叔母にあたるドロシーと同じであるため、「ドーラ」の愛称で呼ばれるようになった。父親である詩人は、自分の子供たちの中で誰よりもドーラを生涯慈しんだように見える。ボーモント夫人が、ドーラの洗礼式に贈った祝金を基に、ダヴ・コティジの裏庭に数本の木が植えられ、それは「ドーラの立ち木」と名付けられた。

ところで、コウルリッジが転地療養に訪れたマルタ島は、一八〇〇年以降、フランスとの戦争に勝利したイギリスの保護領となり、サー・アレグザンダー・ボールが長官を務めていた。コウルリッジはその長官の知遇を得て、彼の秘書官として雇われた。ボールはコウルリッジの才能に好感を寄せていたが、彼は元来円を欠く人物であり、秘書官の職務には適していなかった。したがって翌一八〇五年八月にはコウルリッジはマルタ島を去り、その後シチリア島、さらにローマに移り、一八〇六年八月には病状もそれほどよくならないまま帰国した。

コウルリッジがマルタ島に行く際に、ワーズワスは先の「霊魂不滅のオード」と『序曲』の五巻までを妻と妹に清書させ、彼に渡した。第7章でも述べたように、『序曲』第一巻から第三巻（「幼少期と学校時代」「学校時代」「ケンブリッジ大学の生活」）までは、これまで断続的に書き継がれていた。以上の三巻で二〇〇〇行あまりの分量になるが、その後は『抒情歌謡集』の改訂などの仕事に追われ、『序曲』執筆は中断されたままになっていた。だが詩人は一八〇四年の春、再度の「驚異の年」とも言うべき豊穣な創作期を迎え、この年のうちに第四巻から第八巻（「夏休暇」「書物」「ケンブリッジ生活とアルプス旅行」「ロンドン滞在」「回想」）まで、およそ三四五〇行を書きあげた。そして第九巻から第十三巻（「フランスでの生活」「フランス革命」「想像力」「同じ主題」「終結部」）までの約三二〇〇行を、一八〇五年五月に脱稿したのである。

コウルリッジとともに構想した叙事詩、ないしは哲学詩（詩人はしばしば後者を用いている）『隠修士』を、ワーズワスが単独で執筆することとなった経緯については、すでに触れた通りであるが、その三部構成のうちで第一部となる『序曲』は、「柱廊のある玄関」として、やや重要性の低い作品と位置づけられた。ワーズワスは当初より、「この詩は今後長年にわたって出版されることがないでしょう」と、友人ランガム宛の書簡で伝えていた。

ワーズワスは、あくまで「自然」「人間」「社会」を主題とする『逍遥』（第二部）と『隠修士』（第三部）を重視して、自伝的な『序曲』をもって世に詩人として認めてもらおうとは考えていなかった。そしてその意図はかたくなに貫かれ、『序曲』は彼の存命中、陽の目を見ることはなかったのである。

一八〇四年四月に執筆が再開された『序曲』は、第四巻から始まって第十三巻までつづき、ほぼ時間軸にそう形で、詩人の生活とその思想的発展について物語っている。そこでは、セント・ジョンズ・コレッジでの生活や、友人ジョーンズとの大陸旅行、フランスでの暮らしなど、詩人の来歴が細かに描写されている。他方、第八巻では「人間愛に導かれる自然愛」、第十一巻から第十三巻までは「想像力がいかにそこなわれ、また回復したか」

について瞑想され、克明に物語られている。この第八巻以降は、彼の精神史のいわば「柱廊」にあたると言ってよい。

『序曲』の大半を占めるのは、言うまでもなく幼少期から青年期にかけての個人史であり、それらは詩人の驚くべき記憶力と想像力によって、生々しく描き出され、幻想的とも言える美しい形象に彩られている。このような詩人の過去への回想は、「時の場」と呼ばれる特別の象徴的な場を描出することで、読者を詩的世界へと引き込んでいる。そして、父と母、妹ドロシー、友人コウルリッジなど、詩人を支えてくれた人びととの精神的な絆が強調されるが、フランスでのアンネット・ヴァロンとの出会いと情交については、直接的にはいっさい触れられていない。

この自伝詩を出版する意志が詩人になかったことは先に述べた通りだが、にもかかわらずヴァロンとの恋の顛末を、「ヴォードラクールとジュリア」という物語詩で置き換えていることは、真実の探求を旨とするワーズワスにとって、「消極的姿勢」と見做されても仕方ないであろう。詩人は、過去の他人にはあまり知られたくない事実を、直接的には触れずに、虚構の物語で置き換えているのである。『序曲』のこの部分を、アーノルドは「駄作」(13)と評したが、ここはむしろ、作品的な「瑕疵」だと言うべきであろう。さらに言うならば、ここは彼の良心と関連づけて論ずべき箇所である。

『序曲』の詩想

この自伝詩の根幹をなす詩想は、自然との対話に基づく、自然の受容とそれとの共生、そして究極的には自然美との合一による永遠性の認識、すなわち神に対する信仰告白である。この詩想は、むろん『序曲』のみに認められるものではなく、彼の初期の詩篇から、『抒情歌謡集』改訂版までの、多くの作品を貫いていることは、今更繰り返すまでもない。

詩人がかつて好んで大陸諸国を彷徨した事実は、『序曲』でも触れられているが、彼の自然との対話の場が、主としてイングランドの湖水地方の「ピクチャレスク」そのものというべき美しい土地であったこと抜きにしては考えられない。この湖水地方は、今では「ワーズワスの愛した地方」と名付けられるほどであって、その地方的景観は、『序曲』などに表われている、彼の自然に対する限りない愛情と感受性とによって、いっそう聖化されたとさえ言えるのだ。そしてつまるところ、そうした信仰に基づく自然美の聖化は、ワーズワスの簡潔にして素朴、なおかつ繊細にして力強い詩的表現によるのである。また、友人コウルリッジ、サウジー、あるいはディ・クインシー、フェリシア・ヘマンズ、さらにはスコットや、後年のアルフレッド・テニスン、ジョン・ラスキンなど、数多くの詩人・文人たちも、この地方の湖や谷あいの美しい風光に執着したことを付け加えておこう。

ワーズワスの『序曲』で描出される自然との対話においては、湖水地方の羊飼いの存在の重要性を指摘しなければならない。彼にとって、羊飼いはある種自然そのものの存在であり、自然からの賜物でもあった。「人間愛に導かれる自然愛」を唱う『序曲』第八巻において、ワーズワスはこのように述べている。

　　わたしが最初に
人間愛を経験したのは、先にも述べたように、
その仕事や関心事が　自然によって最も彩られ、
飾り立てられている　人びとで、
羊飼いこそが　わたしを最初に喜ばせてくれた人たちであった。（『序曲』第八巻　一七八―一八二行）

湖水地方で先祖代々つづいてきた、およそ贅沢とは縁遠いが、簡素にして力強い羊飼いの生活に、その自然にふさわしい美を、ワーズワスは感じたのである。生まれ育った土地を愛し、その土地で生活の糧を得て簡素な生活を送る人間こそが、最も幸せである、と言ったのはポープであった。ワーズワスは、詩的想像に適した恵まれた風土を故里にもち、そこに生きる羊飼いの生活に、真の人間らしさを見出した。このことは、彼が「田園詩《パストラル》」

と名付けた、人間愛に満ちあふれた羊飼い一家の物語「マイケル」を想起すれば十分に理解できるであろう。

こうした詩人の詩想による、自然愛から人間愛への発展の過程において、次に指摘しておかなくてはならないのは、一度は「空虚な都市」と呼んだことのあるロンドンというメトロポリスを、「わたしを教育してくれた」と肯定的に評価している事実である。「空虚」で軽佻浮薄とのかつての認識は、単に外面的表象に翻弄されていた結果生まれたものに過ぎなかった。その認識は改められ、ロンドンは、今では「生きた精神に大きな働きをもたらす」都市だと評価される。

　　そして今、ロンドンが
聖なるものであったと、ようやくわたしは
想いいたすのだ。　（『序曲』第八巻　七〇八—七一〇行）

このように、大都会ロンドンの文明社会を、単に自然との二項対立で捉えるのではなく、総体的に人間主義の立場から、包摂できることに詩人は気づいたのである。

　　それは想えば
わが国の運命と　地球そのものの運命の泉、
偉大な商都、同時に年代を刻む記録、
情熱の墓場、また同時に壮麗な住み処《か》、
そうした中心的な生活を営む場。　（『序曲』第八巻　七四六—七五〇行）

この部分だけを見ると、彼の歴史認識は視野がやや狭いと感じられなくもないが、すぐその後で、イギリスの文明や歴史がギリシャやローマほど「華やかでも高潔でもない」事実を認めるのであって、その認識に大きなずれがあるとは言えまい。
しかし、ワーズワスが自然愛から人間主義へと詩想を変化させたと言っても、この巻の掉尾にあるように、完全に人間主義に移行したわけではない。

人間愛への重みは、
急に増大してきたと言っても、あの大自然の
事物が盛られた秤《はかり》とくらべれば　まだ軽かった。
（『序曲』第八巻　八六八―八七〇行）

これはワーズワスの率直な想いであろう。この自然愛が、のちにキリスト教の正統的信仰に基づく宗教想念へとつながっていくわけだが、その間には多少の逸脱もあった。フランス革命の時代における彼の思想は、明らかに政治主義に傾いていたのであり、それは宗教想念とはほど遠いものだった。だが、そのような思想的なぶれは、コウルリッジとの出会いによってしだいに解消されていった。その精神的過程が、第十巻の巻末で語られる。

わたしは何ら躊躇することなく
自分の思索を　押し進めた。そうだ、大自然の
最も聖なる奥処に　足を踏み入れたのだ。
（『序曲』第十巻　八七六―八七八行）

このようにワーズワスは、友人コウルリッジからの啓発によってもたらされた精神的覚醒を回想する。その友人は、最初はゴドウィン主義とユニタリアン神学のかたくなな信奉者であったし、ワーズワスの関心もそれと同じようなものであったことはすでに触れた通りである。だが青春の「嵐の時代」は終わった。詩人は「自然の奥

処」に精神を傾注するが、その時にもはや知識や理性にたよることはなかった。

自然からは感動が生まれる。そして静寂の
気持ちも　同じように自然の賜物である。
それは　自然の栄光、これら二つの属性は、
自然の力を構成する　双方の角である。　（『序曲』第十二巻　一―四行）

ワーズワスにとって、このような自然と人間の相互関係を支えているのは、想像力であった。コウルリッジは、想像力の本質的能力について彼に示唆を与えたのだが、両者の想像力に関する見解は微妙に異なっていた。コウルリッジは、想像力を理論的に「形成し変容させる能力」と考えたが、ワーズワスは、より倫理的に、人間と自然とを永遠の相において結びつける本質的能力、ないしは思想の根幹と考えた。そして、自然こそが想像力を宿す場所であると、『序曲』の最終巻で結論づける。ここにワーズワス独自の形而上学を読みとることができる。彼にとって、想像力の回復は、自然の存在なしには考えられなかった。ワーズワスはそのことを、ウェールズのスノードン登頂の際に体験した「時の場」と呼ばれる体験で感知したのである。

その普遍的な光景こそ　隈なく
賞讃と歓喜とを　形成していた。
……
その自然は　魂と
全体を所有する想像力とを宿していた。　（『序曲』第十三巻　六十―六十五行）

自然は「普遍的な光景」を内包しており、人はその自然との対話を通じて永遠の存在である神と一体化することが可能となるのである。そして、自然と神と人間との三者を一つに結びつけるものが想像力である、とワーズワスは考えた。したがって、彼にとっての想像力とは詩想の根幹をなす本質的な能力に他ならず、理性ないしは知性による認識能力の限界を超えるものであった。

そして『序曲』の最終巻で、ワーズワスは自らの半生を回想して、次のように述べている。

　ここにおいて、愛から
われわれは始まり、終わり、すべての
壮麗なもの、すべての真も美も始まる。
それが失われれば　人は塵芥《ちりあくた》に過ぎない。　（『序曲』第十三巻　一五〇—一五三行）

ここで彼が言う「愛」とは、真も美もすべてを含みこんでいるが、それらは「想像力なしには存在しない」（一六七行）と結論づけられる。

だが『序曲』の全巻に一貫する自然との対話、ないし自然愛の思想には、主としてイギリスの湖水地方が深く関わっている。ワーズワスの詩想が、彼の故里であり生活拠点である湖水地方に根ざしているのも当然であろう。同じように大陸の周辺に位置する島国で暮らすわれわれ日本人からすれば、ワーズワスがとくに湖水地方という土地に普遍性を見出したのも共感し得ることであって、この「哲学的自伝」に近い『序曲』のもつ今日的意義はたいへん大きいのである。

弟ジョンの死

ワーズワスは、この『序曲』の最終巻を執筆中に突然、家庭的な悲運に見舞われた。それは弟ジョンを襲った海難事故であり、詩人はその第十三巻に「胸を突き刺すような悲しみ」として、その不慮の死を悼んでいる。そして最後にこの『序曲』を締めくくるにあたって、ワーズワスはこれまでのコウルリッジとの交わりによる美しい幸福な過去を回想しつつ、この哲学詩が友人への心からの贈り物であるという言葉で結んで、

神意によって　恵みが与えられ
人類の救済という　たしかに来たるべき仕事に、
堅く信頼し、ともに従事することができれば、（『序曲』第十三巻　四三九―四四一行）

と語りかけている。二人が構想してから数年の歳月が過ぎようとしている『隠修士』全巻の完成を、いまは音信さえ途絶えがちなコウルリッジに呼びかけたのである。

この最終章で述べられている弟ジョンの死は、一八〇五年二月五日、イギリス南部のウェイマス沖で嵐に巻き込まれた東インド会社のアバゲイヴニー号の沈没事故によってもたらされた。その船長を務めていたジョンは、乗組員たちがボートで避難するのを見届けるために、最後まで甲板にとどまり、沈みゆく船とともに、冬の嵐の中で壮絶な死を遂げたという。「御心がおこなわれますように」と口にしたのが、彼の最後の言葉だったと伝えられる。

ジョンの訃報は翌二月六日、ロンドンにいる兄リチャードのもとに届けられ、数日後にその知らせは手紙でダヴ・コティジに寄せられた。兄弟の中でただひとり大学に進学せず、双従兄弟のロビンスンの推挙を得て、東インド会社の船乗りとなったジョンを、詩人は兄弟の誰よりも慈しんできた。弟ジョンもまた、詩人である兄ウィリアムの人柄と才能を敬愛し、兄が後顧の憂いなく創作活動に専念できるようにと、東洋への航海によって得られる多額の配当金の中から、かなりの金額を兄のために積み立ててきたのであった。そして意中の女性セアラ・ハッチンスンとの、グラスミアでの結婚生活を夢見て、自分の生活資金も蓄えていた。当時、東インド会社から

船長のジョンには、一航海ごとに五〇〇ギニーの報酬が支払われたので、彼はすでに数千ポンドの蓄えをもっていたと推定される。

季節は巡り、長く暗い冬が去ると、やがて新緑の五月が来て、ワーズワスは『序曲』の全巻を脱稿した。そして初秋の八月、二年まえのスコットランド旅行の際に、温かく接待してくれたウォルター・スコットを、客人として自宅に迎えた。当時すでにスコットは歩行が不自由であったが、サウジーら数人の詩人たちを交え、湖水地方の景勝地を精力的かつ愉快に歩きまわった。そして十月には、『抒情歌謡集』改訂版の増刷（五〇〇部）が、ロングマン社から伝えられたが、ワーズワスはそれにほとんど手を加えることをしなかった。『序曲』脱稿後の詩人の創作上の関心は、二巻本となる詩集の執筆に移っていた。その間に『荷馬車曳き』のような物語詩を書いているが、本人にとって会心の作とは言えなかった。

この一八〇五年十月には、イギリス史上忘れることのできない勝利と悲劇とが、同時にもたらされた。イギリス制覇を試みて、大軍を送り込もうとしたナポレオンの艦隊を、イギリス海軍はスペイン沖のトラファルガル海戦で撃破したが、指揮官のホレーショ・ネルスンを失ってしまった。多くの国民は、海戦の勝利そのものよりも、海の英雄の壮絶な死に、哀切の涙を流したと伝えられるが、ダヴ・コテイジのドロシーも、そのひとりだった。ワーズワスはその際に、「幸せなる戦士の性格」と題する詩を書いているが、そこではネルスンの死を悼みつつも、かならずしも彼を英雄とは見做していない。このワーズワスの感覚は、当時の常識とはかけ離れていただろうが、むしろ道徳的には妥当性が認められるだろう。

アバゲイヴニー号

ロンドンへ

大陸におけるナポレオンの軍事的制覇は、近隣のイタリア、オーストリア、プロイセンの諸国におよび、さらにオランダまで支配下におさめ、その勢いはとどまることを知らなかった。かつて祖国の敗戦を神にさえ祈ったことがあった十年まえと違い、ワーズワスはその後も、ナポレオンの侵攻に備えて、グラスミアで結成された義勇軍の訓練に自ら進んで参加していた。

翌一八〇六年三月末、ワーズワスはロンドンへ単身旅立った。彼はそこで、ラム姉弟、モンタギュー、ゴドウィンその他二、三の友人たちとの旧交を温め、他方で、かつて『抒情歌謡集』の改訂版を贈ったことのあるチャールズ・フォックスの晩餐会にも出席したりした。フォックスは当時の内閣で外務大臣の重責を担う政治家であり、ワーズワスが晩餐会へ招かれたのは、友人サミュエル・ロージャーズの仲介によるものだった。

ホレーショ・ネルスン

その夜、フォックスは彼を捉まえ、「ワーズワス君、貴君に会えて嬉しく思います。ぼくは貴君の党派の人間ではないがね」と言葉をかけた。フォックスはワーズワスを自分よりも急進派の人物と認識していたが、彼はすでに保守主義に傾斜していたのであった。だが彼はそのことよりも、自分の詩集のことを相手が忘れていなかったことに気分をよくした。

晩餐会のホステスで、すべてにおいて派手好みだったフォックス夫人にふさわしく、そこにはきらびやかな貴顕の紳士淑女たちが多数集まった。ワーズワスも燕尾服を着用し、香りのよい髪粉で整髪し、大いに社交性を発揮した。普段は湖水地方に隠棲する詩人ではあったが、機会を得れば、見違えるほど立派に振舞う才覚をもっていたのである。

このロンドン滞在中、ワーズワスはピカデリー街にあるロイヤル・アカデミーが毎年開催する、夏期の展覧会を観に出かけた。そもそも今回の旅行は、友人のボーモントが、その展覧会に自分の絵を出展していたために、招待状を贈ってくれたことがきっかけであった。絵は『嵐の中に佇むピール城』と題し、暗い嵐の中で、なかば崩れかかった古城に、荒々しい海の白波が砕け散る風景が描かれていたが、彼はその絵に接して、ふたたび弟ジョンの悲運の死を想い浮かべ、「哀悼詩」を書きあげた。

何物をも取り戻すことはならず、
深い悲しみだけが　わたしの魂を人間らしくしてくれた。　（「哀悼詩」三十五―三十六行）

ボーモントの絵は率直にいって、アマチュア画家の域にとどまる凡百の作に過ぎなかったが、白波が砕ける嵐の情景そのものは、詩人に弟の死を思い出させただけでなく、彼の「魂を人間らしくしてくれた」のであって、六十行の「哀悼詩」を書かせる動機を与えるには十分だった。この二か月あまりにわたるロンドン滞在は、幼い子供たちによって掻き乱されるダヴ・コティジでの生活を、一時的に忘れさせてくれるものであり、そのつかの間の幸せを、詩人はたっぷり味わうことができた。

ワーズワスは『隠修士』の本体部分となる第二部の創作意欲をあらたにしながら、上機嫌で五月二十五日、グラスミアの自宅に戻った。だがダヴ・コティジは以前にも増して、非生産的な「カオス状態」[14]に陥っていた。妻メアリーは第三子をすでに懐妊し、臨月が迫って身動きもままならず、メアリーの妹セアラとドロシーは家事の手伝いに忙しく働いた。やがて六月十五日、男子が誕生し、その児はトマスと名付けられた。

『嵐の中に佇むピール城』

この前後からワーズワス家に住み込み、一家にとって欠かせない存在となっていたのがセアラで、彼女もまたワーズワスの讃仰者であった。一時彼女に深い想いを寄せていたコウルリッジは、彼女がワーズワスと情を通じていると邪推したこともあったが、それは病的妄想と言うよりない。

注

（1）*Dorothy Wordsworth, Journals of Dorothy Wordsworth Vol. 1* (London: Macmillan & Co. Ltd., 1941), 176.

（2）*Ibid.*, 181.

（3）Thomas De Quincey, *Recollections of the Lakes and the Lake Poets* (Edinburgh: Adam and Charles Black, 1862), 188.

（4）Juliet Barker, *Wordsworth: A Life* (New York: Ecco, 2005), 218.

（5）Jonathan Wordsworth, *William Wordsworth: The Borders of Vision* (Oxford: Clarendon Press, 1982), 19.

（6）Dorothy Wordsworth, *Ibid.*, 380.

（7）Thomas Wilkinson, *Tours to the British Mountains, with the Descriptive Poems of Lowther, and Emont Vale* (London, 1824).

（8）*The Early Letters of Dorothy Wordsworth*, 413.

（9）Mary Moorman, *William Wordsworth: A Biography: The Early Years, 1770-1803* (Oxford : Clarendon Press, 1957), 597.

（10）Dorothy Wordsworth, *Ibid.*, 468.

（11）F. W. Bateson, *Wordsworth: A Re-interpretation* (London: Longman, 1954), 161.

（12）「死を通して見る信仰」―― 'through death' は、より明確な意味で言うと「十字架の上のキリストの死」である。

（13）Matthew Arnold, *Essays in Criticism* (London: Macmillan, 1865), 363.

（14）Juliet Barker, *Ibid.*, 249.

9
『二巻詩集』と漂流する家と友

ワーズワス（1839）

ダヴ・コティジのワーズワス一家は、三人の子供がつぎつぎと誕生したことによって大所帯となった。コティジは手狭になり、そのうえメアリーの産後の状態も思わしくなかったので、いずれもっと手広く快適に暮らせる家に移ることを考えねばならない情況に追い込まれていた。そんな折に、友人のサー・ジョージ・ボーモントが、レスターシャーの片田舎コルオートンに新居を建てるので、そこに以前からあるホール・ファームをしばらく貸してもよいと伝えてきた。

ワーズワス一家はその厚意を受け、一八〇六年十月末、粗末な軽装四輪馬車を雇い、その冬をコルオートンで過ごす用意をととのえて出立した。三日間のすこぶる不快な悪路の旅で、幼い子供たちはすっかり疲れはて、メアリーも体調をそこない、セアラは絶えず歯痛に悩まされつづけた。ボーモント家はレスターシャー地方の炭鉱主で、十六世紀からつづく名家である。屋敷の近くにも鉱山が散らばっていたから、附近の景観は湖水地方のような自然美には恵まれていなかったものの、広い農場に接するホール・ファームでの暮らしは快適だった。ボーモントの厚意に甘え、ワーズワス一家は、ひと冬の予定をのばして、翌年の六月まで滞在することになった。

コルオートン到着早々、ワーズワスは広い邸内の敷地に、「冬庭園《ウィンター・ガーデン》」を造園することをボーモント夫妻から頼まれた。彼に造園の趣味があることを、夫妻はダヴ・コティジの裏庭の作例から知っていたのであろう。その冬庭園の設計にあたって、ワーズワスは素人ながら、はっきりとした造園美学をもっていた。十八世紀のイギリスでは、イタリア風の左右対称な庭園、フランス風の幾何学様式の庭園、装飾的に刈り込んだトピアリと呼ばれる庭園などが流行っていたが、ワーズワスはそうしたエキゾチックな庭園を嫌った。自然をあくまで自然のままに保つ庭園が、彼の理想であり、その点ではポープやケイパビリティ・ブラウンの風景庭園と同じような考えである。詩人はこのように言う。

土地のレイアウトは、ある意味では、詩や絵画同様、リベラル・アートと考えられるかもしれません。すべてのリベラル・アートのように、その目的は自然が情感を動かす力となることであり、またそうすべきものでしょう。(1)

ワーズワスにとって、自然美そのものが基本であって、その理念に基づいて設計された冬庭園には、常緑樹を中心に、ハシバミ、スイカズラ、サンザシ、野バラ、ヒイラギなどが植え込まれた。それらはすべてイギリスに自生する灌木類であり、詩人の隠棲趣味にかなう空間をつくり出す樹木である。その冬庭園には、荒涼寒々とした陰鬱な雰囲気を感じさせないように、そして遠くの景観を眺望できるように、低木の生垣の囲いが設けられていた。ワーズワスの自然尊重主義《ナチュリズム》は、単なる抽象的な思想ではなく、現実体験と深く結びついているのであり、その点ではあくまでイギリス的であった。

『二巻詩集』の出版

一時的にせよ、レスターシャーに居心地のよい住まいを得たワーズワスは、『二巻詩集』と呼ぶ新しい仕事に取りかかることとなった。出版社は『抒情歌謡集』と同じように、ロンドンのロングマン社である。当初、版元側は一巻の詩集を想定していたが、収められる詩篇の数が多いために、『二巻詩集』へと変更された。新詩集は、これまでのワーズワスの作品と異なり、詩篇を内容に基づいてグループ分けし、第一巻を「果樹園の小径《こみち》」「主として徒歩旅行中に書ける詩」「ソネット集」「自由に捧げるソネット」、第二巻を「スコットランド旅行で書ける詩」「わが心わが想い」「盲目のハイランドの少年および他の詩」とした。

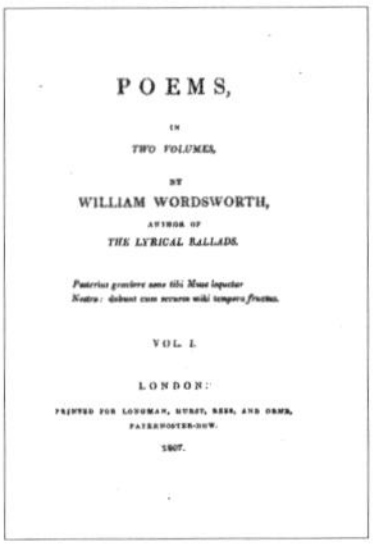
POEMS,
IN
TWO VOLUMES,
BY
WILLIAM WORDSWORTH,
AUTHOR OF
THE LYRICAL BALLADS.

Posterius graviore sono tibi Musa loquetur
Nostra: dabunt cum securos mihi tempora fructus.

VOL. I.

LONDON:
PRINTED FOR LONGMAN, HURST, REES, AND ORME,
PATERNOSTER-ROW.
1807.

『二巻詩集』初版（1807）扉

この『二巻詩集』をスティーヴン・ギルは、「十七世紀以来で最も独創的かつ多量で変化に富む抒情詩集[2]」と評価している。ワーズワスは長篇哲学詩『序曲』をすでに脱稿していたが、その長篇詩を刊行する意志はなかった。その代わり、『抒情歌謡集』の改訂以降に書きためてきた多数の抒情詩をまとめて『二巻詩集』として発表したことについては、ワーズワスなりの現実的判断があったようである。先の『抒情歌謡集』がすでに四版まで増刷されたという実績は、詩人の自信につながっていたに違いないだろう。また、この時期はメアリー・ロビンスンら女性詩人たちの台頭がめざましく、彼女らの抒情詩や物語詩が読者たちから圧倒的支持を得ていたという情況にも、彼は注意を向けていたと思われる。あるいはスコットランドの詩友、ウォルター・スコットの『最後の吟遊詩人の歌』が、空前の人気を博している事実などにも、ワーズワスは詩想を動かされたと考えてよいだろう。

この新しい詩集には、これまでほとんど発表したことのないソネットが、五十数篇も収録されたのだが、それはワーズワスが、シャーロット・スミスらによるソネットの復興を敏感に察知していたからであった。その結果、『二巻詩集』はこれらのソネット群が大きな特徴となり、当時の批評家たちからも例外なく高い評価を得ている。『二巻詩集』の巻頭を飾る「果樹園の小径」と題された詩群は、自然との対話を重視する作品で構成されているが、その中で最も倫理的な作品は「義務へのオード」である。この詩が道徳家の訓戒に終始するのではなく、むしろ諦念を主題としているところに、詩人の思想的成熟を見出さなくてはならないだろう。ワーズワスは自然と対話をしながら、孤独に自らを置き、人間が背負う「秘義の重荷」の意味について考える。彼は人として何をなすべきかを自問しつつ、「義務」を「厳しき立法者」と規定する。だがその「立法者」の顔は決して冷酷非情ではなく、「神の優しい慈愛」に満ちた美しいものと表象される。

おまえの顔に浮かぶ　微笑ほど
美しいものを　われわれは知らない。
花園に咲く花たちは　おまえのまえに微笑えみ
その花の香りが　おまえの足どりを追う。
（「義務へのオード」四十三―四十六行）

自然を「賢く受容し」、「自然を師とせよ」と、『抒情歌謡集』で強調したワーズワスは、今も自然との対話を継続しながら、「義務」の力に「われわれを過ちに陥らすことのない」愛と美の光を見出すのである。そして、詩人はキリスト教思想の根源にある秘義としての、「自己犠牲」に限りなく近づいていく。

つつましく賢く　造られたわたしに
自己犠牲の精神を　お与えください、
理性に基づく確信を　お与えください、
真理の光の中で　わたしを召使として生かさせてください！　（「義務へのオード」五十三―五十六行）

詩人はこのように、「義務へのオード」を締めくくっている。この詩の主題は、『隠修士』の詩想と極めて近しいものであって、先にも言ったように宗教的想念に基づいていると結論づけてよいだろう。彼が重視してきた自然美や自然愛は、人はいかに生き、なにを為すべきかという問いと結びつくが、それがここではキリスト教的な「自己犠牲の精神」へと結実していることに、ワーズワスの詩想の深化を読みとらなくてはならない。

この「果樹園の小径」につづく、第二の詩群である「主として徒歩旅行中に書ける詩」は、全部で五篇のみであるが、その中で最も重要なのが、「決意と自立」と題する一四七行の作品である。この詩が、妹ドロシーと散策中に、スコットランドから来たという蛭取りの老人と出会ったことがきっかけで書かれたことは、すでに第七章において述べた。この作品の題名は、当初は「蛭取り老人」であったが、その後、詩稿に手が加えられ、『二巻詩集』に収められる際に、先の題に改められたのであった。

詩人はアンネット・ヴァロンとの出会いと女児の誕生によって、出し抜けに自立と自活の必要に迫られ、その後レースダウンでもグラスミアでも、その情況は変わらなかった。そして、この詩を書いた一八〇二年には、メアリー・ハッチンスンとの結婚を控えていたために、自立の課題はよりいっそう現実味を帯びていたはずである。蛭取り老人との出会いは、その矢先の出来事であった。

その男のからだのすべてが　夢の中で
出会った人のように　思われた。

あるいは　人としての力と　力強い訓戒とを
わたしに与えるために　はるか遠くの国から　送られて来た人のように。
（「決意と自立」一〇九―一一二行）

ワーズワスが現実に「人として強く生きる力」を、これほど直接的に見せつけられた「時の場」はそれまでになかったし、目のまえの他者の姿から「決意と自立」の精神を叩き込まれる機会もなかった。言うまでもなく、この詩には深遠な哲学思想は存在しないが、詩人の精神史上で、この詩が重要な意味をもっていることは、すでに多くの評家の指摘からも明らかである。

つづく「ソネット集」には二十篇のソネット集が収められている。ワーズワスがソネット形式の作品を公にしたのは、この詩集が最初であった。ワーズワスの詩集に対して、総じて否定的見解を示したことで有名なフランシス・ジェフリーも、『エディンバラ・レヴュー』の批評で、この『二巻詩集』のソネットは絶品であるとして、珍しく賞讃を惜しまなかった(3)。

『二巻詩集』の構成と詩想

「ソネット集」に収められた二十篇のソネットは、ほとんど一八〇二年から一八〇三年にかけて書かれた作品である。その詩想は多岐にわたるが、中でもアネット・ヴァロンとの再会の前後に書かれたソネットは、ことのほか興味深い。彼女が直面していた厳しい現実を目にして、詩人は動揺したのだろうか、これまでに見せたことのないような、意外な心情が吐露される。次の詩からは、不条理な現実生活に対する彼の曲折した感情が読みとれよう。

世の中は　煩わしいことが多過ぎる。
朝から晩まで　糊口をしのぐために精力を使い果たし、

フランシス・ジェフリー

われわれは周りの自然にも　目がいかない。
われわれは　自分の心を見失い　賤しい成功を求めている！　（「ソネット十八番」一―四行）

この『二巻詩集』の第一巻の掉尾には、二十六篇の「自由に捧げるソネット」と題するソネット群がある。「ナポレオンを嘆く」と題する詩をはじめ、それらのソネットの主題は総じて政治的であって、一八〇二年から一八〇三年にかけて、詩人の関心が内なる世界のみならず、ヨーロッパ大陸の社会的動乱に向けられていたことが分かる。フランス革命の理想の行き着いた先は、ナポレオンによる軍事的専政であった。そのナポレオンがいまや皇帝となって、ヨーロッパ全土を恐怖に陥れている現状に、詩人は大きな危機感を覚え、彼には統治者としての資質がないことをその詩で訴えた。

そのソネット群のうちで、「一八〇二年九月ロンドンにて」と題されるソネットは、祖国イギリスの文明の退廃を首都ロンドンに見出し、このように唱いあげる。

われらの中で、最も富める者が最善であり、
いまや　自然や書物の崇高なるものは
喜びとはならない。強奪と貪欲と浪費が
われらの偶像。われらはそれらを崇《あが》む。
簡素なる生活と　高貴なる思索は　もはや存在しない。
古きよきものの　素朴なる美は失われ、
われらの平和、われらの敬虔なる無心、
家族の法則《おきて》となる　純なる宗教も　もはや存在しない。　（「一八〇二年九月ロンドンにて」七―十四行）

この詩では、近代都市として表面的には繁栄するロンドンの本質が、鋭利にえぐり出される。この文明批判は、おそらくそのまま現代のロンドンにも、あるいはニューヨークや東京にも通用するのであって、詩人が近代文明の本質を適確に捉えていたことが分かる。同時代のロマン派詩人の中で、当時の文明社会の根幹を、これほど今日的な目線で直接的に表徴し得た者は、他にはいなかったであろう。

『二巻詩集』第二巻の冒頭には、「スコットランド旅行で書ける詩」と題する詩群が置かれている。一八〇三年の夏、詩人が妹ドロシー、友人コウルリッジと試みたスコットランド旅行は、たいへん豊かな詩的果実をもたらした。ここには、「ロブ・ロイの墓」「ハイランドの娘に」「バーンズの息子に寄せる」など九篇の詩が収められている。その中でも、「西方へ行く」は短詩でありながら、際立って深遠な詩想が表象されている作品である。

次の詩群は、「わが心わが想い」と題され、「雀の巣」「蝶に寄せる」「かっこう鳥に寄せる」など十二篇の短詩を収めている。これらの詩の多くは、妹ドロシーとともに自然と親しんだことを回想するものである。かの「黄水仙」で知られる「わたしは雲のようにひとりさ迷い歩いた」や、「大空に虹を見る時　わたしの心は躍る」で始まる「虹」など、自然との対話を重視する抒情詩も含まれている。

そして、「盲目のハイランドの少年および他の詩」と題された最後の詩群には、この『二巻詩集』の中で最も多くの頁が割かれている。その掉尾には、第8章で詳しく解説した「霊魂不滅のオード」が置かれている。ワーズワスがこの最後の詩群に特別な意欲を示していたことは、詩の数の多さに加えて、それらの詩篇を出版直前まで細かく改稿していたという事実からも推測できる。

この『二巻詩集』の全体を貫く詩想が、『抒情歌謡集』のそれと基本的には変わらないことは、その二つの詩集の掉尾を飾っている詩作品をくらべてみれば分かるだろう。その二作品がともに表現しているのは、自然との対話によるキリスト教的な人間愛である。『抒情歌謡集』の「ティンターン修道院」では「人間性にともなう悲しい音楽」が唱われ、『二巻詩集』の「霊魂不滅のオード」では「死を通して見る信仰」が表明されている。だが、この両者を精緻に比較すると、後者の方が、信仰の表明はより明確になっていることが分かるだろう。とはいえ、

『二巻詩集』の詩想は、評家の指摘を待つまでもなく、多様性に富んでいることは自明であって、すべてが宗教的想念を表象しているのではない。ただ、総体的に見ると、『抒情歌謡集』よりも、いっそう宗教的な色彩が強い詩集だと言えるだろう。

たとえば、少年を主題とした詩をくらべてみよう。『抒情歌謡集』の「少年がいた」と、『二巻詩集』の「盲目のハイランドの少年」は、ともに少年を主人公に据えた作品である。前者は自然の中で暮らす薄幸の少年を描くのに対し、後者は盲目でありながらも健常者以上に幸せな生活を享受している少年の姿を描出している。この二つの詩を比較すると、後者が神の恩寵に重きを置いていることは明らかであろう。『二巻詩集』では、詩人の宗教的想念がいっそう深化したことが見てとれるのである。ワーズワスは、自然との対話を重んじる立場を保ちながら、人間愛を通してキリスト教の正統思想へと導かれていく。

『二巻詩集』への評価

この『二巻詩集』は、一八〇七年四月二十八日、ロングマン社より刊行された[4]。先の『抒情歌謡集』にあったような、巻頭文や宣言文などはいっさい見られず、版元の意向で「『抒情歌謡集』の著者」という肩書きが扉に付けられたのみだった。先の詩集はすでに四版を数えていたから、ロングマンは気をよくしていたに違いない。それでも『二巻詩集』初版の発行部数は五〇〇部に過ぎず、詩人に支払われた印税は一〇〇ギニーであった。ワーズワスの詩集を上梓したロンドンのロングマン社は、スコットが先にエディンバラのコンスタブル社から刊行した『最後の吟遊詩人の歌』の、ロンドンでの販売権をもっていた。その詩集は再版に再版を重ね、ロンドンでの販売の実数が伸びていた。流行作家のスコットは次作『マーミオン』の出版を一八〇八年に控えていたが、出版社側はすでに前金として一〇〇〇ギニーを支払っていたという。ワーズワスとは雲泥の差である。

一方で、叙事詩『隠修士』の完成を期待していた友人コウルリッジは、『二巻詩集』を手にすると、雑詩篇を集めただけの内容に失望し、「ワーズワスの才能を害する」と不満をあらわにした。新詩集に対する論壇の評価

ジョージ・ゴードン・バイロン

もまた、非好意的なものが多かった。最初に反応を示したのは詩人のバイロンで、評論誌『ニュー・リタラリー・レヴュー』の一八〇七年七月号において、新詩集は『抒情歌謡集』にも劣るものだと論じた。彼は二年後、『イングランドの詩人とスコットランドの評論家』の中で、ワーズワスをこき下ろすことになる。つづいて八月には、『クリティカル・レヴュー』誌が、新詩集を詩人の才能の濫用と批難し、十月には『ル・ボー・モンド』誌が、作品は不明瞭で子供じみていると評した。そして同じ月の『エディンバラ・レヴュー』誌で、以前に『抒情歌謡集』を批判したフランシス・ジェフリーが、このように評した。

われわれは間違いなく、友人の庭用の鋤《すき》やすずめの巣や蛭取りの男らが、力強い印象や興味深い想いを、実際にかき立ててくれてもよさそうに思うのだが、多くの人びとには、そういう詩想はこじつけで、わざとらしく、不自然だと思われることは確かであろう。[5]

『二巻詩集』の批評はその後もいくつかの雑誌でなされたが、詩人を喜ばせるような内容のものはほとんどなかった。『エクレクティク・レヴュー』誌のジェイムズ・モンゴメリーなどは、「大半の作品は何の目的もなく書かれたかに思える」と述べて酷評した。こういう同時代の反応を見る限り、当時のジャーナリズムの批評水準が低く、かつ詩の真価を見抜く眼力を備えた評家がほとんどいなかったことが分かる。

病めるコウルリッジ

このような『二巻詩集』に対する世評に対して、ワーズワスは心中決して快くは思っていなかっただろうが、自分の詩作に対する自信が揺らぐことはなかった。それよりも詩人の気がかりは、コウルリッジの消光であった。

彼が地中海での療養生活を二年で切り上げ、一八〇六年八月中旬には帰国したらしいとの情報が、知人経由でもたらされた。だが、コウルリッジは妻子がいるケジックには帰らず、ロンドンにとどまり、かつて日刊紙『モーニング・ポスト』を発行し、今は『クーリア』紙を出しているダニエル・スチュアートのもとで仕事をしていた。コウルリッジはほとんど文無しの状態で、その心身の病いもまだ癒えてはいなかった。彼は依然として病める漂泊の人であった。

ワーズワス兄妹はコウルリッジの留守中、ケジックに残された彼の家族を何くれとなく気遣い、友人夫妻が愛情生活を取り戻してくれることを期待してきた。むろんワーズワスには、友人と構想した『隠修士』の本体部分をどのように仕上げるか、知恵を借りたいとの想いもあっただろう。しかし、コウルリッジは、一八〇二年に「失意のオード」を書いて以来、数年間にわたってまとまった文筆活動をほとんどしていなかった。さらに、わずかに書きためた草稿さえも、帰国の際に検疫が理由で廃棄させられ、手元には何物も残っていなかった。そして、依然セアラ・ハッチンスンへの恋慕はつづいており、今の自分の不幸はすべて妻セアラによってもたらされたのだという被害妄想にとらわれ、彼女との離別を考えていた。だが、それを自分から言い出す勇気はなく、ラムの姉メアリーか、友人のワーズワスに、その汚れ役を引き受けてもらえまいかと思案していた。

コルオートンに仮宿するワーズワスは、コウルリッジに書簡をやって来訪をうながすと、一八〇六年十二月二十一日、ひさびさに彼はワーズワスの前に姿を見せた。そのまえにコウルリッジ夫妻は別居する意志を固めていたので、コウルリッジは長男ハートリーをともない、コルオートンでワーズワスとしばらく同居することになった。しかし、不幸なことに、コルオートンに来ても、相変わらず阿片の常用はつづき、酒に溺れ、妻セアラに対する自分勝手な憎しみは強まるばかりだった。そのうえコウルリッジは、ワーズワスとセアラ・ハッチンスンとの仲にまで、よからぬ邪推を差しはさむ始末であった。(6) コウルリッジは三十四歳になったばかりで、ちょうど人生のなかばに差しかかっていたが、すでに肉体は衰え、落ち着ける場所はなく、その漂泊生活に終わりは見えなかった。

コルオートンに滞在中、ワーズワスはコウルリッジに対して、すでに脱稿した『序曲』の全巻を、幾晩もかかって読んで聞かせた。コウルリッジは友人の渾身の詩作に心底感動を覚え、その偉大さを再確認した。

ああ友よ、わが心を慰め　導く人よ！
君は逞しく、また力強くわたしに力をくれる！
君の長くつづいた歌が　ついに終わり、
そして君の深い声が　止む時に。（「ウィリアム・ワーズワスに」一〇二―一〇五行）

コウルリッジは、その感動を率直にこのような短詩に残した。それは久しく忘れていた、畏友ワーズワスへの尊敬の念に違いなかった。

歴史物語詩『リルストンの白鹿』

ワーズワス一家がコルオートンを去り、グラスミアに帰ったのは、一八〇七年六月中旬であった。ワーズワスらを乗せた馬車は、往路と同様にすこぶる乗り心地の悪いもので、幼いトマスはずっと泣きどおしだった。この帰郷早々、ワーズワスはドロシーをともなって、北ヨークシャーの谷間にあるボルトン修道院を訪れた。このボルトン修道院の周辺の景観は、ウェールズのティンターン修道院同様、ピクチャレスク的風景として有名で、今では画家のターナーが一枚の美しい水彩画を残していることでも知られている。詩人がそこで受けた美的感動は大きかったに違いない。

この修道院訪問の際に、たまたま耳にした伝説に基づいて、ワーズワスは歴史物語詩を書くことを思い立った。親交のあるスコットが先年（一八〇五年）に上梓した物語詩『最後の吟遊詩人の歌』が好評を得ていたことに触発され、ワーズワスは歴史的な主題に関心を深めていた。両詩人の間には思想的な齟齬が存在していたにしろ（本

メアリー・スチュアート

人らも自覚していたようにそれは歴然としていたが）、彼らは歴史物語詩を好むという共通点をもっていたようである。

この時にワーズワスが書きあげたのが、『リルストンの白鹿、またはノートン一族の運命』と題された詩である。この詩の歴史的な背景は、一五六九年に北イングランドで勃発したいわゆる「北方の反乱」であり、カトリック信徒で貴族であったノートン一族の滅亡にまつわる悲劇が描かれる。この悲劇の舞台となるリルストンの峡谷に、古くから小貴族ノートンの居城があった。ある時、スコットランドの王室を追放されたかつての女王メアリー・スチュアートがそこへ逃れてきた。彼女はイングランドのヘンリー七世の血を引く身であるがゆえに、女王エリザベス一世から、王室を脅かしかねない危険な存在として警戒されていた。エリザベスはメアリーを、北イングランドの城塞に幽閉していたのだが、彼女はそこから逃れてきたのだった。

北イングランドの貴族の中には、先のヘンリー八世の宗教改革や修道院の解体に反発していた勢力がまだ残っていた。そしてその有力貴族たちが、亡命中のメアリー・スチュアートとの縁組みをはかり、イングランド女王エリザベスに反旗をひるがえす動乱を企てた。その有力貴族とは、ノーサンバランドとウェストモアランドの両伯だったが、その配下に加わったのがリチャード・ノートンとその一族であった。しかしその北の反乱軍は、サセックス伯が率いる王室軍の大軍勢にはとても対抗できず、あえなく敗退してしまう。これがこの物語詩『リルストンの白鹿』の歴史的背景であり、二〇〇〇行近くにおよぶ詩の大半で、その戦いの場面と情況とが詳細に物語られているため、作品としてはやや冗漫な感はぬぐえない。だが、この詩の本当の主人公は、ノートン一族でただひとり生き残ったエミリーと、彼女の愛した美しい白鹿である。

この物語は全体が七部で構成され、導入の第一部では、荒廃したボルトン修道院の聖堂でおこなわれるミサ聖祭に、きまって一頭の雌の白鹿が現われるという不思議な情景が描かれる。その姿は「六月の白百合」のように麗しく、足取りも軽やかに聖堂墓地を徘徊し、ミサが終わると帰っていく。

このさ迷いあるく　白鹿の存在は
あちこちの　湿っぽい薄暗い墓所を
輝くような　聖なる姿で満たしている。
　　……
だが白鹿が　このような聖なる場所へ
こうして　せっせとやってくるのは、
信徒としての務めのためか、それとも
聖祭をおこなうためか、あるいは何かの願いごとのためなのか。
美しき巡礼者よ！（『リルストンの白鹿』一〇〇―一一〇行）

古来、われわれの国の聖地でも、鹿を神鹿と言って慈しみ尊ぶ風習が見られるが、この白鹿も「輝くような聖なる姿」として描かれている。ワーズワスはそれを、現実と非現実の世界をさ迷いながら、生者と死者とをつなぐ存在として表象する。

つづく第二部では、イングランド王室に対する蜂起への参戦を巡って、ノートン一族が苦悩する様子が物語られる。一族を率いるリチャード・ノートンは、カトリック教会の再興をめざす聖戦に勇敢に加わるべきだと主張して、八人の息子たちに奮起をうながすが、長子フランシスは父の意にそむいて参戦を拒む。フランシスを嫌戦気分にかり立てるのは、彼の信仰なのか、それとも軍事的劣勢を知ったうえでの現実的判断なのか、理由は明確にはされていない。ただ、一族の者がみなやがて「完全に死に絶える運命」にあって、後にただひとり残されるであろう妹エミリーに対し、フランシスが深い愛情を抱いていたのは確かな事実であった。七人の弟たちが父の命令にしたがって戦場に赴く段になると、フランシスも非武装のまま、その後にしたがわざるを得なかった。そこで兄は、妹エミリーに次のような言葉を送るのである。

おまえは　定められた運命の場を　離れてはいけない。
魂は深い悲しみの力によって、静かな人間性の、
澄みきった青空へと　高められるのだから。　（『リルストンの白鹿』五八四―五八六行）

この悲しみが人間性を高めるとの詩想は、「ティンターン修道院」の「人間性にともなう悲しい音楽」と同じ文脈で解すべきであろう。これほどの啓示に富む詩的表象は、スコットの物語詩ではまず見出すことができまい。そして次の第三・四部では、北方の反乱の戦闘場面が冗漫なまでに生々しく詳細に語られる。ノートン家の幾千もの兵士たちは、領主と八人の息子たちを先頭に誇り高く前進するが、強大な王室軍のまえでは劣勢は否めない。やがてひとり館に残されたエミリーのもとに、夜中、父からの使者が訪れ、戦いの模様を報告する。

彼女の務めは　立ちて待つことだった。
あきらめて　その衝撃を受け入れ、最後に
病苦と悲惨を乗り越え　清らかな勝利を
得ることだった。　（『リルストンの白鹿』一〇六九―一〇七二行）

この「立ちて待つこと」は、ミルトンのソネット「盲目となりて」からの借辞である。ミルトンが盲目の悲運を神の定めとして受け入れたように、エミリーも現実の悲惨と一家の滅亡とをあるがままに受け入れることで、「清らかな勝利」へと導かれるのであって、さらに言うなれば、その悲惨と痛苦が重く深ければ、彼女はそれだけ深く神の愛を感得できるのであった。
その後、一時的にノートンの軍勢は態勢を立て直すが、多勢に無勢、敗北はいよいよ決定的となる。後半の第五・六部の展開は史実に忠実とは言えないのだが、ノートン一族の滅亡の悲劇的情況が延々と物語られる。父と八人

の息子たちはいずれもみな牢獄に入れられ、屈辱を耐えしのばねばならなかった。リチャード・ノートンにとって、ヘンリー八世によって廃されたカトリック教会の復興とボルトン修道院の復活こそが、この反乱の真の目的であり、その聖なる戦いのために、父は息子たちを捧げたのだという。だが、長子フランシスを除いて、一族の者はすべて死刑に処せられてしまう。ただひとり生き延びることを許された非戦論者フランシスも、最後には最も不名誉な反逆者の烙印を押されて、無残にも殺害され、その遺体は三日間荒野に捨て置かれた。その後、たまたまそこを通りかかった農夫が、彼の遺骸をもちかえり、修道院の墓地の片隅にひそかに埋葬した。

中世カトリック教会への共感

すでに述べたように、この物語の主題は北イングランドにおける戦いの勝敗にあるのではなく、若いエミリーの置かれている悲劇的情況と、白鹿との神秘的な出会いにある。最後の第七部で、エミリーは諸国を彷徨した後、ふたたび荒廃した故里リルストンに帰ってくる。ある日、森の中の木陰のあずまやに仮の宿りを得ているところへ、一頭の白鹿が現われる。その雌鹿はかつてリルストンの館で、たがいに情を交わしたことのある白鹿だった。その思いがけない再会によって、これまで理性のみによって支えられ、かたくなに過去の思い出にしがみついて生きてきたエミリーは、心が慰められ浄化される。

エミリーは　絶望の淵から　元気を取り戻した時、
最早　ひるんだり、悲しんだりしなくなった。
彼女は生き延びて、もの言わぬ白鹿と出会えた
ことが　幸せだった――鹿も彼女の足もとに
愛と慈悲とにつつまれ　身を横たえていた。　（『リルストンの白鹿』一八二一―一八二五行）

一時的に至福の時を過ごしたエミリーも、若くして生命が尽き、その遺体はボルトン修道院の片隅に埋葬される。そしてこの詩の掉尾では、冒頭部と同じように、ボルトン修道院の墓地を訪れる白鹿の姿が描かれる。この『リルストンの白鹿』の物語詩の構成は、始まりと終わりとがつながれた、ロマン派特有の円環構造から成り立っている。

かつて愛しいエミリーが　慈しんだその場に、
白鹿は足しげく　ひとり楽しそうにやってくる。
エミリーの最愛の、このうえなく愛した
修道院の墓地の　囲いの中に。
安息日には　かならず　やってくる、
まるで　静かにさ迷う聖霊のように。　（『リルストンの白鹿』一八七九―一八八四行）

後年出版される『ピーター・ベル』では、ろばが帰趨《きすう》本能と自然の力によって飼い主の家へと帰る姿が描かれるが、それとは違って、この物語詩の白鹿は、主として「聖霊の力」によってその行動が支配されている。この点に、詩人のキリスト教の正統思想への傾斜が読みとれよう。その詩想はワーズワスが当時認識していた以上に、カトリック寄りと理解して差しつかえないだろう。ワーズワスの詩には、「鹿跳びの泉」「白痴の少年」「マイケル」、そして『ピーター・ベル』など、人と動物との交情を描いた作品がいくつも見られるけれど、この『リルストンの白鹿』は、彼の詩想上で極めて特異な位置を占めるに違いない。また、それらの詩群において、イングランドの政治および国教会に対するカトリック貴族の挑戦に、ワーズワスが同情的史観をもっており、中世カトリック教会に理解を示している事実も見逃してはならないだろう。

ただし、先にも触れたように、ノートン家の長子フランシスが、最後までその反乱に積極的態度を示さなかったにもかかわらず、結局は非武装のまま、父の意にそむかずに戦場に赴いた部分は、すこぶる曖昧なことも事実であって、その曖昧性はワーズワス自身の思想、信仰のそれともとれなくもない。だがそれでも、「北方の反乱」に対する詩人の共感や、エミリーと白鹿を支配する「聖霊の力」への畏敬の念が、カトリック的心情によって支えられていることもまた蔽いがたい事実なのである。

この時期、ワーズワスのカトリックへの共感が顕在化するのだが、彼がカトリシズムを歴史的ないしは神学的に正確に把握していたとは言い切れない。後年に詩人は、カトリックの歴史や神学への自分の理解が長らく正確を欠いていたと語っているのだから、彼の共感には限界が存在したことは否むべくもない。ワーズワスは、友人コウルリッジほどには、理論的に神学や哲学を究められる人ではなかった。とはいえ、この時期からしだいに、彼がイングランド国教会の信仰に基づきつつも、カトリック的な思想へと傾いていったのは確かである。

十八世紀にスチュアート王家が完全に途絶えた後、国教会主義を固守するハノーヴァー王家と約半世紀の長期におよぶホイッグ政権は、カトリック教会や非国教会の信徒たちに、制限つきの救済措置を設けてきた。そのため、十八世紀末にはロンドンをはじめ地方都市でも、少しずつではあるがカトリック教会の聖堂の復興は進んでいたのである。だが、一七八〇年のロンドンでのゴードンの暴動によって示されたように、大衆社会では、カトリック信徒に対する反感はなお根強く残っていた。

ワーズワスの信仰と宗教思想は、フランス革命以降はイングランド国教会主義に傾斜していた。しかし、国教会の伝統そのものが退嬰化していた情況に危機感をもっていたことは、コウルリッジと企てた『隠修士』の構想や、その創作動機からも忖度することができよう。また他方で、カトリック教会の復活へと向かう歴史的潮流と連動するかのように、イングランド国教会内でハイ・チャーチ化が、すなわち中世カトリック教会の教義や典礼を見直そうとする運動が、ウィリアム・ビヴァレッジ主教[7]らを中心に進められていた。のちにケンブリッジのトリニティ・コレッジの学寮長となる実弟クリストファも、ハイ・チャーチ派の信仰を表明していたのである。

さらに、一八〇三年以来親しくしてきたウォルター・スコットの、年々鮮明にされつつあった親カトリック的な姿勢に、ワーズワスが何らかの影響を受けたかもしれないということも、ここで指摘しておこう。

熱気を帯びるイギリス文学界

『リルストンの白鹿』の出版は、ワーズワスの思い通りにはいかなかった。一八〇七年の十月に書きはじめられた作品は、翌〇八年二月にはいちおう脱稿した。ワーズワスは、この史実に基づく壮大な物語詩を、今までにない新たな詩想に挑戦した意欲的な作品だと思ったのだろうか、すぐに原稿を携えてロンドンに上京した。そして、ラムやハズリット、コウルリッジらにそれを見せて、彼らの意見を求めた。ラムとハズリットの二人はよい反応を示さなかったが、コウルリッジは友人の詩想に理解を示し、ヒロインであるエミリーの性格描写に修正を加えるようアドバイスした。その忠告をワーズワスが受け入れると、彼の意を受けてコウルリッジは、ロングマン社と交渉する役割を進んで引き受けてくれた。

ワーズワスは刊行に際して、一〇〇〇部で一〇〇ギニーの報酬を希望していたが、先の『二巻詩集』の世評や売れ行きが芳しくなかったので、自分から強気に交渉することには気遅れがしていたのだろう。案の定、ロングマン社との出版交渉は順調にはいかなかった。そのうち詩人の方で、急いで出版する気持ちが薄れ、結果的にその詩集の上梓は、一八一五年の四月にまで引き延ばされることとなった。そこで、ワーズワスは『隠修士』の本体部分である『逍遥』の刊行に向けて全力を注ぐこととなった。

この頃、イギリスの社会および文壇では、歴史的な激変とも言える世代交替が進んでいた。ワーズワスが個人的に好感を抱いていた首相ウィリアム・ピットが、一八〇六年一月に急死すると、ホイッグ党のフォックスが、ウィリアム・グレンヴィルによる連立内閣の外務大臣に就任し、奴隷貿易廃止の道すじをつけた。だが、その直後にフォックスも急逝してしまう。ワーズワスが彼の晩餐会に招かれたのは、その死の半年まえのことであった。他方、対フランス戦争では、一八〇九年から一三年にかけて、大西洋、地中海などの海上での戦いで勝利をおさめ、ポルトガル、スペインでも圧勝し、一四年四月にはナポレオンをエルバ島へ追いやった。

その年の四月十一日、早々とロンドンのギルドホールで、摂政殿下が臨席して、華々しく戦勝祝賀会が開催されたという。十四日にはこれまで見たこともないような豪勢な花火が、ロンドンの夜空をこがしたとのことである。だが、ナポレオンがウォータールーで決定的敗北を喫したのは、一八一五年六月のことだから、前年の祝賀行事の開催は、歴史上の誤謬と言うべきであろう。(8)

文学界に目を転じると、ウォルター・スコットは一八〇五年に『最後の吟遊詩人の歌』を上梓した後、〇八年に同じ形式で『マーミオン』、一〇年には『湖上の美女』を、エディンバラの野心的な出版社であるコンスタブル社から刊行し、その発売部数は各詩集とも一万部に達して、史上空前の大成功を収めた。ちなみに、コンスタブル社が一八〇三年に刊行した、本格的なリベラル派の月刊評論誌『エディンバラ・レヴュー』の創刊にあたって、スコットは政治的立場の違いを乗り超え、主要な役割を演じたのであった。この評論誌の登場が、イギリスの論壇に革新的な変化をもたらしたことは、見逃してはならないであろう。

当時、「北のアテネ」と呼ばれたエディンバラの文壇において、数々の詩集によって富と名声とを獲得し、一頭地を抜く存在となっていたスコットは、一八一三年に前任者の後を受けて桂冠詩人に推挙された。だが彼は、その栄えある地位を、湖水地方ケジックのグレタ・ホールに住むロバート・サウジーに譲った。彼はスコットの古くからの友人で、人徳に優れたが、学者的資質の詩人であるためにあまり目立たず、不遇をかこっていた。この譲り渡しは、一見すると美談のように思えるのだが、ジョン・G・ロッカートは『スコット伝』で、スコット自身に、当時すでに詩から小説へ転向をはかりつつあったという、個人的な事情が存在したゆえではないかと述べている。(9)

チャールズ・フォックス

その頃、スコットランドのアバディーンで、不遇な思春期を過ごしたジョージ・ゴードン・バイロンは、一八〇七年に匿名で処女詩集『無為の時』を刊行した。それが『エディンバラ・レヴュー』で酷評されると、すかさず〇九年に彼は、ポープばりの諷刺詩『イングランドの詩人とスコットランドの評論家』を上梓

ウォルター・スコット

バイロン『チャイルド・ハロルドの巡礼』扉

し、スコットを陳腐きわまりなきロマンス詩人、ワーズワスを「シンプル」と切り捨てた。そして一二年、『チャイルド・ハロルドの巡礼』を、ロンドンに進出してきたばかりの出版社であるジョン・マレー社から出版すると、これがスコットをしのぐほどの爆発的人気を博した。この少しまえにロングマン社は、バイロンの詩集の刊行を断っていたので、大魚を逃がしたことになる。そして、このバイロンの詩才を見抜いたスコットが、とても詩では太刀打ちできないと思い、ウェイバリー小説へと転向することにしたのは、賢い選択であった。

このロマン派第二世代で、バイロンと同じように貴族の出自である詩人パーシー・ビッシュ・シェリーは、同世代のうちで最も過激だった。彼はオックスフォード在学中にゴドウィン主義に染まり、一一年に「無神論の必要性」と題するパンフレットを書いて大学を追放されると、一三年に哲学詩と銘打ち『マッブ女王』を上梓した。

当時、文壇の最左翼にいたのは、バイロンよりも年上のリィ・ハントだった。彼は左翼的週刊誌『エグザミナー』を〇八年一月に創刊したが、一二年三月二十二日号で、摂政殿下の不品行を批判したかどにより、ホースモンガー刑務所に二年間入獄させられた。その後のハントの経済的困窮を救ったのが、左翼のシンパであるシェリーだった。その頃を回想してハントは、「イングランド中のすべての扉を叩く音が、われわれを夢から目覚めさせた」[10]と書いた。この扉を叩いた張本人は、ナポレオンだった。やがてこのハントの傘下に入る年少のジョン・キーツは、一五年二月にハントの出獄の知らせを聞くと、その一途な想いをソネットに託した。

彼の不滅の魂は　大空を駆ける
雲雀のように　自由溌剌たるものだった。

高潔なる寵児よ！　（「リィ・ハント氏出獄の日に書ける」三―五行）

これはまだ若書きに過ぎず、キーツが詩人として世に出るのは、その後さらに数年先の話である。

こうしたきら星のような詩人の群れからはやや距離をおいて、コウルリッジのクライスツ慈善学校以来の友人チャールズ・ラムは、ナポレオン戦争のあおりで業績が悪化しつづける東インド会社で、会計課の事務員として働いていたが、一八〇七年には精神の患いから立ち直った姉のメアリーと共著で『シェイクスピア物語』を上梓した。だが、「エリア」の筆名による随筆の本格的な執筆までには、まだ多少の歳月が必要だった。

一方、詩魂と画才をあわせもつブレイクは、世間からはまったく孤立していたものの、ごく少数の読者を相手に、自家製の彫版画をとりいれた、ユニークな詩画集をすでに何冊も出していた。ワーズワスよりも一世代も早い彼は、独特の神話体系をもつ、難解な「予言書」と呼ばれる詩的世界の構築に専念していたが、ワーズワス自身は彼の存在すら当時はほとんど知らなかった。

スコットランドには、バーンズの後を継ぐことを自分の使命としていた羊飼いのジェイムズ・ホッグ(11)がいた。彼はワーズワスとほぼ同年で、その詩質にも多少相通じるものが認められたが、世に出るのには苦労を重ねた。ふとした縁で、「高名な詩人」ワーズワスとその妻をヤロー河に案内することになったのは、一八一四年八月のことだった。彼が同郷の文人学者ジョン・ウィルスンと組んで、文壇で華々しい活躍を見せるのは、一八一七年に創刊される超保守派の雑誌『ブラックウッズ・エディンバラ・マガジン』の編集陣に加わってからである。他方、かつてワーズワスの『抒情歌謡集』改訂版（一八〇三年）を読んで、深い感動を覚えた十八歳のトマス・ディ・クインシーは、二通つづけて熱烈なファン・レターを詩人に送ると、思いがけず丁

リィ・ハント

ラム『シェイクスピア物語』口絵

寧な返書をもらった。彼らの出会いが移転したばかりのアラン・バンクで実現したのは、一八〇八年十一月のことであった。

アラン・バンクへ転居

故里の「定住者」として、一七九九年の十二月以来住みつづけてきたグラスミアのダヴ・コティジは、家族の人数が当初の二、三倍にふくれあがって手狭となっていた。妻メアリーが第四子の出産を間近に控えていたこともあって、一家はどうしてもゆとりのある住居へ移転せざるを得ない情況に追い込まれていた。幸い、比較的近くの、グラスミア湖の北側アラン・バンクに、かなり広い白亜の邸宅が完成したばかりで、持ち主はリヴァプールの商人ジョン・クランプという人物だった。その家は大きいばかりで、周辺の景観と馴染まず、「忌まわしい館」と評されていた。実際、クランプ自身もその家に住む気はなく、彼はワーズワスに造園を依頼し、住環境をよくしてくれたついでに、そこを年数十ポンドの家賃で貸してもよいと言ってきた。窮地に陥っていたワーズワスにとって、それは悪い話ではなかった。たとえ居住性に難点があるにしても、家族が各自の部屋をもつことができるというのは魅力的だった。

ワーズワス一家がダヴ・コティジからアラン・バンクの新居へ引っ越したのは、一八〇八年の五月末であった。夏期には家の居住性は悪くなかったが、暖炉に火が入る頃になると、煙が煙突から放出されずに部屋じゅうに充満するため、暖炉をほとんど使えないという不具合が生じた。要するに、そこは長く滞在をつづけられるような邸宅ではなかったのである。そんなアラン・バンクの新居で、九月六日、妻メアリーが次女キャサリンを産み、所帯はいっそう大きくなった。その年の秋から冬にかけては例年以上に寒かったが、部屋の暖炉はほとんど使えず、唯一ワーズワスの書斎だけで、どうにか暖をとることができた。家人は冬の間、まだ昼間の暖気が残っているうちに、早々とベッドに入らねばならなかったという。当時、この一家の家計と家事のいっさいを仕切っていたのは、ドロシーであった。

この年の秋になると、コウルリッジが子供連れで合流し、その邸宅の住人は全部で十人を超えた。コウルリッジはそこで、ドロシーやセアラの協力を得て、定期刊行物『朋友《フレンド》』の刊行に向けた準備をはじめた。それからやや遅れて、まだオックスフォードの学生だったディ・クインシーもやってきた。彼はしばらくアラン・バンクに滞在したが、ワーズワス家の住んでいたダヴ・コティジの借用期限がまだ六年ほど残っていたので、一八〇九年までそこに住むことになった。優しい性格の彼は、ワーズワス家の大人たち同様、子供たちから慕われていた。

ジャーナリズムの仕事

ワーズワスがアラン・バンクの生活にやっと落ち着いた夏頃、大陸イベリア半島の政治情勢は意外な展開を見せていた。その政治問題は、一八〇七年からその翌年にかけて、ナポレオン率いるフランス軍がイベリア半島に侵攻したことに端を発する。フランス軍はポルトガルとスペインを制圧し、独裁者ナポレオンは兄ジョゼフ・ボナパルトをスペインの王位に就かせた。そこで、イギリスは同盟国のポルトガルとスペインを援護するため、アーサー・ウェルズリー将軍（のちのウェリントン公）が指揮する九〇〇〇人の陸軍をイベリア半島に送り、八月三十日にフランス軍を撤退させた。

その時、イギリスは当事国ポルトガルとスペインの頭越しに、フランスとの間でシントラ協定と呼ばれる和平条約を結んだ。この同盟国を無視した一方的な協定に対して、イギリスの世論は激しく沸いた。それはイギリスの覇権主義に対する批判であり、その声はカンバランド地方にまでおよんだ。サウジーやコウルリッジらも世論を支持したが、ワーズワスは積極的に「シントラ協定について」という論説文を書きあげた。

わが国はポルトガルの領土に同盟国として入り込んで、彼らの同意もしくは相談もなしに、協定の締結を勝手におこなった。それはわが軍の安全と利害に関わることではなく、ポルトガルの領土、ポルトガルの人民、彼らの自由と権利に関わることである。

ワーズワスの論旨は明確そのものであった。イギリス政府がフランスとの間で結んだ協定は、同盟国のポルトガルとスペインへの裏切りであり、あたかもナポレオン軍に手を貸す行為であるとさえ述べ、その覇権主義は他国の自由と主権をおかす恥辱そのものと断じた。ギルは、詩人の「シントラ協定について」の一文を、「イギリス・ロマン派の散文の傑作の一つ」[12]と評している。いかなる個人であれ国家であれ、その自由が犯されてはならないとするのは、彼の一貫した主張に他ならず、その信念は微動だにしなかった。だがその政治的メッセージは、若い頃の過激分子のそれではなく、一個人の良識に基づくものであろう。

この「シントラ協定について」の論説は、ロンドンにいるコウルリッジの友人ダニエル・スチュアートの新聞『クーリア』に、一八〇八年十一月から翌年一月にかけて発表され、さらにその後ロングマン社からパンフレットとして五〇〇部刊行された。その際にワーズワスは、余計な過激表現をつつしみ、もし不穏当な箇所があれば自由に訂正してほしいと印刷者に伝えた。このような配慮は、その当時のワーズワスの市民感覚から発したものであったに違いない。

その頃、ロンドンに出てきたディ・クインシーは、「シントラ協定について」がパンフレットとして公刊される際に、その校正の仕事に関わった。しかし、その仕事は結果的にはワーズワスに不快を与えることとなったのだが、詳細を述べることは控える。できあがったパンフレットを手にしたチャールズ・ラムは、かつて十七世紀にミルトンが書いた政治パンフレットと同じくらいに、「わたしに力を与えてくれる」(コウルリッジ宛手紙、一八〇九年十月三十日付)との感想を手紙で述べた。

この時期、ワーズワスがジャーナリズムの仕事に時間を割いたのは、重大な政治問題が発生していたことが主な理由であることは当然だが、その種の仕事が、詩作よりも確実な収入をもたらしてくれたことも決して無関係ではない。実際、詩人は大所帯をかかえていたし、妹ドロシーが不平を述べるほど、経済的には厳しい状況にあったのである。詩集一冊の収入がせいぜい一〇〇ポンドに過ぎなかったのに対して、ジャーナリズムの仕事では、それとは比較にならないほど高価な原稿料が得られる風潮があった。

たとえば、一八〇三年に発刊された『エディンバラ・レヴュー』誌では、一枚の原稿料に十六ギニーから二十ギニーが支払われたという。雑誌原稿ならば十枚も書けば、詩集一巻の印税を軽く凌駕した。『クォータリー・レヴュー』も同額だったが、むろんこれだけの高い原稿料は一流雑誌に限った話である。雑誌パンフレットの原稿料は総じて書き手にとってメリットが大きかったのは事実だとはいえ、ワーズワスのパンフレットの原稿料が、一枚あたり十ポンド以上も支払われたとは思えない。

短命に終わった『朋友』

コウルリッジが創刊を進めている文芸週刊誌『朋友《フレンド》』に、ワーズワスは寄稿を求められていた。この週刊誌の編集に、主に筆耕者として最も協力を強いられていたのは、セアラ・ハッチンスンであった。その創刊号が出たのは一八〇九年一月のことで、彼らはその準備に予想以上の時間を費やした。ワーズワスはその雑誌に、「マセッツへの手紙」と「墓碑銘に寄せるエッセイ」の二文を寄稿している。前者はディ・クインシーと同じように、詩人の崇拝者として、ウィンダミアに移住してきた若き学者ジョン・ウィルスンに宛てて、青年期の幸福探究の方法を伝えたものであり、後者は詩人の死生観を述べた文である。どちらもとくに重要な作品ではないが、スコットランド出身のウィルスンは、一八一八年に創刊された、超保守派の文芸雑誌『ブラックウッズ・エディンバラ・マガジン』の編集陣に、かの羊飼いのジェイムズ・ホッグやジョン・ロッカートとともに加わった人物である。彼がクリストファ・ノースの筆名で、一世を風靡する人物になることを、その時は誰も想像することなどできなかったに違いない。

今回の詩人の手紙は、その若者からの依頼に答えて書かれたもので、「己れ自身を知り、自然の中での瞑想を重んじ、古典と対話せよ」と、かつてディ・クインシーに与えたのと同じ趣旨の意見を寄せた。至言と評してよいだろう。

しかし、当然と言えばそうに違いないのだが、肝心の雑誌そのものは、発行者であるコウルリッジの酒や阿片に溺れる不規則な生活と、購読者の減少による経営上の破綻とがそろっては、とても長くつづけられるものではなかった。そして献身的に助手の役割を果たしてきたセアラも、そうしたコウルリッジの乱脈ぶりに耐え切れず、一八一〇年三月、アラン・バンクを去り、ウェールズの兄の家に身を寄せることとなった。当時まだセアラへの恋情を引きずっていたコウルリッジが受けた打撃は大きく、週刊誌『朋友』は、三月十五日、わずか二十七号をもって廃刊に追い込まれた。

妻メアリーへの愛

一八一〇年五月十二日、詩人の妻メアリーは、無事第五子で三男にあたるウィリアムを産み落とした。彼女はすでに四十歳で、当時としては高齢出産である。実際、メアリーの頭には白髪が目立ちはじめ、歯も何本か抜け落ちていた。だがそれでも、彼女は自分がまだ二十代の女性であると感じることがあったという。従来、ワーズワス夫妻の間の愛情については、コウルリッジが一八一一年に書いた「ワーズワスは性格的に愛に夢中になれない」との言葉が、一般的には信じられてきた。また、詩人の性的な愛情はアンネット・ヴァロンに費やされ、精神的な愛情は妹ドロシーに向けられてきたとも考えられてきたので、メアリーとの結婚は、生活上の便宜に過ぎなかったのではないかとの見方さえあった。

しかし、メアリーが第五子ウィリアムを出産した後、八月に詩人がウェールズのハインドウェルの家に滞在する義妹セアラを訪ねた時に、夫妻の間で交わされた七通の長文の書簡が、ジョナサン・ワーズワスによって一九八一年に公開されたことで、そのような見方は見直されることとなった。『わが最愛のひと』(13)と題された夫婦の往復書簡集に基づいて、ジョナサンは詩人ワーズワスを、「キーツと並んで、愛の手紙を書いた偉大なイギリス作家のひとりである」と評している。以下は詩人が妻に宛てた、一八一〇年八月十一日付の手紙の冒頭部分である。

毎日、毎時間、どんな瞬間も、われわれがいかに祝福されているかを、これまで以上に痛感します。このように言えるのは、結婚生活において深い愛情は決して珍しくないことを知っているつもりですが、激しいほとばしるような精神をともなう愛の熱情は、ふつうの人びとの間でさえ、すこぶる珍しいものだとの思いがあるからです。(14)

この一通の手紙を見るだけで、先のコウルリッジの友人夫婦に対する認識が、どれだけ表層的なものであったかが分かる。妻の側も、「わたしの欲望はとても抑えがたいほどです」と、女としての熱い思いを夫に伝えているのであって、彼らはなみの夫婦以上に、結婚八年を経てなお、精神的かつ肉体的に激しく愛し合っていたのであろう。メアリーはこの三男ウィリアムを産んだ後は、一度も妊娠をすることがなかったことから忖度すれば、女性としての生理がなくなり、出産に対する危惧もなく、性愛に夢中になれる時期だったのかもしれない。そしてまたこの時期には、夫婦愛を深めるだけではなく、家族が欠けることなくみなそろっていたので、最も幸福な家庭生活を楽しむことができたのであろう。

『湖水地方案内』を上梓

この一八一〇年の暮れに、ワーズワスは湖水地方に増えはじめた旅行者たちに向けた、実用的な案内書である『湖水地方案内』を上梓した。この本の出版にいたる経緯についてはいろいろとあって、簡単にまとめるのが難しいのだが、元をたどれば、一八〇七年に妻メアリーが家計の足しにと、西カンバランド地方の旅行案内を書くように勧めたことが発端である。詩人は普段から旅行記を愛読していたが、十八世紀になると国内でも旅行の愛好者が増えたので、それにともなって旅行に関する好著も出版されるようになっていた。

さる一八〇九年十一月、ドロシーは友人クラークスン夫人に宛てた手紙の中で、兄ウィリアムが牧師ジョゼフ・ウィルキンスンの銅版画集『カンバランド・ウェストモアランド・ランカシャー風景選』の序文を書いていると伝えているが、その「序文」を発展させる形で書きあげられたのが『湖水地方案内』であった。こうして詩人は、妻や妹ドロシーの希望にこたえて、旅行者のみならず地域の住民にも役立つような知識と情報を盛り込んだ、本格的な湖水地方の案内書を、土地の書肆から出版したのだった。

一八一〇年に初版が出て以降、『湖水地方案内』は、詩人や家族の期待にたがわず順調な売れ行きを見せ、その後改訂や増補もおこなわれた。たまたま手元に同書の第五版（一八三五年）があるが、この版にはワーズワス研究者のアーネスト・ディ・セリンコートも全集を編纂する際に依拠しているから、これを参考に頁を繰ることにする。版元はケンダルのハドスン・アンド・ニコルスンとあって、同時にロングマン、モクスン、ホイッテカーなどロンドンの著名な各社が名を連ねている。ケンダルは湖水地方の玄関口にあたる町で、旅行者が大勢往来しただろうから、版元の店頭でそんな旅行者向けにこの本は売られていたのであろう。巻頭には「旅行者と居住者の利用のために」とあって、地図まで付いているのが、すこぶる実用性を帯びている。

一六五頁ほどの小冊子に過ぎないこの本の内容は、序章を含め全五部で構成され、湖水地方の地誌や風土的特徴だけでなく、アルプスの景観美との比較から、自然環境の劣化に対する危機感にまで話はおよんでいる。吉田正憲の指摘にもあるように、「まるで恋人の顔を見つめるように、その微細な陰影までも観察し、ふつうの人の目には触れない美点[15]」を描き出しているのは、故里である湖水地方を隅々まで知りつくし、そこを心底から愛する詩人にしかできない仕事である。

旅行者のための情報案内に始まり、地方の風景描写、そこの住民たちの生活の実相、さらに風光や生活環境を維持するための方法などが書かれているが、掉尾にはスコーフェルとアルズウォーター湖への小旅行の体験談が付き、さらに「カークストン峠」と題する八十行ほどのオードまで読むことができる。そして第五版には、著者の許可を得て出版社が追加したとされる各地への旅程表までのっていて、すこぶる便利な案内書としてできあがっている。

こうした同書の内容でいかにも詩人らしい趣向が見られるのは、湖水地方で営まれてきた住民たちの生活の実相を伝える部分である。とりわけ、この地方に多い羊飼いたちの日常生活については、その衣食住にいたるまですこぶる具体的に描き出される。そしてもう一つ見逃せないのは、十八世紀の社会的変化がもたらした、この地方の自然環境の悪化に対して、詩人が危機感を表明している点である。代表的な湖の一つであるウィンダミア湖の周辺などは、本来の自然の景観が害され、湖畔の隠修士でもあった聖ハーバートの庵の周辺の聖域が失われたと嘆いている。ここからも、ワーズワスの詩想が、この土地に根ざしていた事実を知らされるのである。一方、セアラと『朋友』を失い、心の支えをなくしたコウルリッジは、ケジックに赴き、これまで別居を強いてきた妻のもとに戻った。だがそれで安穏な生活を取り戻すことなど不可能で、彼の漂流はその後もやむことはなかった。

コウルリッジとの不和

この年の十月中旬、ケジックのグレタ・ホールに滞在するコウルリッジを、彼の旧友バジル・モンタギューが、スコットランド旅行の帰途にひさびさに訪ねてきた。そしてその後、モンタギューはアラン・バンクにも立ち寄り、コウルリッジを連れてロンドンに帰り、彼によい治療を受けさせたいとの意向を、ワーズワスに伝えた。それを聞いたワーズワスは、モンタギューに同情し、コウルリッジがこれまで、自分たち家族にとっては「厄介者」であったと告白し、なるべく彼との同居を避けるよう助言をした。

ワーズワスとコウルリッジは、この十数年、詩人同士として、あるいは腹蔵のない親友として交わってきたのだが、両者の間には性格的な齟齬が存在したこともまた事実であろう。ワーズワスは詩人でありながらも、日常生活は規則正しく乱脈を好まない性格だが、コウルリッジは情緒が不安定で堕落しやすく、破滅型の人間であった。この二人は、ともに詩人なるがゆえにたがいを尊敬し合ってきたのであるが、ここ数年のコウルリッジは詩作から遠ざかるばかりであった。そして彼が酒や阿片に溺れるようになると、両者の乖離は避けがたいものとなったのである。

その十月末頃、モンタギュー夫妻はコウルリッジを自分たちの馬車に乗せて、ロンドンのソーホー街にある自邸に連れ帰った。相変わらず情緒不安定なコウルリッジは、二日後にモンタギューの家でも悶着を起こした。その際、モンタギューは、ワーズワスから聞いた「厄介者」という言葉を、うっかりと口にしてしまった。これまで長年、全幅の信頼を寄せてきた親友ワーズワスとその家族にとって、自分が「厄介者」に過ぎなかったという、心外な事実を知らされたコウルリッジの悲しみは、言葉に言い盡《つ》くせないものがあったに違いない。彼はすぐさま鞄片手にモンタギュー邸を去り、コヴェント・ガーデンに移った。その経緯《いきさつ》を伝え聞いたワーズワスは、モンタギューに手紙をやって真意を伝えたが、彼からは何の返事も得られず、コウルリッジともまったく連絡がとれなくなってしまった。ワーズワスとコウルリッジの友情の亀裂は、その後二年間ほどつづいた。ワーズワスは友人の動静を、ラムやクラブ・ロビンスンから伝え聞く以外になかった。

グラスミアの牧師館へ転居

アラン・バンクの邸宅の借用期間は、一八一一年五月に切れることになり、それをさらに延長してまで住みたい家でもなかったので、グラスミアの教会の牧師館に移転することとなった。詩人はこれまで断続的に書き進めてきた『隠修士』の第二部『逍遥』の執筆を再開していたが、一方で雑事の処理に結構な時間を費やさねばならなかった。先のシントラ協定に関して、ひさびさに政治問題に首を突っ込んだ詩人だが、その後もフランス軍捕虜の本国送還を巡って、自分の意見を文章にまとめたりした。湖水地方に隠棲していたかに見えるワーズワスであるが、彼のこうした行動を見ると、依然として政治問題に関心を寄せていたことが分かる。

捕虜となったフランス軍の兵士たちはシロップシャーの捕虜収容所にいたが、その中にジャン＝バプティスト・ボードワンという人物が混じっていた。奇遇というべきか、この人物は後年一八一六年に、ワーズワスとアンネット・ヴァロンの娘カロラインと結婚することになるのだが、この時すでに彼女とは恋仲で、のちに結婚する意志をもつようになったらしい。ワーズワスはボードワンが帰国する際にアンネット母娘への手紙を託したので、アンネットと詩人との間で久しぶりに文通が交わされることになった。すでに定職を得ていたアンネットは、多忙ではあるが何不自由ない暮らしをしているとの便りを送ってきた。

その後に詩人は、居住性の不便が多いアラン・バンクの家を出て、一八一一年六月上旬、グラスミアの教区教会に隣接する牧師館に引っ越した。教会牧師補のトマス・ジャクスンは、ワーズワス一家が牧師館に移住するのにあわせて、書斎や台所の改修をしてくれた。だがこの家も、アラン・バンクほどでなかったにしても、決して住みよい家ではなかった。

この牧師館へ引っ越してきたばかりの八月、詩人は友人のボーモントに、書簡形式による二七七行にもおよぶ長詩を書き送り、「時代が吹き荒れています」とナポレオンによってもたらされていた危機について言及しながら、新居の模様を伝えている。

建て主が　堅牢のみを心がけて建てた
まるで無味乾燥な砦のような家。
だから家の壁は　まだざらざらして、この先
左官職による最後の仕上げを待っている。　（「書簡詩」二十一―二十四行）

実際、十七世紀末に建てられたその牧師館は、田舎の農家なみの造作で湿気が多かった。それに加えて、道路と家をへだてる石垣がなく、また陽当たりもよくなかった。だが、子供たちに部屋を与えるだけの間取りはあったし、乾草小屋では二頭の乳牛を飼うことができた。さらに、家そのものが道路に面し、プライヴァシーの点で難があったとはいえ、教会に接して小さな学校が隣接されていたことは、学齢期にあった子供たち（ジョン、ドーラ、トマス）の教育には好都合だった。そこの校長であったジョンスン師は、マドラス法教育という、上級生が下級生を指導する実験的な教育法に熱心で、ワーズワスもアンドリュー・ベル博士が提唱したその教育法の信奉者であった。そして、ドロシーやメアリーは、ジョンスン師の勧めで、そこのサンデー・スクールでの指導をしばしば受けもつことになった。

愛児二人の死

このようにして、牧師館での一家の生活は、大した変事もなく新しい年を迎えたが、一八一二年、突然二人の子供を失う悲劇に襲われた。この年に詩人を襲う悲劇の予兆は、先年来つづくコウルリッジとの交友のほつれから始まった。二月の中旬に、ロンドンから家族のいるケジックに舞い戻ってきたコウルリッジは、グラスミアを通ったにもかかわらず、ワーズワス一家が住む牧師館には立ち寄らなかった。それから一か月以上もケジックにいながら、コウルリッジはワーズワス一家との再会を意識的に避けたが、そのことは詩人の心をいたく傷つけたし、自分に対する侮辱とさえ思われた。それでもワーズワスは、妹ドロシーをグレタ・ホールにやって、グラスミアを訪ねるようながしたが、コウルリッジの心は冷え切ったままであり、三月二十八日にふたたび単身ロンドンへ旅立ってしまった。

そこで、以前からロンドン行を計画していたワーズワスは、グロヴナー・スクウェアーにあるボーモントの別邸に身を寄せ、コウルリッジとの関係修復の機が熟するのを待つことにした。やがて心優しい友人のクラブ・ロビンスンを介して、ワーズワスは五月十日頃、コウルリッジと会する機会を得た。その際にワーズワスは、モンタギューに言ったとされる前言を、全面的に取り消すことはしなかったが、友人を侮辱するような気持ちは毛頭もなかったことを伝えた。コウルリッジもそれを了承はしたが、心に受けた傷は、親交修復がなされた後も、癒えることはなかった。そして当のワーズワスもまた、友人との友情の亀裂によって、彼がこれまで提供してくれていた文学・思想界の交流圏からも、当分遠ざからざるを得なかったのである。

だが、二年ぶりにロンドンを訪ねたワーズワスは、これまで以上に社交界での活動の場をひろげた。妻への手紙には、社交界での付き合いは退屈きわまりないと伝えながら、その実、詩人は身だしなみを整え、延々とつづく宴席を楽しむ余裕をもっていた。ロンドンでも最有力の書肆ロングマン社から出ていた『抒情歌謡集』改訂版が版を重ねていたことや、「シントラ協定について」というパンフレットを公刊していたことで、ワーズワスは、すでにサウジー、スコット、コウルリッジと並ぶ現代詩人のひとりとして名を知られていた。さらに、ウィリアム・ラウザー（初代ロンズデール伯爵）、ボーモントら貴族の知遇もあって、彼はロンドンの社交界ではすでに著名人として見られていた。

摂政殿下の妻カロライン妃をはじめ、貴族院に籍をおいたばかりの二十二歳のバイロンや、政界人、法曹人など、さらに画家のコンスタブルやヘイドンらと出会ったのも、そうした華やかな晩餐会の席上であった。キーツの友人ヘイドンは、ボーモントの紹介でワーズワスと出会い、以来彼は熱心なワーズワス礼讃者となるのである。

好事に魔がしのび込むのが人の世の常。ロンドンの社交界で詩人は別段浮かれていたのではないが、四月下旬から六月上旬にかけて、つかの間の休日を楽しんでいた矢先、四歳の愛娘キャサリン急死の知らせがとどいた。彼女の死の床には、父親ウィリアムだけでなく、母親メアリーも居合わさなかった。詩人はロンドンの仮宿で、時の首相スペンサー・パーシヴァルが暗殺されたという報道に接した。その直後に、娘の死去が知らされ、六月十五日、詩人はウェールズの弟の家に滞在していた妻をともない、グラスミアへ急いで帰った。牧師館の手前にある教会墓地の、小さな塚のしたに、すでに娘の遺体は眠っていた。彼女が急逝したのは、六月四日の早朝だった。死の三日後に葬儀は、両親の立ち会いもなくおこなわれていた。世の親にとって、愛するわが子を失うほどの不幸はあるまい。

ベンジャミン・ロバート・ヘイドン

この喪失の悲しみから逃れるために、ワーズワス夫妻は夏の悦楽を求めて、ハイハケットへの小旅行に出たが、亡き幼児への愛しさはつのるばかりであった。その悲しみの乾かない、同じ年の十二月、ふたたび愛児の急死に見舞われた。次男のトマスが麻疹《はしか》で、六歳半の短い生涯を終えたのだ。母親メアリーの悲嘆は、ムアマンが指摘するように、「やせ細り、疲れはて、抑えがたい悲しみによる激情のとりこ」[16]となったほどで、終日涙していたというが、詩人はどうにか自制心を保とうとしていた。しかし、彼らが住む牧師館の家は教会墓地の隣にあって、窓を開ければ道路を隔てた向こうに真新しい二児の小塚が見え、それが大人たちに永日の嘆きをもたらした。その嘆きが、執筆を急いでいる『逍遥』の巻本に深刻な影を落とすことは、ワーズワスのように、想像力の根源と日常生活とが結びついた人間にとっては当然のことであったし、事実、『逍遥』に登場する「孤独者」は詩人のその時の心情そのものを反映していた。

ワーズワスは、日常生活の安定を他のどんなロマン派詩人よりも重視した。妻メアリーの心身の回復のため、ワーズワスは住居の移転を考えていたが、そのためには資金が必要だった。心地よい住まいを手に入れることができれば、ここ数年にわたってつづいた一家の漂流生活にも終止符が打てそうだった。

注

（1）*William Wordsworth's Letter to Sir G. Beaumont*, Oct. 24, 1805.

（2）Stephen Gill, *William Wordsworth: A Life* (Oxford: Clarendon Press, 1989), 259.

（3）*The Edinburgh Review*, Oct. 1807.

（4）拙著『イギリス文芸出版史』（研究社、一九八六年）の第四章「ロマン派時代の雑誌」参照。

（5）*The Edinburgh Review*, Oct. 1807.

（6）詩人とセアラ・ハッチンスンとの間に恋愛感情があったか否かについては、誰も明確にはできていない。ただ、セアラは詩人に対して仄かな情愛をもっていたかもしれない。多少の情愛がなければ、セアラは未婚のまま何年もワーズワスの傍にいなかったと思われるからである。そして、ワーズワスも、彼女に対して少なからず好意を抱いていただろう。

（7）ウィリアム・ビヴァレッジ――イングランド国教会の主教。彼は十八世紀末に、'A Discourse Concerning the Excellency and Usefulness of the Liturgy or Common Prayer' において、「カトリック的信仰」の護持を表明している。この一例をもってしても、イングランド国教会内のハイ・チャーチ主義の高揚が理解できよう。

（8）歴史上の誤謬――一八一四年にナポレオンが一時的敗退した際に、ロンドンでは祝賀行事が華々しくおこなわれたとのことを、「歴史上の誤謬」とする見方は、一般的ではない。

（9）John Gibson Lockhart, *Memoirs of the Life of Sir Walter Scott* (Edinburgh: Robert Cadell, 1842), 243 (Chap. XXVII).

（10）Leigh Hunt, *The Autobiography of Leigh Hunt* (Westminster: A. Constable & Co., 1903), 176.

（11）ジェイムズ・ホッグ――文学史上では「エトリックの羊飼い」（Ettrick Shepherd）と呼ばれるが、彼はその名で『ブラックウッズ・エディンバラ・マガジン』に有名な ‘Noctes Ambrosianae’ を連載した。

(12) Stephen Gill, *Ibid.*, 276.

(13)『わが最愛のひと』——ワーズワス夫妻の愛情のこもった往復書簡は長らく未刊であったが、合計七通がジョナサン・ワーズワスによって一九八一年に五〇〇部上梓された。

(14) *William Wordsworth's Letter to Mary Wordsworth*, Aug. 11, 1810.

(15) 吉田正憲『ワーズワスの「湖水案内」』(近代文芸社、一九九五年)、十八頁。

(16) Mary Moorman, *William Wordsworth: A Biography: The Later Years*, 1803-1850 (Oxford : Clarendon Press, 1965), 215.

10 ライダル・マウントと『逍遥』

ライダル・マウント（現在はワーズワス記念館に）

年が明けて一八一三年の一月八日、ウィリアム・ラウザーから、手紙にそえて一〇〇ポンドの手形が送られてきた。詩人はその前年に、ウェストモアランド地区の切手販売支配人への斡旋依頼を、ラウザーに申し込んでいた。そして十月には、依頼内諾の知らせを受け取っていたと推定される。ゆえに、送られてきた一〇〇ポンドは、その給与の一部と考えてよい。近く転居を考えていたワーズワス一家にとって、その金額は実にありがたかった。レイディ・ル・フレミングが所有するライダル・マウントの邸宅に、彼らは引っ越す予定であった。

ライダル・マウントの家は、アンブルサイドの丘陵の中腹にあるが、これまで十五、六年住んできたグラスミアからもさほどの距離ではない。十六世紀に農家のコテイジとして建てられたその家は、十八世紀中頃、マイケル・ノットなる人物の所有となり、大幅な増改築がなされて、今日現存するような邸宅となった。さらに一八〇三年、屋敷は豪商ウォード・ノースの手に渡った後、一八一二年に近くのライダル・ホールに住むレイディ・ル・フレミングが購入するところとなった。

ライダル・マウントでの日々

前年に最愛の二児を相ついで失い、失意のどん底にあったワーズワスにとって、ライダル・マウントへの転居は、生活の立て直しをはかる絶好の機会でもあった。一八一三年五月一日時点で、ワーズワス一家は、妻メアリー、妹ドロシー、長男ジョン（九歳）、長女ドーラ（八歳）、三男ウィリアム（二歳）、義妹セアラ、それに詩人を含めて総勢七人だった。ワーズワスという人は、逆境に追い込まれるたびに、他者からの温かい援助を得て立ち直ってきた。彼と交友関係のあった人びとの多くが、社会的・経済的に余裕のある階層に属していたので、詩人は金銭的な援助を受けやすい環境にあったのだろう。もちろん、ワーズワス自身に人望があったことは言うまでもない。

貴卿から提供される給与を、ためらいなく誇りと喜びをもって拝受いたします。(1)

このように詩人はラウザーに礼状をしたためた。だが内心では、フランスやドイツにくらべ、イギリスという国では文学者があまり保護されていないという不満をもっていたことだろう。したがって、今回の切手販売支配人という官職によってもたらされる年四〇〇ポンドの報酬も、年金のように考えていたかもしれない。だが、その仕事は閑職ではなく、近くのアンブルサイドの事務所での時間的拘束をともなうものであった。

ライダル・マウントの邸宅について、妹ドロシーは、「もし十年まえにこの家が、われわれのものになると夢見ることができたら、小躍りしたことでしょう」と友人に語っている。その想いはワーズワス夫妻とて同じであっただろう。丘の中腹に立つ家の窓からは、紺碧のライダル湖が見えた。広い邸宅のおもだった部屋には、立派な暖炉が据えられ、床にはベルギー製の絨毯が敷きつめられていた。これまでにも造園を手がけたことのある詩人[2]は、十八世紀にマイケル・ノットが造らせた広い庭園の中に、スレート石を用いた自分好みのサマー・ハウスを建てた。さらに、多数の植樹をおこなって、いっそうその美観を調えた。一家はここを以後の生活の拠点と定めて、これまで十年以上もつづいた漂泊にも似た生活に、ようやく終止符を打つことができた。

しかし、愛児を失った悲嘆は、新居にあっても消えることはなかった。

喜びに気づいて——風のごとく抗いがたく
この喜びを分かとうと思いたったが、ああ
おまえたちの他に、誰と分かち合えただろう。　(「ソネット二十七番」一—三行)

ライダルの日々は「喜びに包まれ」てはいたが、ワーズワス夫婦はその喜びを素直には受け入れることができなかったのだろう。彼らにとって、愛児の死は悔んでも悔みきれないことであり、その悲嘆は消しがたかった。そこで、夫妻は気分転換をはかるために、北国へ旅に出ることにした。かつて「最も詩的な国」と讃美した、スコットランドへの旅である。一八一三年七月中旬に、ワーズワスは妻メアリーとセアラ、長男ジョンをともない、九月九日までの約五十日におよぶ長旅へ出かけた。

ヤロー河

グラスミアからネス湖を北上し、インヴァネスに着いたのが八月中旬で、そこからふたたび南下してエディンバラにしばらく滞在した。九月のはじめ、ジョン・ウィルスンを介して紹介された「エトリックの羊飼い」の名で知られる詩人ジェイムズ・ホッグの案内を得て、南部のローランドを巡り歩いた。ロバート・バーンズの詩風を受け継ぐと自認する羊飼いは、スコットランドの民族衣装に身を包み、近年とみにその名声が確立されたかと思われる詩人ワーズワスの案内役をまかされたことを誇らしく思っていた。ワーズワスの方でも、多少とも相通じる詩質をもつ若年の詩人の親切を、心から喜びとしたのであった。ワーズワスはホッグに、十年まえの旅行の際には訪れなかったヤロー河へ、案内を請うた。

かつての旅行の折に書いた「訪れざりしヤロー河」は、ワーズワスの秀詩として名高いが、今回の訪問で詩人は「訪れしヤロー河」を書くことができた。緑濃い山々と、その山峡を流れる河をモチーフとした叙景詩は、以前の作品に劣らぬ優れた出来栄えとなった。その詩想は、単なる叙景にとどまらず、愛児の夭折という悲愁をかかえるがゆえに、いっそうの精神的深まりをみせている。

ジェイムズ・ホッグ

川霧が岸辺に　高く立ちこめ、
解けては　やがて消えていく。
そこなる存在は　つかの間、われもまた。
汝《なれ》は　悲しい心を　払いのけてくれる、
だがわれは知る、いずくへ行こうと　ヤロー河よ！
汝の真正なる形象《すがた》は　われとともにありて、

喜悦を高め、悲痛なるわが心に
生気を与えてくれる。（「訪れしヤロー河」八十一―八十八行）

エトリックの羊飼いが案内してくれたヤロー河は、愛児の早世にともなう悲痛を癒すとともに、ワーズワスに生きる力を与えてくれた。このヤロー河探訪が、スコットランド旅行のハイライトとなった。帰途ワーズワスらは、アボッツフォードにあるスコット邸にも立ち寄ったが、あいにく主人は不在であった。だが、スコット夫人と令嬢とが、一行を温かく出迎えてくれた。そして九月九日、彼らは無事ライダル・マウントの自宅に戻ってきた。

哲学詩『逍遥』

切手販売支配人としての年俸四〇〇ポンドを受け取り、ライダル・マウントの快適な新居に落ち着いた詩人は、官職の間を縫って詩作に励み、これまで断続的に書きつづけてきた『隠修士』の本体とも言える第二部『逍遥』を完結させることに心血をそそいだ。哲学詩『隠修士』執筆の発端は、一七九八年までさかのぼるが、その後十六年におよぶ執筆作業は、紆余曲折を極めた。『隠修士』の構想にさまざまなアイディアを出してくれたコウルリッジとは、いまや疎遠の仲である。四四七頁にもおよぶ野心的な大作『逍遥』は、ついに一八一四年八月、馴染みの出版社であるロングマン社から上梓された。

既刊のワーズワスの詩集の多くに、「序文」や「趣意書」などが付けられてきたが、『逍遥』の巻頭にも、これまで恩義のあるウィリアム・ラウザーへの「献辞」が掲げられ、さらに「序文」が付されている。そこでは、本詩集が全三部で構成される『隠修士』の第二部にあたること、第一部の『序曲』はすでに完成しているが、意に満たない部分があるので、上梓を控えていることが語られる。そして、『序曲』では表明し得なかった「現実の出来事」につい

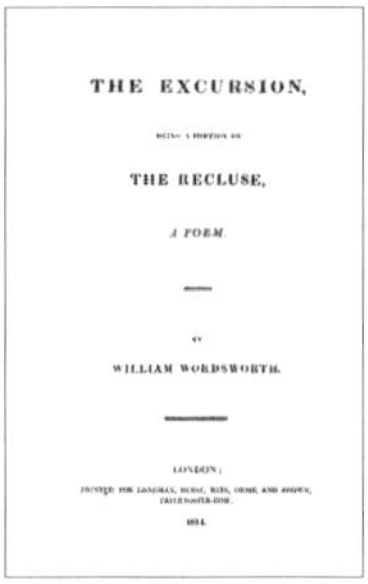
THE EXCURSION,

THE RECLUSE,

A POEM.

WILLIAM WORDSWORTH.

LONDON:

1814.

『逍遥』初版（1814）扉

ての思想的メッセージを盛り込んだ『逍遥』を、優先的に刊行したのだと述べている。このような説明の後、詩人は「趣意書」と題して、無韻詩「グラスミアの家」からの引用を掲げ、本詩集の詩想を明らかにする。

孤独の中で、人間、自然、さらに
人間の生活について　もの想うとき、
……
悲しみの入り混じった　感情ともに、
美しい形象が　わたしのまえに立ち現われる。

（「グラスミアの家」七五四―七五八行）

詩人がここで強調している「孤独」とは、言うまでもなく消極的・否定的感情ではない。そうではなくて、「人間」と「自然」と「生活」について、深い思索に沈むことができる状態が、「孤独」なのである。それは、中世の隠修士たちと変わらぬ精神的姿勢であった。

本詩集『逍遥』の主題が、孤独の中での思索にあることをまず確認しておきたいが、とはいえそれは、現実の場を離れた観念的な思惟ではなく、実生活、つまり湖水地方のグラスミアの土地と不可分に結びついたものであった。もちろん、『逍遥』に描かれているのは、湖水地方の風景だけではない。詩的想像力と関わる普遍的表象としての場所も、そこでは描出されているのである。いずれにせよ、ワーズワスがこの哲学詩において表象する現実世界が、その根元においてすべてグラスミアという土地に結びついている事実は重い意味をもつ。そしてこのグラスミアの土地については、次のように語られる。

美は地上の　生き生きとした存在……
最も美しい理想の姿を　しのぐもの。

（『逍遥』序文　四十二―四十三行）

ワーズワスの詩想的原点であるグラスミアは、「最も美しい理想の姿」さえしのぐ土地であった。そこは、地上の「楽園」にも等しい場所として捉えられている。だが、その楽園的な場所は、本当に存在したのであろうか。グラスミアの周辺に住む人びとの生活は、貧困、不安、悲惨、陋劣、醜悪、そしてあらゆる混沌と不条理によって支配されていた。詩人がこの土地で直視する「現実の出来事」や「現実の情況」は、理想の楽園とはほど遠いものでしかなく、ミルトンが『失楽園』で表象した世界に等しかった。この点では、ワーズワスは明らかにミルトンの詩想を継承しているが、『逍遥』では、魔王サタンや地獄の大魔殿《パンデモニアム》そのものが具象化されることはなかった。この両詩人の間に存在する表象的な隔たりは、かつてキーツが見抜いたように、彼らが直面していた現実世界の差異に他ならない。

マーガレットの物語

叙事詩の形式として、ワーズワスは『逍遥』に劇的構造を導入する。この哲学的叙事詩には、「旅商人」「孤独者」「詩人」「牧師」の四人の語り手が登場する。第一巻では、旅商人が語り手を務め、薄幸の女マーガレットの短い生涯を物語る。この箇所は、当初は「マーガレットの物語」と題されていたが、次に「廃屋」と改められた詩を元にしており、多くの評家によって高い評価を与えられてきた。最初にこの「廃屋」を読んだコウルリッジが、ワーズワスの詩的才能に惚れ込み、そこから『隠修士』の構想が始まったことはすでに述べた。

女主人公マーガレットは、『抒情歌謡集』の「放浪する女」や「狂った母親」とも相通じる悲運の女性である。彼女の一生についてては、第5章ですでに詳しく述べたが、『逍遥』全体の理解のために、ここでまたその物語を振り返ろう。マーガレットは愛情深くて賢い働き者であり、村の陽気な若者と所帯をもつ。やがて二児に恵まれるが、戦争や自然災害で生活は貧しくなるばかり。そこで夫は、貧困から抜け出すために軍隊に入るが、間もなく行方知れずとなる。それに追い打ちをかけるように、マーガレットが女手一つで育てあげた子供たちも病死してしまう。住む家は荒れ果て、身も心もぼろぼろになっても、マーガレットは愛する故里の土地が離れられず、人生なかばにもいたらぬうちに、廃屋の中でひとり死んでしまう。

この旅商人が物語るマーガレットの悲劇は、グラスミアの周辺に住む人びとにとっては、決して珍しいものではなかったに違いない。この悲話は、人間の生き死にに関わる主題を、詩人が「現実の出来事」としてたいへん重視していたことを物語っている。ワーズワスが故里グラスミアの地で、孤独な隠棲生活を営みはじめた時、まず彼の日に映ったのが、土地の人びとのこのような悲惨な現実であった。

マーガレットのように、貧しい村で幾多の苦難に見舞われ、悲運のうちに墓場に向かうだけの人生を歩んだ女性は、グレーの『田舎の墓地で詠める悲歌』の貧しい田舎の人たちにその原型を見出すことができる。だが、その十八世紀の憂愁詩人の詩に見られたような曖昧性は、ここには存在しない。グレーは貧しい人びとの現実をなかば肯定しつつ、反面満たされないアンビヴァレンスを表徴した。だがワーズワスは、苦難に満ちたマーガレットの人生を、「十字架を背負わされた」人間の、「つかの間の姿」として捉え、最終的に彼女は、自然の中で「清められた慰め」を得ることができるのだと唱ったのである。『逍遥』において彼は、マーガレットの悲劇をそのままに受け入れ、いっさいの曖昧性を排している。

詩人の分身としての「孤独者」

旅商人の語りで始まった『逍遥』は、つづく第二・三巻では「孤独者」が主人公の役割を演じる。この孤独者は、作者である詩人の分身として、物語を紡いでいく。『隠修士』の第二部『逍遥』の詩想的骨格は、孤独者を通して具現化されていくと言ってよい。

この孤独者のように、「隠修士」と呼び得るような生活を送っている人びとの存在について、ここでふたたび確認しておきたいと思う。『逍遥』を読む時、多くの日本人は彼らを単なる隠遁者と捉えがちだが、実際はそうではない。たしかに「隠修士」は、自然と関わり対話するという特徴をもってはいるが、基本的には「宗教的人間」として解釈されなければならないと考えている。

むろん、『逍遥』の孤独者は修道院には所属してはおらず、グラスミアの山の片隅、正確にいえば西ラングデールにあるブリー・ターンの近くにある、山を背にして建てられた石造りの粗末なコティジで、ひとり生活を営んでいる。スコットランドの荒野の貧家に生まれた彼は、利発な青年へと育ち、聖職者の教育を受け、地方の牧師として一家を成した。だが、家族運には恵まれず、妻子とは死別し、絶望の果てに聖職を離れる。その後、フランス革命に触発された彼は、ふたたび聖職者に戻る。人類再生をめざす革命精神に共鳴したのだが、革命の推移を見てふたたび絶望し、自由と希望を求めて新大陸へ渡る。彼はそこでさらに西部へ移住するのだが、その地でも心の充足を得ることはできなかった。

ラングデールの風景

最終的に、かつて教会の聖職者であった孤独者は、故山の自然の懐ろにふたたび帰り、隠修士同然の生活を営むこととなった。このような孤独者という語り手について、見落としてはならないのは、彼が社会に適合できない性向をもつ人間だということだ。彼はかつては聖職に身をおいた人であったが、今は教会を離れて懐疑主義者となっているのである。しかし、そのように社会から孤立し、失意をかかえながら、なお隠静修道士的な生活を保っていることもまた、留意されなければならないだろう。

したがって孤独者は、近代社会からは疎外された「少数者《マイノリティ》」であるが、明らかに近代の宿命を背負う人であって、そのような人物が『逍遥』において主人公の地位を与えられているところに、この哲学詩の近代性を見出さなければならない。しかし、繰り返すまでもないだろうが、孤独者は中世修道院時代のような隠静修道士とはなり得ないのであり、近代精神の危機を包摂しながら、自然との対話の中で「失意」からの回復を求めていく人間なのであって、その自然との対話にワーズワスの詩想の原点が存在することもまた自明であろう。

孤独者の失意と絶望からの回復が、『逍遥』の核心部であり、旅商人や詩人との対話と通じて、それは具体的に表象されていく。まず老人である旅商人が、自分の死生観や信仰を語りはじめる。彼もまた孤独者と同様に、スコットランドの貧家に生まれ、喪失の悲運を背負いつつ、すべてに耐えることを知り、自然との対話を通じて至福を得てきた人である。しかも老境におよんで、ほとんどいっさいの我欲を捨てて、魂の自由を獲得した人間であり、このように孤独者に語りかける。

人は耐えなくてはならない。
また自らを超克して　高めあげることができなくては、
人は　何と哀れな存在であることか。
人間性を　悟得するだけに生きるのではなく、
あらゆる自然物を探求する人は幸いである。　（『逍遥』第四巻　三二九―三三三行）

旅商人の老人は、自然探求を尊い人間的営為だと見做している。そして、孤独者は、彼の祖国スコットランドにおける、宗教改革以降のピューリタンのグループ、より正確にいえば長老教会の歴史を懐古しながら、「北方のアテネ」とも呼ばれたエディンバラを中心とした、十八世紀の知識人たちの啓蒙主義思潮に対し、批判的言辞を並べたてるのだが、それはこの山あいで自然を敬愛しながら孤独な生活を営むひとりの人間としての思想の表明に他ならない。その孤独者の近代への批判に、旅商人や詩人も同意し、彼の失意を慰める。その時賢者たる老齢の旅商人は、次のような言葉を与える。

われらが見たり感じたりするものは、すべて
肉体的感覚の　すこぶる繊細な機能まで
刺激し、洗練させてくれる。あるいは
また道徳的な力の　確固とした座に

地上的欲望を高め、神の愛の高座に
われらは理性的な魂を高揚させる。　（『逍遥』第四巻　一二七〇―一二七五行）

ワーズワスは『逍遥』で、孤独者が自然との対話によって失意から回復していく姿を描く。だがそのうちには、キリスト教の正統思想からすれば、近代的な逸脱が認められることも事実である。ただ、そのような逸脱は、第四巻において少しずつ修正が試みられていることも見逃せないだろう。

ハイ・チャーチ主義の表明

「牧師」と題される第五巻では、谷間の岩屋を離れた旅商人、詩人、孤独者の三人が、一つ山を越えたところにある村の教会へやってくる。その教会の聖堂は、村を囲む自然とともに、その地域の人びとの生活を支えてきた歴史的な遺産であり、中世ノルマン様式の聖堂の内陣が細部まで描写される。その床に敷かれた墓石に記された碑文や、人びとの足で踏まれてすり減った真鍮の像は、村の歴史や伝統の継続性の表徴でもあった。その後、教会墓地に出た三人は、その教会の牧師と出会い、人生の不条理について問答を交わす。哲学者でもある牧師は、人は最善の理性をもってしても、その不条理性を超えることはできず、崇高な人生の目的を達成することもできないと言う。

この第五巻の舞台である教会墓地は、村人たちの生と死を結びつける場所であり、過去と現在と未来とをつなぐ役割をもつ空間である。墓地という現実に存在する場所は、生と死をつなぐ時間の連続性の中で捉え直されている。

ふたたび　繰り返して言うが、生命は神聖にして
人間愛の力に他ならず　それに苦痛、闘争、試練を経て

試されるのです。もしそのように認識し、
聖化されるならば、やがて死の影と
静穏な安楽のうちに　終わりなき喜びへと　導かれるのです。
（『逍遥』第五巻　一〇一二―一〇一六行）

ここでワーズワスが牧師に語らせているのは、詩人自身の「死を通して見る信仰」の表明である。ここで牧師は、究極の安息を得られるような死について語っている。おそらくこの箇所では、『逍遥』の全巻を貫いている、ワーズワス自身がもつ最も崇高な思想と信仰が、難解な哲学的命題としてではない形で、すべての曖昧性を排して語られていると言ってよい。ここにいたれば明らかだが、ワーズワスはもはや、自然との対話を重視するだけの詩人ではない。彼の詩想は、神との対話を重んじる宗教的な想念へと収束していくのである。

この教会墓地の牧師は、さらに教会典礼の意義を強調するが、それは、十八世紀におけるイングランド国教会の典礼の退嬰化に対する批判と見做してよい。ワーズワスは教会典礼について保守的思想をもつが、その根底には、啓蒙思想や科学技術の進歩がもたらした近代的な文化に対する危機意識があったと見るべきであろう。そしてこの批判は、イングランド国教会の典礼を、中世カトリック教会時代に立ち返らせるべきだという主張に他ならない。ここで彼は、明らかにハイ・チャーチ主義を表明しているのであって、この時点からワーズワスのハイ・チャーチ主義の立場は明確になったと言えよう。当時の批評家の大半はこのような彼の宗教思想の変容に気づかなかったが、牧師であり詩人でもあったジョン・キーブルのような人物は、その事実を見抜いていたに違いない。

『逍遥』の後半、第六・七巻は「山中の教会墓地」と題される。墓地のような一見意外な「場」に詩想をふたたび重ねることには、ワーズワスなりの必然性があるのを思い出しておく必要があるかとも思う。幼少期における両親との死別はともかく、二人の愛児をグラスミアの教会墓地に葬った記憶はまだ真新しかったのである。ワーズワスの一世代まえのイギリス詩壇に、スコットランド出身のロバート・ブレアなど、墓畔詩人と名ざされる詩派が存在しており、ワーズワスが彼らの影響下にあったことも否めないだろうが、彼にはすでに指摘したように、もっと悲痛な現実体験がともなっていた。

教会墓地の牧師は三人の客人に向かい、墓地に眠る人びとが生前に味わった絶望や不安、悲惨、苦しみについて語り聞かせる。失恋した男、鉱石掘りの人夫、放蕩息子、不倫をした男などの人生が語られ、その語り口は『カンタベリー物語』の巡礼者のそれを思わせる。その中でも、エレンという女性は、最も悲惨な生涯を歩んだ人物であり、ジョンストンは彼女を、「墓地で語られた人物の中で最も劇的展開の成功した人物として描かれている」[3]と評した。彼女はさまざまな苦悩を背負いながら生き抜いてきた女性で、『逍遥』の第一巻のマーガレットと比すべき存在である。

村一番といわれるほど思慮深いうえに、優雅な美しさを備えた娘エレンは、村の若者と結ばれるが、男の不実に裏切られ、父親を知らない子を産み落とす。そしてシングル・マザーとして、貧しい乳母の仕事をしながら、懸命に幼な児を育てているが、そんな哀れな母子に対する世間の目は冷たかった。半年も経たないうちに、子供は重篤な病いにかかって亡くなる。幼な児の死後、彼女は生きる気力を失い、日々衰弱するばかりだったが、それに追い打ちをかけるように、荒れ果てたコティジも、夏の水害で押し流されてしまう。そんなエレンの悲運の半生を語る牧師は、彼女を「マグダラのマリア」にたとえる。そしていよいよ死期の迫った彼女は、すべての人びとに心を開きながら、このように今際《いまわ》の言葉を残して息を引きとった。

苦しみを与えられる主は　わたしの耐える力を知っておられる。
わたしが衰えはてて　もはやこれ以上は耐えられない時に、
慈悲深く　主のもとへと導いてくださるのです。　（『逍遥』第六巻　一〇四五―一〇四七行）

このように表象されるエレンの悲劇は、第一巻のマーガレットのそれとは本質的に異なる。マーガレットは自然との融合を果たして死を迎えたが、エレンの死は真正な信仰に基づくものであった。エレンの死は、キリスト教の正統思想そのものの表象に他ならないのである。

文明社会への批判

第八巻の「牧師館」では、主題は一変して文明社会へ批判が加えられる。牧師館に戻った三人の客人と牧師との間で、近代社会の物質主義や、精神の危機的情況などが論じられる。産業革命によってもたらされた科学技術の進歩や、経済の発展による社会システムの変化によって、人びとの生活にはさまざまな歪みが生じた。また、各地で進んだ都市化は、自然破壊を招いたし、農村から都市へと流れ込んだ労働者たちは、日夜過酷な労働を強いられ、働いても働いても貧困から抜け出せず、そこにかつての労働の喜びは存在しなかった。他方、富める者は道徳心を失い、限りなく物欲を満たし、物質的利潤のみを追求するため、格差は拡大するばかりである。あるいは、中世から保持されてきた家庭における家事の喜びは失われ、父と子が連れだって畑仕事に出かける姿も見られなくなった。息子たちの多くは都会に出て堕落し、父祖の家業を継ぐ者はなく、家庭そのものが崩壊しつつあったというのが、詩人をとりまく現実社会の実相であった。このような当時の社会の有様は、今日の先進国におけるそれと同じである。

科学の進歩による文明の発展は、物質偏重のいびつな社会をもたらした。不安と混乱とが増大し、人びとは信仰や道徳心を失い、その能力や精神は一方的に劣化堕落してしまって、社会そのものが危機的情況に追い込まれている、とワーズワスは語る。こうした痛烈な批判は、ワーズワスがミルトンの『失楽園』より進んで、現実社会や文明の根幹への洞察を深めている結果であって、その意味においてこの哲学的叙事詩『逍遥』は、十七世紀の神話的叙事詩よりも、いっそう現代的な側面をもっている。

この『逍遥』の第八巻は、たしかに詩的表象や物語的構成の魅力に欠けるのは事実だが、そこで展開される十九世紀の文明社会への批判は、ロマン派時代の他の詩人にはあまり見られないワーズワス独自の詩想であるのみならず、二十一世紀の今日の社会にさえ通じる普遍性をそなえている。

「旅商人の話と夕べの湖畔の散歩」と題される最終巻は、第一巻と同じように、賢者である旅商人の回想から始まる。彼は少年時代に、機械の奴隷として働かされ、その果てに精神をそこなわれたと語り、第八巻の近代社会への批判がまた繰り返される。そこで彼がとくに強調するのは、社会的格差の問題である。ただ、「人と人とを隔てるほど大きなものがあるだろうか」との語り手の疑問は、単に現実社会を批判する言辞であるだけではなく、内面化されていく。

高貴なる才能は　すべての人びとに等しく分かち与えられている。
理性と、微笑と涙とは　その理性をともなって与えられ、
想像力も　意志に基づく自由も、
導き保証する良心も、また来たるべき死も、
すべての人びとに宿る霊魂の不滅も　等しく与えられている。
（『逍遥』第九巻　二二一―二二五行）

こうした詩人独特の人生哲学に、むろんコウルリッジ的な理論的体系性は見られず、想像力の飛躍が存在していることは事実である。コウルリッジが『文学評伝』で指摘したように、哲学詩『逍遥』に思想の理論的体系を求めるのは当を得ないのである。だが、そこにはコウルリッジには見られないような、ワーズワス独自の宗教的な詩想の成熟があることもまた事実であろう。
その後も、第八巻との重複が見られるものの、旅商人による近代の文明社会への批判はつづけられる。ナポレオンによる政治・軍事的圧迫がヨーロッパ全土に拡大し、人びとの自由な生活が脅かされている情況が表象されている。詩人がこの草稿を、ロンドンのロングマン社に送った六月の時点で、ナポレオンの一時的な敗退は明確になっていたが、そんな「歴史上の誤謬」など問題ではなかろう。旅商人はさらに、イギリス社会の危機的情況を憂慮し、それに対処するには市民による啓蒙主義的な活動や、真正なる信仰の回復、さらに為政者による普遍的価値

の確立が必要だと主張する。

夕暮れの湖畔の情景

しかし、社会批判は第九巻のなかばで終わり、問題の核心への追及は見られないまま、物語は後半部の主題「夕べの湖畔の散歩」へと移行する。夕暮れに染まりゆく湖畔の美しい情景の中で、彼らは時代に対する危機感に包まれながら、自然との対話による魂の救済を求める。ただここでは、『逍遥』の前半のように、自然との対話に終始するのではなく、夕暮れの湖畔の至福の情景すらも、神の被造物の「かすかな影」とされ、最終的にはキリストによって与えられた愛に対する信仰が確認される。これは、ミルトンが『失楽園』の終章で楽園回復への希望を語ったのと同じような図式である。

愛を通して　おこなわれる信仰の法《おきて》は、
原罪と罪悪とを　克服することができ、
最後の勝利を　得ることができるでしょうか。
全能の神よ　おん身の慈悲をどうぞ　お与えください。

（『逍遥』第九巻　六七二―六七五行）

楽園回復への希望は、この旅商人の言うように、「愛を通しておこなわれる信仰」と祈り以外に見出し得ない。いまや失意にあって、現実に生きる希望すら見出し得ない、『逍遥』の主人公のひとりである孤独者の心が、最終的には癒されて精神の十全な回復にいたるか否かは、すべてこの愛の信仰に対する確信と祈りとにかかっているといえよう。だがワーズワスは、『失楽園』の終章で天使たちが現われたのとは対照的に、夕暮れの湖畔の自然の情景を描くことでこの詩を閉じるのだ。

この夕べの祈りを終えると、すぐに
高い丘から　平らかな湖畔の路をたどり、
われわれは　家路を急いだ。
言葉もなく、薄れゆく夕空のもと、
暗い影の拡がる　湖面を見渡しながら。
天上に輝きを帯びる光の轍《わだち》はなかった。
（『逍遥』第九巻　七五五―七六〇行）

この夕暮れの湖畔の情景は、果たして何を表徴しているのだろうか。この疑問に答えている評家はほとんどいないのだが、『逍遥』を読むうえではその情景がもつ意味を看過することはできないと思う。故里のグラスミアの土地で、ワーズワスは長らく楽園の回復を希求しつづけてきた。だが結局彼は、楽園の十全な回復を可能にするようなものを見出すことができなかったのである。「輝きを帯びる光の轍はなかった」という箇所の意味は、曖昧性が避けられないが、あえて言うなれば、それは煉獄意識に近いと思われる。[4] ただ、詩人がダンテの『神曲』の影響を受けているかどうかは不明であるし、彼自身も晩年に自分がカトリック信仰にほとんど無知であったと告白している事実を鑑みると、断定的なことは言えない。

イギリス・ロマン派詩人の中で、この煉獄意識をただひとり明確にもっていたのはキーツである。ワーズワスとキーツは、ある種の宗教的想念を共通してもっていたように見える。『逍遥』のこの夕映えの情景にも、キーツの煉獄思想に近似するものがあると指摘しておきたい。詩人は真正な愛の信仰によって、限りなく楽園思想に近づきはしたが、結局は完全な楽園回復を得ることはできず、明暗分かちがたい煉獄的現実にとどまる他なかったというのが、『逍遥』の帰結だったと思われる。

とはいえ、最後に蛇足的に強調しておかなくてはならないのは、この哲学詩でワーズワスが天上的な愛への信仰を繰り返し表象したことである。もちろん、それはイギリスのロマン派詩人の誰にも見られる特徴ではあるが、彼ほどその詩想を、現実生活と結びつけながら、より深く探求した人は、他にはいないだろう。

誰しも著作の脱稿後に、十分な満足感にひたることなど不可能だろう。ワーズワスは『隠修士』の第一部『序曲』の出来に不満を抱き、第二部『逍遥』の出版を先行させたのであったが、ラウザーへの献辞の中では、それが「不朽の作」となることを期待しつつも、結果的には「期待に反する」作品であるかもしれないと告白した。それは詩人としての真摯な気持ちであったと思われる。

『逍遥』への評価

当時ロンドンの論壇や文学界では、ようやく『エディンバラ・レヴュー』と『クォータリー・レヴュー』の二大評論誌による圧倒的支配が確立していた。W・L・レニックがこの時代について「政治の革命は遠ざかり、他方で文学の革命が近づいていた(5)」と指摘しているように、文学界は歴史の大きな転換期を迎えていた。先の二大評論誌の他に、数多くの評論誌や週刊誌などがひしめき合う情況は、後期ロマン派詩人たちの登場とともに、まさしく百花繚乱の様相を見せはじめていた。そんな、騒然としたとも言い得る状態の文学界が、ワーズワスの『逍遥』を見逃すことはあり得なかった。事実、十誌ほどの雑誌が、その批評・紹介をおこなったのだが、それは当時の活気づいた論壇の情況を念頭においてもなお、一つの注目すべき事例と見做してよいだろう。そのうえ、今日のワーズワス研究者や文学史家による評価とくらべて、彼らの評価は好意的なものが多かったのである。

好意的批評のほとんどは、マーガレットとエレンの悲話や、孤独者の苦悩に満ちた遍歴に共感を寄せていた。一方で、旅商人、孤独者、詩人、牧師らの対話による劇的構成を非難する論評もいくつかあったものの、概して肯定的な見解が多かったと言ってよい。だが、いずれの評家も、ワーズワスの『逍遥』を、そこにいたるまでの詩人の詩想の展開や、彼の思想体系の文脈のもとで、正確に論じることはできなかった。そのあたりが、長期的ないしは巨視的な展望を欠く当時の批評の限界だった。

そうした情況にあって、保守派の最有力誌『クォータリー・レヴュー』に、一八一四年の十月早々、ラムの執筆になる『逍遥』の好意的な批評が現われた意義は小さくない。数年まえから同誌の定期寄稿家となっていた桂冠詩人のサウジーが、旧友ワーズワスの新詩集の批評を、編集主幹であるウィリアム・ギフォードに働きかけたとみられている。ラムの批評は、かならずしも正鵠を射たものとは言えないが、同志ワーズワスの詩情に共感を寄せていたのは、まぎれもない事実だった。以下はラムの文章である。

チャールズ・ラム

この詩の主たる魅力はおそらく、会話体の構成に見られるように、詩人の故里の山々がもたらす最もロマン的な風景の中でその対話が進行する点であり、またその表象性や、変化に富む快い描写に見られるように、読み進むにつれて絶えずそれらが具現化されつつ読者に訴えてくることである。(6)

今日『逍遥』の詩的構成への批判は、主としてその会話体に向けられているが、ラムは「ロマン的な風景の中で」対話が進行する部分を、この詩の「主たる魅力」だと指摘している。それはたしかに好意的評価なのだろうが、ラムがワーズワスの『逍遥』の宗教的本質を見抜けなかったとも言える。ただ、雑誌主幹のギフォードは、オックスフォードのクライスト・チャーチ出身で古典や神学に相当造詣の深い人物ではあったものの、肉体的障害をかかえていてすこぶる短気であり、このラムの草稿の三分の一を断わりもなくばっさり削除したと言われる。したがって、その部分にラムが最も言いたいことが書かれていたのかもしれない。

この『クォータリー・レヴュー』の批評を皮切りに、『マンスリー・レヴュー』で評者ジョン・ハーマン・メリヴェールは、ワーズワスをミルトンに比肩し得る大詩人と評し、『エクレクティック・レヴュー』『ブリティッシュ・クリティック』、さらに大衆的な『ラ・ベル・アンサンブル』などの各誌も、概して好意的批評を掲げた。そしてこれら数多くの評論誌に押されて、一八一七年に歴史を閉じることになる保守系の群小評論誌『クリティカル・レヴュー』が、次のような本質的な論評を載せたことは注目される。

われわれの感覚のまえに存在するものが、このように物質的なものであれ、一時的なものであれ、それらは精神に霊的かつ永遠なるものを連想させるのであって、そのような連想はわれわれをまた、高貴なるもの、清らかなるものへと向かわせるのである。[7]

こうした好意的評価に対して、否定的な評論を掲げたのが、『エディンバラ・レヴュー』のフランシス・ジェフリーと『エグザミナー』のウィリアム・ハズリットである。ジェフリーは、『逍遥』の語り手を「湖水の山峡に自己のために建てた、卑少な偶像の社を崇拝する」自己中心的な隠静修道士だと言い、思想的メッセージは「すこぶる常識的」と断じたのであった。この評者のある種抜きがたいワーズワスに対する固定観念は、ここでもほとんど変わることがなかった。『エグザミナー』に掲げられたハズリットの論評も、「ワーズワスは自己中心的な孤独に、思索の深い静寂の中にもっぱら自己を置いている[8]」と手厳しかった。そして『逍遥』の詩想は、理解しがたい神秘主義だと断じ、さらに、その語り手たちはすべて詩人の自己表現に過ぎないと切り捨てた。ジェフリーもハズリットも、見当違いとは言えないまでも、従来のワーズワス観にとらわれ、詩人の思想の深化を見逃していた。

先述したように、当時の『逍遥』に対する論壇の評価は、総体的には好意的なものが多かったけれども、それらは『クォータリー・レヴュー』を除けば、ほとんどが群小評論誌であった。一方で、最も影響力のあった雑誌の論客であるジェフリーやハズリットからは、否定的評価しか得られなかったことに、ワーズワスは衝撃を受けたに違いない。だがそれでも、詩人は自分の著作や詩想に絶大な自信をもっていた。これまで上梓した詩集に対しても、数多くの非好意的な批評がなされてきたため、ワーズワスはすでに打たれ強い詩人になっていた。

ウィリアム・ハズリット

この壮大な叙事詩において、ワーズワスが思想的に孤高の境地にまで登りつめたことは確実であって、それをハズリットが「自己中心的崇高」[9]と評したことも理解できる。だが正確を期していうならば、その「自己中心的崇高」は、限りない自己滅却の精神を同時に志向するのである。そこには、詩人の人間として成熟した精神の結実が存在することを見落としてはなるまい。

今日の多くの学者・批評家が指摘するように、『逍遥』が全体の詩的構成に難点をもつこともまた事実なのだが、これほど本格的な哲学的叙事詩は、ロマン派時代の半世紀を見渡しても他に例のないこと、そして詩人の正統的な信仰を表明する最高傑作の一つであることは否むべくもないだろう。

こうした論壇の批評とは別に、ワーズワスが気にかけていたのは、長年の詩友コウルリッジからの反応であった。どうやら彼が『逍遥』の詩想に不満を抱いているらしいことは、半年後に届いた手紙から伝わってきたが、作品に対する哲学詩人らしい明確な具体的論評はなかった。

それが明らかになったのは、一八一五年五月に執筆がはじめられ、一七年七月にレスト・フェナー社から上梓された『文学評伝』においてであった。この著作の動機は、直接的にはワーズワスとの協同詩集『抒情歌謡集』の刊行時に味わった挫折感であったと解されるが、一八一五年五月の時点で忖度すれば、『逍遥』に対する自分なりの感想を表明しようとの思いも少なからずあったに違いない。本書の中で表明されたワーズワス批判は、今日ではおよそ伝説化されている。そこでは、『抒情歌謡集』の改訂版で、自作「クリスタベル」が拒否されるという、不当な扱いを受けたことへの不満と、さらにはその「序文」でワーズワスが表明した詩作の方法を巡る意見の喰い違いなどが語られている。ワーズワスは詩の題材として「自然と日常性」を求めたのに対して、コウルリッジは「超自然性と非日常性」を追求しており、そこに齟齬の源があるのだろう。そして肝心の『逍遥』に関しては、この叙事詩の語り手である四

S・T・コウルリッジ

真に偉大な詩人

人の人物たちが「他人の口を通じて腹話術をおこなう」に過ぎず、ワーズワスにはシェイクスピア的な「万人の心」を表象し得る「真の才能」が見られないとの診断をくだしている。

コウルリッジはワーズワスについて、「瞑想的哀感」は深くたたえているものの、他者との苦しみを共有し、人間的共感を寄せる能力は欠くとし、「偉大な観照者」に過ぎないと断じた。こうした手厳しいワーズワス批判は、限定的には容認できるものである。だがその一方で、コウルリッジは長年の詩友として、ワーズワスが想像力と空想とを混同しがちであることを指摘しつつも、彼が「聖なるヴィジョンと力」とをそなえた「真の詩人」であり、近代の詩人の中では「シェイクスピアやミルトンに最も近い存在」だと評することに躊躇しなかった。

『逍遥』刊行の半年後、一八一五年二月の時点で、発行部数五〇〇部のうち、売れたのは約半分の二六九冊であった。その時点ではまた論壇の批評などの影響は考えられないが、新詩集の反響としてはさほどよくもなく悪くもない。だが、妹ドロシーはセアラ・ハッチンスン宛の手紙で、兄ワーズワスの文学的成果は、これから先も経済的利益にはつながらないだろうとの、厳しい現実的判断を伝えている。

今わたしにははっきりと分かりました。わたしの愛する兄は墓の下に葬られるまで、その作品は決して利益を生むことはないでしょう。……でも彼の詩がどんなに軽く見られようと、大量に売れる以上に、ずっと長く読まれることを信じています。(10)

ドロシーはすでに、近年のスコットの商業的な成功や、バイロンの『チャイルド・ハロルドの巡礼』の爆発的人気を知っていたが、兄が彼ら以上に「長く読まれる」真に偉大な詩人であることを堅く信じて疑うことはなかった。ドロシーがこのような認識をもった背景には、読書を嗜む人の数が急増していたという社会的事実があったに違いない。これは、一八一〇年代以降に定期刊行物の発行部数が増えていたことからも分かる。むろんワーズワスとて、そんな社会的な事情を知らぬはずはなく、自分の資質や詩想を、あえて孤高の境地でかたくなに維持することを、自らに課していたと思う。それが他者からは、「偉大な観照者」と評されたのであり、そのような評価はあのオスカー・ワイルドでさえ、その著『文学論集《アプリシエーションズ》』で変えることがなかった。

画家ヘイドンとの出会い

一八一五年五月、ワーズワスと妻メアリーは、これまで親しく面倒を見てきたコウルリッジの長男ハートリーの、オックスフォードのマートン・コレッジへの入学に付きそい、その後二年ぶりにロンドンに立ち寄った。そこでボーモント、ラム、スコット、ゴドウィン、T・N・タルフォードらと旧交を温め、さらに『エグザミナー』の主筆リィ・ハント、新しく発刊されたばかりの『チャンピオン』の主筆で、後年有名な『ロンドン・マガジン』に携わることになるジョン・スコット、さらには画家ヘイドンらと会う機会を楽しんだ。だがその人びとの中に、ハズリットは加わってはいなかった。

ワーズワスが今回ロンドンに滞在していた時期に、ヨーロッパの政治情勢は歴史的転換期を迎えていた。前年にエルバ島に追放されていたナポレオンは、一八一五年にふたたびパリに舞い戻ったが、六月十八日、ウェルズリー将軍が率いる軍勢に、ベルギーのウォータールーで完敗した。前年のエルバ島への追放を大々的に祝賀したイギリスでは、このウォータールーの勝利に際して、あまり派手な祝賀行事はおこなわれなかった。実際、対ナポレオン戦で軍事的勝利は得たものの、政治・経済情勢は依然苦境を脱してはいなかったのである。

けれども、前年にナポレオンの失脚を祝わなかった湖水地方では、今回の勝利を祝して、スキドウ山の山頂で、八月二十一日、大きなかがり火を焚く行事がおこなわれた。そのようにイギリス全土がウォータールーでの勝利で沸き返っている時に、ワーズワスはその軍事的勝利を素直に喜ぶ気持ちにはなれなかった。とはいえ、ジョン・スコットが創刊して間もない『チャンピオン』誌に、求められてソネット二篇を送り、そこでナポレオンを自由の破壊者と言って批判し、ヨーロッパ世界を動乱に巻き込んだ圧制者への怒りを、次のような激しい言葉で表現した。

自暴自棄になって、人びとの
生活や美徳を　平気で踏みにじった。

このような詩人の政治的姿勢は、「シントラ協定について」以降でとくに顕著になったものであるが、彼のリベラリズムは以前にも増して強固なものとなったと言えよう。

この度の画家ベンジャミン・ロバート・ヘイドンとの出会いは、詩人にとって大きな意味をもつこととなった。ヘイドンは歴史画家として、すでに画壇で一定の評価を受けていた。また、彼はかつて、在オスマン帝国イギリス大使であったトマス・ブルースがギリシャのパルテノン神殿からもちかえったエルギン・マーブルの壮大な美しさに圧倒され、その大理石彫刻が大英博物館へ収蔵される際に、少なからず尽力をした人物でもあった。その頃、ヘイドンは有名な歴史画『キリストのエルサレム入城』の創作を開始し、イエスを迎えるエルサレムの群衆の中に、ヴォルテールやニュートンらといった歴史上の人物とともに、ワーズワスやラムやキーツを描き入れる構想をもっていた。そんな画家の気持ちに応えるかのように、ワーズワスは彼に「ささやかな捧げもの」として、ソネット三篇を贈った。

『キリストのエルサレム入城』

ヘイドンがワーズワスと最初に出会ったのは、コルオートンのボーモント邸に滞在していた時であった。爾来幾冊か彼の詩集を繙くたびに、詩人に対する尊敬と讃美は深まっていた。そしてたまたまハムステッドの客間で、新進詩人のキーツと面識を得て、その稟質を見抜き、厚い好意を寄せながら、彼がハントやシェリーら左翼の急進派に傾斜するのを懸念して、正統的な保守思想に近づけようと心を砕いたりした。

キーツがワーズワスの詩集に初めて接したのは一八一五年夏のことで、友人のG・F・マシュウズの助言によって、『二巻詩集』を繙き、その後『抒情歌謡集』『逍遥』

などを読んだと考えられる。その間に先述したように、ヘイドンからの熱心な思想的教化を受けていた。若輩の駆け出し詩人は、画家にソネットを書き贈り、先輩詩人への崇敬の念を伝えた。

偉大な魂が　いま地上をさ迷うている。
……
これらの魂が　この世にもう一つの心を、
感動を与えることになろう。力強い創造の
音が　遠くから聞こえないだろうか。
おお　しばし耳を傾けて　沈思してほしい。（「ヘイドンに寄せる」一―十四行）

ここで言う「地上をさ迷う」「偉大な魂」とはワーズワスを指している。そしてまた別の機会に、キーツはミルトンの『失楽園』と比較して、ワーズワスの『逍遥』にはミルトンを超える近代性があると指摘し、今の時代に嬉しいものは、『逍遥』と「ヘイドンの絵」と「ハズリットの文学」であるとも述べている。ヘイドンはキーツの熱い想いに応えるように、先のソネットを、「ヘルヴェリンの山頂」にいるワーズワスのもとに届けた。

これより少しまえ、一八一六年の五月、ワーズワスは兄リチャードの急逝を知らされた。兄弟は性格的な齟齬のためか、近年はさほど緊密な関係にあったとは言えなかったし、兄が前年妻と離婚して若い女性と再婚したことも、詩人は快く思ってはいなかった。そんな矢先の訃報だった。しかも兄は生まれたばかりの幼児を残していて、それが弟には気がかりとなった。

キーツとの交流

翌一八一七年三月、ロマン派第二世代の詩人キーツは、上梓したばかりの処女詩集を、「著者の真の敬意を込めて」という添え書きとともにワーズワスに贈ったが、先輩詩人からは何の返礼もなかった。事実、ワーズワスはその詩集の頁にナイフを入れることすらしなかった。しかし、キーツがその詩集で、「睡眠と詩」をはじめとしたいくつかの詩において、ワーズワスの影響を受けていることは明らかであり、彼の「消極的受容力《ネガティブ・ケイパビリティ》」の発想や、『エンディミオン』における愛と美の詩想に関しても、ワーズワスからどれほど多大な影響を蒙っているか分からない。だが、肝心のワーズワスの方には、この若輩詩人に対する関心はほとんどなかった。

その間にヘイドンは、キーツをワーズワスに会わせる機会を作るために動いていた。ワーズワスは妻と義妹セアラをともなって、一八一七年十二月ふたたびロンドンを訪れた。そして十二月二十三日、ヘイドンは制作中の『キリストのエルサレム入城』の大画布に、群衆のひとりとしてワーズワスの肖像を描き入れるために、彼を自宅のスタジオに招いた。この歴史画は画家が数年来のモティーフとしていたもので、ようやく全体の構図ができあがりつつあった。その壮大な画布から、画家の抱いているキリスト教精神の復興にかける真摯な情熱が、ワーズワスにも伝わってきたに違いない。

それからクリスマスをはさんで四日後の二十七日、今度は詩人の妻の従兄弟モンクハウスが住む、カヴェンディシュ広場に面した邸宅に、ヘイドンはキーツをともなって赴いた。先輩の詩人が、「今どういう作品を書いているのか」と訊ねると、「牧神パンへの讃歌を書いているところです」とキーツは応じた。それは執筆中だった『エンディミオン』第一巻の一節で、画家に朗読をうながされると、キーツは朗々と吟じはじめた。その時の様子を、ヘイドンは『ヘイドン回想記』に、このように書いている。

ジョン・キーツ

> 彼(キーツ)はいつもの調子で、なかば歌うように、部屋の中を往き来しながら、(まったく感動的に)その詩句を繰り返した。それはまるでアポロの声を聞いているように感じられた。ワーズワスは乾いた声で、「すこぶる美しい異教的な詩句

だね」と語った。[11]

ワーズワスから「異教的な詩句だね」と言われたことに、キーツは気分を害したともヘイドンは書き残している。だがワーズワスの言葉は、「すこぶる美しい」の部分を強調したと解釈すれば、「異教的」という文句に気分を害する必要もないともいえよう。ただ、キーツには、美と愛の理想的合一を主題とする『エンディミオン』は、題材こそギリシャ神話に求めているが、「異教的」というよりもむしろ「正統的」キリスト教思想に基づく詩であるとの確信があったので、先輩詩人の一言に違和感を覚えたとしてもやむを得まい。

その翌二十八日、ヘイドンは自宅の大きな画室に親しい友人たちを招いて、晩餐会を開いた。主な人物はワーズワスをはじめ、ラム、キーツ、画家仲間のジョン・ランドシア、医師ジョゼフ・リッチー、郵便局監督次長ジョン・キングストンらであった。この晩餐会を主催したことをヘイドンは生涯で最高の喜びと表現し、以下のように書きとめている。

『キリストのエルサレム入城』のわたしの画布のまえに、ワーズワスをはじめキーツやラムらが座っているのを目にすることは、心楽しいものであった。暖炉の焔が燃えあがり、まるで聖ポール大聖堂での葬儀の際に鳴る鐘の音や、ヘンデルの音楽が入り混じったような抑揚で、ミルトンの詩を繰り返すワーズワスの声が聞こえる。それからラムの機智に富んだ地口が飛び出し、妖精や鳩や白雲を空想ゆたかに物語るキーツの声が、いっそう会話の流れを盛りあげた。[12]

この晩餐会は文学史上、「不滅のディナー」として記憶されているもので、現代でもBBCがドラマ化してゴールデン・タイムに流すほど、有名な歴史的場面となっている。この「不滅のディナー」の翌月、ハムステッドの路上で、偶然ワーズワスはキーツに出会った。先の二回の会合で若者に好意をもっていたに違いないワーズワスは、一月五日にモンクハウスの邸宅で開かれる夕食会に彼を誘った。夕食会当日、普段着でキーツはモンクハウス宅の玄関に現われたが、出迎えた年輩の詩人は、妻のメアリーと一緒に、正装して威儀を正していた。

先日のヘイドンの画室での「ディナー」にくらべると、その夜の食事での会話は、すこぶる堅苦しいものだった。当時、中流の上層以上に属する家庭での晩餐会ともなれば、紳士淑女は正装するのがあたりまえだったのだろう。だが、その階層には属さないキーツ青年にとって、そのような慣習は馴染みの薄いものだったに違いなく、その仰々しさを不愉快に感じたという。そのうえ、当夜のワーズワスは楽しそうではなく、夫人からは「主人は迷惑をしているのではありませんよ」との言葉を聞かされ、いっそう不快感は増し、「偉大な人物というのは、あのように尊大なのだ」との悪感情を抱くにいたった。ワーズワスがとくに若輩詩人を見下すような態度をとったとは考えられないので、キーツの社交的経験への不慣れが、そのような不快な印象を生んだと解釈するのが正しいであろう。

翌一八一八年八月、ウェストミンスター議会の総選挙がおこなわれることとなり、湖水地方のウェストモアランド区では、トーリー党のウィリアム・ラウザーと、ホイッグ党のヘンリー・ブルームが立候補し、二人の一騎打ちとなった。ワーズワスは従来から親密な交際のあったラウザー候補の支援のために、家人が心配するほど熱心に動きまわった。彼は基本的に孤独と隠棲を好む人であったが、決して非行動的志向の人ではなかった。ただ、政治的スタンスに関しては、若き日にはフランス革命を支持したように左翼であったが、今は家族と郷土を愛する穏健な保守主義者に転じて久しかった。そういう信条をもつ詩人が、地域の人びとのため、その平穏な生活を擁護する政治家ラウザーを支持するのは当然のことであった。

その総選挙のさなか六月二十七日の午後、たまたまアンブルサイドを通りかかったキーツは、ライダル・マウントのワーズワス邸を訪ねた。彼はこの夏、友人チャールズ・ブラウンと連れ立って、スコットランドへの徒歩旅行に出ており、そのうち数日を湖水地方で過ごすため、ワーズワス邸訪問の意志を事前に手紙で伝えてあったのである。しかし、ワーズワス家の玄関には鍵がかかっておらず、中に入って人を呼んだが返事はない。家人はみな不在であり、机のうえを見ると、ラウザーの選挙応援に出かけているとの紙切れが一枚置いてあった。こうして、キーツは旅先でふたたび、ワーズワスに不快を感じることとなり、新旧の世代を異にする二人の詩人は、その後二度と会うことはなかった。キーツはワーズワスに尊敬の念を抱いてはいたが、両者の間にはすでに大きな感情的亀裂があり、それはその後も埋まることはなかったのである。ただ、ワーズワスは後年、キーツの「ナイチンゲールに寄せるうた」を読んで、その才能に改めて驚いたそうだが、同時に彼がハントの急進思想に毒されていることを惜しんでいたという。

ところで総選挙の結果だが、その地区は元来がトーリー党の地盤なので、激戦を強いられたとはいえ、ラウザーが議席を確保した。ワーズワスとすれば、切手販売支配人という官職に就いている者としても、あるいは一個人としても、彼の再選は喜ばしいことだったに違いない。

注

（1）*William Wordsworth's Letter to William Lowther*, April 19, 1813.

（2）ワーズワスは造園に造詣が深かったが、それは彼の自然愛に基づくものであろう。彼はイギリス庭園に関してエッセイも残している。

（3）Kenneth R. Johnston, *The Hidden Wordsworth, Poet, Lover, Rebel, Spy* (NY: W. W. Norton, 1998), 303.

（4）ワーズワスに煉獄意識が存在したと断定し得る根拠はないが、後年期における彼のカトリック信仰への傾斜から推察すれば、その意識を完全に排除することは難しかろう。

（5）W. L. Renwick, *English Literature 1789-1815* (Oxford: Clarendon Press, 1963), 240.

（6）*The Quarterly Review*, Oct. 1814.

（7）*The Critical Review*, Nov. 1814.

（8）*The Examiner*, Aug. 21, 1814.

（9）*Ibid.*

（10）*Dorothy Wordsworth's Letter to Sara Hutchinson*, April 8, 1815.

（11）B. R. Haydon, *The Autobiography and Memoirs of Benjamin Robert Haydon 1786-1846* (London: G. Bell and Sons, 1927), 543.
（12）*Ibid.*

11 ウォータールー以後と詩人の名声

ウォータールーの戦い

長きにわたるフランスとの戦争が終結した一八一五年以降、すなわち「アフター・ウォータールー」のイギリスでは、経済の混乱による社会不安が改善されず、政府は戦後処理に追われていた。この戦争の終結は、ヨーロッパ大陸はもとより、イギリスにとっても大きな歴史的転換点となったが、それは政治・経済・社会にとどまらず、文芸界にも画期的な変革をもたらすものであった。周知のように、詩壇においてはバイロン、シェリー、キーツらのロマン派第二世代の台頭がめざましく、レニックが評したように、彼らは「文学の革命の担い手」(1)となっていた。

ウォータールー以降の詩壇を概観する際、われわれはどうしても第二世代の詩人たちに注目してしまいがちである。だが、第一世代の詩人たちがみな姿を消したわけではなく、「依然として彼らの力は残存していた」(2)のであり、その存在感を再確認しておくことも重要であろう。まず、詩壇の長老として、大衆の圧倒的な支持を得ていたサミュエル・ロジャースがいたし、「北のアテネ」と呼ばれるスコットランドのエディンバラでは、ウォルター・スコットやトマス・キャンブルが依然人気を博していた。そして、イングランドでは、ジョージ・クラッブ、ワーズワス、コウルリッジ、桂冠詩人ロバート・サウジーらが、革命的な作品を残したとまでは言えないものの、まだ文学的意欲を失ってはいなかった。文学通史をここでくだくだ展開するつもりはないが、ジョージ・マクリーン・ハーパーをはじめとする多くの学者・批評家たちは、ウォータールーの前後にワーズワスが、政治的・宗教的に保守主義へ転向したと見做している。その分析に大きな誤りはないにしろ、詩人の詩想の成熟という観点から、さら

サミュエル・ロジャース

トマス・キャンブル

ジョージ・クラッブ

に検討を加えてみることが必要だろう。

ワーズワスがこの時期におこなっていた創作活動が、当時の政治的・社会的な情勢と無縁だったとは到底考えられない。『逍遥』の刊行は、ナポレオンが一時的に敗退した一八一四年だったし、その後一六年に『感謝のオード集』、一九年に『ピーター・ベル』と『荷馬車曳き』、二〇年に『ダドゥン河』、二二年に『教会ソネット集』と五巻の詩集をつぎつぎに上梓している。こうした創作活動は、ロマン派第二世代の詩人たちとくらべても、決して遜色のあるものではないだろう。だが、ワーズワスを「アフター・ウォータールー・ポエット」とは呼ばない。その理由は簡単である。ワーズワスは第二世代の詩人たちのように活動が短期間でなく、すでに長きにわたって活躍してきた詩人であったし、また、「革命的」と言いうるような創作におよんでいなかったのである。

ここで、「ワーズワスの時代が存在するにしても、まだ到来はしていなかった」[3]とのレニックによる指摘を、もう少し具体的に考察しておこう。ここに一つ実例を挙げると、当時コンスタブル社と並ぶ大出版社であったジョン・マレー社は、アルビマール街に移転したばかりの社屋の客室に、バイロン、スコット、コウルリッジ、クラッブらの肖像画を掲げていたと、サミュエル・スマイルズの『ジョン・マレー回想録』で伝えられているが、そこにワーズワスの肖像画はなかった。このマレーによる肖像画のモデルの選択は、自社から出版物を刊行した作家に限定されているとはいえ、さほど不公平なものではなかっただろう。このことからも、当時のワーズワスがそれほど高名ではなかったことが分かる。彼の名声が文壇や社会においてしだいに高まりはじめるのは、ウォータールー以降、それも一八一八年前後からだと考えてよいだろう。

一八一八年の春から、ロンドンのサリー・インスティテューションで、ハズリットによる現代詩人に関する講座が開講されたが、そこではワーズワスについても論じられた。ハズリットは、ワーズワスの名声を、バイロンやスコットとは対極にあるものだとしながら、「彼の名声というのは、墓石のうえに立つものであり、そこで燃える焔は死者の灰より立ちのぼる」と言い切ったのは、けだし至言であろう。

一八一五年前後の歴史的転換期における、ワーズワスの文学的な位置づけが、正直言ってすこぶる曖昧である

ウィリアム・ブラックウッド

ブラックウッズ・エディンバラ・マガジン

ことは事実である。しかし一方で、その時期に文学の「革命」を推進させたロマン派第二世代のバイロン、シェリー、キーツらは、一八二四年には、すでにみな他界していたのであり、第二世代もまた終焉を迎えていたのだ。

『ブラックウッズ・エディンバラ・マガジン』の衝撃

ウォータールー以後でもう一つ重要なのは、この変革の時代の文芸界を支配する大きな勢力であった、評論誌・雑誌を中心とするジャーナリズムである。十九世紀初頭、文芸に関わる定期刊行物は、すでに十指にあまるほどの数があったが、中でも飛び抜けた存在は、前述のように、『エディンバラ・レヴュー』と『クォータリー・レヴュー』の二誌であった。この二つの定期刊行物は数々の画期的な変革を文壇にもたらし、二大評論誌の時代を築いてきた。だが、ウォータールー以後、その二誌以上に文芸界に大きな影響を与えるような雑誌が、突如として現われたのである。

その雑誌とは、エディンバラの出版人ウィリアム・ブラックウッドの手による『ブラックウッズ・エディンバラ・マガジン』である。マーガレット・オリファントは、その登場を「雷鳴のように現われた[4]」と表現している。時は一八一七年の秋であった。ブラックウッドはこの雑誌の創刊に先立ち、同年四月に『エディンバラ・マンスリー・マガジン』を刊行したが、無能な編集者のせいでまったく生彩を欠き、半年で廃刊にせざるを得なかった。そこで、野心満々の社主は、自らが編集主幹を務め、ワーズワスとも馴染みのジョン・ウィルスンをはじめとして、ジェイムズ・ホッグ、ジョン・ロッカートらで新陣容をかため、雑誌名も前記のように改めて十月に再出発を試みた。出版界では叩きあげの存在であるブラックウッドにとっては、新しい雑誌の刊行は、絶対に失敗の許されないものであった。

そのような情況のもとで、出版者がとる手法は、売らんかな主義のセンセーショナリズムが常道で、十八世紀のロンドンの書店の間でも、すでにそのような傾向は見られた。だが、『ブラックウッズ・エディンバラ・マガジン』の編集方針は、桁外れに衝撃的だった。同誌はウルトラ級の超保守主義を掲げて、その標的を、いまやイギリス出版界を牛耳る、同じエディンバラの書肆コンスタブル社と『エディンバラ・レヴュー』のリベラリズムに向けた。「古代カルディア稿本」(5)と題された戯文は、旧約聖書的文体で書かれ、そこに登場する人びとは、いずれも動物に擬せられてはいるものの、多少とも斯界の事情に通じた者なら、それの誰彼は一読すれば分かるほどであった。この戯文の作成には、ウィルスンとロッカート、それにホッグが関わっていたと推定される。

周到に練られたブラックウッドの戦略は、見事に功を奏して世間を騒がせ、その売り上げ部数は、結果的に三万五千という驚異的な数字に達した。これまで大成功を収めたとされてきた『エディンバラ・レヴュー』ですら、一万二、三千部であったことを考えれば、『ブラックウッズ・エディンバラ・マガジン』が文芸界にもたらした衝撃が、どれほど強烈なものだったかが分かるだろう。

ジョン・ウィルスン

コンスタブル社が主導してきたリベラリズムに対抗する、ブラックウッドのこの極端な保守主義が、煽動的戦術を駆使しながら、見事に成功を収めたことの背景には、ウォータールー以後のイギリス国内の政治・社会情勢の変容があったと考えられている。ウィーン会議によって、ヨーロッパの政治的・軍事的な平和が保障され、イギリス国内では、経済の混乱は依然つづいていたものの、政治の危機は遠のいたという認識がなされていた。『ブラックウッズ・エディンバラ・マガジン』が出版理念として保守主義を掲げたのは、そうした時流に乗ったものだったと見てよいのである。

『ブラックウッズ・エディンバラ・マガジン』創刊号の保守的煽動主義の論説の中で、「古代カルディア稿本」ほどひろく世間を騒がせることはなかったが、文壇には同じほどの衝撃を走らせたのが、「コックニー詩派について」と題されたエッセイであった。それは、当時最も左翼で危険分子と目されていた『エグザミナー』誌の主幹リィ・ハントを攻撃する内容であり、以降執拗に八回もつづけられた。

だが、ワーズワスの感情を直接的に傷つけたのは、同じ創刊号に掲載された「バーンズ新版についてグレー氏宛ワーズワス書簡を論ず」と題する論説であり、その筆者はジョン・ウィルスンであった。ワーズワスのその書簡は、先にギルバート・バーンズによって新しく編まれた『ロバート・バーンズ詩集』の感想を、知人のジェイムズ・グレーに宛てたもので、小冊子として公刊されてはいたが、あくまでも単なる私信であった。それを、個人的にも親しいウィルスンが、無断で雑誌に採りあげていることに、ワーズワスは不快と不信の念を抱かざるを得なかった。

その論説で、論者はワーズワスの詩人としての力量には十分に敬意を表しながら、彼のバーンズへの理解に異議を申し立てている。バーンズの詩想や、その人間的魅力を熟知しているはずのワーズワスに対して、ウィルスンは彼のバーンズやスコットランドへの理解には限界があると指摘したのだった。すなわち、イングランド人であるワーズワスには、スコットランドの方言がもつ象徴性や、地元との関わりが深い詩人バーンズの詩魂を、心底から理解するのは困難だと断じたのである。この論説は、ワーズワス批判という体をなしてはいるが、スコットランド人であるウィルスンのスコットランド・ナショナリズムの表明に他なるまい。したがって、『ブラックウッズ・エディンバラ・マガジン』の出版理念である保守主義も、同時にスコットランド・ナショナリズムと連動していたと考えられる。

いずれにしても、ウィルスンの論説によってワーズワスの受けた衝撃が強烈だったことは、その当の雑誌をライダルの自宅にもち込むことがなかった事実からも忖度することができる。家人のドロシーやメアリーは、すでにその雑誌の評判を耳にし、しきりに読みたがっていたが、詩人はそれを許さなかったとムアマンは伝えている。[6] このような個人攻撃を意図的におこなったウィルスンの真意が奈辺にあったのか、いささか理解しがたいが、彼が長年ワーズワスの讃美者であり、世間でもその亜流と見做されてきた事実から考えれば、一時的にせよ変節と言われても致し方あるまい。

『ブラックウッズ・エディンバラ・マガジン』誌の編集陣のひとりであるウィルスンが、社主ブラックウッドの意を代弁して、スコットランド人のナショナリズムを意識しながら、創刊誌のセンセーショナリズムに与していたことは間違いなかろう。しかし、自らの論説によって、ワーズワスを大いに傷つけたことを知ったウィルスンは、その批評の行き過ぎを認め、その直後からふたたびワーズワス讃美に転ずるのである。彼は「ワーズワスの思想の本質」と題する評論で、次のように論じた。

詩人はほとんど宗教的義務感をもって、自然に心を向けている。彼は自身による内省よりも、自然の情景の中に見えるものをより深く探求しているかと思う。それは観念連想によって形成されるが、その場合われわれが見ているものを、詩人は瞬時に、精神によって創造されるものとして思想する。[7]

このような論述は、ウィルスンの思考回路をよく特徴づけるものだが、当時の論壇の情況を考えれば、一つのワーズワス論としてすこぶる適確なものと言えよう。けれども、ワーズワスの詩想は、当時すでにキリスト教の正統思想に軸足を移していたのであって、そのことにやがて気づいたウィルスンは、「彼にとって詩はまことに宗教である。その事実はこれまで多数の人びとによって、そのように感じられてきたと言えよう」と、『ブラックウッズ・エディンバラ・マガジン』誌上(一八二二年八月)で、従来のワーズワス観を深化させたのだった。

『ピーター・ベル』

一八一九年の四月と五月に、立てつづけに刊行された『ピーター・ベル』と『荷馬車曳き』の二作は、第二世代の詩人たちの革新的な作品群にくらべると、率直に言って古色蒼然とした印象はまぬがれ得ない。ワーズワスはすでに五十歳に手のとどく年齢であり、大作『逍遥』を四年まえに上梓したばかりで、新たに刊行するこの二作品は、旧作を改稿した新鮮味に乏しい物語詩に過ぎなかった。だが、その詩想が新しい創造性を欠いていても、それらの作品の中には、人生の不可避性と、ありふれた日常に存在する非日常的瞬間の意味とが見事に描き出されている。それは、第二世代の詩人たちには、到底たどりつくことのできない次元の世界であった。

物語詩『ピーター・ベル』は、一七九八年の夏に執筆されはじめたが、その後上梓する機会がなく、幾度か改稿が施されてきた。ようやく本になった『ピーター・ベル』は、桂冠詩人サウジーへの献辞を冒頭に置く。そこでワーズワスは、サウジーに尊敬と感謝の意を示しつつ、自身も彼と並ぶ詩人と認められるような責務を負うとの意欲を示している。こうした詩人としての責務や自負という意識は、『逍遥』以降に見られるものであり、年を追ってそうした意欲が嵩じてきたに違いない。ただ、『ピーター・ベル』に関して言えば、詩人としてはいささか力み過ぎの感は否めないだろう。

物語の主人公ピーター・ベルは、陶器を売り歩く行商人で、妻の他に十一人もの愛人をもつ、ある種無頼の放浪者である。そのような放浪者の設定が、コウルリッジの「老水夫の歌」の主人公と似ていることは指摘するまでもないだろう。この放浪者ピーター・ベルは、ある日ヨーク近くの河まで来ると、河の土堤にろばを見かけ、それをわが物にしようと、もっていた杖で激しく打ちすえた。ろばは悲痛な啼き声をあげたが、その場所から動くことはなかった。

そこで、ピーターが川面をのぞくと、飼い主らしき男が川底に沈んでいるのが見えた。ろばはほしいが、男をそのままにはしておけないと思い、その遺体を土堤に引きあげた。ろばは四日間ずっと、男の遺骸に寄り添い立っていたのであった。男の遺体をろばの鞍にくくりつけ、それにまたがって道を進み、とある礼拝堂のまえを通り過ぎようとした時、ピーターの耳に「悔い改めよ」と言う声が聞こえてきた。彼はこれまでの過去の罪科の数かずを思い出し、ふと悔恨の情に襲われた。すると、不思議にも彼の目から、改悛の涙がこぼれてきた。

一度はろばを盗もうという邪心を起こしたピーターだったが、ろばが赴くままに男の家までやってきた。驚いて家から飛び出してきた家人に、これまでの次第を告げた時、ピーターは人間として、初めて喜びを感じたという。そこで物語が結ばれる。この物語詩を、『抒情歌謡集』の「サイモン・リー」や「白痴の少年」と同じ系列に属する作品と見る向きも多いが、自然との対話に基づく神秘性とは別に、宗教的な詩想がよりいっそう強調されている事実を見落としてはなるまい。

ろばに乗って男の家に赴くピーターの姿を、イエスのエルサレム入城と比較する論者もいるが、そこまでは考えなくとも、ピーターの改悛の場面では、不可避的非現実の相において、ワーズワスの宗教的想念が表徴されていると考えたい。さらに、この改悛の場面が、『逍遥』以降の、詩人の思想的軸足の移動をも同時に意味するであろうことも、あわせて考慮しなければなるまい。

『逍遥』以来、四年ぶりに上梓した『ピーター・ベル』を、作者のワーズワス自身は自信作であると思っていたに違いない。この詩作は、いくつかの雑誌の批評でも好意的に受けとめられたが、友人のクラブ・ロビンスンは、「ワーズワスはこのような不幸な作品を上梓することによって、十年まえに自ら舞い戻ってしまった」との辛辣な評言を残した。だが、そのような批評とは別に、この作品は、詩人が予想だにしなかった反響を文壇に巻き起こすことになった。まず、キーツの詩友ジョン・ハミルトン・レノルズが、『ピーター・ベル』上梓の一週間ほどまえに、『ピーター・ベル　抒情歌謡集』という題名で、ワーズワスの詩のパロディを刊行した。これは肝心の『ピーター・ベル』を全然読まずに、彼を勝手に茶化しただけの、「悪ふざけ」に過ぎなかった。

レノルズのこのようなパロディ化の試みは、当時の文壇において一種の流行のようになっていた。その背景には、一八一七年の秋に創刊された『ブラックウッズ・エディンバラ・マガジン』の「古代カルディア稿本」の衝撃があったのだろうし、レノルズのパロディもその余波と受け取れよう。むろん、『エディンバラ・レヴュー』のジェフリーや『エグザミナー』のハントらによるワーズワス攻撃の図式にも後押しされていたに違いない。そして翌二十年十月、イタリア滞在中のシェリーが、『ピーター・ベル三世』を刊行したことで、その文学的余波はさらに拡がった。彼は『逍遥』以降のワーズワスの保守化に不満を抱き、レノルズ以上の痛烈な攻撃を加えた。シェリーはパロディを得意とするような詩人ではないが、レノルズと違って『ピーター・ベル』に実際に目を通し、『逍遥』とも通底するような宗教的想念に、ひどく反感を覚えたのであろう。しかし結果的には、ワーズワスの『ピーター・ベル』が、一八一九年九月までに七〇一部の発売部数を記録したのは、皮肉な話である。ワーズワスの新作に対するこのような文壇の反応は、第二世代の詩人たちの革新的な創作活動に押されて、ややもすれば埋もれがちな旧世代の詩人たちの間で、いまや誰よりもワーズワスが、その存在感を示してきた事実を裏づけるものに他ならなかった。

『荷馬車曳き』の社会性

物語詩『ピーター・ベル』は、詩人が何度も改稿を試みた結果、かなり宗教性の濃い作品となっていた。だが、その後五月に刊行された『荷馬車曳き』の方は、一八〇五年の創作ながら、あまり原稿に手が加えられず、『抒情歌謡集』の「最後の羊」「グディ・ブレイクとハリー・ギル」、あるいは「サイモン・リー」などの詩と同じように、社会への関心が極めて高い作品である。『ピーター・ベル』同様、この物語詩にも巻頭にラムにあてた献辞が置かれている。それによると、ワーズワスがラムに『ピーター・ベル』を送ったところ、彼はなぜ『荷馬車曳き』を加えなかったのかと訊ねてきたので、二つの物語詩の詩想の違いを考慮した結果、それぞれ単独で刊行することになったのだと彼に伝えたという。ワーズワス自身のこのような判断は、すこぶる適切だったと思われる。先にも指摘したように、この作品には『ピーター・ベル』のような宗教的想念は、ほとんど読みとれないからである。

荷馬車曳きベンジャミンは、八頭立ての荷馬車を操って、湖水地方とロンドンとの間を行き来する屈強な老人である。長距離を往来する八頭立ての荷馬車は、十八世紀の初頭から存在してはいたが、決して数多いものではなかった。ベンジャミンは雇われ御者に過ぎないが、湖水地方の山路で八頭の馬を御するにはよほどの技量と根性と体力が必要だったに違いない。ラムが手紙に書いた言葉を借りるならば、ベンジャミンは多くの家族を養うため、労働に「耐えてきた男」であった。物語は、暑い夏の夕暮れ時、荷馬車がライダルの山路に差しかかる場面で始まる。峠を越えようとすると、たちまち空模様が怪しくなり、嵐を呼ぶ雷鳴がとどろき、荷馬車の行く手をさえぎった。そんなひどい雨嵐の中を何とか進んでいると、路上に立ちすくんでいた幼い子連れの夫婦から、荷台への同乗を哀願されたので、ベンジャミンは彼らを幌の中に入れてやった。船乗りだという男に、若い頃には船に乗っていたこともある御者ベンジャミンは親しみを寄せたのであろう。夜半となり、とある酒場のまえを通りかかると、ベンジャミンはその男を連れて中に入り、夜の歓楽に時の過ぎ去るのを忘れて、つい深酒をしてしまった。翌日、どうにか務めは果たしたものの、約束の時間を大幅に遅れ、大きな失態を招いたがために、ベンジャミンは雇い主から解雇されてしまう。

この物語詩の主題ないし詩想は、『ピーター・ベル』とは異なり、すこぶる社会性を帯びている。ベンジャミンに訪れた悲劇は、そもそも雇用関係の前近代性から生じたと考えられる。その意味では、この詩は一つの社会的なテーマを孕んでいるのだが、ワーズワスが弱者の側に立っていることは言うまでもなかろう。しかし、この物語詩は、非情な雇用主と弱い労働者ベンジャミンの対立関係だけが主題ではない。むしろこの詩では、ベンジャミンの愚かなまでの人間的共感こそが重要であって、テーマ性と詩想はやや曖昧と評してよいだろう。その意味では、『抒情歌謡集』にある「最後の羊」や「グディ・ブレイクとハリー・ギル」であったような、確固とした詩人の意見表明は、この詩には見られない。

前作『ピーター・ベル』の反響が拡がる中で、直後に刊行された『荷馬車曳き』への論評は、『マンスリー・レヴュー』の「ワーズワスの最高傑作の一つ」(8)との好意的評価を唯一の例外として、他はすべて非好意的なものばかりだった。だが、この詩集を贈られたラムが、大いに絶讃を惜しまなかったのは、この物語詩を貫くワーズワスの庶民感覚がまったくラム好みのものであったし、あるいはバーンズにも相通じる詩質であったからに違いない。それでも刊行一か月で、初版五〇〇部のうち二四一部が売れたのは、『ピーター・ベル』効果と見做してよいだろうし、またワーズワスの名声がようやく定着しはじめた結果とも考えられる。

政治への関心と名声の高まり

一八一五年のウォータールーから一八二二年までの七年間、イギリスは平和こそ取り戻したものの、経済不安が労働者階級の生活に打撃を与えており、社会的にはかなりの苦境に立たされていた。ロンドンでは暴動などが発生することもあった。一八一九年八月十六日、マンチェスターのセント・ピーター広場で、自作農や労働者たちによる大衆的政治集会が、ヘンリー・ハントの指導のもとにおこなわれた。これに対し、体制側は騎馬兵を投入して集会を禁じようとしたため、広場は大混乱に陥り、七人の死者と四〇〇人を超える負傷者を出す惨事を招いた。このセント・ピーター広場の事件は、あの凄惨なウォータールーの戦場を連想させたので、「ピータールーの惨事」と呼ばれるようになった。この事件に衝撃を受けた保守政府は、大衆による集会と言論の自由に制限を加える悪法「六条法《シックス・アクツ》」を制定した。

ピータールーの惨事

この事件に詩人がどのような反応を見せたかは、具体的には明らかになっていない。ただ、翌年の四月、妻の歯の治療に付き添ってロンドンに赴く途上で、わざわざ事件のあったセント・ピーター広場を訪れたことから忖度すると、詩人が人なみ以上にこの事件に関心を寄せていたのは明らかだろう。

一八二〇年前後のワーズワスが、詩において最も重視していたテーマは、現実の人間の暮らしの有様、具体的にはカンバランド地方の人びとの貧困や不安や痛苦ではもはやなく、イギリスという国家の情況、その市民としての生き方や覚悟などであった。だが、このような変容をもって、彼がいたずらに現実から目をそらし、詩的衰退に陥ったと考えるのは皮相的であろう。この変化は、むしろワーズワスの詩想の成熟・深化と捉えるべきであり、退化・退嬰では決してない。

ここでとくに注視しておきたいのは、イギリスの国家社会と、歴史的伝統の継続性である。ワーズワスの詩想ないし政治思想に、保守的傾向が見られるのは事実だが、彼が拠って立つのは、あくまで歴史的連続性である。それを彼は内面化して捉えていたのであり、決して単なる体制護持者としての浅薄な言動をおこなっていたのではない。われわれは『逍遥』の掉尾に見られる体制批判や、近代文明への鋭利な批判に表徴されたワーズワスの思想を、ふたたび想起すべきであろう。いずれにしても、ワーズワスはロマン派詩人の中でも、際立って歴史的連続性の意識が強固なのであって、しかもそれを一方的に肯定するばかりではなく、他方では批判的な目を向けていたことは決して見落としてはならない。

ロマン派第二世代のシェリーやキーツが、ウォータールー以後の歴史的転換期を一つの断絶として捉え、そこから新旧の対立という図式を引き出したのに対して、第一世代のワーズワスには、そうした対立意識は比較的少なかったと考えてよい。彼はむしろ、のちに上梓する『ダドゥン河』と『教会ソネット集』において、過去、現在、未来をつなぐ時間を、歴史的連続性に置きかえて捉えているのである。そのような詩想は、成熟した詩人に与えられるエピファニーでもあった。

ワーズワスの『教会ソネット集』が上梓されたのは一八二二年五月だが、その二か月後の七月、シェリーの乗ったヨットがレリチの海岸で暴風に遭い、彼は遭難死した。その前年の二月、ローマのスペイン広場にある宿舎で、友人ジョゼフ・セヴァーンに看取られながらキーツも病没していた。そして、イタリアの地で放浪生活を送っていたバイロンは、この頃義勇軍を組織して、ギリシャの独立戦争に加わったが、一八二四年四月、ミソロンギで熱病に倒れて亡くなった。こうして、第二世代を代表する詩人たちが相ついで世を去った。当時、文壇社会で名声をひとり占めしていたのはバイロンであり、時代の寵児としてもてはやされたヒーローがいなくなったことによって、ようやく現実に「ワーズワスの時代」が到来する。だが、それとて後世の文学史家がそう呼ぶに過ぎず、バイロンの名声にははるかにおよばなかった。

過去、現在、未来をつなぐワーズワスの詩想の本質が、当時の詩壇や論壇において、いかほど理解されたかは分からない。そうした評価とはあまり関係ないと思われるが、ここでバイロンとワーズワスの詩集の発行部数を比較してみよう。前者の『チャイルド・ハロルドの巡礼』が、だいたい一万部を超えていたのに対し、後者の『逍遥』以降の作品は、『ピーター・ベル』を除けばすべて五〇〇部どまりで、その実売部数にいたっては、どれもおよそ三〇〇部程度に過ぎなかったと推定される。この一事をもってしても、両詩人の文壇における影響力の差が分かろう。バイロンの名声が、一八二〇年代のワーズワスのそれにくらべて、はるか大きいものであったということは、その後に詩壇の勢いが衰えていったことの一つの原因と言うことができる。

それでも、ワーズワスの名声がしだいに高まっていたことは事実で、本人にとっては迷惑であっただろうが、湖水地方を訪れる旅行者の中には、ライダル・マウントの私宅をわざわざ訊ねてくる者まで出現した。これは湖水地方そのものが、すでに観光地化しはじめていたこともあったのだろうが、詩人の名声が一般旅行者にまでおよんでいたというようなことは、文学史上でも稀有な事例に違いない。しかもこうした来訪者たちは、以降三十年にわたってつづいたと言われる。

詩人の『湖水地方案内』は、一八一三年に十版を数えるほど世間でよく読まれていた。この本が経済的利益をもたらすという予測はあったものの、その執筆は詩人の本意ではなかった。だが刊行当時、湖水地方の観光客はしだいに増加しており、便利な地誌的案内や、その地域住民の日々の暮らしを紹介するような書物の需要が高まっていた。ゆえに、ワーズワスの筆による『湖水地方案内』の出版は、珍しく時代の要求にかなったものであった。そして、吉田正憲が指摘しているように、その地誌的案内は「まるで恋人の顔を見つめるよう[9]」な微細な観察眼で貫かれ、庶民の生活を生々しく伝えており、そこも類書と異なる大きな特徴であった。

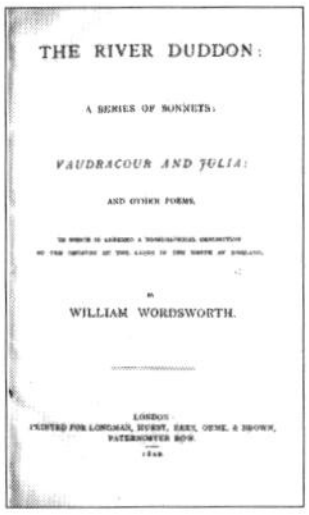
THE RIVER DUDDON:
A SERIES OF SONNETS:
VAUDRACOUR AND JULIA:
AND OTHER POEMS.
BY
WILLIAM WORDSWORTH.
LONDON:

『ダドゥン河』初版（1820）扉

『ダドゥン河』の時間的円環構造

『ピーター・ベル』と『荷馬車曳き』で好評を得たワーズワスは、翌一八二〇年五月、意欲的にソネット集『ダドゥン河』を上梓した。幼少の頃、生家の裏を流れるダーウェント河の瀬音を聞きながら育った詩人は、その河の美しさだけでなく、生命を表徴する河川の力強さに感化を受けてきた。カンバランドの南部を流れるダドゥン河にも、これまで妹ドロシーをともなって、しばしば足を運んできた。

このソネット集『ダドゥン河』の前半は、その十四番に一八〇八年作とあることからすれば、その頃に書かれたものと推定できるが、後半部は一八一五年から一九年にかけて書かれた作品と見做されている。ダドゥン河の流域は、詩人の詩的情感を動かすような歴史的景観、ないしはピクチャレスク的な情景に富んでいた。カンバランド地方の上流域から、アイルランド海へそそぐ流れを、ワーズワスは人間の生涯や、あるいは一日にたとえ、またそこに住んだ父祖らによって繰り返された死と再生を通して、歴史的時間の円環構造を表徴する。そうした彼の詩想は、掉尾を飾る「ソネット三十四番」に象徴的に集約される。

ダドゥン河よ！　わたしが目をやれば
過去にあって現在、未来にあるものが見える。
この河は静かに流れ、永劫に流れは盡きることがない。
その形象は変わらず、その働きは止まらない、（『ダドゥン河』「ソネット三十四番」三―六行）

このような詩想は、ワーズワス独特の地方的ないしは歴史的感覚、あるいは地方的景観に由来する情感だが、他方で、T・S・エリオットが『四つの四重奏』で表象したような超時間性が形象化されているとも言えよう。詩人はダドゥン河に、すべてのものの存在の根底に働く神の摂理を認め、自然との対話を通して、永遠なる自然の相貌の形象化を試みているのである。このソネット集『ダドゥン河』は、詩人の老年期の秀詩と評すべきであって、『教会ソネット集』創作の、導入的役割を果たしていることを看過してはならない。

一八二〇年春に満五十歳を迎えたワーズワスは、彫刻家フランシス・チャントリーが制作した自身の胸像の贈与を受けた。この像は今日、詩人の容貌を立体的に見ることができる唯一の作品で、ウォルター・スコットは、それを「すこぶる高貴なる面持ち」と評したが、詩人五十年の生涯の生き様がそこに結実していて、その卑しからざる品性がうかがえる。それは、名実ともに当代随一の詩人が放つ風格であることは間違いなかろう。

家族で大陸旅行

大陸の政治情勢が安定しはじめて五年がたち、ワーズワスはかねてから家族連れの大陸旅行を考えていたが、自選による四巻詩集刊行に目途がついた六月下旬、五度目の大陸行を試みることとなった。一行は妻メアリーと妹ドロシーの他に、妻の弟トマス・モンクハウスとその妻、さらに女使用人の総勢六人である。そのうえ、パリで、友人ヘンリー・ロビンスンと、最初の大陸旅行の同伴者であるロバート・ジョーンズも合流することになっていた。三十年も昔のジョーンズとの旅は、カバン一つ背負っただけの貧乏徒歩旅行だったが、今回は事前に中古馬車二台を購入し、御者も雇い、荷物はすべて宿から宿へと送らせたので、便利さという点ではまえとは雲泥の差であった。

一行がロンドンからドーヴァーに向けて出立したのは、一八二〇年七月二日のことで、翌三日にはカレーに到着した。そのままフランスの北辺を東方に進み、フランドル地方からドイツ、北イタリア、スイスを経て、ふたたびパリにいたる丸四か月の大旅行であった。彼らが最初に訪れたのは、かつて一八一五年にウェルズリー将軍がナポレオン軍に勝利した、ウォータールーの戦跡である。そこで土地の案内人に運よく出会い、あの血なまぐさい戦場の跡を、「われらの同胞の死屍が足もとに横たわる草原や小麦畑」のうえを、ワーズワスらは感慨深げに歩きまわった。そこの情景について、ドロシーは「見るべきものはなかったが、感じるものは大きかった。その悲哀・悲痛の想いには地面から立ちあがる恐怖にも似た何ものかがあった[10]」と手紙に記している。

その後、ワーズワス一行はベルギーの美しい中世の古都ブルージュに赴いた。この町は中世以来、イギリスとは毛織物の交易を通して強い絆で結ばれており、ヘンリー八世の宗教改革の時代には、多数の聖職者たちがそこに亡命・渡来したと伝えられる。ワーズワスが訪れた頃には、イングランド国教会系の女子修道院までが存在していた。この都市には今でもあちこちに修道院の静謐な雰囲気が漂っていて、ワーズワスはそこで心が大いに癒されたのである。

若き日の大陸旅行は、アルプス探訪による自然との対話が目的で、聖なる土地にはほとんど興味を寄せなかったが、今回の旅では聖地訪問に大きな比重が置かれていた。彼らが次に訪れたのはドイツのケルンで、ライン河畔に見事なゴシック様式の大聖堂が建っていた。詩人はその偉容に感動して、人間の力ではなく、「天使の力を借りて、この聖堂は完成した」と、『一八二〇年大陸旅行の思い出』中の「ソネット七番」にその印象を残した。その後、若き日の懐かしい思い出の多い、スイスとイタリアの国境にある湖水地方へ赴き、ルガーノ湖畔に建つサン・サルヴァドールの教会を訪れて、ソネット一篇を書いた。そこからイタリア半島を南下して、ミラノ大聖堂を仰ぎ見て感銘を受け、さらにサンタ・マリア・デッレ・グラツィエ教会の修道院で、ダ・ヴィンチの壁画『最後の晩餐』を目にして、「救い主の顔に静謐な天上の恩寵」(「ソネット二十五番」)を感じたワーズワスは、宗教詩人として聖なる境地に限りなく近づいた。その後、かつての大陸旅行の際に訪れたシンプロン峠を再訪し、あの時に不覚にも見落としていた山々や峡谷に、「原初の大地に響く甘美な調べ」(「ソネット二十九番」)を聴き、新たな感動を覚えた。

この度の大旅行の目的の一つは、パリに住むアンネット・ヴァロンとの再会であった。ワーズワスが約一か月もの間そこに滞在したのは、彼の再会にかける想いの深さを物語っている。いや、その想いは深いばかりでなく、現実には重かったはずだ。彼らはアンネットが住むシャルロッテ通りに宿を取り、到着した日の翌日に、アンネット・ヴァロン宅を訪ねていった。

すでに過ぎ去った長い歳月が、ワーズワスとアンネットの間に、抗しがたい感情的溝を生んでいたことは言う

ケルン大聖堂

ミラノ大聖堂

までもない。だがアンネットは、依然としてワーズワス夫人の名を保っていた。というのも、彼女は誰とも再婚をしてはいなかったのである。アンネットの家には、すでに結婚して子供もいた娘カロラインが来ていた。だがその日は、子供連れではなかった。おそらく、事前に打ち合わせて、子供抜きで会うことにしていたのだろう。その再会の模様については、ほとんど詳しいことは分からない。だが、難しい問題については、十八年まえにいちおうの決着がついていた。後日、ワーズワスはルーブル宮殿で、カロラインの夫ボードワンと二人の女児に会ったが、カロラインはワーズワスを「お父さん」とは呼ばなかった。カレーの海岸を父と一緒に歩いた十八年まえの記憶は、彼女にとって忘れがたいものだったに違いないが、今では二人の娘の母でもあったので、彼女たちにワーズワスを「お爺さん」と呼ばせたい気持ちだったのかもしれない。事実、詩人にとって、二人の娘は可愛い初孫であった。

この大陸旅行の帰途、ワーズワスはロンドンでコウルリッジと再会したが、友は相変わらず阿片常用者だった。その後、詩人はケンブリッジに赴き、トリニティ・コレッジの学寮長となったばかりの弟クリストファを訪ねた。弟はウィンチェスター大聖堂の主教であった時から、すでにハイ・チャーチ派の立場を表明していた。そんな彼が、ロー・チャーチ派の多いケンブリッジの、最大の学寮であるトリニティ・コレッジの学寮長として迎えられたのは、クリストファ自身がそこの卒業生であったことに加えて、トリニティ・コレッジが数少ないハイ・チャーチ派に属していたからであった。そういう事情に薄々通じていたワーズワスが、クリストファの就任を心から喜んだのは明らかだった。しかも、弟はトリニティ・コレッジの学寮長のみならず、ケンブリッジ大学の副総長の要職をも兼務することになった。これは明らかに、ケンブリッジ大学に、正統派のハイ・チャーチ主義が容認されたことに他ならない。ワーズワスは、弟クリストファが自分と同じ思想をもっていることを、心強く思ったに違いない。

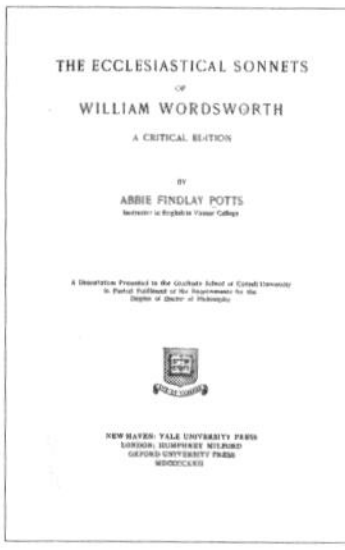
THE ECCLESIASTICAL SONNETS
OF
WILLIAM WORDSWORTH
A CRITICAL EDITION
BY
ABBIE FINDLAY POTTS

『教会ソネット集』初版（1922）扉

『教会ソネット集』を創作

ワーズワスのこのケンブリッジ訪問が、『教会ソネット集』執筆の直接の動機になったとまでは言えないにしろ、何がしかの影響を与えたことは明らかであった。その作品の根幹に、ハイ・チャーチ主義に基づく信仰、および歴史観が存在したことは否めないであろう。ムアマンも指摘するように、『教会ソネット集』には詩人の宗教思想の変質が見てとれるのだが[11]、とはいえワーズワス自身は、そこで自らの「神学的立場」を強調しているのではなかった。これまでもしばしば指摘してきたように、彼はコウルリッジとは異なり、キリスト教神学や哲学を究めたことはなかったし、そうした精神への志向性も脆弱であった。

先の大陸旅行の帰途に、ワーズワス夫妻は久しぶりに、コルオートンのボーモンド邸を訪問した。それはクリスマス・シーズンが始まる十二月のはじめのことだった。ボーモントはワーズワス夫妻を広い庭園に案内し、そこに壮麗な礼拝堂を建立する計画を打ちあけた。彼もまた信仰においては、詩人と同じようにハイ・チャーチ主義者であった。二人はイングランド国教会の信徒として、まったく同じ信仰と歴史観を共有し、イギリスの教会史を懐古しながら、将来の教会のあるべき姿を率直に話し合った。その時二人の心は、信仰において一つに融け合うのが確認できた。「これらのソネット集のあるものは、その朝の二人の談話による、わたしなりの思い出として制作された」と、同詩集に付けられた「覚え書」に詩人が記している事実からも、コルオートン訪問が『教会ソネット集』の創作に、何がしかの影響を与えていたことが分かる。

さらに、当時カトリック教会の信徒の解放問題が、各方面で盛んに論じられていたこともこの詩の創作の背景にはあって、ワーズワスは「詩の形式で自分なりの見解を表明した」と述べている。詩人は自らの詩想を表象するにあたって、最も得意とするソネット形式をとることとなった。二年前に上梓したばかりの『ダドゥン河』もソネット集であり、彼にはソネット形式に対してよほど深い想い入れがあったに違いない。イギリス詩人の中で、ワーズワスはソネット形式の詩を数多く残した詩人のひとりであるが、イギリス人にとっての十四行詩は、日本人にとっての短歌や俳句のように、詩想をごく自然に、抒情的かつ簡潔に表象するのに、最も肌合いのあう詩形なのであろう。

一八二二年に刊行されたこの詩集のタイトルは『教会史素描』であったが、一八三七年の改訂版では、『教会ソネット集』へと改められることになる。この『教会ソネット集』の詩想に、前作『ダドゥン河』との連続性が認められるのは、その形式と内容からも当然であろう。したがってこの詩集の冒頭は、ダドゥン河への時間的回想から始まる。

わたしは今　時間の高みに立って
「聖なる河」の淵源を究める。　（『教会ソネット集』第一部「ソネット一番」九―十行）

ここに表徴されている「聖なる河」のイメージが、聖性の表徴としてのダドゥン河を指しているのは自明の事実であって、この序詩の冒頭にもあるように、詩人はこれまでそこを「高貴なる河」として訪ね歩いたのであった。この詩集の第一部は、古代から中世までのブリテン島における宗教史、異教との闘争や十字軍の遠征が描かれる。第二部では、中世におけるカトリック教会や修道院の歴史からピューリタン革命まで、第三部では、十七世紀の王政復古期の混乱からイングランド国教会の典礼や秘跡までが語られ、その最後には、詩人自らの信仰告白とも言うべき詩が置かれている。この『教会ソネット集』の第一・二部のうちで最も異彩を放つのは、中世の修道院や修道士を主題とするソネット群であろう。ワーズワスは修道院の腐敗や修道士の世俗化などの歴史的事実を見落としてはいないものの、聖マリアや諸聖人《オール・セインツ》への厚い信仰に基づいて、全体として中世の修道院時代が最大限に美化されている。ムアマンでさえ、『教会ソネット集』の全体を読み通すことは「決して簡単ではない(12)」と述べているように、こうした中世のカトリック教会や修道院の歴史を、詩人自身がどこまで深く理解していたかについて、判断をくだすことは容易ではない。

ただ一つ言えることは、ワーズワスの思想や信仰が、ここにいたって、かなりカトリシズムに傾斜していることである。しかしながら、第三部まで読み進めれば、彼の宗教思想が史観としては複雑を極めつつも、イギリスの教会が過激な政治権力によって独自の道を歩んだことについては肯定していることが分かる。さらに、すこぶる個人的な情感によって、光と影に彩られた教会史を懐古しているが、それはある意味ではキリスト教の土着化という、たいへん現代的なテーマを扱っているとも見做せるのである。

前述したように、この詩集では修道院の素描が際立っている。それがワーズワスの過去の体験に起因しているのは明らかで、ホークスヘッド時代からたびたび立ち寄ったファーネス修道院や、二度訪れたウェールズのティンターン修道院周辺のピクチャレスク的風景の記憶が反映されている。

巨大なる修道院、わたしは道すがら
悲嘆を覚えることなく、その崩れる姿を見た。
今は廃墟、静謐の美、かつての静寂、
すべてが穏やかなる審判に　ゆだねられる。
われらが　老いゆく日々に
過去のおのれを　あずけるがごとく。　（『教会ソネット集』第三部「ソネット三十五番」一―六行）

過去の記憶に刻まれた修道院の風景を、すでに人生のなかばを過ぎて老境に近い詩人の現在に投影しつつ、詩想はさらに深化する。実際、修道院の存在や隠修士の生活は、彼の人生の節目節目を彩ってきたに違いない。『隠修士』の着想を得てから二十年ほどの歳月が流れたが、この間ずっと彼の詩想の根源に存在しつづけたのが、修道院における隠修士の信仰と、その生き様であった。第一部では、隠修士の「隠棲」の意義に触れ、それが「人間的誇り」であり、「夢を与えてくれる」生活として讃美される。さらに、第二部の「ソネット三番」では、とくにウェールズのティンターン周辺に多かったシトー派修道会について、

そこでは　人はしばしば過ちに陥りもするが、より清らかに暮らし、
より早く起きて、より厳しく足を運ぶ。　（『教会ソネット集』第二部「ソネット三番」一―二行）

と、すこぶる現実的な感覚によって、隠修士たちの日常生活が描出される。シトー派修道会はフランスより来た修道会で、隠棲生活にふさわしい土地、ウェールズの山峡に散在していた。ワーズワスがそういうウェールズの歴史風土に親近感をもっていたのは事実である。『教会ソネット集』第二部の「ソネット五番」では、隠修士の生活のみならず、さらにその信仰、思想、行動のあり方が描写される。

彼らは　野心をもたず、
世の人びとのために　鋭い見識をもつ助言者、
その熱心な信仰による言葉は、遠くの王子たちをも、
和平の時も　戦さの時も　義務に駆り立てる人である。
またしばしば　最も厳しい静寂の私室で、
彼は学問に対する　強い愛着をもって
何と忍耐づよく　思想の軛きに耐えることか。　（『教会ソネット集』第二部「ソネット五番」四―十行）

このように語られる隠修士には、ワーズワス自身の根源的に孤独を愛する性格が表徴されていることは言うまでもない。だが、それは同時に、友人とともに『隠修士』を構想し、ただひとりその創作に取り組んできた彼自

身の思想と行動の根幹にあったものでもあった。

実際、詩人が『隠修士』三部作のうち、『序曲』と『逍遥』の二部まで完成できたのも、こうした「世の人びとのため」に、「思想の軛き」に耐え、「信仰による言葉」をメッセージとして、聖なる至高の愛の精神を訴える熱い詩心によるのであった。しかし、『隠修士』第三部の構想はまとまらず、イギリスにおける宗教の歴史的展開を、情緒的に表現するにとどまらざるを得なかった。したがって詩型は、叙事詩でなく、より情緒的なソネットとなったが、その詩想は歴史を軸とする信仰に根ざし、その基底部にすこぶる骨太な精神があるのを看過してはならない。

アングロ・カトリックの「信仰宣言」

この『教会ソネット集』第三部は、全四十七篇のうち半数近くが一八二二年以降に加筆されたものだが、それらは主としてイングランド国教会の典礼を主題としている。『教会ソネット集』の創作動機の一つに、カトリック信徒の解放問題があったことは先に述べた通りだが、この詩集はアングロ・カトリック、すなわちイングランド教会のハイ・チャーチ派の典礼をより具体化して表現した、彼自身の「信仰宣言《クレド》」とも見做せよう。イングランド国教会の典礼は、十八世紀になると退嬰化し、ロー・チャーチ主義に傾いており、ワーズワスやコウルリッジは、それに対して危機感を抱いてきた。だが、彼はこれまで、その問題を具体的に採りあげる機会をもたなかったのであり、この『教会ソネット集』第三部においてそれが初めて実現したのだと考えられる。詩想的にはやや凡庸な印象はぬぐい切れないのだが、ワーズワスの思想的立場から見れば、それらは不可欠の詩的表象だったのである。

東アジアの島国に住むわれわれのような人間にとって、ワーズワスの『教会ソネット集』をいかように読み解くべきかというのはすこぶる難しい問題である。この詩集が人びとの関心を惹かないであろうことは容易に想像できるのだが、先にも指摘したように、キリスト教会の土着化を、ワーズワスが主として経験的に肯定していたことは十分に理解できることであるし、彼の詩人ないし思想家としての役割が、この点ですこぶる重要な意味をもつと思われる。

この『教会ソネット集』に対する評価として、スティーヴン・ギルの次のような理解は、わたしの考えを補強してくれる。

一八二二年までに、ワーズワスはイングランド国教会に深く帰依するにいたっていたし、その信仰を無秩序や、社会的退嬰化に対する防御として弁護する立場上の不可欠性は、この国の政治と民族の将来を考える限りにおいて、不変のものであった。(13)

このギルの評言は、まことに正鵠を射たものと考えられる。しかし、一八二二年の刊行時に、この詩集を批評の対象として採りあげた雑誌は、一つもなかった。(14)当時あれだけ多数の定期刊行物が存在しながら、『教会ソネット集』が一顧だにされなかったことは、いささか奇異に感じられる。おそらく、このような詩集を、高邁な国家的・宗教的立場に基づいて批評できるような論者が、当時の論壇にはほとんどいなかったのであろう。世間ではカトリック教会信徒の解放問題が論ぜられていたけれども、それは主として政治的・社会的関心からであって、キリスト教の正統思想や信仰の問題として採りあげられてはいなかった。また、批評界について言えば、詩人として正統的な宗教思想・信仰を深化させるワーズワスを、その歴史的変遷まで射程に入れて評価し得ていたのは、ジョン・ウィルスンを除いて誰もいなかったのである。一八二〇年の前後に、ワーズワスの名声が確立したと先に指摘したが、詩人の本質の理解という点からすると、その時点ではまだ遼々たるものがあったと言わなくてはならない。

注

（1）W. L. Renwick, *English Literature 1789-1815* (Oxford: Clarendon Press, 1963), Chap. VI.

（2）*Ibid.*

（3）*Ibid.*

（4）Margaret Oliphant, *The Literary History of England in the End of the Eighteenth and Beginning of the Nineteenth Century, Vol.II* (London: Macmillan, 1882), 9.

（5）古代カルディア稿本――拙著『イギリス文芸出版史』（研究社、一九八六年）参照。

（6）Mary Moorman, *William Wordsworth: The Later Years, 1803-1850* (Oxford: Clarendon Press, 1965), 299.

（7）*Blackwood's Edinburgh Magazine*, Mar. 1818.

（8）*The Monthly Review*, May, 1819.

（9）吉田正憲『ワーズワスの「湖水案内」』（近代文芸社、一九九五年）、十八頁。

（10）*Dorothy Wordsworth's Letter to C. Clarkson*, July 23, 1820.

（11）Mary Moorman, *Ibid.*

（12）Mary Moorman, *Ibid.*

（13）Stephen Gill, *William Wordsworth: A Life* (Oxford: Clarendon Press, 1989), 362.

（14）John O. Hayden, *Romantic Bards and British Reviewers* (Lincoln: University of Nebraska Press, 1971), 100.

12 老いゆく日々・光と影

ワーズワス（1842）

ワーズワス一家がライダル・マウントの屋敷に移り住んで、早や十年の歳月が流れた。家の住み心地はさほど悪くはなかったが、もともと十七世紀に農家として建てられた家は、今日記念館として保存されているような美しい状態ではなく、すでに老朽化して屋根から雨漏りがするほどで、その修理を家主に依頼したが容易に聞き届けてくれなかった。家主のフレミングは、家の維持管理には熱意がなく、借家人への同情となると、これも薄れがちになった。

　この十年間、ワーズワス家の子供たちの成育はほぼ順調であった。むろん子供たちは難しい思春期にさしかかり、両親にとってはそれだけに心労が多かったことだろう。長男のジョンはジェッドバラのグラマー・スクールを卒業し、どの大学に進むかを決めなくてはならなかった。父親としては、弟のクリストファが学寮長を務めるケンブリッジの名門トリニティ・コレッジか、自分の学んだセント・ジョンズ・コレッジのいずれかに入ってほしかったが、当人は父親に似ず幾何学や代数学が不得意だったので、ケンブリッジを嫌いオックスフォードへの進学を望んでいた。

　これにはいささか親としては不満であったが、息子の適性や希望を無視するわけにもいかず、何らかの伝手《つて》を求めてオックスフォードのジョン・キーブルに相談をもちかけた。キーブルはオリエル・コレッジのチューターで、ワーズワスの愛読者でもあった。ジョン・ヘンリー・ニューマンらとともに、オックスフォード運動の推進者となるのは、もう少し先の話だが、ワーズワスに対しては、詩業のみならず、その正統的キリスト教思想ないしは信仰に、すこぶる共感を覚えてきた。

ニュー・コレッジ

　ワーズワスはオックスフォードならばクライスト・チャーチか、ブレイズノーズなどの有力な学寮を希望した[1]が、なかなかそれは難しかった。キーブルは同じように詩人の愛読者であったニュー・コレッジのチューター、オーガスタス・ヘアーに話をつけて、同学寮への入学を勧めてきた。この学寮は十四世紀に創設され、司祭の養成に伝統があったので、息子にいずれ司祭の道へ進むことを望んでいたワーズワスとしても、得心のいく話であった。こうして、不肖の息子ジョンのオックスフォードへの進学は決まった。オックスフォードでのジョンの身分は、父親のように肩身の狭い下位の特別給費生ではなく、絹のガウンを着用できる、上位のジェントルマン・コモナーだった。そのかわり学寮費が二〇〇ポンドと高く、平均年収が四〇〇ポンドそこそこの詩人にとって、その経済的負担は小さくなかった。

「スランゴスレンの貴婦人」を訪ねる

息子の進学も決まった一八二三年五月、ワーズワスは妻と二人だけで、気分転換をかねて大陸の低地地方へ小旅行に出かけた。その途上ボーモントを訪ねると、夫妻のために晩餐会を開いてくれた。その席で主人ボーモントは、幾たりかの珍しい客を紹介してくれた。かつてバイロンの友人として著名になったアイルランド詩人トマス・ムア、ダンテの翻訳者でワーズワスもその訳に親しんだヘンリー・ケアリー、それにテニスンの親友ヘンリー・ハラムらである。彼らはみな、ワーズワスを主賓とするこの日の夜会に招かれてきたのだが、これはボーモントという人の、いうなれば人徳がもたらした宴席だった。だが、ロマン派の時代の人びとの人間関係、ないしは交際の仕方を見ると、ボーモントに限らず、バイロン、シェリー、スコットらは、程度の差はあるが、しばしば食事を供にしたりして深い付き合いをしていたのである。

トマス・ムア

ヘンリー・ハラム

一か月足らずのその旅は、ベルギーのブルージュ、ゲント、オランダのロッテルダム、デルフト、ハーグ、アムステルダム、そして最後にベルギーのブラッセルを訪ねる小旅行だった。費用を切り詰めたとメアリーが言うのは、一家の経済事情からして当然のことであろう。旅の最初に訪れたブルージュの町は、三年まえの大陸旅行の際にも訪れているが、おそらく町のもつ宗教的雰囲気、あるいは自然と調和した歴史的景観が旅情を誘ったからに違いない。

旅することはこの詩人にとって、われらの西行や芭蕉と同じように、なかば人生の目的ともいえた。低地地方の小旅行から帰った翌年一月下旬、彼は学生時代の旧友ロバート・ジョーンズの招きを受けて、妻と娘をともない北ウェールズへの旅に出た。旧友が住む牧師館は北ウェールズのスノードン山の近くの小さな町スランベリスにあった。一八二〇年の大陸旅行以来四年ぶりに再会した友は、近くに住んでいるアイルランドの貴婦人二人を紹介してくれた。その女性たちは当時、「スランゴスレンの貴婦人」[2]として世に知られていたし、詩人も彼女たちの噂は以前から耳にしていた。山峡の小さなスランゴスレンの町からもはずれた薄暗い森の中に、一七七八年末から彼女たちはひっそりと身を隠し、まるで「隠棲修道女《アンコライト》」のような生活を営んできたのである。一人はレイディ・エリナ・バトラー、もう一人はセアラ・ポンスンビーといい、広い庭園に囲まれた一風変わった木組みの館に住んでいた。その白壁の美しい広壮な館は、「プラース・ネウィッド」と呼ばれていた。当時バトラーは八十歳を超え、ポンスンビーも七十歳に手のとどく老女だった。

「プラース・ネウィッド」の館を訪れた客人は、初秋の快く晴れあがった午後のひととき、当時の伝統的な「中国茶《チャイナ・ティ》」の接待を受けた。それは詩人の嗜好にかなった茶で、後刻庭に出た彼はこんな短詩を書いている。

スランゴスレンの貴婦人

敬虔なる隠修士たちが　この谷間に
至高の平穏を目的と定め、生きて死んでいったのだ。　（「レイディ・バトラーとミス・ポンスンビーに」五―六行）

この短い詩句に、「プラース・ネウィッド」の二人の貴婦人たちの隠棲生活に対するワーズワスの想いが、すべて凝縮されていると思われる。彼女たちの「至高の平穏」に包まれた森の中の孤絶の生活こそは、詩人が長らく憧れていたものであったに違いなく、そこはわざわざ足を運ぶに足る場所であった。「プラース・ネウィッド」の午後の客間には、至福の香りが立ちこめていた。

社会改革への意見表明

一八二〇年から三〇年にかけてのイギリスは、社会的には改革の時代を迎えていた。その社会改革の大きな課題は、議会法ならびにカトリック信徒解放に関する法令の改正であった。これらの問題は、十八世紀末から奴隷解放問題をも含めて、論壇においてもその可否が激しく論じられてきた。最初にその問題と真正面から取り組んだのは、リベラル派の論客や政治家たちで、その論陣の先頭に立ったのが『エディンバラ・レヴュー』誌だった。その後、それらの改革を支持する声が、『ジェントルマンズ・マガジン』や『クォータリー・レヴュー』のような保守系の雑誌・評論誌にも拡がっていた。

ワーズワスはそれらの社会改革の問題について、奴隷解放問題以外は、議会法でもカトリック信徒の問題でも、いずれも反対意見を表明し、それらの改革を支持する世論の動向に対して、危機感さえ覚えていたのである。イングランド国教会と、その歴史的伝統を基軸とする現行の国家体制は、社会改革をおこなえばその平穏な秩序が保てなくなるというのが、ワーズワスの考えであった。この問題に関しては、その後公の場で発言することまではなかったが、友人や知人たちへの書簡で、反対の意見表明をおこなっていた事実を見落とすことはできない。

一八二六年、ロンドンのガワー街にユニバーシティ・コレッジが創設され、これまでオックスブリッジの両大学から締め出されてきたカトリック信徒や、ノンコンフォーミストと呼ばれる非国教徒の子弟が、その大学への入学を許可されることとなった。この「神なきコレッジ」とも世間でささやかれた大学を出た子弟が、将来司祭職に就くこと、そしてその悪弊がイングランド国教会にもおよびかねないことに、詩人は深い憂慮を覚えた。これは今日の視点から見れば、とても信じがたいような極端な保守反動思想である。ワーズワスは一八二九年に、「ヒューマニティ」と題する一一〇行ばかりの詩を書いている。

すべての被造物、すべての人びとは
それぞれに仲間であり、人道の保護者、
そこで庭や森や野原が　彼らに
絶えざる寛容の教えを　喩《さと》している。
（「ヒューマニティ」一〇三―一〇六行）

詩は教訓調で秀作とはいいがたいが、「すべての被造物は平等」という、リベラルな思想的基盤には継続性がある。だが、このような詩を書く一方で、非国教徒やカトリック信徒に平等な社会的権利を与えることに異を唱えるのは、詩人の立場からすると自家撞着に過ぎない。この時代のワーズワスを、全体的にわれわれはどう評価すべきなのか、これはたいへん難しい問題だが、やはりその絡みからんだイギリス的な保守主義を容認せざるを得ないのではないだろうか。

一八二七年の金融危機

一八二七年、ワーズワスは、東洋風に言えば還暦にもうすぐ手の届く年齢に達したが、持病である恒常的な頭痛とトラホームによる眼の疾患を除けば、身体的にはまだまだ健康で、日々二時間の散策は欠かしたことがなく、規則正しい生活習慣を保っていた。この安定した生活をささえていたのは、妻メアリーと義妹セアラの巧みな家庭管理だった。また経済的には、カンバランド地方の切手販売支配人の立場がもたらす四〇〇ポンドばかりの収入があった。だが、その内の半分以上が子女の教育費に当てられているから、生活は決して楽とは言えなかっただろう。

しかもライダル・マウントの家は立派ではあるが、詩人の持ち家ではない。結婚後二十年近くになるが、生活の実態は借家住まいであるから、これは時として不安をもたらした。実際、ライダル・マウントの家の借用期限はこの年の五月に過ぎていて、家主フレミングはそこへ自分の伯母を入居させるつもりらしいとの噂が聞こえてきた。そこで詩人は近くに三〇〇ポンドで別の土地を取得し、一時そこに新居を建てることまで考えた。だが結局、借用期限は延長され、その後もずっと一家はそこに住みつづけることになった。

十八世紀以来、経済先進国となったイギリスは、これまで経済変動の影響を強く受けてきた。この一八二七年にも、イギリスは金融危機に陥って多くの銀行が倒産した。詩人は大した金融資産もなかったから、ほとんど損失を蒙らなかったものの、妻メアリーと義妹セアラは、多額の銀行預金があったので被害が甚大であった。ことに独身だったセアラの場合は受けた打撃がすこぶる大きく、この災難が彼女の命を縮めたとも思われる。

アボッツフォード邸

ワーズワスの盟友ウォルター・スコットは、バイロン没後に文壇で名声を独占し、メルローズに「アボッツフォード邸」なる豪邸まで建てて飛ぶ鳥落とす勢いだったが、彼の本の出版元であるコンスタブル社が多額の負債を抱えて倒産したため、その煽りをもろにかぶることとなった。だが不屈の魂の持ち主スコットは、筆一本で自分の抱える負債を返そうと立ちあがった。しかしそのせいで、ワーズワスよりも高齢だった文豪は、無理がたたって健康をそこない、不運にも命を縮める結果を招いた。スコットが病没したのは、一八二七年の金融危機から五年後のことである。

このスコットにくらべれば、ほとんどかすり傷程度ではあるが、ワーズワスもそれなりに被害は蒙った。新しい五巻詩集を上梓してくれた版元のハースト・ロビンスン社が多額の負債を抱えて倒産したため、詩人への印税がほとんど不払いとなってしまったのである。だが、切手販売支配人としての年収に変動はなかったから、一家としての経済的被害は軽くて済んだ。

そんな暗い話題の多い一家に、すこしばかりの光明が射してきた。将来が危ぶまれていた長男ジョンが、ラウザーの口添えでレスターシャーのウィットウィック教会の牧師補として採用されることが決まったのだ。だが父親にしてみれば､オックスフォード出の息子が､田舎の貧しい教会の牧師とは､正直言って不満だったに違いない。実際、その任地は炭鉱地帯で、信徒もほとんどが貧しい炭鉱夫ばかり、ロー・チャーチ派や非国教徒も少なくなく、ハイ・チャーチ派のワーズワスにとっては、決して快くは思えなかった。また、この長男だけでなく、三男ウィリアムの将来も気がかりだった。末っ子として甘やかされて育ったウィリーは、大学進学を拒んで軍隊に入るといって両親を困らせ、兄ともどもなるべく父親から距離を置こうとさえしていた。

ボーモントの死と、大陸旅行

この頃になると、詩人の詩想もすっかり枯渇してしまい、創作詩集を上梓する意欲は失われていた。だがそれにかわり、この四半世紀の間に書きためてきた詩を五巻にまとめた自選詩集の上梓を思い立った。新しい詩集は『ワーズワス詩集』（全五巻）として、一八二七年五月、馴染みのロングマン社から刊行された。ただしこの詩集に関しては、ワーズワスは実のところ他社からの出版を希望していた。彼の念頭にあったのは、ロングマン社よりも文芸出版物を数多く出し、バイロンの詩作品や『クォータリー・レヴュー』誌の版元としても有名だったジョン・マレー社で、実際に打診もしてみたのだが、くだんの経済不況の折柄、相手から色よい返事が得られなかった[3]。

人の世に浮き沈みは常のことで珍しくはないが、親しい人びとの相つぐ死ほどの悲嘆はなかろう。四半世紀近く親交を結んできたボーモントが、コルオートンの自宅で風邪がもとで急逝したとの知らせが届いたのは、一八二七年二月初旬のことである。その前年の夏、ケジックに滞在していたボーモントと一緒にあたりを周遊したのが、今生の別れとなってしまった。二人の思いもかけぬ出会いから、ほぼ四半世紀が過ぎ去っていた。最初の頃は彼我の身分の差にいささか距離感を覚えたものの、ボーモントの詩人に対する親愛の情が、すぐに両人の心を固く結びつけた。詩人にとって彼からの物心両面の支援が、どんなに大きな恩恵をもたらしたか測り知れない。

そのボーモントが逝去したのである。ワーズワスは詩人として、その悲嘆を詩歌によって具象化しようと試みたが、これがなかなか実を結ばなかった。視力の悪化のせいばかりではない。それほど彼の詩的集中力は衰えていたということになろう。結局「故サー・ジョージ・H・ボーモント邸、コルオートン・ホール庭園まえにて書ける追悼詩」が完成したのは、三年後の一八三〇年十一月のことだった。

これまで詩人はボーモントに対し、書簡詩をはじめとして、いくつかの詩を寄せてきた。十七歳も年長の故人は、信仰心が厚く、詩文を愛し、領民のみならず誰からも慕われる、まったく利己心のない人だった。コルオートン・ホールの前庭で、故人を偲びつつ、

ああ、何と弱々しいことか。佳き人がいま世を去りし時、
われらの想いはつのり、われらは時間《とき》に抗う。（「追悼詩」三―四行）

と書き綴る詩人の胸中には、万感の想いがあふれていたに違いない。「時間に抗う」とは、言葉にならないさまざまな想いの表象に他なるまい。だがその想いすら、悲愁の中では「弱々しい」と嘆かざるを得なかった。

このボーモント死去の翌年の一八二八年六月下旬、詩人は娘のドーラをともない、さらにハイゲートのジェイムズ・ギルマン医師の家に身を寄せているコウルリッジを誘い出して、二か月ほどの大陸旅行に出かけた。その旅は、低地地方のゲント、ブルージュ、ブラッセルなど、これまでの馴染みの都市を経て、ライン河の河畔に大聖堂が聳え立つ中世都市ケルンからボンにいたるもので、この旅に初夏はまさしくうってつけの季節であった。これまで病気がちだった友コウルリッジは旅行をきっかけに健康を取りもどし、精神的にも安定したので、ワーズワスは安堵した。そして、この旅を通じて彼は改めて、友人が自分には欠ける哲学的思考を深めていたことに気づかされたのである。この旅の三年まえに、コウルリッジは『哲学的思索のために』を刊行し、今は『教会と国家の体制』などの哲学的論考を準備していた。ワーズワスはこうした友人の著作を称える一方で、少なからず

焦燥感を味わった。

かつてコウルリッジは、ワーズワスがまだ世に出ぬうちから詩人としての地歩をかためていたが、やがて自らの詩才の乏しさを自認し、哲学への道を歩むこととなった。かたやワーズワスの詩人としての名声はいまや当代一と評されていたが、当人の詩想はすでに枯渇し、この数年来は新しい創作の仕事をほとんどしていないのが実情だった。哲学や神学などの形而上的思索をいよいよ深め、それを着実に著作として刊行していくコウルリッジと自分とをくらべ、ワーズワスは内心「惨めな気持ち」を味わったのである。実際、旅先のボンでドイツの著名な文芸批評家アウグスト・シュレーゲルと会する機会があったが、その場の主役はもっぱらコウルリッジだったといってよい。ワーズワスはこの旅行中、少なからず気分を害することが多かった。

この旅行後しばらくして、ワーズワスは数え年で六十歳を迎えたが、ライダル・マウントの自宅の庭で、芝生に足をとられて、「まるで木が倒れるように」転倒した。それは大事にはいたらなかったが、やはり加齢による衰えを感じざるを得なかった。そして翌一八二九年の春先、今度は妹ドロシーが、悪性の風邪で高熱を発し、突然激しい発作に襲われた。その病気からはなんとか回復したが、ほどなくして彼女はほとんど言葉が操れなくなり、家に閉じ籠って暖炉のまわりをうろうろと徘徊するばかりの暮らしになった。この症状は現代医学であればおそらく、アルツハイマー性の認知症ないしは鬱病と診断されるものだろう。

ワーズワスの思想的限界

ワーズワスが家庭内にこうした不安を抱えていた時、社会では大きな変化が起こっていた。一八〇〇年八月、イギリスとアイルランドは連合王国を成立させたが、それはアイルランド人のイギリスへの流入を急増させ、彼らは市民権の拡大を求める声をあげはじめた。この市民運動の先頭に立ったのが、ダニエル・オコンネルであった。彼らはカトリック信徒の解放と議会法の改正を求めて、激しい政治運動を展開した。その結果、一八二九年にウェストミンスター議会において、ついにカトリック信徒解放令が成立したのである。ワーズワスは以前から、カトリック信徒や非国教徒に公民権を与えることに、一貫して反対してきた。彼は機会があるたびに、反対意見を友人たちに表明し、その姿勢を変えることはなかった。

その中でも、一八二九年三月付のロンドン主教C・J・ブロムフィールド宛[4]の書簡では、ことのほか長々と危機感を訴えている。この書簡の論点を要約すれば、カトリック信徒の解放、および非国教会の信徒たちへの平等の市民権ないし公民権の付与は、かならずやウェストミンスター議会の庶民院の構成をゆがめ、国教会と王室を基盤とする国家体制そのものを揺るがし、祖国の安寧や秩序を乱すことになるというものである。ワーズワスはさらに、カトリック信徒解放令を足がかりとして、教皇を頂点とするローマ・カトリック教会が、いずれ政治・経済的にこの国を支配しかねず、かつて所有していた土地や財産権まで奪い返そうと企んでいるに違いないと憂慮する。当時の論壇では、カトリック信徒の解放問題に関してはリベラル派の論客たちの方が優勢であったから、詩人が自らの憂慮を書きつらねる文章には、おのずと熱と力がこもったのだろう。

ワーズワス自身の、ハイ・チャーチ派としての思想と信仰は、すでに『教会ソネット集』において指摘した通り、実質的にはカトリック教会のそれとほとんど変わりなかった。したがって、今日的視点からすれば、カトリック教会の信徒たちを、同じ社会に受け入れ、彼らに同じような政治・社会的権利を与えることに何ら異論はないはずなのである。だがワーズワスは、イングランド国教会をカトリック教会と非国教会の「中間的存在《ヴィア・メディア》」として位置づけ、ハイ・チャーチ主義をカトリック教会と同一視することを快しとしなかった。それは当然のことであろう。なぜなら、国教会はあくまで国家体制を護持することに、その存在意義があるのであって、そうした政治的前提なしに、信仰の保障もあり得ないのである。それがイングランド国教会の国家宗教としてのレゾンデートルでもあって、ワーズワスはこの三十年来、ずっと一貫してその思想を貫き、いっさいぶれることはなかった。

ただ客観的に見れば、そこに詩人の思想的限界が見られることも事実であろう。この間、イギリスの政治は保守党支配がつづいていたが、リベラル派の世論や政治勢力も発言力を高めつつあった。カトリック信徒の解放法案の成立後、議会の構造を改革しようとする動きは、従来から腐敗選挙区の拡大に不満をもつ広い階層の人びとによって支持され、加速度的に進行した。やがて保守党のアーサー・ウェルズリーは政権を追われ、ホイッグ党のチャールズ・グレーを首相とする新内閣が成立し、一八三二年六月に選挙法改正が実現された。したがって、ワーズワスがカトリック解放令に対して示した態度は、歴史的に見れば、これら当時の社会改革全般に対する否定的な反応といって差しつかえないのであって、保守も過ぎれば反体制となる政治の皮肉を示している。

アイルランドへ旅行

さて、アイルランドとの連合王国成立以降、イングランドに移住するアイルランド人が増加の一途をたどっていたことはすでに触れたとおりだが、その社会的潮流の中で、ワーズワス個人も、二人のアイルランド人と親交を結ぶこととなった。一人はウィリアム・ハミルトン、もう一人はエドワード・キリナンである。

ハミルトンはダブリンの名門トリニティ・コレッジの天文学教授だが、同時に多言語を操り、イギリスやヨーロッパの文学にも通暁していた。キリナンのほうは詩人で、熱心なワーズワスの読者でもあった。ワーズワスはこれまで、アイルランド人に対し、好感を抱いていなかった。カトリック信徒が多数を占めるアイルランド国民は、連合王国に加わってからも、イギリスよりは、イタリア、スペイン、ポルトガルなどのカトリック信徒の多い国に親近感をもっていたことに不快を感じていたからである。だがライダル・マウントを訪ねてきた二人のアイルランド人の人柄と才能に、詩人は魅せられていた。ことにハミルトンからは、熱心にアイルランドへの招待を受けたので、自身も眼病などの疾患を抱えながら、娘ドーラと友人ジョン・マーシャルとその息子ジェイムズの四人で、五週間ほどの旅に出ることとなった。

ウィリアム・ハミルトン

八月二十五日に一行はケンダルを出立し、ウェールズのホーリーヘッドからダブリンまで連絡船で海を渡った。ハミルトンの案内でトリニティ・コレッジの由緒ある図書館を訪れ、ワーズワスは有名な『ケルズの書』などの稀覯書を見て感動する。その後ウィックロー峡谷を越えて、ウェックスフォード、ウォーター

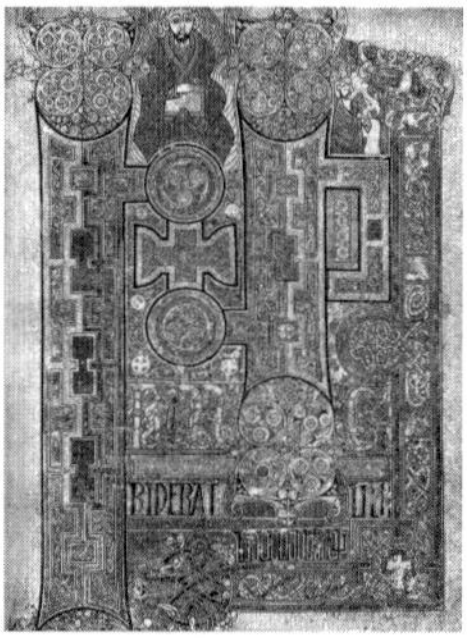
『ケルズの書』

フォードまでくだり、さらに西南のコークまで足をのばして、そこから北上してリメリック、スライゴー、ベルファーストを巡り、老人としてはかなりの大旅行を成し遂げる結果となった。この旅行を通じて、ワーズワスはアイルランド人に対する自らの先入観が偏ったものであったことに気づかされた。むろん彼が接したのは、主として富裕層とか、知識階級の人びとであったが、アイルランドのカトリック信徒は、ラテン諸国の人びとと異なるという思い込みが誤りであることに気づいたのである。くわえてアイルランド庶民の暮らしは、イングランドにくらべてすこぶる貧しく、十六世紀から施行されてきた現行の救貧法が、アイルランドではよく機能していない事実をも知って同情を覚えたのだった。

このアイルランド旅行によって、ワーズワスがアイルランドに対する認識をあらため、深化させたのは事実だが、アイルランドの歴史文化として最も重視されるべきケルト文化への理解や言及がほとんど見られないのも見逃せない事実であった[5]。思うに、イングランドに生まれ育ち、かつイングランド国教会のハイ・チャーチ派のワーズワスは、アイルランドにおけるカトリック文化には少なからず共感を示したものの、彼にとってケルト文化はあくまで異教的なものであって、特別な注意や関心を惹くにいたらなかったのであろう。実際イングランド人として、ケルト文化の特質に本格的に目を向けたのはマシュウ・アーノルドぐらいであり、その独特な異教的文化を理解する知識人は、まだこの時代ごく少数に過ぎなかったのである。

ウォルター・スコットの死

明くる年の夏、このところ過労から体調を崩していたウォルター・スコットが、療養のためにイタリア旅行に赴くとの知らせを詩人は受け取った。情誼《じょうぎ》に厚いワーズワスは、彼がイタリアに出立するまえに、いま一度会っておきたいとの強い想いにかられ、娘ドーラをともなってアボッツフォードにさっそく出かけることにした。九月十九日、ワーズワスはメルローズにある友人邸に着いたが、それはスコットが旅行に出る五日まえのことだった。ワーズワス自身も持病の頭痛と眼の疾患とを抱え、眼帯をしながらの旅は決して快適とはいえなかったが、スコットの状態はもっとひどく、先年脳梗塞で倒れた後遺症で、言語も不明瞭だったし、立居振舞いも不自由そうだった。それでもスコットは杖をつきながら、ワーズワスとドーラを、彼の愛するヤロー河に案内してくれた。一八三五年に刊行された『ヤロー河再訪』に収められている一片の短詩を詩人が書いたのは、この時のことである。

そこに集まる力強い霊たちが、この視界から
消えゆくことを嘆いている、絆の力を求めて。
ツイード河は　快い調べを　喜び唱いつつ、
その声音を　ふたたび落とすが、
あなたの心を　ふたたび生き生きとさせる。
嘆く人らよ、去りゆくかの人に
精いっぱい心をこめて　別れを告げておくれ。（「サー・ウォルター・スコットとの別離に際して」三―九行）

この別離の詩を書いたワーズワスの胸底には、三〇年近くにわたり親交を結んできた友人スコットとの、これが今生《こんじょう》の別れとなるやもしれぬとの痛切な想いがあったに違いない。万感の想いを込めて、二人は別れしな言葉もなく抱き合った。だがスコットは、その後のイタリアでの療養の甲斐なく、旅先からアボッツフォードの自邸に戻ると、間もなく亡くなった。その死を予感していたワーズワスは彼の訃報に接しても、イタリアへの出立直前の別れの際に覚えたような詩心を、ふたたび感じることはなかった。

ロマン派の時代は、一八三二年、このスコットの死によって終焉を迎えるというのが定説[6]で、そこにどれほどの歴史的意義があるのかは難しいところだが、その前後が時代の大きな節目であることに間違いはない。その頃

ちょうど創刊されたばかりの、ウィリアム・マギンを主筆とする『フレイザーズ・マガジン』（一八三二年十月）は、「サー・ウォルターの死に接して」と題する次のような追悼詩を掲げている。

ああ魔術師よ、汝が杖は折れたり、
汝が書は　海底に沈みぬ。
汝が魂の呪文は　響くも
汝が天使は　天国へと急ぎぬ。

「汝が杖は折れたり」との表現は、たしかに一個人のみならず、ひとつの時代の終焉を表徴しているに違いない。十一年まえにキーツが死去し、その後シェリーとバイロンの夭折がつづいたが、今また名声を誇ったスコットが他界したことによって、存命する詩人としての名声と栄誉は、ワーズワスが独占することとなった。だが詩壇には、次代の新星であるアルフレッド・テニスンが、『抒情詩を主とする詩集』（一八三〇年）と『詩集』（一八三二年）を携えて、登場してきていた。

アルフレッド・テニスン

スコットの没後、新旧世代の混在する文壇において、詩人としての名声をいっそう確かなものとしたワーズワスだったが、本人にとってはまったく関わり知らぬことで、ただ心中、長年の盟友を失った哀感と孤独感とを味わうばかりであった。しかも、親しい友人や縁者たちとの死別は、このスコットの病没後、しばらくつづくこととなり、それが老残の身に、ひとしお暗い影を落とすこととなったのもやむを得まい。

スコットランドへの小旅行

しかし明くる一八三三年七月、詩人はそんな暗い気分を払いのけて、ふたたびスコットランドの西部諸島へ出かけることとなった。息子のジョンと友人クラブ・ロビンスンとともに、前回は行けなかったスタッファとアイオナの両島を訪れたのである。旅の最初に訪れたのは、独自のケルト文化を保存するマン島の町ダグラスで、そこで数日を過ごし、その間に四十八篇あまりの詩を書き残している、ワーズワスが旅をすれば詩の女神が立ち現われるのであり、今回の旅とて、詩人はその女神との出会いを求めて出かけたに違いなかろう。以下は「一八三三年の旅にて書ける詩篇」中の短詩。

なぜ　太陽にきらきら輝く海波を眺めつつ
われらは立っているのか。その透明なる光輝に
含まれる景色に　驚きつ　また
　　純なるものに　心奪われつ。　（「マン島の海辺で」一—四行）

こうした詩心は、旅先の自然の情景に触れ得ずして、生まれてくることなどあり得ない。その一瞬の至福を求めて詩人は旅路をたどる。オーバンから海を渡り、マル島を横断し、小舟で目的のスタッファ島に向かう。その島にある有名なフィンガルの洞窟は、波音はするけれど霧につつまれて判然としなかった。キーツやフェリックス・メンデルスゾーンも同じ経験をしているが、そのフィンガルの印象を詩人は、「素晴らしき景観で訪れるに十分に値する」(7)と伝えている。そして小舟を進めさらに行くとアイオナ島に着く。スタッファ島は人家のない岩礁に過ぎないが、アイオナ島は六世紀に聖コロンバがスコットランド宣教の途中に訪れて修道院を建てたことで知られる聖地である。現在も修道院跡や大聖堂が残っているが、詩人にとってその荒涼とした島の風景以上に心を動かされるものはなかった。その後、ふたたびスコットランド国境近くのダンフリーズを訪れてバーンズを偲

スタッファ島のフィンガルの洞窟

アイオナ島

ラルフ・ウォルドー・エマスン

ぶが、彼が眠る教会墓地に建てられたばかりの豪華なバーンズ記念廟《びょう》には、すこぶる不快感を味わった。

　この短いスコットランド旅行から帰ると、ライダル・マウントにアメリカから珍しい客がやってきた。その人物はボストンのユニタリアン教会の牧師で、詩人でもあるラルフ・ウォルドー・エマスンだった。ロンドンではコウルリッジやカーライルらに会い、その後湖水地方に足をのばし、八月二十八日に詩人を訪ねた威勢のよい三十歳の青年は、相手かまわず政治から教育問題まで滔々と弁じまくった。理神論者でもあるアメリカ人の青年と、倍以上も年齢差のある詩人とは、思想的肌合いもだいぶ異なるが、老人は黙って耳を傾けていた。この談話の後、ワーズワスは客を広い庭園に案内しながら、先のスコットランド旅行の際に書いた「フィンガルの洞窟」の詩を朗読して聞かせた。若者は詩人の「内なる声」による詩の響きにいたく感動した様子であった。

コウルリッジとラムの死

　翌一八三四年七月、スコットの逝去につづいて、コウルリッジ急死の報せがとどいた。先刻、友人プールとセアラ・ハッチンスンとがロンドンへ行き、ハイゲートのコウルリッジを訪れた直後のことだった。コウルリッジは長年服用してきた阿片のせいか、臨終までの数日間に何の苦痛も訴えることなく、安らかな死を迎えた。この友人の悲報に接した時、ワーズワスが最も懸念したのは、息子のハートリーが父の急死をすんなり受容できるかであった。詩人はハートリーが父親と疎遠になった後、ずっとわが子のように目をかけてきたし、ハートリーもワーズワスを父親よりも慕っていた。

そして暮れも押し迫った十二月二十七日に、またひとり、旧友のチャールズ・ラムが死んだ。ワーズワスがラムに宛てて最後に手紙を書いたのは、前年の五月で、『続エリア随筆』を家族みんなで楽しみながら読んだと伝えていた。かつてワーズワスが私信で、「君も湖水地方へ来て住まないか」と誘った時も、自分は根っからの「コックニー」だから、ロンドンの雑踏を離れられないと言ってきたラムである。ワーズワスはそんな友の都会感覚とは無縁であったが、彼の人情味あふれる日常感覚やペーソスには、心中深く触れ合うものがあったに違いない。

そんなラムがロンドンを離れ、郊外のエンフィールドに移り住んでいたのは、そこに母親から譲られた家があったからである。また、死の十か月ほどまえの二月二十二日付の彼からの手紙には、姉の「メアリーがふたたび病いに倒れた」と書いてあったので、ワーズワスはその姉の病状のほうをもっぱら気にしていた。弟チャールズよりも十歳も年上のメアリーは、絶望的な病状にあったからである。ラム没後の翌三五年十一月、詩人は「チャールズ・ラムの没後に書ける」と題する一三一行ほどの詩を書きあげた。それはラムの友人でもあったモクスン社の社主からの依頼に応じて書きあげた哀悼詩である。

チャールズ・ラムとその姉メアリー

初めて　この世に生を受けて育ち、
教育を受けたロンドンの地を　遠く離れし人、
また慎ましく生計を立て　会社の机に
縛られつつ、　厳しい日々の仕事に
義務として従いし人　ここに眠る。
（「チャールズ・ラムの没後に書ける」二―六行）

このように故人を回想した詩の冒頭は、後年、エンフィールドの教会墓地にあるラムの墓の墓碑銘として刻まれることとなった。イギリス人の平均寿命が四十歳にも届かない時代、コウルリッジやラムのような六十歳代の死は、決して早世とは言えないが、同年代の親しい友人であるワーズワスからすれば、早過ぎる死と感じられて当然だろう。

くわえて、身内にもさらなる不幸がつづく。数年まえから、アルツハイマー病の他に、しばしば激痛をともなう奇病に冒されている妹ドロシーは、その治療のために阿片を常用し、家から外へ出られない状態がつづいていた。家庭内に病人が出ると、それだけでも家人には精神的な負担になる。若い頃にはどんな苦境も耐えられても、老いの身にはこたえるだろう。不幸は実妹ドロシーにとどまらず、長年一緒に暮らしてきて、血のつながった家族同然だった義妹セアラが、一八三五年六月二十三日、リューマチ性の熱病で急逝した。詩人にとってセアラは、原稿筆記の仕事を安心して任せられる欠かせない存在だったし、彼女の機知に富んだ明るく優しい性格が、どれだけ家族の心を和ませてきたかしれない。

しかし、その喪も明けぬうちにまたしても、旧友の中でもとくに昵懇《じっこん》の仲であったウェールズのロバート・ジョーンズの訃報がとどいた。ケンブリッジ以来、四十年あまりにもわたる長い交友であった。この落莫とした想いも癒えぬ晩秋の同年十一月、今度はスコットランドの「エトリックの羊飼い」こと、ジェイムズ・ホッグの死去を新聞紙上で知った。ワーズワスは詩人としてのホッグをさほど評価してはいなかったが、かつてあの美しいヤロー河に案内してくれた日々の思い出は、忘れがたいものとして胸中に刻まれていた。さっそく彼はほとんど即興的に、「ジェイムズ・ホッグの死を悼んで」と題する全四十四行ほどの追悼の四行詩《バラッド》を書きあげた。

不毛の高い台地を降りて、何もない広々とした
峡谷にそって、ヤロー河が流れているのを
初めて見た時、案内役を務めてくれたのが、

かのエトリックの羊飼いであった。

路上に　黄金色の木の葉をのばした
木立のあいだを　河岸にそって
初めて　歩いた時、わたしの足を
導いてくれたのが　あの国境の詩人だった。

かの力強い詩人のうた声は　もはや聞かれず、
累々《るいるい》たる廃墟の中に　いまや眠る。
ヤロー河の岸に　降り立った死が
詩人の目を　閉じてしまったのだ。（「ジェイムズ・ホッグの死を悼んで」一―十二行）

自然に流れ出す哀悼の想いは、ヤロー河訪問の記憶と、深く結びついて離れがたいものであった。羊飼いの詩人の「力強い歌」は、スコットランドで古くから謡われてきた哀愁の響きを帯びた民謡調だっただろう。そしてこの追悼詩の「累々たる廃墟」には、先年来つづけて逝去した旧友たち、スコットをはじめコウルリッジ、ラム、それに先輩詩人のジョージ・クラッブらへの想いが横たわっていたに違いない。

さらにこの頃になると、ワーズワス自身も身体の衰えは争えず、足に腫れ物ができて散歩もままならなくなり、毎日医者通いがつづいている。そういう不快を抱えながらも、カトリック信徒解放の問題から、議会法の改正にいたる「改革の時代」の流れに対して、詩人は依然強い危機感を抱いていた。「警句」と題する短い詩においてワーズワスは、

大義は地に墜ち、
罪悪感が止むことなき苦痛となる。（「警句」七十二―七十四行）

と深刻なる想いを吐露している。

『ヤロー河再訪』の出版

一八三五年、詩人は久しぶりに『ヤロー河再訪ならびにその他詩篇』と題する小詩集を、モクスン社から上梓した。ここに収められた作品の大部分は、一八三三年のスコットランド旅行の際に書かれた雑詩篇である。だがこの詩集に「交誼のしるしとしてサミュエル・ロジャース氏に捧ぐ」との文字が巻頭に添えられているのは、少々意外というか唐突な感じがする。これまでサウジー、コウルリッジ、ラムら親しい友人に詩集を献じてきたが、詩人とロジャースとの仲がこれまでそんなに密だったとは思われない。

実際、信頼できる評伝を繙いても、両者の交友について詳しく触れたものはほとんどない。ただスコット亡き後、文壇的というよりも大衆的に最も人気があったのは、この詩人ロジャースだったことは確かである。だが彼に対する文学的評価は低く、ワーズワス自身も、これまで献辞を捧げたスコット、コウルリッジらにくらべ、格が落ちることを十分承知していたはずである。詩人の本意が奈辺にあったのか今となっては知る由もないが、ロジャースへの献辞が儀礼的なものであったことに間違いはないだろう。比較的短い詩篇より成る小詩集、『ヤロー河再訪』の冒頭を飾る作品は、一八三一年にスコットの案内でヤロー河を再訪した折の思い出を書きとめた佳作である。

荘重な想いが　　あの快き日に拡がった。
優しき胸のうちに　気高さがこみあげ、

まばらな木の葉たちは　枝先に
残るものもあれば　散りゆくものもある。
だがそよ風は頬をなで　陽光は照り輝いていた——
森はいっそう色づき、
まばゆいばかりの色合いを　深め
黄金色の景色は　すき透るようだった。

ヤロー河は　せわしげに
水面《みなも》もさわがしく流れ、また
そこかしこにできた　水たまりでは
静かなる瞑想を求めて　河は眠っている。
自由気儘な心は　いかなる世間、
いかなる家庭のわずらいも　寄せつけることはない。
われらはひたすら　幸せな日々に回想《おもい》を寄せながら、
幸せな時が過ぎゆくまで　あの日を過ごしたのだった。

（「ヤロー河再訪」九—二十四行）

このヤロー河の回想は、まさに至福ともいうべき記憶の風景を瞬時に捉えている。こういう静謐な詩境は、老詩人の成熟した心の回想によってもたらされるものに違いなかろう。人は老いていく中で、生命のはかなさ、存在そのものの不条理、死への不安、そして自然や人もまた決して美の様相を常にとどめるとは限らないという現実を、いやというほど思い知らされる。だが

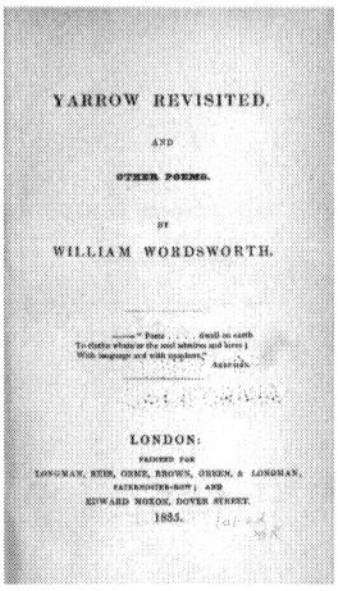
YARROW REVISITED,
AND
OTHER POEMS.
BY
WILLIAM WORDSWORTH.
LONDON:
PRINTED FOR
LONGMAN, REES, ORME, BROWN, GREEN, & LONGMAN,
PATERNOSTER-ROW; AND
EDWARD MOXON, DOVER STREET.
1835.

『ヤロー河再訪』初版（1835）扉

この「ヤロー河再訪」の際に、詩人に訪れた至福の情景は、たとえ瞬時のものであったにせよ、まるでプルーストが回想の中で、永遠につながる「失われた時間」の風景を表象したように、ワーズワスもまた自己の全時間を、秋のヤロー河の一瞬の記憶に溶け合わさせ得たのである。それは詩人の人生の長い歳月が積み重なった、一つの成熟した詩的ヴィジョンに他ならなかった。

この詩集をモクスン社は、これまでのワーズワス詩集の三倍の部数、初版千五百部で出版したが、その見込みは見事にあたった。詩集は発売後二週間で九百部を売り、一か月後には全部数を売り切ったのだ。これはむろんワーズワスにとっては新記録であり、この時代の読者たちの嗜好にかなった、ある意味世間が待ち望んでいた通りのワーズワス詩集がようやく登場した証しともいえるだろう。事実その文学的余波は新大陸にまでおよび、ニューヨークでも出版され、何と二万部も増刷された。ワーズワスの現代詩人としての名声は、頂点を極めつつあったのである。

名声が高まれば、おのずと社会的栄誉が後につづく。まず一八三五年にケンダル自然博物学協会の名誉会員、三七年にはリヴァプール王立研究所の名誉会員にそれぞれ推され、さらには後年、ダラム大学およびオックスフォード大学から名誉学位が与えられた。

ロンドン訪問と最後の大陸旅行

その間の一八三六年五月、初夏の快い季節に、詩人は慈善家ジョシュア・ワトスンの招きを受けて、二か月近くロンドンに滞在することとなった。いまや最も著名な文人となったワーズワスは、そこでの朝食会、午餐会、晩餐会などを通じて、各界の名士らと交流することができた。具体的には、政治家ウィリアム・グラッドストーンはじめ、「ロード」の称号をもつノーサンプトン、リヴァプール、ホートン、ラウザー等々。詩人ではサミュエル・ロジャース、ロバート・ランダー、ロバート・ブラウニングらのほか、のちに彼の妻となるエリザベス・バレットがいた。他には、ダンテの翻訳者であるヘンリー・ケアリー、画家のジョン・コンスタブル、『ロンドン・マガジン』の主筆T・N・タルフォードらも姿を見せていた。

一八三〇年代も後半となると、ロンドン市内はインフラ整備によって近代化がいっそう進み、街頭では二十人乗りの乗合馬車が新しい都市交通の要となっていたし、市内の文化施設も充実していた。また当時、世界の歴史文化遺産の殿堂ともいうべき大英博物館では改築工事が進められ、トマス・ブルースがパルテノン神殿からもち帰った彫刻群を新しく収蔵するギャラリーも完成した。さらにチャールズ・タウンリーが寄贈したギリシャ・ローマ彫刻の厖大なコレクションも公開されていた。そんな頃のまだ改築中だった当時の大英博物館を、ワーズワスは真っ先に訪れている。そこで目にしたのは、パルテノン大理石彫刻群や、コバルトブルーのガラス地に白いカメオの浮き彫りが目にも鮮やかな「ポートランドの壺」、古代エジプトのあまりにも有名な石碑「ロゼッタ・ストーン」などであり、先王ジョージ三世の蔵書を収めた「キングズ・ライブラリー[8]」では、国王ゆかりの豪華な貴購《きこう》書などを目にした。

さらに詩人は、イギリス最古の美術館ダリッジ・ピクチャー・ギャラリーにも足を運び、オランダやイギリスの風俗画および風景画にも魅せられた。ある時は、郊外のイーリングに改築されたばかりの、ギリシャ風の柱廊玄関が美しい、デヴォンシャー公邸チジック・ハウスの見学にまで出掛け、またロンドン塔から移されたばかりの、リーゼント公園内の動物園を訪れたりもした。このようにワーズワスは、この度のロンドン訪問を十分に楽しんだ。

ジョシュア・ワトスン

ロバート・ブラウニング

ジョン・コンスタブル

ジョゼフ・セヴァーン

しかし、二か月にわたるロンドン滞在中の旺盛な活動で、さすがに心身に疲労を覚え、ややホームシックにもなっていた詩人は、友人ロビンスンの大陸旅行への誘いを断わり、ひとまずライダル・マウントへ帰った。そして翌一八三七年三月、のびのびになっていたロビンスンとの大陸旅行に出ることとなった。六十七歳という年齢からして、今回の旅が最後の大陸旅行となるはずだった。自身もそれを意識していたので、最後の目的地をローマと定め、そこに一か月滞在することにした。パリでは出版社主のエドワード・モクスンが合流し、ローマに着いたのは四月二十五日だった。このローマで泊まった宿は、石の階段で有名なスペイン広場のまんまえにあった。そのイギリス人旅行者用の常宿に、五月二十二日まで約一か月滞在することとなった。この宿は十六年まえに詩人キーツが病没した家に近く、当時まだローマにいたキーツの友人の画家ジョゼフ・セヴァーンともそこで出会った。セヴァーンは自分の画室にワーズワスを招き入れ、彼の肖像画を描きながら、友人キーツをかつて看取った日々のことを、まるで昨日のことのように生々しく語った。

　詩人はこの宿を拠点に、サン・ピエトロ大聖堂へも何度か足を運んだ。システィナ礼拝堂では、教皇のおこなうミサにも加わったが、彼がもし厳格なプロテスタントならば、そんなことはあり得なかったはずである。ワーズワスは、ローマでヴァティカンほど荘厳かつ神聖な場は他にはないと、家族に宛てた手紙で伝えている。彼の信仰の変貌が見てとれるのは興味深い。

　今回の大陸旅行のハイライトはヴァティカン訪問であり、しかも詩人が正直に、このような機会をもっと早くもつべきだったと嘆いている[9]のは印象深い。友人ジョーンズとの青春時代の大陸旅行の最終目的地がアルプスであったことを思うと、イングランド国教会の信徒とはいえ、ハイ・チャーチ派の最も正統的な思想および信仰のもち主であった老いたるワーズワスにとって、この旅の帰結は当然と言えば当然であった。今回の旅では南イタリアのナポリまで行く予定を立てていたが、同地でのコレラ流行のため行けなくなり、北の芸術の都フィレンツェ、ボローニャ、ミラノなどを巡り、ドイツのハイデルベルク、大聖堂のあるケルンからベルギーを経て帰途についた。今回の大陸旅行はまさに聖地巡礼の旅になったと言えるだろう。

名誉学位を受ける

一八三六年から三七年にかけて、モクスン社から『ワーズワス詩集』の改訂版が刊行された。だがその際、従来の版には見られた『逍遥』の巻頭にある『隠修士』への言及が、すべて削られていたのである。詩人は『隠修士』三部作の構想を、長年にわたってもちつづけてきたが、ここにいたってそれへの言及が削除されたというのは、彼がその叙事詩三部作の完成を断念したことを意味する。

その事実に懸念を抱く読者で、たまたまライダル・マウントの家を訪れたアメリカ人、ジョージ・ティクナーなる人物が、詩人に直接『隠修士』の未完の事情について問いただした。するとワーズワスは、こう答えた。「グレーはなぜせっかく書きはじめた例の長詩を完成させなかったのだろう。それを完成させる以上の仕事を、すでに手がけてきたからです。わたしの場合もそれなのです」

この場合、ワーズワスの言葉は自己弁護に過ぎず、『隠修士』第三部を完成し得なかったことは、客観的には彼の詩的能力の限界と理解すべきであろう。

一八三九年四月、ワーズワスは政府の財務大臣トマス・スプリング・ライスから連絡を受け、先にグラッドストーンらに依頼していたカンバランド州切手販売支配人の職を息子に移譲する件が許可されたと知らされ、さっそくロンドンに赴いて大臣に面会し、年金支給の通知書を受け取った。さらにその後の六月、かねてから予定されていた名誉学位を受けるために、オックスフォードに赴いた。名誉学位授与式は、オックスフォード大学で毎年六月におこなわれていた恒例行事で、その華麗な式典が大学のシェルドニアン講堂で挙行されるように慣例化されたのは、十八世紀の中期以降の

サン・ピエトロ大聖堂

ことである。ちなみに、ワーズワスには「法学博士」の学位が授与されたが、これはあくまで当時の慣例にならったものであり、彼の詩人としての業績に対して与えられたことは言うまでもない。授与式のおこなわれたシェルドニアン講堂は、正装した貴顕の紳士、学者たち、派手な装いで艶を競う貴婦人たちで埋まり、そこに大学総長に導かれ、ガウン姿のワーズワスが他の受賞者たちとならんで入場した。[10] 総長挨拶の後、詩学教授のジョン・キーブルがワーズワスの文学的業績を讃える祝辞を述べた。

　ワーズワス氏は貧しい人びとの生活とその営み、さらに精神のあるがままを、現実の地上の光のもととは言わず、天上の光にまで高め、その位置づけをおこなった唯一の人である。

と、キーブルはワーズワスの思想と業績とをラテン語で朗々と紹介し、さらにまた彼が社会的に、あるいは知的かつ宗教的に、いかに国家に貢献してきたかを強調した。一八三三年のオックスフォードでは、キーブルをはじめジョン・ヘンリー・ニューマン、R・H・フルード、エドワード・B・ピュージーらによる『時局小冊子《トラクツ・フォー・ザ・タイムズ》』の刊行によって、イングランド国教会の刷新運動が進められていた。彼らがめざしたのは、十八世紀以来のヒューマニズム的福音主義を重視してロー・チャーチ化していくイングランド国教会を、中世キリスト教会の正統的伝統へと再生・復活させ、教義や典礼を全体としてハイ・チャーチ化、ないしはカトリック化することであった。それはワーズワスがこの四半世紀ずっと主張してきたことに他ならず、彼の『逍遥』はじめ、『リルストンの白鹿』や『教会ソネット集』などの詩集を貫く一貫した宗教的思想でもあった。その意味では、詩人がオックスフォード運動そのものの先導的役割を果たしたこととなろう。

　この大学での学位授与式の日に、ワーズワスはキーブルらと食事をともにしたが、そこに、学寮の同僚で詩人の愛読者でもあったニューマンも同席した。彼はその後、

ジョン・キーブル

オックスフォード運動の標榜する単なるハイ・チャーチ化に飽き足らず、イングランド国教会を離れてカトリック教会に改宗することになった。

そしてワーズワス自身も、キーブルらによるオックスフォード運動の精神に共鳴し、「アクアペンデンテ近くで物想う」と題する瞑想詩で、この運動によってイングランド国教会がいっそう正統的信仰に高められるとの見解を表明している。『主として初期および最近作の詩篇』に収められたその詩の自注には、オックスフォード運動がイングランド国教会にとって、「喜ぶべき前兆となるだろう[11]」と記している。だが残念ながら、今日、ワーズワスをオックスフォード運動の先導者と見做す識者は決して多くない。

長女ドーラの結婚

一八四〇年、詩人は東洋風に言えば古希を迎えた。ジョージ四世没後の一八三〇年に兄の後を継いだウィリアム四世は、わずか七年の在位で逝去したが、彼には嗣子がなかったので、その後弟ケント公の娘ヴィクトリアが十八歳で王位に就いた。一八三七年六月のことである。そして一八四〇年の七月二十七日、ワーズワス一家は先王ウィリアム四世の王妃だったアデレードを、ライダル・マウントの自邸で迎えることとなった。かつての王妃が、わざわざひとりの詩人の邸宅を訪れるというのは、すこぶる珍しいことに違いない。このような一事をもってしても、ワーズワスの名声がいかに高まっていたかが推察される。ライダル・マウントの邸宅の周りには、サンザシやバラの花束や花輪を手にした老若男女が、アデレード王妃を華やかに出迎えた。

その晴れがましい日に、父親に始終笑顔で付き添っていた娘のドーラは、なかなか口には出しづらい苦悩を抱えていた。この数年、親しくしてきた男との結婚話である。相手の男はアイルランド人で、エドワード・キリナンといい、一八二一年以来ライダルに移り住んでいた熱心なワーズワスの崇拝者だった。その直前に妻と死別しており、ワーズワス一家と親しく付き合い、詩人も彼に好感を抱いていた。

だがそうした個人的感情とはべつに、先にも述べたように、ワーズワスにはどうもアイルランド人を好きになれないところがあった。父親たる者、娘の結婚相手に好感などもてるはずがないのだが、アイルランド人との結婚話を娘からいきなりもち出されたとあっては、怒りと不安が先行したことは言うまでもない。くわえてその相手の男キリナンは、先妻との間に生まれた二児を抱える四十歳の男やもめで、元騎兵中尉ではあるが大した収入もなかったので、愛娘ドーラのパートナーとしてふさわしいとは到底思えなかった。多少なりとも詩を齧っている点に好感がもてたとはいえ、いざ娘の結婚相手となった場合、アイルランド人であることが、否応なく詩人の不安をかき立てた。

しかし二人の交際はすでに十年以上もつづいており、父ワーズワスの反対を承知しながら、キリナンはドーラとの結婚を正式に申し出たのである。世の父親はたいてい、娘がふつうの幸せを掴んでくれさえすれば安堵するのだが、この結婚話においてはそれを保障する条件が乏しかった。今日でなら大して問題にならない十三歳という男女の年齢のひらきも、当時においては常識外れだったし、ドーラの健康とて万全ではなかった。だが二人は、すでに肉体関係をともなう離れがたい愛情で結ばれていた。こういう場合の男女を、父親とはいえ他者が引き離すことは不可能に近い。

ワーズワスは直接キリナンと会って話がしたいと、手紙を遣った。ライダル・マウントで二人だけの話し合いがおこなわれ、その場ではなかなかすんなりと話は進まなかったが、最終的に両者は和解し、娘の結婚話は整った。ちなみに、これにはイザベラ・フェニックという女性の陰の骨折りがあった事実を、付け加えておかなくてはならない。翌三八年五月におこなわれたドーラとキリナンの結婚式も、フェニックの実家のあるバースの聖堂で、ワーズワスの息子であるジョン牧師の司式によって執りおこなわれた。

家庭内において、とくに父親ワーズワスにとって、若い女性としてのドーラの存在は大きかった。だがやがて娘ドーラに代わる地位を担うことになったのが、これまでたびたびライダル・マウントを訪れてきたフェニックである。彼女は一八三八年以降、近くのアンブルサイドに移り住み、やがてワーズワス家にとって欠かせない人となっていった。というのも、七十歳となった詩人は、毎日二時間の散策を欠かすことなく、まずまず健康ではあったが、もともと目に疾患があり、視力の衰えが進んで自力での読書や筆記はすこぶる制限されていた。そのため、数年まえからドロシーやセアラが筆耕をおこなっていたのだが、この仕事をフェニックがすべて引き受けることとなったのである。ワーズワスの作品解釈にあたっては、ドロシーとくらべられるほど信頼できるもので、後世のわれわれも実のところ、ワーズワスの作品解釈にあたっては、この女性の献身的かつ精緻な仕事に多くを負っているのである。おそらく詩人もまた、そのような将来の可能性を見通し、彼女にこの仕事を託したに違いない。

フェニックはカトリック信徒であったが、ワーズワスにとってそれはもはや障害とはならなかった。一八四〇年代ともなると、イギリスのインテリ層には、先のオックスフォード運動で見られたように、イングランド国教会のハイ・チャーチ派の人びとが多くなっていた。弟クリストファと息子ジョンはすでにハイ・チャーチ派の司祭となったが、友人で主教となったジョシュア・ワトスン、それにアンブルサイドの住人となったラグビー校の前校長トマス・アーノルド、あるいはまたワーズワスの崇拝者オーブリー・ディ・ヴェアなど、みんなそろってハイ・チャーチ寄りの信仰の持ち主だった。彼らにとってワーズワスという存在は、精神的支柱と言ってよかったのであって、スティーヴン・ギルが「ワーズワスのカノンは、初期ヴィクトリア時代の精神的エトスともなった」[12]といっているのは、けだし正鵠を射た評言であろう。

最後の詩集

一八四二年五月末、詩人自らが編む最後の詩集が、『主として初期および最近作の詩篇』と題して、モクスン社から上梓された。詩篇は三〇七頁、ほかに「序詩」三頁と、自注が七頁付けられている。初期の「罪と悲しみ」、それに戯曲『国境の人びと』など未刊行の作品を収め、一八三〇年代以降に書かれて改稿をほどこした「イタリア旅行の思い出」「死の罰に関するソネット篇」と「種々雑多なソネット篇」など五十篇が加えられている。ただこの詩集の出版について、本人は初期の詩篇などは『遺稿集』として、自分の没後の出版を考えていたのだし、最近の詩作も会心の作と言えるものはなかった。そのうえ、当時の出版界不況のあおりを喰って、モクスン社の経営状態も怪しくなっていた。とにかくワーズワスが、この詩集刊行に自信がなかったのは事実で、タイミングとしてもかならずしも最適とはいえなかった。

この詩集で注目されるのは、巻頭の「序詩」である。この詩には、当時の詩人の「マニフェスト」とも見做すべき詩的メッセージが込められており、かつて彼が『逍遥』において表明したのと同じように、依然として詩想は「人間と自然と生活」であることが語られていた。その意味においてこの詩集は、ワーズワスの晩年を飾るのにふさわしいものということができる。

アイルランドの食糧危機

イギリスの四十年代は、依然として社会の混迷状態が改善されず、そのなかばにはアイルランドの食糧危機に始まる「飢餓の時代」を招来することになる。十九世紀初頭にみられたロマン派たちの熱気はとうに過去のものとなり、テニスンのような新星が出現していたものの、文学界の主流とはなり得ず、社会的貧困や不平等、あるいはさまざまな矛盾をリアルに描き出すチャールズ・ディケンズの小説がひろく大衆の支持を得ていた。そんな時代の転換期の混迷を、ワーズワスは十分に認識していたのであろう。一八四二年の『主として初期および最近作の詩篇』の冒頭の「序詩」には、彼の時代認識が表徴されている。

目に見えざる貧苦が　あちこちで
悲惨にあえぎ　苦しむ人びとの間に
拡がっている　この時代……　（「序詩」四十二―四十四行）

これはかつて一七九八年に『抒情歌謡集』が上梓された際、ワーズワスがもっていた社会的認識とまったく変わらないものである。そのような時代に対する危機感を、彼はふたたびここで鮮明に表明している。だが正直言って、詩人はそういう認識を、詩的想像力の構築によって新しい創作に結実することはできなかった。この詩集でも、イタリア紀行の回想の中に収めている「アクアペンデンテ近くで物想う」と題する瞑想詩の中で、時代に対する危機感を想像力によって表象しようとしているが、会心の作とは見做しがたい。おそらく詩人としては、もはやここで時代の危機を詩想として捉えがたい事実を認めて、それの代替物として半世紀近く昔の「罪と悲しみ」と、これまで公刊したことのない『国境の人びと』の二作を、あえて収めざるを得なかったのではないだろうか。だがこの最後の詩集の中に、ふたたびワーズワスの自然詩の秀作がわずかに見られるのは、収穫ともいえよう。とくに、本詩集刊行直前の一八四二年に書かれたと推定される「エアリ滝の峡谷」と題する短詩は、老境にある詩人の自然との対話を、見事に表象するものである。

陰深い小暗き谷間は
閑然と静まりかえっている。
あたりの森の木立は　岩のごとく動かず、
渓流のほとり　遠くより湧き出し
清水が流れる。この丘と変わらず
長い歳月を重ねてきた
すべての風景は　寂として動かない。　（「エアリ滝の峡谷」一―七行）

今日では「エアラ滝」と呼ばれる、その峡谷を訪ねた詩人は、そこでの自然との対話を通じて、静寂の中に永遠にも通じる一瞬の微風を肌で感じながら、絶妙な美的快感を表象する。あるいはまた「病みて駒鳥に寄せる」と題する短詩では、

わたしが死にゆく時、おまえの歌は

愛しきものとなり、どんな地上の力より
慰めとなり、衰えゆく魂が
生き返るかに　思われる。

小鳥よ、そのような至福を与えておくれ、
近くに来て　わが鎮魂歌を唄うておくれ、
決して終わることない　春の季節の
先ぶれと　なっておくれ。　（「病みて駒鳥に寄せる」九―十六行）

このような詩とも言えないような絶句に近い言葉には、老境の詩人でなければ表現できない実感がこもっている。比較的健康に恵まれてきたワーズワスではあるが、病床にあって衰えを感じる日々もあった。そういう時に耳にする「駒鳥」の歌声は、若き日に聴いたそれと変わらないはずだが、聴き手の心境がまったく異なるのは当然で、ほかにも「夜想」「雲に寄せる」「別離のうた」など、近作のいずれにも晩年のワーズワスでなければ書けない詩心の表出が見られる。こうした自然との対話は、詩的想像力よりもむしろ空想の産物で、事実それはこの詩人にして可能となる軽みの技であり、われわれはそれを決して過小評価すべきではない。

桂冠詩人に

ワーズワスはメアリーとの間に三男二女をもうけたが、そのうち二人を早くに失くし、長男の進学と就職では意にそむかれ、長女の結婚も意に添わなかった。そして残る三男ウィリーは学業も中途半端なまま、三十歳近くになっても自立した生活ができず、オーストラリアに働き口を求めて渡ると言っていたが、父親としてそれには賛成できなかった。そこで詩人は地方切手販売支配人の官職を、とうとうその息子に引き継がせることにした。

すでに触れたとおり、官職を息子に引き継がせる件については、ワーズワスは三年まえに、財務大臣から直接承認を得ていた。だが詩人も自分の生活がかかっているから、すぐにはウィリーに職を渡すことができないでいた。そして一八四二年、七十二歳となったワーズワスは、国家から功労年金として年三〇〇ポンドを受ける身となって、三十二歳となる息子ウィリーにやっと切手販売支配人の職を譲り渡すことになった。要するにワーズワスは、コウルリッジのように身の処し方の下手な人ではなく、世間的に見れば実力も人徳も運も備わった、さほど嫌味のない程度に政治的な人であったのだろう。

他方、ケジックの住民として、長年にわたって親しい間柄であった桂冠詩人ロバート・サウジーは、先頃病気で妻に先立たれたが、その後一年も経たずに娘のような若い女性と再婚した。ワーズワスはこの結婚に好感がもてず、二人の間にすき間風が吹き始めた矢先、サウジーは若妻との生活の無理がたたったためか、心臓発作で倒れてしまう。そしてその病気が回復しないまま、さらに腸チフスを併発し、一八四三年三月、六十八歳で他界した。ワーズワスは彼の葬儀の案内を受けてはいなかったが、夥しい雨が降りしきる中をひとり出かけていった。

ロバート・ピール

サウジーの没後、桂冠詩人の候補としてワーズワスの名が挙がった。彼の他には、スコットランドの詩人トマス・キャンブルと、最近華々しく詩壇に台頭してきたアルフレッド・テニスンの名前も挙がっていた。桂冠詩人の栄誉が書簡によって伝えられると、ワーズワスはその申し出を断った。自分はもはや高齢のため、国家が求めるような詩人としての役割を十分に果たすことができないと返答したのである。だが今度は首相のロバート・ピールから直じきに、桂冠詩人は何ら国家的責務をともなうものではなく、女王も貴君を推しておられるとの言葉をもらったので、固辞する気持ちもなくなったのであろう、彼はその要請を引き受けることにした。

こうして一八四三年四月、七十三歳となった桂冠詩人ワーズワスの誕生日を祝う会が、アンブルサイドのマーケット広場で華々しく催された。この派手な行事を仕掛けたのは、ドーラの夫キリナンだったが、詩人はそのような仰々しい祝い事を、心底では快く思ってはいなかった。

こんな慶祝行事のすぐ後、家庭ではもめごとが起きていた。災いをもたらしたのは、三男ウィリーである。先年父親から切手販売支配人の官職を譲り受けた彼は、かねてから交際していた女性と婚約したばかりだったが、その二か月後に突然、大した理由もなく破談にすると言いだした。苦労知らずでたいそう甘やかされて育てられてきた息子は、自分勝手を悪いとも思っていない。

ヴィクトリア女王

そんな家族の困惑を抱えたまま、桂冠詩人となったワーズワスは、バッキンガム宮殿で催される女王の晩餐会に出席するために上京した。田舎住まいの詩人は、これまでそのような晴れがましい場所に出たことがなく、服装やマナーに関して、まったくの世間知らずであった。ロンドンに着くと、さっそく老詩人サミュエル・ロジャースを訪ね、宮廷などの世事に詳しい長老からその心構えを教えてもらい、礼服一式まで貸してもらった。
女王拝謁の当日、ワーズワスは先輩詩人から借りたものものしい服装で、バッキンガム宮殿に赴いた。後ろ髪をバック・ウィッグという袋物でつつむ十八世紀風のかつら、銀ボタンで飾った長い上着《コート》、スコットランド製白シャツ、膝までの細ズボン、長い白靴下、銀の留金のついた靴などを着用し、脇にはサー・ハンフリー・デイヴィー製長剣を携えた姿は、詩人自身いかにも身にそぐわぬ感じを覚えたに違いない。
バッキンガム宮殿の大広間の壮麗さは、かつて名誉博士の学位授与の折、オックスフォードのシェルドニアン講堂で経験したあの雰囲気を何倍も誇張した感じだった。若い女王ヴィクトリアのまえに出ると、老詩人ワーズワスは膝まずき、うやうやしく女王の手にくちづけをした。この拝謁が終わると、華やかな舞踏会が始まった。すべて借り物の式服に身をつつんだワーズワスの姿について、友人のヘイドンは、オックスフォードの講堂での詩人は場に似つかわしかったが、宮廷の舞踏会では場違いだったと評している(13)。
今回のワーズワスの上京に際し、娘ドーラも夫キリナンとともにロンドンに来ていたが、それは医師の勧めでポルトガルへ療養の旅に出ることになっていたからである。五月七日、ドーラはサウサンプトンから蒸気船で出航したが、ワーズワスは見送りに行かなかった。翌日、彼は女王調見のため、ふたたびバッキンガム宮殿に参殿することになっていた。女王との謁見の際に、詩人はひと言も発しなかったというが、娘との別れの直後に、気分を取り直して機嫌よく振舞えるような性向の人ではなかった。

社会の近代化と心身の衰退

ライダル・マウントの自邸に戻っても、そこには寂しく重たい空気が流れていた。愛する娘ドーラの姿はなく、ドロシーの心身は相変わらず不安定だったし、セアラは他界して久しかった。ワーズワスにとって、娘ドーラに代わる存在となっていたイザベラ・フェニックは、これまで以上に大きな支えとなった。彼女の存在が、詩人の信仰の有りようにまで徐々に影響を与えはじめていた事実を見逃すわけにはいくまい。

すでにカトリック信徒となっていたフェニックは、ワーズワスも同じような信仰をもつことを強く望んでいた。かつて頑固にカトリック教会を敵視していた詩人も、ニューマンがローマ・カトリック教会司祭に転じた一八四五年には、それを容認し得るほどに変容し、不快と感じるようなことはなかった。ワーズワスは後年、改宗者であるキーブルに「自分は若かりし頃、カトリシズムの真理を理解していなかった」と告白したのである。それればかりか、彼は信仰的側面から、ミルトンの後継者と見做されることすら是としない、とまで言い出した。

この言葉はワーズワスの思想と信仰の変遷を考察する際に、すこぶる重い意味をもつと思われる。『失楽園』の詩想はともかくとして、ミルトン自身の信仰的立場は、ハイ・チャーチ主義は言うまでもなく、イングランド国教会の制度そのものに否定的態度を示していたのであるから、その人と同じ立場と見做されることをワーズワスが快く思わなかったのは、当然と言えば当然であった。

こうしたカトリック化の流れに、危機感を抱きはじめたイングランド国教会の主教や司祭たちもいたが、一般信徒の間では改宗への動きがじわじわと拡がっていた。その頃、ニューマンにつづいてカトリックに改宗したワーズワスの熱烈な礼讃者、フレデリック・フェイバーがライダル・マウントの近くに引っ越し、以来詩人宅をしばしば訪ねてきた。今日ではアンブルサイドにも、イングランド国教会とならんでカトリック教会が立っているが、ワーズワスの時代からカトリック化の流れは湖水地方にまでおよび、詩人の周辺にもいつの間にかカトリック信徒が増えていた。

イギリス社会の近代化が飛躍的に進行した一八二〇年代、正確にいえば一八二三年に、ストックトンとダーリントン間で蒸気機関車による公共鉄道が史上初めて敷設されたが、一八三六年になると、湖水地方のケンダルにまで鉄道開通計画がもちあがった。ワーズワスはかねてより、鉄道がもたらす利便性やその経済的利益を認識していたが、そのような鉄道の普及が湖水地方におよぶことに対しては危機感を抱いた。彼は、鉄道の敷設によって観光客が増大し、湖水地方の景観がそこなわれることを憂慮していたのである。そして一八四四年、日刊紙『モーニング・クロニクル』(十月十六日付)に、「ケンダル・ウィンダミア間の鉄道計画について」と題する短詩を発表し、公的に初めて反対表明をおこなった。

ならば、イングランドの奥地は、もはやこの軽佻な暴挙によって
静穏を保つことができなくなるのだろうか。　(「ケンダル・ウィンダミア間の鉄道計画について」一―二行)

これは個人的感傷とか、ましてや利己心から発せられたものではない。故里の湖水地方に住まい、いまや桂冠詩人としてその土地を愛してやまないワーズワスとしては、黙ってはいられない問題であり、反対意見を公にすることが地域社会に対する責務と考えていたのである。

すでに古希をこえたワーズワスは、周辺の人間関係もしだいに変わる中、彼自身も心身ともに疲労がたまり、心理的に落ち込むような状態で、自らの死が近いことをフェニックにもたびたび漏らすようになった。弟クリストファの長男ジョンが三十四歳の若さで死に、さらに妻の妹セアラについで、しばしば詩人邸を訪れて親しくしていたジョアンナまで亡くなった。そして四六年二月には、弟のクリストファが七十一歳で急逝した。弟とは同

じハイ・チャーチ派の信仰を共有し、気の合う兄弟だっただけに、その死は深い悲しみをもたらした。しかもロー・チャーチ派やノンコンフォーミストが多数を占めるケンブリッジで、クリストファは苦労の多い同情すべき立場にあって、詩人は年を経るごとに、彼の困難や忍耐がよく理解できたのである。

老境の悲嘆

この弟の死の悲嘆が消えやらぬうちに、愛娘ドーラの死亡を詩人は見届ける羽目になった。ポルトガルでの療養から帰国したドーラは、一時的にかなり健康を取り戻し、ワーズワスはそれを見て安堵していた。だが四六年から四七年にかけての冬場、湖水地方を猛烈な寒気が襲い、ドーラは風邪をこじらせた結果の肺炎を悪化させ、七月九日、夫キリナンと両親とに看取られて、ライダル・マウントで四十三歳の短い生涯を閉じた。ワーズワス一家にとって、これ以上の悲嘆はなかった。棺はグラスミアの聖オズワルド教会の墓地に運ばれ、さきに死んだ幼い弟妹の側に埋葬された。このドーラの死は、詩人にとって弟のそれ以上に永日の嘆きとなった。

七十七歳になったワーズワスは歯がすべて抜けおち、目は衰えるばかり、そして健脚を誇った足にも腫れ物ができて治療を受けていた。ライダル・マウントで一緒に暮らすのは、妻メアリーと妹ドロシーだけで、息子たちとは疎遠の関係である。これでもまだ幸せと言うべきなのだろうが、人が老いゆくことは、シェイクスピアの『ソネット』の比喩でいえば、木々の若葉や青葉がやがて黄ばんで枯れ果て、周りからしだいに一葉、一葉散っていくかのようであり、いくら信仰心の篤い詩人とて、人の世のはかなさや空しさを痛感していたに違いない。

ワーズワスは娘ドーラの死の前年、「ある八十歳の老人に」と題するソネットを書いている。その老人が誰であるかは不明だが、この短詩は第三者にあてたというよりも、むしろ八十歳に近づく自分自身の身辺と、老境の想いの表象に他ならなかった。

愛が愛する者を失い、時もまた

後を継ぐ者を　もたらしてはくれない。記憶にとどまって
愛がもはや存在しなければ　そこで滅びなくてはならない。
慣れ親しんだ食べ物もなく　地上から去らねばならない。
またふたたび　生きることを望んではならない。
こうした悲しい信条を　多くの人びとに与えられた
至福のものとして、あなたは分かち合ってはならない。
誰に先立たれ　侮られ　無視されようと、
そのような喪失を　嘆いてはならない。
あなたが貧しく　友だちもなく、
たぶん　ただひとりの生き残りになろうとも、
老人が迎える孤独を究めることが　神により
与えられた永日の嘆きとなろうと、生ける者に対する
愛が　あなたの心の片隅に　居場所を見失うことはないだろう。

（「ある八十歳の老人に」一―十四行）

人は誰しも八十歳ともなれば、孤独や病苦、あるいはさまざまな喪失にともなう悲嘆を日々耐えなければならないが、それでもなお詩人は「心の片隅」に「希望の光」や「愛」を失うまいと生きる覚悟を訴える。詩人の心を支える終局の拠りどころは、「マイケル」の心を支えた、あの「愛の力」に他なるまい。

このソネットをとくに高く評価する人は少ないが、そのうちの一人で、ワーズワスの宗教性を日本人として理解する原一郎は、この場合、詩人の「生けるものへの愛」の理念に、「キリスト教への信仰もなく、政治上の保守主義もなく」(14)と評した。後段の保守主義はともかくとして、前段の信仰の否定には同意できない。ワーズワスがここで最後に強調している愛の精神は、あくまでキリスト教的信仰に基づくものであり、彼が長年にわたって

積み重ねてきた信仰が、老年におよんで一朝にして失われたとは到底考えられない。むろんここで詩人は、教義や教会や国家社会の理念まで問うているのではない。このソネットを評する際に必要なことは、老いゆくワーズワスの詩想を長い時間軸で理解することである。

「オクトゲシマス」（八十歳）に達しそうな詩人の最晩年に、「神により与えられた永日の嘆き」を、無神論的に解することは浅薄に過ぎよう。詩人はここで老人の経験する孤独や喪失、それにともなう悲哀や痛苦、それらすべてを神に与えられたものとして受け入れる詩想を表象しているのであって、これほど率直かつ自然に、老残の心境を吐露した詩はない。繰り返して言うが、神のもとでのすべてをあるがままに受容する精神は、ワーズワスの信仰基盤をなすカトリシズムであり、あくまで表現の正確を期すならば、イングランド国教会のアングロ・カトリシズムに他ならない。

「詩想は枯れ果てた」とはいいつつも、ワーズワスは、アルバート殿下がケンブリッジ大学の総長に就任した一八四七年、桂冠詩人としての務めを「オード」にまとめた。これは愛娘ドーラの病没直後のことであり、この頃の詩人はひとりになると、絶えず涙していたという。

アルバート殿下よ、王の中の王に対し、
イギリスの王位が　真実存続する限り、
われらは　滅ぶことなき国家の力を
その臣民として　支えつづけよう。
（「アルバート殿下のケンブリッジ大学総長就任に寄せるオード」）

これは単なる儀礼的な詩に過ぎないが、王制に基づく国家体制の擁護者であるワーズワスがその真情を吐露していることに、疑念を差しはさむ余地はない。

周辺で亡くなる人が相ついだ間も、ライダル・マウントを訪れる人びとは相変わらず絶えなかった。ワーズワスも訪問者に接することで、気分がまぎれたに違いない。その訪問客の中に、両親に連れられて来たアルジャノン・スウィンバーンがいた。彼はまだ当時十一歳に過ぎず、ムアマンは「妖精のような子供」と評している。ワーズワスはその子が後年、詩人となるところまでは見届けられなかったが、その時アルジャノンはワーズワスの「わたしたちは七人」の詩を読んでいたという。別れしな、詩人が「わたしのことを忘れないでおくれ」と言うと、幼い子は涙を流したとの逸話が残っている。

さきの愛娘の死去につづき、翌四九年一月、息子同然に親しく接してきたハートリー・コウルリッジが五十三歳で没した。故人の遺志にしたがって、亡骸はワーズワス家の墓地に埋葬された。その年の暮れから翌五十年の春にかけて、寒気の厳しい日がつづいた。比較的健やかに過ごしてきたワーズワス夫妻は、妻の実家に住む弟や妹を訪ね、モーヴァン・ヒルの峠を徒歩で往復した。ワーズワスにとっては、この時の無理が想像以上の疲労を残すこととなった。三月十五日、散策中に詩人は胸の痛みを覚えたが、その時はさほど気にするほどではなかった。が、その後日の寒い夕刻、散歩に出た詩人はオーバー・コートを着用していなかったため、風邪をひいてしまい、すぐに回復はしたものの、月末にふたたび寒波が襲うと床に臥すこととなった。

二人の医師は肺炎または胸膜炎と診断し、応急の諸手当がなされたが、詩人の病状は改善せず、四月二十三日に妻とドロシー、長男ジョン、娘婿キリナンらに看取られながら息を引きとった。次男のウィリーにも危篤の知らせは届けられ、彼はライダル・マウントにかけつけたが、父親の死に目には会えなかった。司祭でもあるジョンがワーズワスの終油の秘跡をおこなった。これはハイ・チャーチ、ないしカトリック教会でおこなわれる秘跡

アルバート殿下

アルジャノン・スウィンバーン

ワーズワス一家の墓

のひとつである。
四月二十七日、グラスミアの聖オズワルド教会で、これもジョンの司式で葬儀ミサが執りおこなわれた。その後、棺は大勢の人びとに取り囲まれながら、教会墓地の娘ドーラのわきに埋葬された。
後年、ウェストミンスター・アビー聖堂内セント・ジョージ・チャペルに、フレデリック・スラップの制作したワーズワスの座像が記念碑として収められた。そして一九三二年、アビー聖堂の改築にともない南翼廊に「ポエッツ・コーナー」が新設されると、シェイクスピア像の右手にワーズワスの座像は移された。詩人はかつて『教会ソネット集』の中に「葬儀」と題するソネットを収めている。これはその掉尾の二行。

ああ死よ　汝の棘は　いずくにありや、
ああ墓よ　われは喜ぶ　そは勝利の場なり。　（「葬儀」十三―十四行）

注

（1）ワーズワスが当時、オックスフォードの各コレッジの教育研究の水準について、正確に知っていたとは思えない。だが、さらに今日の学問的水準とはかなり隔たりがあるかもしれない。

（2）スランゴスレンの貴婦人——第2章の注（12）参照。隠棲を好むワーズワスとしては、自分と同じような隠棲者として、彼女たちに特別に好感を抱いていたと思われる。

（3）John Murray, *A Publisher and His Friends: Memoir And Correspondence of the Late John Murray, Vol. 1* (London: John Murray, 1891), Chap.19.

（4）*William Wordsworth's Letter to C. J. Blomfeld, Bishop of London, Mar.* 3, 1829.〔この手紙の内容は、すこぶる長文にわたるので、その要約をあげるにとどめた〕

（5）ワーズワスのケルト文化に対する共感と理解はさほど深くはないが、これは当時のイングランド人の一般的傾向と考えられる。

（6）Ian Jack, English Literature 1815-1832 (Oxford: Clarendon Press, 1963), Chap.15.

（7）*William Wordsworth's Letter to his Family,* July 17, 1833.

（8）キングズ・ライブラリー——現在の大英博物館の建物の中で、ここが最古の部屋である。二十世紀には、ブリティッシュ・ライブラリーと呼ばれるギャラリーの一部となった。この部屋の壁面に並ぶ貴重書の多くは、ジョージ三世が寄贈したものである。十八世紀末から十九世紀にかけては、ここが読書室でもあった。二十一世紀初めの大改修にともない、それらの図書は新しい大英図書館に移された。現在、そこは啓蒙主義（Enlightenment）の部屋と呼ばれ、近代文明の基盤をなす啓蒙主義の全貌を紹介展示している。

（9）*William Wordsworth's Letter to his Family,* April 29, 1837.

（10）Stephen Gill, *William Wordsworth: A Life* (Oxford: Clarendon Press, 1989), 397.

（11）*See Notes of Wordsworth' s Poems, Chiefly of Early and Late Years.*

（12）Stephen Gill, *Ibid.*

（13）B. R. Haydon, *The Autobiography and Memoirs of Benjamin Robert Haydon 1786-1846* (London: G. Bell and Sons, 1927), 564.

（14）原一郎『ワーズワス研究——詩魂の転変の跡を追って』（北星堂書店、一九七〇年）。

あとがき

五年ほどまえわたしは八十歳を迎え、机上のワーズワス詩集を手にした時、イギリスと、イギリス文学との長年の関わりを振りかえりながら、ふとこの詩人の評伝執筆が頭をよぎった。わが国では、イギリス文学に関しては、評伝、伝記のたぐいの出版物があまり盛んとは言えないからであった。

当初一、二年は比較的順調に仕事ができたが、妻が八十歳をこえた途端、病いに倒れて入院してしまい、一時、本書の執筆どころではなくなり、そのうえ自分の視力まで急激に衰え、長時間の集中的作業は極めて困難になってきた。こんな個人的事情を明るみに出して、著者の責任逃がれをする気はないが、本書の最終章「老いゆく日々」の詩人の心境が、他人事としてではなく身近に感じられたのは、わたし自身に対する大きな戒めだったのかもしれない。

同時代人でワーズワスの詩想の後継ぎとも考えられるキーツは、「大地の歌は地上からなくならない」と唱った。キーツの「大地」のもつ意味は、先人のワーズワスにくらべれば、はるかに現実性に乏しく、ほとんど地方的特徴がない。だがワーズワスの「大地」は、あくまで現実的で、湖水地方のカンバランドという地域に詩想の根を拡げている。いずれにせよ、生涯故里の「大地の歌」を唱いつづけた、この偉大なロマン派詩人の評伝を、どうにか書きあげてみて、「大地の歌」のもつ意味が、いまやいっそう危機的な重みをもつことに心が痛む。

最後になったが、本書の制作過程で、以下の諸氏から温かい支援と協力をいただいた。大学院時代から最近まで、一緒にロマン派文学を読んできた茨城大学准教授小林英美（ワーズワス専攻）、早稲田大学非常勤講師直原典子（コウルリッジ専攻）、同藤原雅子（キーツ専攻）、同齊藤貴子（イギリス詩と絵画専攻）、日本女子大学準教授鈴木喜和（キーツ専攻）、早稲田大学助手大石瑶子（ワーズワス専攻）の諸氏には面倒な原稿整理の雑務をしてもらったが、とくに小林英美氏には、多忙な日々を割いて、第7・8・9章の「注」も担当してもらった。上記の諸氏のほかに、研究社編集部の金子靖氏には、ひとかたならぬ力ぞえをいただいた。また、金子氏とともに、同じく編集部の高野渉氏と高見沢紀子氏には原稿整理や校正で、わたしの早稲田大学の学部ゼミの学生だった古正佳緒里氏には組版とレイアウトで、落合一樹氏（東京大学文学部現代文芸論博士課程）には索引作成でそれぞれお世話になった。さらに、小林英美、藤森靖允両氏からは、風景など数枚の写真を提供していただいた。ここに改めて、右記の諸氏に、心からお礼を申しあげたい。

おそらくこれがわたしの最後の本になると思う。この六十年間、さまざまな形で執筆の機会を与えてくださった研究社にも、掉尾ながら感謝の念を表わしつつ、筆をおかせていただくことにする。

平成二十六年八月二十六日　八十五歳の誕生日に

鎌倉材木座にて　　著者

Photo Credit

All photos in this book are considered to be in the public domain, except for those listed below.

'William Wordsworth's parents' home in Cockermouth' (p. 2)
'The Ancient Site of Cockermouth Castle' (p. 3)
'River Derwent' (p. 3)
'Ann's House in Penrith' (p. 8)
'The Pinney House in Racedown' (p. 102)
'Street of the Old German City of Goslar' (p. 149)
'Dove Cottage' (p. 172)
'Rydal Mount & Gardens (Historic Home of William Wordsworth)' (p. 274)

These photos are used by courtesy of Hidemi Kobayashi and Yasumitsu Fujimori.

ワーズワス作品　索引

※ウィリアム・ワーズワスの作品（詩集、詩篇ほか）をアイウエオ順に記した。
※他の人名や作品などについては、「人名・作品・索引」（399ページ）を参照。

▶ア行

「哀悼詩」'Elegiac Stanzas'　233
「アクアペンデンテ近くで物想う」'Musing near Aquapendente'　359, 363
「アルバート殿下のケンブリッジ大学総長就任に寄せるオード」'Ode on the Installation of his Royal Highness Prince Albert as Chancellor of the University of Cambridge, July 1847'　371
「ある八十歳の老人に」'To an Octogenarian'　369-70
「哀れなスーザン」'Poor Susan'　208
「諫めと返答」'Expostulation and Reply'　124, 130, 132-33
「いとまごい」'Farewell, thou little Nook of mountain ground'　194
「妹へ」'To My Sister'　124
『隠修士』*The Recluse*　67, 113, 124-25, 127, 139, 143, 150-52, 159, 163, 176, 178, 186, 200, 217, 223, 230, 233, 240, 244, 246, 253-54, 265-66, 278-81, 291, 326-28, 357
「ウェストミンスター橋のうえ」'Composed upon Westminster Bridge'　194, 198
「エアリ滝の峡谷」'Airey-Force Valley'　363
「エスウェイトの流域」'The Vale of Esthwaiste'　15, 22-23
「エレン・アーウィン」'Ellen Irwin'　177
「訪れざりしヤロー河」'Yarrow Unvisited'　214, 277
「訪れしヤロー河」'Yarrow Visited'　277-78

▶カ行

「かっこう鳥に寄せる」'To the Cuckoo'　10, 187, 188, 243
「学校を離れるに際して」'Composed in Anticipation of Leaving School'　24
「彼女は三年陽と雨を浴びて育った」'Three Years She Grew in Sun and Shower'　156
「彼女は人里離れて暮らした」'She Dwelt among the Untrodden Ways'　155
『感謝のオード集』*Thanksgiving Ode*　308
「カンバランドの物乞い老人」'The Old Cumberland Beggar'　177, 184, 191
「木の実採り」'Nutting'　19-21, 33, 163
「義務へのオード」'Ode to Duty'　217, 239-40
『教会史素描』*Ecclesiastical Sketches*　→『教会ソネット集』
『教会ソネット集』*The Ecclesiastical Sonnets*　308, 318, 320, 324-29, 342, 358, 373
「兄弟」'The Brothers'　177-81, 183-84
「グディ・ブレイクとハリー・ギル」'Goody Blake and Harry Gill'　135-36, 162, 315-16
「雲に寄せる」'Address to the Clouds'　364
「グラスミアの家」'Home at Grasmere'　165, 279
「狂った母親」'The Mad Mother'　74, 124, 135-37, 208, 280
「警句」'The Warning'　351-52
「決意と自立」'Resolution and Independence'　240-41
「ケンダル・ウィンダミア間の鉄道計画について」'Suggeted by the Proposed Kendal and Windermere Railway'　368
「故サー・ジョージ・H・ボーモント邸、コレオートン・ホール庭園まえにて書ける追悼詩」'Elegiac Musings

in the Grounds of Coleorton Hall, the Seat of the Late Sir G. H. Beaumont, Bart.'　340
『湖水地方案内』*Guide to the Lakes*　41, 169, 263-64, 319
『国境の人びと』*The Borderers*　105-108, 122, 128, 361, 363
「今宵は麗しく静謐」'It is a Beauteous Evening, Calm and Free'　196-97
「コリンズの思い出」'Remembrance of Collins'　14

▶サ行
「サー・ウォルター・スコットとの別離に際して」'On the Departure of Sir Walter Scott'　345
「最後の羊」'The Last of the Flock'　129, 135-36, 162, 315-16
「サイモン・リー」'Simon Lee, the old Huntsman'　135-36, 314-15
「サンザシ」'The Thorn'　74, 124, 129, 135, 136, 208
「幸せなる戦士の性格」'Character of Happy Warrior'　231
「ジェイムズ・ホッグの死を悼んで」'Extempre Effusion Upon the Death of James Hogg'　350
「鹿跳びの泉」'Hart-leap Well'　177-78, 252
「詩人の墓碑銘」'A Poet's Epitaph'　163
『自伝的覚え書』*Memoirs*　7, 79, 110, 219
「主客転倒」'The Tables Turned'　124, 128, 130, 132-34
『主として初期および最近作の詩集』*Poems, Chiefly of Early and Late Years*　359, 361-62
「少年がいた」'There was a Boy'　163, 177, 244
『逍遥』*The Excursion*　35, 125, 186, 223, 254, 266, 269-70, 278-95, 298, 308, 313-15, 318-19, 328, 357-58, 362
『序曲』*The Prelude*　9, 11, 13, 15-16, 18-19, 23, 25, 31-38, 44-46, 48, 51, 55, 57-59, 64, 66-67, 76, 78-80, 96, 103-104, 150, 152, 166, 202, 215, 217, 222-31, 238, 247, 279, 291, 328
『叙景詩集』*Descriptive Sketces*　40, 43, 50, 65, 68, 73, 85
『抒情歌謡集』*Lyrical Ballads*　23, 118, 122, 127-30, 147, 160-61, 163, 173-76, 180-81, 187, 191, 216, 223-24, 231-32, 238-39, 243-45, 257, 268, 280, 294, 298, 314-16, 362
「シントラ協定について」'The Convention of Sintra'　259-60, 268, 297
「シンプロン峠を越えて」'The Simplon Pass'　41-42
「水松の木の下で」'Lines left upon a Seat in a Yew-Tree'　112-13, 126, 128, 130
「雀の巣」'The Sparrow's Nest'　21, 243
「捨てられたインディアン女性の嘆き」'The Complaint of a Forsaken Indian Woman'　129
「西方へ行く」'Stepping Westward'　209-10, 243
『一八二〇年大陸旅行の思い出』*Memorials of a Tour on the Continent, 1820*　322
「一八〇二年九月ロンドンにて」'Written in London, September 1802'　242
「葬儀」'Funeral Service'　373
「早春の歌」'Lines Written in Early Spring'　124, 130-31
「ソールズベリー平原」'Sailsbury Plain'　84, 107, 128

▶タ行
『ダドゥン河』*The River Duddon*　308, 318-20, 324-25
「旅する老人」'Old Man Travelling'　111-12, 129, 135-36
「チャールズ・ラムの没後に書ける」'Written After the Death of Charles Lamb'　349
「蝶に寄せる」'To a Butterfly'　21, 187-88, 243
「罪と悲しみ」'Guilt and Sorrow'　361, 363
「ティンターン修道院」'Lines Written a few miles above Tintern Abbey'　23, 82, 128, 130, 137-41, 143, 152, 162, 181, 189, 243, 250

▶ナ行

『二巻詩集』*Poems in Two Volumes*　174, 193, 238-45, 254, 298
「虹」'My Heart Leaps Up'　187-89, 218-20, 243
『荷馬車曳き』*The Waggoner*　231, 308, 312, 315-16, 319
「二部序曲」'Two-Part Prelude'　151-52, 154, 157-58
「眠りがわたしの魂を閉ざしたので」'A Slumber Did my Spirit Seal'　155-56

▶ハ行

「バーンズの墓を詣でて」'At the Grave of Burns'　207
「バーンズの息子に寄せる」'Address to the Sons of Burns'　245
「廃屋」'The Ruined Cottage'　74, 113, 124-28, 150, 186, 208, 280
「ハイランドの娘に」'To a Highland Girl'　208, 243
「白痴の少年」'The Idiot Boy'　252, 314
『ピーター・ベル』*Peter Bell*　252, 308, 312-16, 319
「美と月光」'Beauty and Moonlight'　18
「ひとり麦刈るおとめ」'The Solitary Reaper'　211-12
「ヒューマニティ」'Humanity'　336-37
「蛭取り老人」'The Leech-Gatherer'　191-193, 240
「別離のうた」'Farewell Lines'　364
「放浪する女」'The Female Vagrant'　74, 80-81, 100, 129, 135, 162, 280
「墓碑銘に寄せるエッセイ」'Upon Epitaphs'　261

▶マ行

「マイケル」'Michael'　3, 177, 180-81, 183-84, 226, 252, 370
「マセッツへの手紙」'Letter to Mathetes'　261
「マン島の海辺で」'At Sea off the Isle of Man'　347
「盲目のハイランドの少年」'The Blind Highland Boy'　244

▶ヤ行

「夜想」'A Night Thought'　364
「病みて駒鳥に寄せる」'To a Redbreast--(in Sickness)'　363-64
『ヤロー河再訪』*Yarrow Revisited*　345, 352-54
「ヤロー河再訪」'Yarrow Revisited'　353
『夕べの散策』*An Evenig Walk*　34-35, 65, 68, 73, 85

▶ラ行

「ランダフ主教への手紙」'Letter to the Bishop Llandaff'　73
「リッチモンドの近くで書ける」'Lines written near Richmond, upon the Thames'　128
『リルストンの白鹿』*The White Doe of Rylstone*　247-52, 254, 358
「ルーシー・グレー」'Lucy Gray'　154-56, 177
「ルーシー詩」'The Lucy Poems'　21, 153-54, 156-58, 163, 167-68, 177
「ルース」'Ruth'　163, 177, 184
「霊魂不滅のオード」'Ode: Intimations of Immortality'　187, 189, 216-23, 243
「レイディ・バトラーとミス・ポンスンビーに」'To the Lady E. B. and the Hon. Miss P.'　335
「ロブ・ロイの墓」'Rob Roy's Grave'　243
「ロンドン・一八〇二年」'London, 1802'　198-99, 244

▶**ワ行**

『ワーズワス詩集』*The Poetical Works of William Wordsworth*　339, 357
「わたしたちは七人」'We Are Seven'　81, 372
「わたしは雲のようにひとりさ迷い歩いた」'I Wandered Lonely as a Cloud'　190, 243
「わたしは見知らぬ人びとの間を旅した」'I Travelled among Unknown Men'　156, 167-68

人名・作品　索引

※ウィリアム・ワーズワスの作品については、「ワーズワス作品　索引」（××ページ）参照。

▶ア行

アーノルド、トマス　Thomas Arnold　361

アーノルド、マシュウ　Matthew Arnold　66, 224, 344

アデレード妃　Adelaide of Saxe-Meiningen　359

アナクレオーン　Anacreon　11

『アナリティカル・レヴュー』*The Analytical Review*　77, 161-62

『アニュアル・レジスター』*The Annual Register*　173

アリオスト、ルドヴィコ　Ludovico Ariosto　35, 86

　『狂乱のオルランド』*Orlando Furioso*　35

アルトドルファ、アルブレヒト　Albrecht Altdorfer　141

アルバート殿下　Albert　374

『アンティ・ジャコバン・レヴュー』*The Anti-Jacobin Review*　161-62

イートン、ダニエル　Daniel Isaac Eaton　94

イソラ、アウグスチノ　Agostino Isola　35

ヴァロン、アンネット　Annette Vallon　55, 59, 61-69, 74-77, 83-84, 86, 103, 107, 110, 114, 126-27, 131, 137, 157, 186-88, 193, 195-96, 198-99, 203, 208, 224, 240-41, 262, 266, 322-23

ヴァロン、ポール　Paul Vallon　61, 68, 195

ヴィーラント、クリストフ　Christoph Martin Wieland　148

　『オーベロン』*Oberon*　148

ヴィクトリア女王　Victoria　359, 366

ウィリアムズ、ヘレン・マライア　Helen Maria Willimas　56-57, 59-60, 128

　『奴隷貿易法案に関する詩』*A Poem on the Bill Lately Passed for Regulating the Slave Trade*　56

　『平和に寄せるオード』*Ode on the Peace*　56

ウィルキンスン、トマス　Thomas Wilkinson　212

　『英国山岳地方の旅』*Tour in Scotland*　212

ウィルキンスン、ジョゼフ　Joseph Wilkinson　263

　『カンバランド・ウェストモアランド・ランカシャー風景選』*Select Views in Cumberland, Westmoreland, and Lancashire*　263

ウィルスン、ジョン　John Wilson　257, 261, 277, 309-312, 329

ウィルバーフォース、ウィリアム　William Wilberforce　49, 59

ウー、ダンカン　Duncan Wu　17, 23, 152

　『ワーズワス・内なる生活』*Wordsworth: An Inner Life*　17, 23

ウェッジウッド、ジョサイア　Josiah Wedgwood　121, 123, 148

ウェッジウッド、トマス　Thomas Wedgwood　121, 123, 127, 150, 160-61, 163

ウェルギリウス　Vergil　11

ウェルズリー、アーサー　Arthur Wellesley　259, 296, 321

ウォルシュ、ジェイムズ　James Walsh　121

ヴォルテール　Voltaire　297

ウォルポール、ホレス　Horace Walpole　39

ウルストンクラフト、メアリー　Mary Wollstonecraft　56, 70, 72

　『女性権利の擁護』*A Vindication of the Rights of Woman*　56, 70

『エグザミナー』*The Examiner*　256, 293, 296, 311, 314

『エクレクティック・レヴュー』*The Eclectic Review*　245, 292

『エディンバラ・レヴュー』*The Edingburgh Review*　161, 173, 241, 245, 255, 261, 291, 293, 309-10, 314, 336

エマスン、ラルフ・ウォルドー　Ralph Waldo Emerson　348

エリオット、トマス・スターンズ　Thomas Stearns Eliot　175-76, 320

　『四つの四重奏』*Four Quartets*　320

オウィディウス　Ovid　11

オコンネル、ダニエル　Daniel O'Connell　341

オリファント、マーガレット　Margaret Oliphant　309

▶カ行
ガーティン、トマス　Thomas Girtin　138
カーライル、トマス　Thomas Carlyle　83-84, 348
『回想録』*Reminiscences*　83-84
カザミアン、ルイ　Loius Cazamian　50
カルバート、ウィリアム　William Calvert　78, 81, 84, 86, 216
カルバート、レズリー　Raisley Calvert　86, 91, 103, 150, 161, 216
カロライン妃　Caroline Amelia Elizabeth of Brunswick-Wolfenbüttel　271
カント、イマニュエル　Immanuel Kant　159
キーツ、ジョン　John Keats　48, 79, 133, 169, 256-57, 262, 269, 280, 290, 297-302, 307, 309, 314, 318, 346-47, 356, 375
『エンディミオン』*Endymion*　299-300
「睡眠と詩」'Sleep and Poetry'　299
「ナイチンゲールに寄せるうた」'Ode to a Nightingale'　302
「ヘイドンに寄せる」'To Haydon'　298
「リィ・ハント氏出獄の日に書ける」'Written on the day that Mr. Leigh Hunt left Prison'　257
キーブル、ジョン　John Keble　285, 333, 358-59, 367
ギティングズ、ロバート　Robert Gittings　114
ギフォード、ウィリアム　William Gifford　292
ギャロッド、H・W　H. W. Garrod　154, 157
キャンブル、トマス　Thomas Campbell　307, 365
キリナン、エドワード　Edward Quillinan　343, 359-60, 365-66, 369, 372
ギル、スティーブン　Stephen Gill　56, 107, 238, 260, 329, 361
『ウィリアム・ワーズワスの生涯』*William Wordsworth: A Life*　56
ジョゼフ・ギルバンクス　Joseph Gilbanks　10
ギルピン、ウィリアム　William Gilpin　81, 138
『主としてピクチャレスク風自然美に関するワイ河観察記』*Observations on the River Wye, and Several Parts of South Wales, etc. Relative Chiefly to Picturesque Beauty*　138
キングストン、ジョン　John Kingston　300
クーパー、ウィリアム　William Cowper　13, 68, 130, 217
『クーリア』*The Courier*　246, 260
『クォータリー・レヴュー』*Quarterly Review*　161, 173, 261, 291-93, 309, 336, 339
クックスン、アン　Ann Cookson　4-9, 15, 36
クックスン、ウィリアム（詩人の祖父）　William Cookson　5
クックスン、ウィリアム（詩人の叔父）　William Cookson　29, 32, 44, 74, 86
クックスン、クリストファ　Christopher Crackanthorpe Cookson　7
クックスン、ドロシー　Dorothy Cookson　5
グラッドストーン、ウィリアム　Wiliam Gladstone　354, 357
クラッブ、ジョージ　George Crabbe　307-308, 351
クランプ、ジョン　John Crump　258
グリアスン、ハーバート　Herbert John Clifford Grierson　157
『クリティカル・レヴュー』*The Critical Review*　161, 245, 293
クルィックシャンク、ジョン　John Cruikshank　122
グレー、ジェイムズ　James Gray　311
グレー、チャールズ　Thomas Gray　343
グレー、トマス　Thomas Gray　11, 37, 39-40, 101, 130, 139, 175, 217, 281, 357
『田舎の墓地で詠める悲歌』*Elegy Written in a Country Churchyard*　281
「逆境へのオード」'Ode to Adversity'　217
グレンヴィル、ウィリアム　William Wyndham Grenville　254
クロップストック、ヴィクトル　Viktor Klopstock　148, 150
クロップストック、フリードリッヒ　Friedrich Gottlieb Klopstock　148
クロフォード、ジェイムズ　James Crawford　148
ケアリー、ヘンリー・フランシス　Henry Francis Cary　333, 355
ゲイ、ジョン　John Gay　105
『乞食オペラ』*The Beggar's Opera*　105
ケイヴ、エドワード　Edward Cave　94
ゲーテ、ヨハン・ヴォルフガング・フォン　Johann Wolfgang von Goethe　55, 148, 159
コウルリッジ、サミュエル・テイラー　Samuel Taylor Coleridge　72, 77, 90-91, 93, 98-101, 107-13, 119-28, 132, 141-43, 147-48, 150, 152-53, 158-64, 173, 176, 178, 180-81, 184-86, 205-206, 209, 215-17, 222-25, 227-28, 230, 233, 243-47, 253-54, 257, 259-63, 265-66, 268,

278, 280, 288, 294-96, 307-308, 313, 323-24, 328, 340-41, 348, 350-52, 365
『オソリオ』*Osorio*　122, 128
「ウィリアム・ワーズワスに」'To William Wordsworth'　247
「乳母の話」'The Foster-Mother's Tale'　128
『教会と国家の体制』*On the Constitution of the Church and the State*　340
「クーブラ・カン」'Kubla Khan'　185
「クリスタベル」'Christabel'　124, 180-81, 185, 294
『詩集』*Poems*　108, 113
「失意のオード」'Dejection: An Ode'　185, 246
「宗教的冥想」'Religious Musings'　108-109, 113, 178
『種々の主題についての詩集』Poems on Various Subjects　113
『哲学的思索のために』*Aids to Reflection*　340
「ナイチンゲール」'The Nightingale: A Conversation Poem'　128
「フランスに寄せるオード」'France: An Ode' 124
『文学評伝』*Biographia Literaria*　288, 294
「牢獄」'The Dungeon'　128
「老水夫の歌」'The Rime of the Ancient Mariner' 122, 124, 128, 162-63, 176, 180, 313
コウルリッジ、ハートリー　Hartley Coleridge 246, 296, 349, 372
ゴールドスミス、オリヴァー　Oliver Goldsmith 11
コックス、ウィリアム　William Coxe　37
『スイス旅行記』*Sketches of the Natural, Political and Civil of Swisserland*　37
ゴドウィン、ウィリアム　William Godwin　68, 70-73, 81-82, 92-100, 107, 109, 113-14, 173, 191, 208, 227, 232, 256, 296
『政治的正義』*Political Justice*　70-71, 73
『世の現状、あるいはケイレブ・ウィリアムズの冒険』*Things as They Are; or, The Adventures of Caleb Williams*　72
コトル、ジョゼフ　Joseph Cottle　100, 127-28, 147, 162-64, 173
小林英美　129
コベット、ウィリアム　William Cobbett　68
コリンズ、ウィリアム　William Collins　11, 13-14, 25, 35, 130, 139, 217
「夕べに寄せるオード」'Ode to Evening'　25
ゴルサ、アントワーヌ　Antoine Joseph Gorsas 83
コンスタブル、アーチボールド　Archibald Constable　312
コンスタブル、ジョン　John Constable　80, 216, 269, 355

▶サ行

サウジー、ロバート　Robert Southey　90, 100, 105, 147, 161-62, 225, 231, 255, 259, 268, 292, 307, 313, 352, 365
シェイクスピア、ウィリアム　William Shakespea 16, 36, 96, 105, 107, 295, 369, 373
『マクベス』*Macbeth*　105, 107
『リア王』*King Lear*　105, 107
ジェフリー、フランシス　Francis Jeffrey　241, 245, 293, 314
シェリー、パーシー・ビッシュ　Percy Bysshe Shelley　98, 206, 256, 297, 307, 309, 314-15, 318, 334, 346
『ピーター・ベル三世』*Peter Bell the Third*　314
『マッブ女王』*Queen Mab*　256
「無神論の必要性」'The Necessity of Atheism' 256
シェリダン、リチャード　Richard Sheridan　105
『悪口学校』The School for Scandal　105
シェルヴォーク、ジョージ　Geroge Shelvocke 122
『航海記』*A Voyage Round the World by Way of the Great South Sea*　122
『ジェントルマンズ・マガジン』*The Gentleman's Magazine*　8, 69, 85, 95-97, 104, 121, 173, 182, 336
シドニー、フィリップ　Philip Sidney　183
『アーケイディア』*Arcadia*　183
ジャクスン、トマス　Thomas Jackson　267
シュレーゲル、アウグスト　August Wilhelm von Schlegel　341
ジョージ三世　George III　3, 104, 355
ジョーンズ、ロバート　Robert Jones　37, 39, 43-44, 49-50, 81-83, 85, 185, 223, 321, 335, 356
ジョンストン、ケネス　Kenneth Johnston　32-33, 62, 83-84, 95, 148, 150, 286
『隠されたワーズワス』*The Hidden Wordsworth* 32, 83
ジョンスン、ジョゼフ　Joseph Johnson　68
ジョンスン、サミュエル　Samuel Johnson　173,

206
『英語辞典』*A Dictionary of the English Language* 173
シラー、フリードリッヒ・フォン　Johann Christoph Friedrich von Schiller　148, 173
『ヴァレンシュタイン』*Wallenstein*　173
スウィンバーン、アルジャノン　Algernon Swinburne　372
スコット、ウォルター　Walter Scott　212-213, 225, 231, 239, 244, 247, 250, 253, 255-56, 268, 295-96, 307-308, 321, 334, 338, 344-46, 348, 351-52
『湖上の美女』*The Lady of the Lake*　255
『最後の吟遊詩人の歌』*The Lay of the Last Minstrel*　212-13, 239, 244, 247, 255
『スコットランド国境地方の民謡詩集』*The Minstrelsy of the Scottish Border*　212
『マーミオン』*Marmion*　244, 255
スコット、ジョン　John Scott　296
スチュアート、ダニエル　Daniel Stuart　164, 246, 260
スチュアート、メアリー　Mary Stuart　248
スマイルズ、サミュエル　Samuel Smiles　308
『ジョン・マレー回想録』*Memoir of John Murray* 308
スミス、シャーロット　Charlotte Smith　55-57, 59, 128, 239
スラップ、フレデリック　Frederick Thrupp　373
スレルケルド、エリザベス　Elizabeth Threlkeld　9, 84
セヴァーン、ジョゼフ　Joseph Severn　318, 356
セルウォール、ジョン　John Thelwall　120, 138, 143

▶タ行

ターナー、ウィリアム　Joseph Mallord William Turner　82, 138, 143, 247
ダイア、ジョージ　George Dyer　93
タイスン、アン　Ann Tyson　14, 17, 22, 34, 36-37, 93, 164
タイスン、ヒュー　Hugh Tyson　14, 17
『タイムズ』*The Times*　36
ダグラス、チャールズ　Charles Douglas　161
タッソー、トルクァート　Torquato Tasso　35
『エルサレム回復』*La Gerusalemme liberata*　35
タナー、ノーマン　Norman Tanner　124
タルフォード、トマス・ヌーン　Thomas Noon Talfourd　296, 355
ダンテ・アルギエリ　Dante Alighieri　35, 290, 334, 355
『神曲』*La Divina Commedia*　35, 290
チェスター、ジョン　John Chester　147-48
チャントリー、フランシス　Francis Chantrey　320
『チャンピオン』*Champion*　296
ディ・ヴェア、オーブリー　Aubrey De Vere　361
ディ・クインシー、トマス　Thomas De Quincey　4, 33, 204-205, 225, 257, 259, 260-61
『湖畔詩人の思い出』*Recollections of the Lake Poets*　4
ティクナー、ジョージ　George Ticknor　357
ディケンズ、チャールズ　Charles Dickens　362
デイズ、エドワード　Edward Dayes　138
テイラー、ウィリアム　William Taylor　11, 13, 93
テニスン、アルフレッド　Alfred Tennyson　225, 334, 346, 362, 365
『詩集』*Poems*　346
『抒情詩を主とする詩集』*Poems, Chiefly Lyrical* 346
デフォー、ダニエル　Daniel Defoe　94
『テレグラフ』*Telegraph*　91, 94
トウィデル、ジョン　John Tweddell　93
トビン、ジェームズ　James Tobin　121
トムスン、ジェイムス　James Thomson　22-23, 130
『四季』*The Seasons*　22
ドラブル、マーガレット　Margaret Drabble　156
『ワーズワス』*Wordsworth*　156
トンプスン、T・W　T. W. Thompson　14

▶ナ行

ナポレオン・ボナパルト　Napoléon Bonaparte　i, 91, 121, 187, 215, 231-32, 242, 254-57, 259-60, 267, 288, 296, 308, 321
『ニュー・アニュアル・レジスター』*New Annual Register*　161
『ニュー・クロニクル』*New Chronicle*　161
ニュートン、アイザック　Issac Newton　12, 31, 297
ニューマン、ジョン・ヘンリー　John Henry Newman　333, 358, 367
『ニュー・リタラリー・レヴュー』*New Literary Review*　245
『ニュー・ロンドン・レヴュー』*New London Review* 161

ネルスン、ホレーショ　Horatio Nelson　231-32
ノートン、リチャード　Richard Norton　248-49, 251

▶ハ行

バーカー、ジュリエット　Juliet Barker　9, 65, 73, 83-84, 105, 154, 186, 205
バーク、エドマンド　Edmund Burke　49, 56, 70-71
『フランス革命への省察』*Reflections on the Revolution in France*　56, 70
バーケット、アン　Ann Birkett　7
パーシー、トマス　Thomas Percy　13
『古典詩遺稿』*Reliques of Ancient English Poetry*　13-14
パーシヴァル、スペンサー　Spencer Perceval　269
ハートリー、デイヴィッド　David Hartley　132
ハーパー、ジョージ・マクリーン　George McLean Harper　307
ハーフォード、C・H　C. H. Herford　157
バーンズ、ギルバート　Gilbert Burns　311
バーンズ、ロバート　Robert Burns　13-14, 206-208, 214, 257, 277, 311, 316, 347-49
バイロン、ジョージ・ゴードン　George Gordon Byron　98, 153, 245, 255-56, 269, 295, 307-309, 318-19, 334, 338-39, 346
『イングランドの詩人とスコットランドの評論家』*English Bards and Scotch Reviewers*　245, 255
『チャイルド・ハロルドの巡礼』*Childe Harold's Pilgrimage*　256, 295, 319
『無為の時』*Hours of Idleness*　255
バウマン、トマス　Thomas Bawman　13, 25
ハズリット、ウィリアム　William Hazlitt　132-33, 254, 293-94, 296, 298, 308
ハッチンスン、ジョアンナ　Joanna Hutchinson　160, 203, 206, 215, 368
ハッチンスン、ジョージ　George Hutchinson　203
ハッチンスン、セアラ　Sarah Hutchinson　160, 185, 191, 203, 215, 230, 233, 237, 246, 259, 261-62, 265, 275, 277, 295, 299, 337-38, 348, 350, 361, 367-68
ハッチンスン、トマス　Thomas Hutchinson　160, 203
ハッチンスン、ヘンリー　Henry Hutchinson　109
ハッチンスン、マーガレット　Margaret Hutchinson　156-57
ハッチンスン、メアリー　Mary Hutchinson　7, 21, 108-10, 114, 120, 156, 160, 167, 185-89, 193-94, 197, 200, 203-206, 208, 213, 215-16, 222, 233, 237, 240, 258, 262-63, 267, 269-70, 275, 277, 296, 301, 311, 321, 334, 337-38, 364, 369
バトラー、エレナー　Eleanor Butler　49, 335
ハフ、グレアム　Graham Hough　19, 142
ハラム、ヘンリー　Henry Hallam　334
ハリデー、F・E　F. E. Halliday　110
ハミルトン、ウィリアム　William Rowan Hamilton　343
バレット、エリザベス　Elizabeth Barrett　354-55
ハンズ、エリザベス　Elizabeth Hands　128
ハント、ヘンリー　Henry Hunt　317
ハント、リィ　Leigh Hunt　256-57, 296-97, 302, 311, 314
ビーティ、ジェイムズ　James Beattie　13
ピール、ロバート　Robert Peel　365
ビヴァレッジ、ウィリアム　William Beveridge　253
ピット、ウィリアム　William Pitt　92, 95, 98-99, 104, 254
ピニー、アザリア　Azariah Pinney　97, 100, 107-108, 121
ピニー、ジョン・プリター　John Pretor Pinney　99-102, 108
ピニー、ジョン・フレデリック　John Frederick Pinney　97-98, 100, 107, 121
ピュージー、エドワード・B　Edward Bouverie Pusey　358
ヒューム、デイヴィッド　David Hume　3
『フィランソロピスト』Philanthropist　93, 95-98, 104
ブース、マイケル・R　Michael R. Booth　107
プール、トマス　Thomas Poole　119-21, 159, 348
フェイバー、フレデリック　Frederick Faber　367
フェニック、イザベラ　Isabella Fenwick　122, 137, 360-61, 367-68
フォックス、チャールズ　Charles James Fox　49, 183, 232, 254-55
プライス、リチャード　Richard Price　70-71
『祖国愛についての論考』*A Discourse on the Love of our Country*　70
ブラウニング、ロバート　Robert Browning　354-55
ブラウン、チャールズ　Charles Brown　301
ブラウン、ランスロット　Lancelot Brown　237
『ブラックウッズ・エディンバラ・マガジン』

Blackwood's Edinburgh Magazine　257, 261, 309-12, 314
ブラックウッド、ウィリアム　William Blackwood　309-10, 312
プリーストリー、ジョゼフ　Joseph Priestley　71
『エドマンド・バーク議員への手紙――フランス革命への省察を読んで』*Letters to the Right Honourable Edmund Burke, occasioned by his Reflections on the Revolution in France*　71
ブリソ、ジャック・ピエール　Jacques Pierre Brissot　59
フリッカー、セアラ　Sarah Fricker　100, 162, 181, 185, 215, 246
『ブリティッシュ・クリティック』*British Critic*　161, 292
『ブリティッシュ・レヴュー』*British Review*　292
プルースト、マルセル　Marcel Proust　18, 176, 354
フルード、リチャード・ハレル　Richard Hurrell Froude　358
ブレア、ロバート　Robert Blair　285
ブレイク、ウィリアム　William Blake　46, 70, 257
『フレイザーズ・マガジン』*Fraser's Magazine*　346
『朋友』*The Friend*　261-62, 265
フレンド、ウィリアム　William Frend　93, 97
『共和派と反共和派の結合体に託された平和と統一』*Peace and Union recommended to the Associated Bodies of Republicans and Anti-republicans*　93
フロイト、ジークムント　Sigmund Freud　22
ブロムフィールド、C・J　C. J. Blomfield　342
ベイトスン、F・W　F. W. Bateson　156, 217
ヘイドン、ベンジャミン・ロバート　Benjamin Robert Haydon　216, 269, 296-301, 366
『ヘイドン回想記』*The Autobiography and Memoirs of Benjamin Robert Haydon*　299
ペイン、トマス　Thomas Paine　56, 68, 70-71
『人間の権利』*Rights of Man*　56, 71
ベーコン、フランシス　Francis Bacon　12
ペナント、トマス　Thomas Pennant　49
『ウェールズ紀行』*A Tour in Wales*　49
ヘマンズ、フェリシア　Felicia Hemans　225
ヘリック、ロバート　Robert Herrick　31
ベル、アンドリュー　Andrew Bell　267
ベンスン、ジョン　John Benson　164
ヘンリー八世　Henry VIII　125, 138, 248, 251, 321
ボードワン、ジャン・バプティスト　Jean-Baptiste Baudouin　266, 323
ボーピュイ、ミッシェル　Michel Beaupuy　62-64, 73, 103
ポープ、アレクザンダー　Alexander Pope　i, 134-35, 139, 225, 237, 255
『人間論』*An Essay on Man*　134
ボーモント、ジョージ　George Beaumont　216, 222, 232-33, 237, 267-69, 296, 324, 334, 339-40
ボール、アレクザンダー　Alexander Ball　222
ホールクロフト、トマス　Thomas Holcroft　93
ホガース、ウィリアム　William Hogarth　46
ボズウェル、ジェイムズ　James Boswel　206
ホッグ、ジェイムズ　James Hogg　257, 261, 277, 310, 350-51
ホッブズ、トマス　Thomas Hobbes　132
ホメロス　Homer　11
ポンスンビー、セアラ　Sarah Ponsonby　49, 335

▶マ行

マーシャル、ジェイムズ　James Marshall　343
マーシャル、ジェーン　Jane Marshall　109
マーシャル、ジョン　John Marshall　343
マイヤーズ、ジョン　John Myers　17, 29-30, 32, 44, 185
マギン、ウィリアム　William Maginn　346
マシュウズ、ウィリアム　William Mathews　48, 62, 64, 85-86, 91-97, 100
マレー、ジョン　John Murray　173, 256, 308, 339
『マンスリー・マガジン』*The Monthly Magazine*　122, 138, 161
『マンスリー・ミラー』*The Monthly Mirror*　161
『マンスリー・レヴュー』*The Monthly Review*　77, 161-62, 292, 316
ミケランジェロ　Michelangelo　35
ミルトン、ジョン　John Milton　36, 127, 148, 152, 200, 250, 260, 280, 287, 289, 292, 295, 298, 300, 367
『失楽園』*Pradise Lost*　20, 127, 152, 200, 280, 287, 289, 298, 367
「盲目となりて」'On His Blindness'　250
ムア、ジョン　John Moore　37
『フランス・スイス・ドイツ旅行』*A View of Society and Manners in France, Switzerland and Germany*　37
ムア、トマス　Thomas Moore　334

ムアマン、メアリー　Mary Moorman　113, 137, 142, 195, 214, 269, 311, 324-25, 372
メリヴェール、ジョン・ハーマン　John Herman Merivale　292
メンデルスゾーン、フェリックス　Felix Mendelssohn　347
『モーニング・クロニクル』*Morining Chronicle* 368
『モーニング・ポスト』*The Morning Post*　164, 173, 246
モンクハウス、トマス　Thomas Monkhouse　299, 321
モンゴメリー、ジェイムズ　James Montgomery 245
モンタギュー、バジル（父）　Basil Montagu　97-98, 103, 107, 121-23, 161, 206, 232, 265-66, 268
モンタギュー、バジル（息子）　Basil Montagu 101, 119, 123

▶ヤ行
山田豊　124
吉田正憲　264, 319

▶ラ行
ライス、トマス・スプリング　Thomas Spring Rice 357
ラウザー、ウィリアム　William Lowther, 1st Earl of Lonsdale　268-69, 275-76, 278, 291, 354
ラウザー、ジェイムズ　James Lowther　4, 5, 6, 15, 16, 64
ラスキン、ジョン　John Ruskin　225
ラッキントン、ジェイムズ　James Lackington 129
　『回想録』*Memoirs of the Forty-Five First Years of the Life of James Lackington*　129
『ラ・ベル・アンサンブル』*La Belle Assemblée* 292
ラム、チャールズ　Charles Lamb　107-108, 112, 119, 198, 232, 246, 254, 257, 260, 266, 292, 296-97, 300, 315-16, 348-52
　『シェイクスピア物語』（姉メアリーと共著）*Tales from Shakespeare*　257
　『続エリア随筆』*The Last Essays of Elia*　349
ラム、メアリー　Mary Lamb　198, 246, 257, 349
ランダー、ロバート　Robert Landor　355
ランドシア、ジョン　John Landseer　300
リード、ハーバート　Herbert Read　102
リッチー、ジョゼフ　Joseph Ritchie　300
リュー、アラン　Alan Liu　58
　『ワーズワス・歴史の感覚』*Wordsworth: The Sense of History*　58
ルイ十六世　Louis XVI　38, 67, 69, 73
ルソー、ジャン・ジャック　Jean-Jaques Rousseau 130, 132, 134
　『エミール』*Émile, ou De l'éducation*　130
　『新エロイーズ』*Julie ou la Nouvelle Héloïse* 130
ル・ブラン、シャルル　Charles Le Brun　58
『ル・ボー・モンド』*Le Beau Monde*　245
レイディ・ル・フレミング　Lady le Fleming　275, 335, 339
レヴィンスン、マージョリー　Marjorie Levinson 142
『レヴュー』*Review*　94
レオナール、ジャン　Jean Léonard　61
レッシング、ゴットホルト・エフライム　Gotthold Ephraim Lessing　148, 159
レニック、W・L　W. L. Renwick　291, 307-308
レノルズ、ジョン・ハミルトン　John Hamilton Reynolds　314-315
　『ピーター・ベル　抒情歌謡集』*Peter Bell: a Lyrical Ballad*　314
ロイド、チャールズ　Charles Llyod　121, 185
ロウ、ニコラス　Nicholas Roe　98
ローソン、ウィリアム　William Rawson　84
ローランドスン、トマス　Thomas Rowlandson 33, 46
ロジャース、サミュエル　Samuel Rogers　232, 307, 352, 354, 366
ロッカート、ジョン・G　John G. Lockhart　255, 261, 310
　『スコット伝』*Memoirs of the Life of Sir Walter Scott*　255
ロック、ジョン　John Locke　3
ロッシュ、ジェイムズ　James Losh　93, 124, 143, 149
ロビンスン、ジョン　John Robinson　4, 51, 55
ロビンスン、ヘンリー・クラブ　Henry Crabb Robinson　266, 268, 314, 321, 347, 356
ロビンスン、メアリー　Mary Robinson　46, 72, 128, 130, 173-74, 232, 238
　『抒情物語集』*Lyrical Tales*　173-74
「獄中での悲しみ」'Marie Antoinette's Lamentation,

in her Prison of the Temple'　72
ロベスピエール、マクシミリアン　Maximilien Robespierre　68
ロングマン、トマス　Thomas Longman　173
『ロンドン・マガジン』*London Magazine*　296, 355

▶ワ行

ワーズワス、ウィリアム（詩人の息子）　William Wordsworth　262-63, 275, 339, 364-66, 372
ワーズワース、カロライン　Caroline Wordsworth　68, 126, 186-87, 195-98, 266, 323
ワーズワス、キャサリン　Cataherine Wordsworth　258, 269
ワーズワス、クリストファ　Christpher Wordsworth　6, 9, 17, 30, 51, 77, 104, 122, 198, 253, 323, 333, 361, 368-69
『ウィリアム・ワーズワスの回想』*Memoirs of William Wordsworth*　122
ワーズワス、ジョナサン　Jonathan Wordsworth　3-4, 20, 113, 210, 262
ワーズワス、ジョン（詩人の弟）　John Wordsworth　6, 9, 17, 51, 185, 198, 229-31, 232-33
ワーズワース、ジョン（詩人の父）　John Wordsworth　4-6, 8, 14-17, 165
ワーズワス、ジョン（詩人の息子）　John Wordsworth　205, 215, 267, 275, 277, 333-34, 338, 347, 360-61, 372-73
ワーズワス、ジョン（詩人の甥）　John Wordsworth　368
ワーズワス、ドーラ　Dora Wordsworth　222, 267, 275, 340, 343-345, 359-60, 365-67, 369, 371, 373
ワーズワス、トマス　Thomas Wordsworth　233, 247, 267, 269
ワーズワス、ドロシー　Dorothy Wordsworth　6, 9, 16-17, 21-22, 30, 34, 44, 49, 74-77, 83-86, 97, 99, 101-102, 109-10, 113-14, 120, 122, 124, 142, 146-47, 151, 153, 156-58, 160, 165, 168-69, 181, 185-87, 189, 191, 194-95, 198, 203-204, 206, 208, 211, 214, 222, 224, 231, 233, 240, 243, 247, 258-60, 262-64, 267-68, 275-76 295, 311, 320-21, 341, 350, 361, 367, 369, 372
『スコットランド旅行の思い出』*Recollections of a Tour Made in Scotland*　206, 208, 214
『日記』*Journals*　17, 124, 147, 151, 160, 168, 181, 185-87, 189, 191, 195, 198, 203-204, 211, 214, 323
ワーズワス、リチャード（詩人の祖父）　Richard Wordsworth　4, 16
ワーズワス、リチャード（詩人の兄）　Richard Wordsworth　6, 9-10, 16-17, 26, 30, 34, 49, 55, 60, 67-68, 74, 198, 230, 298
ワーズワス、リチャード（詩人の叔父）　Richard Wordsworth　45
ワイアット、トマス　Thomas Wyatt　31
ワイルド・オスカー　Oscar Wilde　296
ワトスン、ジョシュア　Joshua Watson　354-55, 361
ワトスン、リチャード　Richard Watson　72-73
『貧民と富民とを造り給うた神の知恵と恩寵、その付説』*The Wisdom and Goodness of God, in having made both Rich and Poor; with an Appendix*　72-73

附　録

ウィリアム・ワーズワス年表

1770	父ジョン、母アンの次男として生まれる（兄リチャードは1768年出生）。
1771	妹ドロシー出生。
1772	弟（三男）ジョン出生。
1774	弟（四男）クリストファ出生。
1775-77	母のペンリスの実家に滞在することが多かった。
1776-78	ペンリスのデイム・スクールで学ぶ。
1778	母アン死去（3月8日）。コッカマスのグラマー・スクールに入学。
1779	ホークスヘッドのグラマー・スクールに転入学。
1783	父ジョン死去（12月30日）。
1786	ホークスヘッドのグラマー・スクールの校長ウィリアム・テイラー死去。
1787	グラマー・スクールを卒業（6月）。ケンブリッジのセント・ジョンズ・コレッジへの入学を許可される（10月）。
1789	ホークスヘッドの下宿アン・タイスンの家で夏期休暇を過ごす。
1790	友人ロバート・ジョーンズと大陸徒歩旅行に出る。
1791	ケンブリッジ大学のBAを取得。ふたたび大陸旅行に出る。
1792	ブロワでミッシェル・ボーピュイに会う。アンネット・ヴァロンと恋に落ちる。
1793	処女詩集『夕べの散策』『叙景詩集』をロンドンのジョンスン社より出版。ソールズベリーよりワイ河流域へ徒歩旅行。
1794	妹ドロシーと再会。週刊誌『フィランソロピスト』創刊に参画。
1795	友人レズリー・カルバート死去、その遺産の一部を譲り受ける。ブリストルでS・T・コウルリッジと出会う。南英レースダウンのピニー別邸でドロシーと暮らす。
1796	コウルリッジと交際深まり、相互に行き来をする。
1797	オルフォックスデンに移住。
1798	『抒情歌謡集』（コウルリッジと共著）刊行（10月）。ドイツのゴスラーにドロシーと滞在（10月から翌年2月まで）。
1799	ドイツの旅から帰る（5月）。ヨークシャーのハッチンスン家に滞在。ダヴ・コティジにドロシーと住む（12月）。

1800　「グラスミアの家」「マイケル」執筆。

1801　『抒情歌謡集』改訂版刊行（1月）。

1802　フランスのカレーでアンネット・ヴァロンと再会し、娘カロラインとも会う。メアリー・ハッチンスンとの婚約の件でアンネットの了解を得る（7月）。メアリー・ハッチンスンと結婚（10月）、その後ダヴ・コティジにて新生活を始める。妹ドロシーと同居する。

1803　長男ジョン誕生（6月）。ドロシー、コウルリッジと3人でスコットランド旅行に出る。ウォルター・スコットと会う。

1804　長女ドーラ誕生（8月）。『序曲』の大半を書きあげる。

1805　弟ジョン（東インド会社の船長）、ウェマス沖で遭難死する。『序曲』脱稿。

1806　コルオートンのサー・ジョージ・ボーモント邸に滞在、コウルリッジと2年半ぶりに再会する。

1807　コルオートンよりダヴ・コティジに帰る。『リルストンの白鹿』執筆。

1808　ダヴ・コティジからアラン・バンクに移る。

1809　トマス・ディ・クインシーがダヴ・コティジに移住。

1810　コウルリッジとの友情に決定的な亀裂が入る。

1811　グラスミアの牧師館に移る。

1812　ヘンリー・クラブ・ロビンスンの仲介によりコウルリッジと仲直りする。次女キャサリン、次男トマス相ついで急死。

1813　ウェストモアランドの切手販売支配人の官職に就く。レイディ・ル・フレミングよりライダル・マウント邸を借りて移住する（5月）。

1814　『逍遥』刊行（8月）。

1815　『二巻詩集』をロンドンで刊行。

1817　ロンドンのベンジャミン・ロバート・ヘイドン邸で歴史的な「不滅のディナー」に出席、キーツとも会う。

1819　『ピーター・ベル』刊行。詩壇で波紋が拡がる。

1820　『ダドゥン河』『ワーズワス詩集』（4巻）刊行。妻メアリー、妹ドロシーの3人で大陸旅行に出る（5-12月）。

1821　『教会史素描』執筆、刊行（のちに『教会ソネット集』に改題）。

1822　1810年に書いた『湖水地方案内』を改稿して出版する。

1823　コルオートン・ホールに滞在。

1824　ロンドン、ケンブリッジ、コルオートンを訪問。ロバート・ジョーンズの家（牧師館）を訪ねる。

1825　コルオートンを訪問。

1826　『逍遥』とその他のソネットの改稿をおこなう。

1827　サー・ジョージ・ボーモント死去。

1828　娘ドーラ、コウルリッジと3人でドイツ旅行に出る。

1829　友人とアイルランド馬車旅行。妹ドロシーが病に倒れる。

1830　ケンブリッジ、ロンドンを訪問。

1831　スコットランド旅行に出発するウォルター・スコットを、アボッツフォードで見送る。スコットと最後の別れ。

1832　ウォルター・スコット死去。

1834　コウルリッジ死去（7月25日）。チャールズ・ラム死去（12月27日）。

1835　義妹セアラ・ハッチンスン死去。

1837　H・C・ロビンスンと最後の大陸旅行をする。ローマでサン・ピエトロ大聖堂に詣でる。

1838　ダラム大学より名誉学位を受ける。

1839　オックスフォード大学より名誉学位を受ける。

1840　イザベラ・フェニックが詩人の身辺の世話をする。

1841　長女ドーラ、アイルランド人エドワード・キリナンと結婚。

1842　『主として初期および最近作の詩篇』刊行。切手販売支配人の官職を息子ウィリアムに継がせる。功労年金300ポンドが支給される。

1843　桂冠詩人となる。

1844　ダドゥン河流域を周遊。

1845　ソネット「ケンダル・ウィンダミア間の鉄道計画について」執筆。湖水地方の自然環境破壊を憂う。

1847　娘ドーラ死去。

1850　ウィリアム・ワーズワス死す（4月23日）。グラスミアの教会墓地に埋葬。死後、未刊行の『序曲』が上梓される。

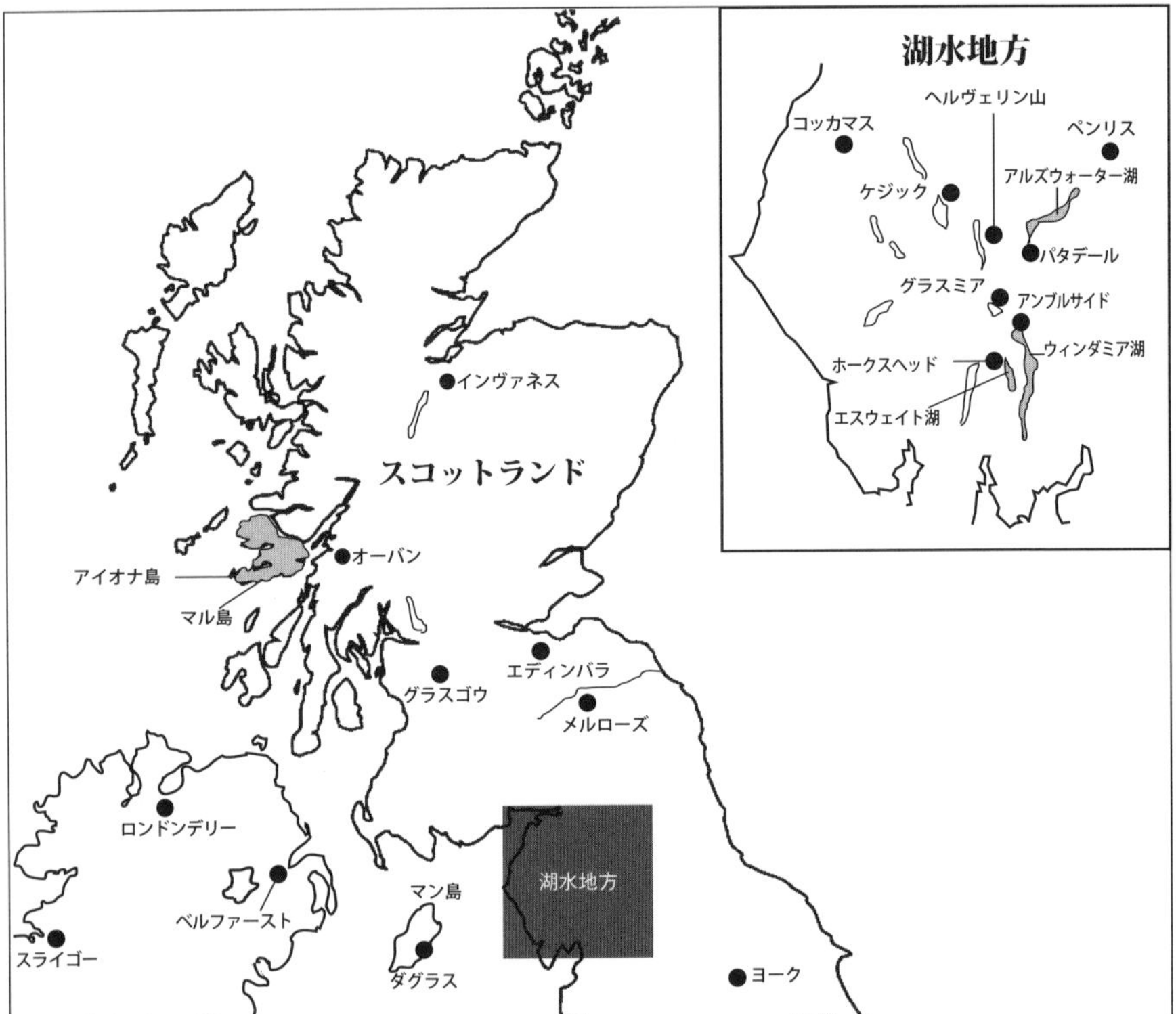
湖水地方
ヘルヴェリン山
コッカマス
ペンリス
アルズウォーター湖
ケジック
パタデール
グラスミア
アンブルサイド
ホークスヘッド
ウィンダミア湖
エスウェイト湖
インヴァネス
スコットランド
オーバン
アイオナ島
マル島
エディンバラ
グラスゴウ
メルローズ
ロンドンデリー
ベルファースト
マン島
湖水地方
スライゴー
ダグラス
ヨーク
アイルランド
イングランド
ダブリン
スランゴスレン
スノードン山
リメリック
コルオートン
ウェールズ
ケンブリッジ
オックスフォード
ティンターン修道院
ロンドン
コーク
オルフォックスデン
ブリストル
ドーヴァー
ソールズベリー
ネザー・ストーウィ
カレー
ワイト島
レースダウン・ロッジ

ワーズワス関連地図

ワーズワス家系図

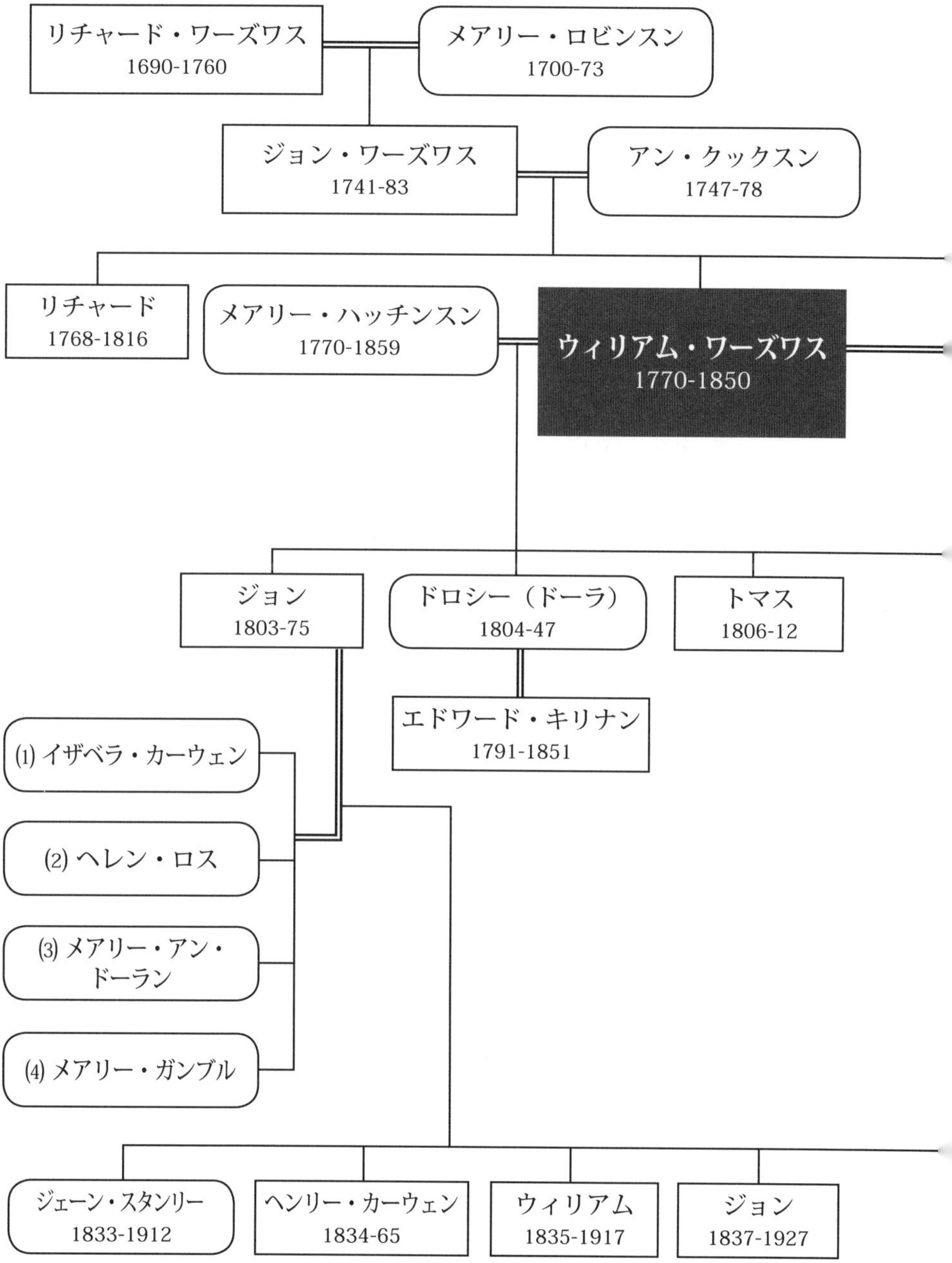
リチャード・ワーズワス
1690-1760
メアリー・ロビンスン
1700-73
ジョン・ワーズワス
1741-83
アン・クックスン
1747-78
リチャード
1768-1816
メアリー・ハッチンスン
1770-1859
ウィリアム・ワーズワス
1770-1850
ジョン
1803-75
ドロシー（ドーラ）
1804-47
トマス
1806-12
エドワード・キリナン
1791-1851
(1) イザベラ・カーウェン
(2) ヘレン・ロス
(3) メアリー・アン・ドーラン
(4) メアリー・ガンブル
ジェーン・スタンリー
1833-1912
ヘンリー・カーウェン
1834-65
ウィリアム
1835-1917
ジョン
1837-1927

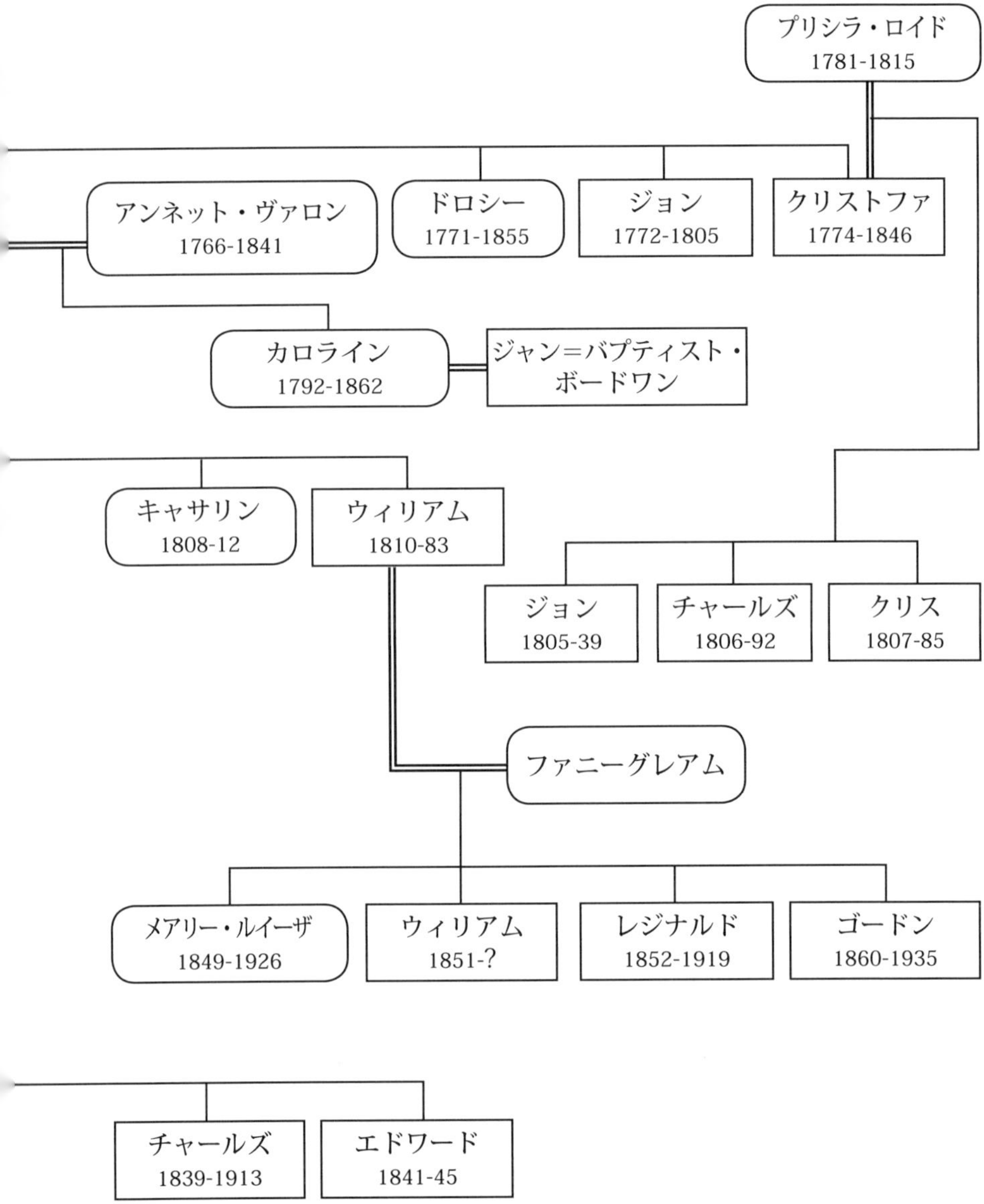
プリシラ・ロイド
1781-1815
アンネット・ヴァロン
1766-1841
ドロシー
1771-1855
ジョン
1772-1805
クリストファ
1774-1846
カロライン
1792-1862
ジャン=バプティスト・ボードワン
キャサリン
1808-12
ウィリアム
1810-83
ジョン
1805-39
チャールズ
1806-92
クリス
1807-85
ファニーグレアム
メアリー・ルイーザ
1849-1926
ウィリアム
1851-?
レジナルド
1852-1919
ゴードン
1860-1935
チャールズ
1839-1913
エドワード
1841-45

参考文献

1. ワーズワス主要文献

The Cornell Wordsworth. General Editor: Stephen M. Parrish. Ithaca, NY: Cornell University Press, 1975-99.

The Fenwick Notes of William Wordsworth, ed. Jared Curtis. London: Bristol Classical Press, 1993.

The Letters of William and Dorothy Wordsworth: The Early Years 1787-1805, ed. Ernest De Selincourt; rev. Chester L. Shaver. Oxford: Clarendon Press, 1967.

The Letters of William and Dorothy Wordsworth: The Middle Years 1806-1820, ed. Ernest De Selincourt; rev. Mary Moorman and Alan G. Hill. 2 vols. Oxford: Clarendon Press, 1969-70.

The Letters of William and Dorothy Wordsworth: The Later Years 1821-1853, ed. Ernest De Selincourt; rev. Alan G. Hill. 4 vols. Oxford: Clarendon Press, 1978-88.

The Letter of William and Dorothy Wordsworth: A Supplement of New Letters, ed. Alan G. Hill. Oxford: Clarendon Press, 1993.

The Love Letters of William and Mary Wordsworth, ed. Beth Darlington. Ithaca, NY: Cornell University Press, 1981.

The Poetical Works of William Wordsworth, ed. Ernest De Selincourt and Helen Darbishire. 5 vols. Oxford: Clarendon Press, 1940-9.

The Prelude, or, Growth of a Poet's Mind, ed. Ernest De Selincourt. London: Oxford University Press, 1928.

The Prose Works of William Wordsworth, ed. Alexander B. Grosart. 3 vols. London: Edward Moxon, Son, and Co., 1876.

The Prose Works of William Wordsworth, ed. W. J. B. Owen and Jane Worthington Smyser. 3 vols. Oxford: Clarendon Press, 1974.

2. ワーズワス研究文献（海外）

Arnold, Matthew. *Essays in Criticism.* London: Macmillan, 1865.

Barker, Juliet. *Wordsworth: A Life.* New York: Ecco, 2005.

Bate, Jonathan. *Shakespeare and the English Romantic Imagination.* Oxford: Clarendon Press, 1986.

Bateson, F. W. *Wordsworth: A Re-interpretation.* London: Longman, 1954.

Beer, John. *Wordsworth in Time.* London: Faber and Faber, 1979.

Bewell, Alan. *Wordsworth and the Enlightenment: Nature, Man, and Society in the Experimental Poetry.* New Haven and London: Yale University Press, 1989.

Booth, Michael R. *English Plays of the Nineteenth Century.* 5 vols. Oxford: Clarendon Press, 1969-73.

Brown, David, ed. *Benjamin Robert Haydon 1786–1846: Painter and Writer, Friend of Wordsworth and Keats.* Grasmere: Wordsworth Trust, 1996.

Burke, Edmund. *A Philosophical Enquiry into the Origin of our Ideas of the Sublime and Beautiful,* ed. James T. Boulton. 2nd edn. Oxford: Basil Blackwell, 1987.

Byatt, A. S. *Unruly Times: Wordsworth and Coleridge in their Time.* London: Hogarth Press, 1989.

Carnall, Geoffrey. *Robert Southey and His Age :The Development of a Conservative Mind.* Oxford: Clarendon Press, 1960.

Cazamian, Louis. *La Grande Bretagne.* Paris: Henri Didier, 1934.

Clancey, Richard W. *Wordsworth's Classical Undersong: Education, Rhetoric, and Poetic Truth.* Basingstoke: Macmillan, 2000.

Coe, Charles Norton. *Wordsworth and the Literature of Travel.* New Haven: Yale University Press, 1953.

Collins, William. *Thomas Gray and William Collins: Poetical Works,* ed. Roger Lonsdale. Oxford: Oxford University Press, 1977.

Constable, John. *John Constable's Correspondence,* ed. R. B. Beckett. 6 vols. Ipswich: Suffolk Records Society, 1961-8.

Constable, Thomas. *Archibald Constable and His Literary Correspondents.* Edinburgh: Edmonston and Douglas, 1873.

Cottle, Basil. 'The Life (1770-1853), Writings, and Literary Relationships of Joseph Cottle of Bristol'. Ph.D. thesis, University of Bristol, 1958.

Courtney, Winifred F. *Young Charles Lamb 1775-1802.* London: Macmillan, 1982.

De Quincey, Thomas. *Autobiographical Sketches.* Boston: Ticknor, Reed and Fields, 1853.

——. 'Lake Reminiscences, From 1807 to 1830. No. III.—William Wordsworth — Continued'. Tait's Edinburgh Magazine 6 (April 1839) 246-54.

——. *Recollections of the Lakes and the Lake Poets: Coleridge, Wordsworth, and Southey.* Edinburgh: Adam and Charles Black, 1862.

Drabble, Margaret. *Wordsworth.* London: Evans Bros., 1966.

Duffy, Edward. *Rousseau in England.* London: University of California Press, 1979.

Erdman, David V. 'Coleridge, Wordsworth, and the Wedgewood Fund'. *BNYPL* 60 (1956) 425-43, 487-507.

Feiling, Keith. *Sketches in Nineteenth Century Biography.* London: Longmans, 1930.

Finch, John Alban. 'Wordsworth, Coleridge, and The Recluse, 1798-1814'. Ph.D. thesis, Cornell University, 1964.

Fink, Z. S. *The Early Wordsworthian Milieu.* Oxford: Clarendon Press, 1958.

Gill, Stephen. *William Wordsworth: A Life.* Oxford: Clarendon Press, 1989.

——. *Wordsworth and the Victorians.* Oxford: Clarendon Press, 1998.

——. *Wordsworth: The Prelude.* Cambridge: Cambridge University Press, 1991.

Gilpin, William. *Observations, Relative Chiefly to Picturesque Beauty, Made in the Year 1772,*

on Several Parts of England; Particularly the Mountains and Lakes of Cumberland and Westmoreland. 2 vols. London, 1786.

——. *Observations, Relative Chiefly to Picturesque Beauty, Made in the Year 1776, on Several Parts of Great Britain; Particularly the High-Lands of Scotland.* 2 vols. London, 1789.

Gittings, Robert, and Manton, Jo. *Dorothy Wordsworth.* Oxford: Clarendon Press, 1985.

Goldwin, William. Caleb Williams, ed. *David McCracken.* Oxford: Oxford University Press, 1982.

Greaves, Margaret. *Regency Patron: Sir George Beaumont.* London: Methuen, 1966.

Halliday, F. E. *Wordsworth and his World.* London: Thames & Hudson, 1970.

Hartman, Geoffrey H. *Wordsworth's Poetry 1787-1814.* New Haven: Yale University Press, 1964.

Havens, Raymond Dexter. *The Mind of a Poet.* Baltimore: The Johns Hopkins Press, 1941.

Hayden, John O. *Romantic Bards and British Reviewers.* Lincoln: University of Nebraska Press, 1971.

Haydon, Benjamin Robert. *The Autobiography and Memoirs of Benjamin Robert Haydon, 1786-1846.* London: G. Bell and Sons, 1927.

——. *The Diary of Benjamin Robert Haydon,* ed. Willard Bissell Pope. 5 vols. Cambridge, MA: Harvard University Press, 1960-3.

Hazlitt, William. *Selected Writings,* ed. Duncan Wu. 9 vols. London: Pickering and Chatto, 1998.

Hough, Graham. *The Romantic Poets.* London: Hutchinson, 1953.

Hunt, Leigh. *The Autobiography of Leigh Hunt.* Westminster: A. Constable & Co., 1903.

Jack, Ian. *English Literature 1815-1832.* Oxford: Clarendon Press, 1963.

Jacobus, Mary. *Tradition and Experiment in Lyrical Ballads, 1798.* Oxford: Clarendon Press, 1976.

Johnston, Kenneth R. *The Hidden Wordsworth: Poet, Lover, Rebel, Spy.* New York, NY: W. W. Norton, 1998.

——. *Wordsworth and The Recluse.* New Haven: Yale University Press, 1984.

Jones, Stanley. *Hazlitt: A Life.* Oxford: Oxford University Press, 1991.

Kroeber, Karl. *Romantic Landscape Vision: Constable and Wordsworth.* Madison: University of Wisconsin Press, 1975.

Lackington, James. *Memoirs of the forty-five first years of the life of James Lackington,* London: Lackington, Allen & Co., 1803.

Lamb, Charles. *The Letters of Charles and Mary Anne Lamb 1796-1817,* ed. Edwin W. Marrs, Jr. 3 vols. Ithaca, NY: Cornell University Press, 1975-8.

——. *The Life and Works of Charles Lamb.* 12 vols. London: Macmillan, 1899.

Legouis, Emile. *The Early Life of William Wordsworth: 1770-1798,* Trans. J. W. Matthews. London: J. M. Dent, 1921.

Levinson, Marjorie. *Wordsworth's Great Period Poems.* Cambridge: Cambridge University

Press, 1986.
Lindop, Grevel. *A Literary Guide to the Lake District.* London: Chatto and Windus, 1993.
Liu, Alan. *Wordsworth: The Sense of History.* Stanford, California: Stanford University Press, 1989.
Lockhart, John Gibson. *Memoirs of the Life of Sir Walter Scott.* 2nd edn. Edinburgh: Robert Cadell, 1842.
Mayberry, Tom. *Coleridge and Wordsworth in the West Country.* Stroud: Alan Sutton, 1992.
Moore, Thomas. *Memoirs, Journal, and Correspondence of Thomas Moore,* ed. Rt. Hon. Lord John Russell, MP. 8 vols. London: Longman, Brown, Green, and Longmans, 1853-6.
Moorman, Mary. *William Wordsworth: A Biography: The Early Years, 1770-1803.* Oxford: Clarendon Press, 1957.
——. *William Wordsworth: A Biography: The Later Years, 1803-1850.* Oxford: Clarendon Press, 1965.
Murry, John. *A Publisher and His Friends: Memoir And Correspondence of the Late John Murray, Vol. 1.* London: John Murray, 1891.
Oliphant, Margaret. *The Literary History of England in the End of the Eighteenth and Beginning of the Nineteenth Century, Vol.II.* London: Macmillan, 1882.
Owen, W. J. B. *Wordsworth as Critic.* London: Oxford University Press, 1969.
——. *Wordsworth's Preface to Lyrical Ballads.* Copenhagen: Rosenkilde and Bagger, 1957.
Park, Roy, ed. *Lamb as Critic.* London: Routledge and Kegan Paul, 1980.
Parrish, Stephen. *The Art of the Lyrical Ballads.* Cambridge, MA: Harvard University Press, 1973.
Pinion, F. B. *A Wordsworth Companion: Survey and Assessment.* London: Macmillan, 1984.
Potts, Abbie Findlay. *Wordsworth's Prelude: A Study of Its Literary Form.* Ithaca, NY: Cornell University Press, 1953.
Reed, Mark L. *Wordsworth: The Chronology of the Early Years: 1770-1799.* Cambridge, MA: Harvard University Press, 1967.
——. *Wordsworth: The Chronology of the Middle Years: 1800-1815.* Cambridge, MA: Harvard University Press, 1975.
Renwick, W. L. *English Literature 1789-1815.* Oxford : Clarendon Press, 1963.
Robinson, Henry Crabb. *Diary, Reminiscences, and Correspondence of Henry Crabb Robinson,* ed. Thomas Sadler. 3 vols. London: Macmillan, 1869.
Roe, Nicholas. *Wordsworth and Coleridge: The Radical Years.* Oxford: Clarendon Press, 1988.
Schneider, Ben Ross. *Wordsworth's Cambridge Education.* Cambridge: Cambridge University Press, 1957.
Sheats, Paul D. *The Making of Wordsworth's Poetry, 1785-1798.* Cambridge, MA: Harvard University Press, 1973.
Simmons, Jack. *Southey.* London: Collins, 1945.
Smith, Charlotte. *Elegiac Sonnets.* 3rd edn. London, 1786.

Sultana, Donald. *Samuel Taylor Coleridge in Malta and Italy.* New York: Barnes and Noble, 1969.
Suzuki, Ruriko. *A Poetico-Cultural Transference in Wordsworth.* Tokyo: Kaitakusha, 2009.
Swaab, Peter. *Lives of the Great Romantics by Their Contemporaries Vol. 3 Wordsworth.* London: Pickering, 1996.
Thompson, T. W. *Wordsworth's Hawkshead,* ed. Robert Woof. London: Oxford University Press, 1970.
West, Thomas. *A Guide to the Lakes, in Cumberland, Westmorland, and Lancashire.* 3rd edn. London, 1784.
Woof, Robert Samuel.'The Literary Relations of Wordsworth and Coleridge, 1795-1803: Five Studies'. Ph.D. thesis, University of Toronto, 1959.
Wordsworth, Christopher, Jr. *Memoirs of William Wordsworth.* 2 vols. London: Moxon, 1851.
Wordsworth, Dorothy. *Dorothy Wordsworth's illustrated Lakeland journals.* London: Collins, 1987.
——. Journals of Dorothy Wordsworth, ed. Ernest De Selincourt. 2 vols. London: Macmillan & Co. Ltd., 1941.
Wordsworth, Jonathan, ed. Bicentenary Wordsworth Studies in Memory of John Alban Finch. Ithaca, NY: Cornell University Press, 1970. *The Music of Humanity.* New York: J. & J. Harper, 1969.
——. *William Wordsworth and the Age of English Romanticism.* New Brunswick: Rutgers University Press, 1987.
——. *William Wordsworth: The Borders of Vision.* Oxford: Clarendon Press, 1982.
Wu, Duncan. *Romanticism: An Anthology.* 2nd edn. Oxford: Blackwell, 1998.
——. *Wordsworth: An Inner Life.* Oxford: Blackwell, 2002.
——. *Wordsworth's Reading 1770-1799.* Cambridge: Cambridge University Press, 1993.
——. *Wordsworth's Reading 1800-1815.* Cambridge: Cambridge University Press, 1995.
Young, Hilary. *The Genius of Wedgwood.* London: V & A Publications, 1995.

3.　ワーズワス研究文献（国内）

イギリス・ロマン派文学研究会編『イギリス・ロマンティシズムの光と影』音羽書房鶴見書店、2011 年。

岡本昌夫『ワーズワス、コールリッジとその周辺——詩人相互における詩的影響を中心に』研究社、1984 年。

小川二郎『ワーヅワス鑑賞』南雲堂、1960 年。

加納秀夫『ワーヅワス』研究社、1955 年。

清水一嘉、小林英美編『読者の台頭と文学者——イギリス一八世紀から一九世紀へ』世界思想社、2008 年。

添田透『ワーヅワス——雲に見え隠れする山々に似て』英宝社、2004 年。

——『ワーヅワス点描』大阪教育図書、1977 年。

出口保夫『イギリス文芸出版史』研究社、1986 年。

——『ワーズワス　田園への招待』講談社、2001 年。

西山清他編『美神を追いて——イギリス・ロマン派の系譜』音羽書房鶴見書店、2001 年。

原一郎『ワーズワス研究——詩魂の転変の跡を追って』北星堂書店、1970 年。

原田俊孝『ワーズワスの自然神秘思想』南雲堂、1997 年。

福地明子『ワーズワスの『隠遁者』——「内なる楽園」への道』松柏社、1998 年。

松島正一編『イギリス・ロマン主義事典』北星堂書店、1995 年。

山田豊『コールリッジとワーズワス——対話と創造（1795~1815）』北星堂書店、1999 年。

——『ワーズワスと妹ドロシー——「グラスミアの我が家」への道』音羽書房鶴見書店、2008 年。

——『ワーズワスと英国湖水地方——『隠士』三部作の舞台を訪ねて』北星堂書店、2003 年。

——『ワーズワスとコールリッジ——『隠士』と『序曲』の間』龍谷叢書、1997 年。

吉田正憲『ワーズワスの『湖水案内』』近代文芸社、1995 年。

4.　翻訳

・ウィリアム・ワーズワスの作品

五十嵐美智訳『ワーズワス空想の詩篇・その他——回想の時間』晃学出版、1997 年。

——『ワーズワス雑録詩篇・その他——老いゆく歳月の中で』晃学出版、1996 年。

——『ワーズワスの教会ソネット集——神の風景画』晃学出版、1987 年。

——『ワーズワスの物語詩』全 3 巻、晃学出版、1994-96 年。

岡三郎訳『ワーズワス・序曲——詩人の魂の成長』国文社、1968 年。

田中宏訳『逍遥』成美堂、1989 年。

田部重治訳『ワーズワース詩集』岩波文庫、1957 年。

葉原幸男訳『ワーズワス遊行篇』近代文芸社、1993 年。

宮下忠二訳『抒情歌謡集』大修館書店、1984 年。

山内久明編『対訳　ワーズワス詩集』岩波文庫、1998 年。

・その他

コウルリッジ、上島建吉編『対訳　コウルリッジ詩集』岩波文庫、2002 年。

ハフ、グレアム、出口泰生訳『ロマン派の詩人たち』弥生書房、1971 年。

ワーズワス、ジョナサン、鈴木瑠璃子訳『ヴィジョンの境界——ワーズワスの世界』松柏社、1992 年。

齊籐貴子編訳『英国ロマン派女性詩選』国文社、2002 年。

【著者紹介】

出口保夫（でぐちやすお）

一九二九年、三重県生まれ。早稲田大学教育学部大学院修了。英文学専攻。早稲田大学名誉教授。主な著書、訳著、編著に『キーツとその時代 上・下』（中央公論新社）、『キーツ全詩集 1・2・3』（白凰社）、『イギリス文芸出版史』『イギリス四季と生活の詩』（研究社）、『21世紀 イギリス文化を知る事典』（東京書籍）、『ロンドンの夏目漱石』（河出書房新社）、R・ブレア著『詩画集　死よ　墓より語れ』（早稲田大学出版部）、『ロンドン塔』『物語　大英博物館』（中公新書）、『英国生活誌〈1〉 復活祭は春風に乗って』『英国生活誌〈2〉 紅茶のある風景』『午後は女王陛下の紅茶を』『イギリス四季暦 春夏篇』『イギリス四季暦 秋冬篇』（中公文庫）、『英国紅茶の話』『イギリスはかしこい』（ＰＨＰ文庫）、『ワーズワス　田園への招待』（講談社＋α新書）ほか多数。

編集協力
杉山まどか・望月羔子

評伝《ひょうでん》ワーズワス

二〇一四年十一月七日　初版発行

著　者　出口《でぐち》　保夫《やすお》

発行者●関戸雅男
発行所●株式会社　研究社
〒一〇二―八一五二　東京都千代田区富士見二―十一―三
電話　営業〇三―三二八八―七七七七（代）　編集〇三―三二八八―七七一一（代）
振替　〇〇一五〇―九―二六七一〇
http://www.kenkyusha.co.jp/

装丁●久保和正
組版・レイアウト●古正佳緒里
印刷所●研究社印刷株式会社

KENKYUSHA

価格はカバーに表示してあります。

ISBN 978-4-327-47231-3 C3098